COMMENT JE SUIS DEVENU MOI-MÊME

Professeur émérite de psychiatrie à Stanford, Irvin Yalom est l'auteur, entre fiction, philosophie et psychothérapie, de nombreux essais, romans ou récits, best-sellers dans le monde entier, dont *La Méthode Schopenhauer*, *Le Bourreau de l'amour*, *Le Jardin d'Épicure*, *En plein cœur de la nuit*, *Le Problème Spinoza* (lauréat du prix des Lecteurs du Livre de Poche en 2014), ou encore *Créatures d'un jour*.

Paru au Livre de Poche :

L'Art de la thérapie
Créatures d'un jour
Le Bourreau de l'amour
En plein cœur de la nuit
Et Nietzsche a pleuré
Le Jardin d'Épicure
La Malédiction du chat hongrois
Mensonges sur le divan
La Méthode Schopenhauer
Le Problème Spinoza
Thérapie existentielle

IRVIN D. YALOM

Comment je suis devenu moi-même

TRADUIT DE L'ANGLAIS (ÉTATS-UNIS)
PAR FRANÇOISE ADELSTAIN

ALBIN MICHEL

Titre original :

BECOMING MYSELF, A PSYCHIATRIST'S MEMOIR

ISBN : 978-2-253-07770-1 – 1re publication LGF

À la mémoire de mes parents,
Ruth et Benjamin Yalom,
et de ma sœur, Jean Rose.

1

La naissance de l'empathie

J'ai émergé de mon rêve à trois heures du matin, je pleurais dans mon oreiller. En silence, pour ne pas réveiller Marilyn, je suis allé dans la salle de bains, j'ai séché mes larmes et suivi les instructions que j'ai données à mes patients pendant cinquante ans : fermez les yeux, repassez mentalement votre rêve, écrivez ce que vous avez vu.

J'ai dix ou peut-être onze ans. Je descends à vélo une longue colline, non loin de chez moi. Je vois une fille nommée Alice assise sur le perron de sa maison. Elle semble un peu plus âgée que moi, je la trouve séduisante, bien que son visage soit couvert de boutons rouges. Je la hèle en passant : « Salut, Rougeole. »

Soudain, un homme, extrêmement grand et fort, se dresse devant mon vélo et m'oblige à m'arrêter en saisissant mon guidon. C'est le père d'Alice, j'en suis sûr.

Il m'interpelle : « Eh, toi, quel que soit ton nom. Réfléchis une minute, si tu en es capable, et réponds-moi. Pense à ce que tu viens de dire à ma fille et réponds-moi : qu'est-ce que tu crois que ça lui a fait ? »

Je suis trop effrayé pour répondre.

« Allez, dis-moi. Tu es le gosse à Bloomingdale (l'épicerie de mon père s'appelait le Petit Marché Bloomingdale, et beaucoup de clients croyaient que c'était notre nom de famille) et j'parie que tu es un juif futé. Alors, vas-y, devine ce qu'Alice a éprouvé quand tu lui as dit ça. »

Je tremble. Je suis muet de terreur.

« Ça va, ça va. Calme-toi. Je vais faire simple. Dis-moi juste : est-ce que, après ce que tu lui as dit, Alice s'est sentie bien dans sa peau ou mal dans sa peau ? »

Je ne peux que marmonner : « Je sais pas. »

« T'as pas les idées claires, hein ? Ben je vais t'aider à penser. Suppose que chaque fois que je te regarde, je remarque un truc laid chez toi et que j'arrête pas de le commenter ? » Il me scrute attentivement. « Une morve dans ton nez, hein, morveux ! Ou ton oreille gauche plus grosse que la droite. Suppose que j't'appelle "Eh, grosse oreille" chaque fois que je te vois, ou encore "Eh, le juif". Qu'est-ce que t'en dirais ? »

Je me rends compte dans mon rêve que ce n'est pas la première fois que je passe devant cette maison, que je refais ça jour après jour : passer à vélo et appeler Alice avec les mêmes mots, essayant de démarrer une conversation, essayant de nouer une amitié. Et que chaque fois que je crie « Eh, Rougeole », je la blesse, je l'insulte.

Je suis horrifié du mal que j'ai fait et que je n'ai pas su comprendre.

Quand son père en a fini avec moi, Alice descend les marches de la véranda et me dit d'une voix douce : « Veux-tu monter jouer ? » Elle regarde son père. Il acquiesce de la tête.

« Je me sens si abominable, dis-je. J'ai honte, si honte. Je ne peux pas… Je ne peux pas… »

Dès le début de mon adolescence, j'ai pris l'habitude de lire pour m'endormir. Depuis deux semaines, je lis un livre de Steven Pinker intitulé *La Part d'ange en nous. Histoire de la violence et de son déclin*[1]. La nuit dernière, avant le rêve, j'ai lu un chapitre sur la montée de l'empathie au siècle des Lumières, et le rôle que le roman, particulièrement les romans épistolaires anglais comme *Clarissa* et *Pamela* de Samuel Richardson, a peut-être joué dans la diminution de la violence et de la cruauté, en nous aidant à aborder le monde avec un point de vue différent du nôtre. J'ai éteint la lumière aux environs de minuit, et quelques heures plus tard j'ai émergé de mon cauchemar concernant Alice.

Je me calme et retourne me coucher, mais reste un long moment à réfléchir à l'explosion soudaine de cet abcès primitif, cette poche scellée de culpabilité, vieille de soixante-treize ans. Dans ma vie éveillée, je me le rappelle maintenant, le garçon de douze ans que j'étais

1. Les Arènes, 2017. (Sauf mention contraire, les notes sont de la traductrice.)

passait effectivement à vélo devant la maison d'Alice en lui criant : « Salut, Rougeole », s'efforçant de cette manière brutale, dénuée d'empathie, d'attirer son attention. Son père ne s'est jamais dressé contre moi, mais ici et maintenant, j'imagine très bien, vieil homme de près de quatre-vingt-cinq ans qui se remet de son cauchemar, ce qu'elle a pu ressentir, et les dégâts que j'ai pu causer. Pardonne-moi, Alice.

2

En quête d'un mentor

Michael, physicien de soixante-cinq ans, est mon dernier patient de la journée. Je l'ai eu en thérapie il y a vingt ans, pendant deux ans environ, et je n'avais plus entendu parler de lui jusqu'à ce que, voici quelques jours, il m'envoie un mail: «J'ai besoin de vous voir. L'article, en pièce jointe, a fait surgir un tas de choses, bonnes et mauvaises.» Cet article, paru dans le *New York Times*, racontait qu'il venait d'être récompensé par un prix de science de renommée internationale.

Il s'installe dans mon bureau, et je prends la parole en premier.

— Michael, je suis désolé que vous vous sentiez bouleversé, mais je tiens à vous dire que je suis heureux de vous voir et d'apprendre la bonne nouvelle. Je me suis souvent demandé ce que vous deveniez.

— Merci pour ces paroles.

Michael regarde autour de lui. Il est maigre, vif, presque chauve, un mètre quatre-vingts environ, des yeux marron scintillants, qui irradient compétence et assurance.

— Vous avez refait votre bureau ? Ces fauteuils étaient placés de l'autre côté, n'est-ce pas ?

— Oui, je change la décoration tous les vingt-cinq ans.

Il glousse.

— Donc, vous avez vu l'article ?

Je hoche la tête.

— Vous devinez sûrement ce qui m'est arrivé : une bouffée d'orgueil, très brève, et puis le doute, des vagues et des vagues de doute de soi. La même vieille histoire : au fond, je suis un être superficiel.

— Bon, allons-y.

Nous passons le reste de la séance à faire resurgir les vieilles données : ses parents, immigrés irlandais illettrés, sa vie à New York dans des logements misérables, une médiocre éducation primaire, l'absence de mentor significatif. Il insiste longuement sur l'envie que lui inspiraient les gens pris en main et nourris intellectuellement par un aîné, lui qui a dû travailler sans discontinuer et accéder aux échelons les plus hauts pour que, simplement, on le remarque. Il a dû se créer lui-même.

— Oui, dis-je. Être son propre créateur est source d'orgueil, mais cela mène aussi au sentiment de ne pas avoir de fondations. J'ai connu beaucoup d'enfants d'immigrés très doués, qui ont l'impression d'être des nénuphars poussant dans un marécage : de belles fleurs, mais sans racines.

Il se rappelle m'avoir entendu lui dire ça il y a des années, et affirme être heureux que je l'en fasse se souvenir. Nous planifions deux nouvelles séances, et il prétend se sentir déjà mieux.

J'ai toujours très bien travaillé avec Michael. Nous avions eu un bon contact dès notre première rencontre et, m'avait-il confié à l'époque, je lui paraissais être la seule personne capable de le comprendre vraiment. Pendant notre première année de thérapie, il avait beaucoup parlé de ses troubles d'identité. Était-il le super étudiant qui caracolait en tête ou plutôt ce minable qui passait son temps libre dans les salles de billard ou à jouer aux dés ?

Un jour qu'il se lamentait ainsi, je lui ai raconté l'histoire de mon diplôme de fin d'études secondaires à la Roosevelt High School de Washington. On m'avait annoncé que, en plus du diplôme, j'allais recevoir le prix de civisme. Pourtant, durant cette dernière année, je m'étais lancé dans une ridicule affaire de paris sur les matchs de base-ball : j'avais parié à dix contre un que les trois batteurs sélectionnés tel jour ne totaliseraient pas six coups. Le sort joua en ma faveur. Je gagnai suffisamment pour pouvoir acheter les gardénias ornant le corsage de ma petite amie, Marilyn Koenick. Or, quelques jours avant la cérémonie de remise des diplômes, je perdis mon carnet de bookmaker. Je le cherchai partout, frénétiquement, en vain. Et tandis que, le jour venu, je me dirigeais vers l'estrade à l'appel de mon nom, je tremblais de peur : allais-je me voir décerner le prix de civisme de ma promotion 1949 ou me faire expulser du lycée pour mon affaire de paris ?

Michael s'esclaffa et marmonna : « Voilà un psy selon mon cœur. »

Après avoir rédigé des notes sur notre séance, je me change, enfile des chaussures de tennis et sors mon vélo du garage. À quatre-vingt-quatre ans, il y a belle lurette que je ne pratique plus le tennis ni le footing. Mais presque chaque jour, je pédale aux alentours de ma maison. Je traverse d'abord un parc plein de poussettes et d'enfants escaladant des superstructures ultramodernes, puis un pont de bois rudimentaire, et je grimpe une petite colline, plus raide d'année en année. Arrivé au sommet, je me détends avant d'entreprendre la longue glissade vers le bas. J'adore descendre en roue libre, le visage balayé par l'air chaud. Alors, seulement, je commence à comprendre mes amis bouddhistes quand ils parlent de se vider l'esprit et de s'abandonner à la simple sensation d'exister. Mais le calme est toujours de courte durée. Aujourd'hui, dans les coulisses de mon esprit, les bruissements préliminaires d'un rêve éveillé se manifestent. Un rêve que j'ai imaginé des dizaines, peut-être des centaines de fois au cours de ma longue vie, et que la complainte de Michael sur son manque de mentor a fait resurgir.

Un homme, une mallette à la main, vêtu d'un costume en seersucker, avec chapeau de paille, chemise blanche et cravate, entre dans la petite épicerie miteuse de mon père. Je ne suis pas dans le décor : je vois tout d'en haut, comme si je planais au-dessous du plafond. Je ne reconnais pas le visiteur, mais je sais que c'est un personnage influent. Peut-être le directeur de mon école primaire. C'est l'un de ces jours de juin chauds et humides habituels à Washington. L'homme s'éponge le front avec son mouchoir avant de s'adresser à mon père : « Je veux discuter avec vous de choses importantes concernant votre fils, Irvin. » Mon père est stupéfait et anxieux : il n'a jamais été confronté à une telle situation. Restés étrangers à la culture américaine, mon père et ma mère ne se sentent bien qu'avec des proches, d'autres juifs qui ont émigré de Russie en même temps qu'eux.

Il y a des clients, dans l'épicerie, qui veulent qu'on les serve, mais mon père sait qu'il ne faut pas faire attendre cet homme. Il appelle ma mère au téléphone – nous habitons un petit appartement au-dessus du magasin – et lui dit en yiddish de descendre immédiatement. Elle arrive quelques minutes plus tard et, tandis qu'elle s'occupe des clients, mon père conduit l'étranger dans le minuscule entrepôt au fond du magasin. Ils s'assoient sur des caisses de bouteilles de bière vides et discutent. Par chance, ni rats ni cafards ne leur filent entre les jambes. À l'évidence, mon père est mal à l'aise. Il aurait grandement préféré laisser ma mère mener la conversation, mais ce serait inconvenant d'admettre en public que c'est elle, et pas lui, qui prend toutes les décisions importantes pour la famille.

L'homme au costume raconte des choses étonnantes. « Les enseignants de mon école disent que votre fils, Irvin, est un élève extraordinaire et qu'il a les qualités requises pour contribuer d'une façon considérable au bien de notre société. Mais que cela ne se fera qu'à une condition : qu'il reçoive une bonne instruction. » Mon père semble tétanisé, il fixe l'étranger de ses beaux yeux perçants. « Le système scolaire public de notre État de Columbia, continue l'homme, fonctionne très bien pour la moyenne des élèves, mais ne convient pas à un garçon aussi doué que votre fils. » Il sort de sa serviette une liste d'établissements privés, la tend à mon père et déclare : « Prenez contact avec moi et je ferai tout mon possible pour qu'il obtienne une bourse. »

Voyant l'air interloqué de mon père, il explique : « J'essaierai d'obtenir de l'argent qui l'aiderait à payer sa scolarité : ces établissements ne sont pas gratuits comme les écoles publiques. Je vous en prie, pour le bien de votre fils, accordez à ce sujet la plus grande priorité. »

Coupez ! Le rêve s'arrête toujours là. Mon imagination regimbe à terminer la scène. Je ne vois jamais la réponse de mon père ou la discussion qui s'ensuit avec ma mère. Cette rêverie exprime un appel à l'aide. Enfant, je n'ai pas aimé ma vie, mon école, mes camarades de jeu, mon quartier – je voulais qu'on m'aide à en sortir. Dans ce fantasme, pour la première fois, je suis présenté comme un garçon hors du commun par un émissaire important du monde extérieur, le monde qui existe au-delà du ghetto culturel où j'ai grandi.

À la réflexion, je le retrouve, ce fantasme – être sauvé et me hisser à un rang élevé – dans tous mes écrits. Au troisième chapitre de mon roman *Le Problème Spinoza*, le jeune Spinoza qui se rend en flânant chez son maître, Franciscus van den Enden, plonge dans une rêverie où il se remémore leur première rencontre quelques mois plus tôt. Van den Enden, jésuite ex-enseignant de lettres classiques et directeur d'un collège privé, entré dans le magasin des Spinoza pour acheter du raisin et du vin, avait constaté avec stupéfaction la profondeur et l'ampleur de l'entendement du garçon. Il l'avait vivement incité à venir étudier dans son collège afin d'avoir accès à l'univers de la philosophie et de la littérature non juives. J'ai écrit une fiction, certes, mais je me suis efforcé de rester au plus près de la vérité historique. Sauf dans ce passage : Baruch Spinoza n'a jamais travaillé dans le magasin familial, qui d'ailleurs n'existait pas : sa famille gérait une affaire d'import-export, sans boutique de détail. C'était moi le garçon qui travaillait dans l'épicerie familiale.

Ce fantasme de reconnaissance et de délivrance traîne en moi sous différentes formes. Récemment, j'assistai à une représentation de *La Vénus à la fourrure*, la pièce de David Ives. Le rideau s'ouvre sur une scène de coulisses montrant le metteur en scène à la fin d'une longue journée d'auditions, en quête de l'actrice capable de tenir le rôle principal. Épuisé, n'en ayant trouvé aucune qui le satisfasse, il se prépare à partir, quand survient une fille effrontée, dans un état d'agitation extrême. Elle a une heure de retard. À l'évidence un peu rustre, profane, sans éducation, elle n'est pas faite pour le rôle. Donc il refuse. Mais c'est une enjôleuse, rusée, tenace : finalement, il cède et lui accorde une brève audition, au cours de laquelle ils commencent à lire le texte ensemble. Et la voilà qui se transforme, son accent change, son discours s'affine, elle s'exprime comme un ange. Il est médusé ; il est subjugué. Elle est celle qu'il recherchait, au-delà même de ce dont il rêvait. Ils continuent de lire le manuscrit et ne s'arrêtent qu'après avoir brillamment interprété toute la pièce.

J'ai adoré la totalité de cette représentation, mais les premières minutes où il découvre la véritable personnalité de l'actrice ont résonné en moi encore plus profondément : mon rêve de reconnaissance se matérialisait sur scène, et je n'ai pas pu retenir mes larmes lorsque je me suis levé, le premier de la salle, pour applaudir les acteurs.

3

Je veux qu'elle parte

J'ai une patiente, Rose, qui, ces derniers temps, parlait essentiellement de ses rapports avec sa fille adolescente, enfant unique. Rose semblait sur le point d'abandonner, de laisser tomber sa fille qui n'avait d'autre passion que l'alcool, le sexe et la compagnie d'adolescents aussi débauchés qu'elle.

Naguère, Rose avait passé en revue ses défaillances de mère et d'épouse, ses nombreuses infidélités, l'abandon de sa famille, plusieurs années auparavant, pour aller rejoindre un autre homme, puis le retour à son mari, quand la liaison avait fini par s'essouffler. Grosse fumeuse, souffrant d'un emphysème invalidant, elle avait essayé de se racheter et s'était consacrée à sa fille. Sans aucun résultat. J'avais recommandé une thérapie familiale, mais la fille avait refusé. Maintenant, Rose avait atteint un point de rupture : chaque accès de toux, chaque visite chez son pneumologue lui rappelait que sa vie courait à sa fin. Elle ne concevait qu'un seul soulagement : « Je veux qu'elle parte. » Elle comptait les jours qui restaient avant la fin des études secondaires et le moment où sa fille quitterait la maison – pour l'université, un boulot, n'importe quoi. Peu lui importait, désormais, le chemin qu'elle suivrait. Encore et encore Rose se chuchotait et me chuchotait : « Je veux qu'elle parte. »

Ma pratique a notamment pour but de ressouder les familles, de combler les fissures entre frères et sœurs, entre parents et enfants. Avec Rose, j'étais fatigué de mon travail et j'avais perdu tout espoir d'aboutir à guérir cette famille. Au cours de séances passées, j'avais essayé de lui faire envisager son avenir, dans le cas où elle cesserait toute relation avec sa fille. Ne se sentirait-elle pas coupable et esseulée ? Cela n'avait servi à rien, et le temps filait ; je savais que Rose n'avait plus très longtemps à vivre. J'avais adressé sa fille à un excellent thérapeute, maintenant je ne m'occupais plus que d'elle, qui me disait : « Plus que trois mois avant qu'elle ait son diplôme, que le lycée soit fini. Alors, elle s'en ira. Je veux qu'elle parte. Je veux qu'elle parte. » J'ai commencé à espérer que son souhait pourrait se réaliser.

Ce jour-là, tout en faisant ma balade à vélo, je me répétais les paroles de Rose, et je me mis à penser à ma mère, voyant le monde à travers ses yeux, peut-être réellement pour la première fois. Je lui prêtai les idées de Rose, et les mêmes mots à mon égard. De fait, je ne me souvenais pas d'avoir entendu de lamentations maternelles au moment où j'ai pour de bon quitté la maison afin d'aller étudier la médecine à Boston. Je revoyais la scène des adieux : ma mère sur les marches, me faisant des signes de la main, tandis que je démarrais la Chevrolet, bourrée jusqu'au toit, et rentrant, alors que je m'éloignais. Je l'imaginai fermant la porte et poussant un profond soupir de soulagement. Deux ou trois minutes plus tard, elle se lève, un grand sourire aux lèvres, et invite mon père à chanter et danser avec elle un jubilant *Hava Nagila*[1].

Oui, ma mère avait une bonne raison de se sentir soulagée lorsque j'ai enfin quitté la maison à vingt-deux ans. J'étais un perturbateur qui troublait la paix de la famille. Je ne lui inspirais aucun sentiment positif, et c'était réciproque. Tout en continuant de pédaler, je me remémore la nuit où mon père, âgé de quarante-six ans – moi, de quatorze –, se réveilla avec une forte douleur dans la poitrine. En ce temps-là, les médecins se déplaçaient en ville ; ma mère appela le nôtre, le docteur Manchester. Dans le calme de la nuit, tous trois – mon père, ma mère et moi – avons attendu anxieusement son arrivée (ma sœur, Jean, de sept ans plus âgée que moi, avait déjà quitté la maison pour l'université). Chaque fois que ma mère était affolée, elle retrouvait le mode de pensée primitif : si quelque chose de mal se produit, il y a forcément un coupable. En l'occurrence, moi. Tandis que mon père se tordait de douleur, elle me criait : « C'est toi, c'est toi qui l'as tué ! » Dissipation, manque de respect, désordre : mon comportement avait plongé mon père dans l'état où il se trouvait.

1. « Réjouissons-nous » en hébreu. Chanson folklorique.

Des années plus tard, mon récit de l'événement sur le divan d'Olive Smith, mon ultraorthodoxe psychanalyste, suscita un de ses rares accès de tendresse. Elle claqua la langue, *tsss, tsss*, et se pencha vers moi : « Ça a dû être vraiment terrible, affreux, pour vous. » Analyste de formation rigide dans un institut non moins rigide, elle considérait l'interprétation comme le seul acte vraiment efficace du psychanalyste. De ses interprétations, denses, réfléchies, formulées avec précaution, je n'ai rien retenu. Sauf sa réaction, cette nuit-là, la chaleur de son comportement – que je chéris toujours, six décennies plus tard.

Avec ma mère et ma sœur, vers 1934.

« Tu l'as tué, tu l'as tué. » J'entends encore la voix suraiguë de ma mère. Je me revois recroquevillé, paralysé de peur et de fureur. Avec l'envie de hurler à mon tour : « Il n'est pas mort ! Tais-toi, imbécile. » Pendant qu'elle épongeait le front de mon père, lui essuyait la tête, je restais assis par terre dans un coin. Puis, enfin, vers trois heures du matin, j'ai entendu la grosse Buick du docteur Manchester écraser les feuilles d'automne dans la rue et j'ai dévalé l'escalier quatre à quatre pour ouvrir la porte. J'aimais beaucoup le docteur Manchester et la vue de son gros visage rond et souriant a suffi à chasser ma panique. Il posa la main sur ma tête, m'ébouriffa les cheveux, rassura ma mère, fit une piqûre à mon père (de morphine, probablement), lui appliqua son stéthoscope sur la poitrine, et me laissa écouter. « Tu entends le tic-tac, fiston, aussi fort et régulier qu'une horloge. Pas de quoi s'inquiéter. Il va se remettre. »

Cette nuit-là, j'ai vu mon père frôler la mort, subi comme jamais encore auparavant la rage de ma mère, et pris la décision autoprotectrice de fermer la porte sur elle. Je devais quitter cette famille. Pendant les deux ou trois années qui suivirent, je lui ai à peine parlé ; nous vivions comme des étrangers sous le même toit. Et surtout, je me souviens de mon soulagement intense, manifeste, quand le docteur Manchester est entré chez nous. Personne ne m'avait jamais fait un tel cadeau. Sur-le-champ, j'ai décidé de lui ressembler. De devenir médecin et de procurer aux autres le réconfort qu'il m'avait offert.

Mon père s'est peu à peu rétabli et, bien que chaque effort ou presque, même parcourir une centaine de mètres, lui ait causé des douleurs de poitrine et imposé la prise immédiate d'un comprimé de trinitrine, il a vécu encore vingt-trois ans. C'était un homme doux et généreux, avec pour seul défaut, me semblait-il, son manque de courage face aux volontés de ma mère. De mon côté, la relation avec ma mère m'a infligé une blessure inguérissable ; pourtant, paradoxalement, c'est son image qui me traverse chaque jour l'esprit. Je vois son visage : jamais apaisé, jamais souriant, jamais heureux. C'était une femme intelligente, qui a travaillé dur toute sa vie, mais toujours insatisfaite. Elle n'a que rarement su exprimer une idée aimable et positive. Aujourd'hui, néanmoins, pendant mes promenades à vélo, je pense à elle d'une façon différente, reconnaissant le peu de plaisir que j'ai dû lui donner quand nous vivions ensemble. Je suis heureux d'être devenu par la suite un meilleur fils.

4

Retour au point de départ

De temps en temps, je relis Charles Dickens, qui a toujours occupé une place centrale au panthéon de mes écrivains favoris. Récemment, je me suis arrêté sur une phrase étonnante : « Car, plus je me rapproche de la fin, plus le cercle dans lequel je tourne se rapproche du commencement. Ce semble être l'un des moyens d'aplanir et de préparer la route. De nombreux souvenirs effleurent mon cœur, qui dormaient depuis longtemps… »

Ce passage m'émeut considérablement : moi aussi, alors que je me rapproche de la fin, je me surprends à tourner en rond et à revenir vers le commencement. Les souvenirs de mes patients déclenchent plus souvent les miens, mon travail sur leur avenir convoque mon passé et l'affecte, et je tends à réexaminer l'histoire de ma vie. Je n'ai que des souvenirs fragmentaires de ma prime enfance, probablement en raison des conditions sordides dans lesquelles nous vivions et du fait que je me suis senti très tôt malheureux, ai-je toujours cru. Maintenant, des images me reviennent et m'envahissent. Les ivrognes qui dormaient dans le vestibule de l'immeuble, couverts de vomi. Ma solitude et mon isolement. Les cafards et les rats. Mon coiffeur, au visage violacé, qui m'appelait : « Petit juif. » Adolescent tourmenté, j'étais assailli des frissons mystérieux d'une sexualité insatisfaite. Je n'étais pas à ma place. Jamais à ma place : le seul gamin blanc dans un quartier noir, le seul juif dans un monde chrétien.

Mon père et ma mère vers 1930.

Oui, le passé m'aspire et je sais ce que signifie le terme « aplanir ». Maintenant, encore plus qu'avant, j'imagine que mes parents disparus m'observent et tirent orgueil et plaisir de me voir parler devant une foule d'auditeurs. Quand mon père est mort, je n'avais écrit que quelques articles, des textes techniques dans des revues médicales qu'il ne pouvait pas comprendre. Ma mère lui a survécu vingt-cinq ans, et si sa faible compréhension de l'anglais puis sa cécité lui rendaient impossible la lecture de mes livres, elle les gardait empilés à côté de son fauteuil, les caressait, les montrait en gloussant à ceux qui venaient la voir dans sa maison de retraite.

Il y a eu tant de non-dits entre mes parents et moi. Des faits dont nous n'avons jamais discuté concernant notre vie commune, la tension et la tristesse de notre famille, leur monde et le mien. Quand je les imagine arrivant à Ellis Island sans un sou, sans éducation et ne connaissant pas un mot d'anglais, mes yeux se remplissent de larmes. « Je sais ce que vous avez traversé et comme ça a été dur. Je sais ce que vous avez fait pour moi. S'il vous plaît, pardonnez-moi d'avoir eu honte de vous. »

Revenir sur ma vie à mon âge est un exercice décourageant, et je me sens parfois très isolé. Ma mémoire est défaillante, les témoins encore vivants sont de moins en moins nombreux. Ma sœur, mon aînée de sept ans, vient de mourir, la plupart de mes anciens amis et connaissances ont disparu.

À l'approche de mon quatre-vingtième anniversaire, des voix inattendues se sont manifestées, réveillant des souvenirs. D'abord, Ursula Tomkins, qui m'a retrouvé via mon site web. Je n'avais plus pensé à elle depuis que nous avions quitté l'école élémentaire. Son e-mail disait : « Heureux quatre-vingtième anniversaire, Irvin. J'ai lu et aimé deux de tes livres et j'ai demandé à mon libraire d'Atlanta de m'en procurer d'autres. Je me souviens de toi quand nous étions dans la classe de Miss Fernald. Je ne sais pas si tu te le rappelles : j'étais une petite ronde plaisante, avec des cheveux roux frisés, et toi un beau garçon aux cheveux noir de charbon ! »

Ainsi Ursula, dont je me souvenais bien, me trouvait beau garçon ! Si j'avais su ! Jamais l'idée ne m'a traversé de me prendre pour un beau garçon. J'étais timide, ringard, manquant totalement de confiance en moi. Je n'imaginais pas qu'on pût me juger séduisant. Oh, Ursula, sois bénie. Mais pourquoi ne me l'as-tu pas dit plus tôt ? Cela aurait peut-être changé toute mon enfance !

Ensuite, j'ai reçu un message téléphonique. Issu d'un passé profondément enfoui, il commençait par : « Ici Jerry, ton vieux copain d'échecs ! » Je n'avais plus entendu sa voix depuis soixante-dix ans, mais je l'ai reconnue immédiatement. C'était Jerry Friedlander, dont le père possédait une épicerie, à deux cents mètres de la nôtre. Son message me disait que sa petite-fille, étudiante en psychologie clinique, était en train de lire l'un de mes livres.

Il se souvenait que nous avions régulièrement joué aux échecs pendant deux ans – j'avais douze ans, lui quatorze – une période qui, dans mon souvenir, est une étendue désertique où j'errais en état d'insécurité et de doute. J'ai donc sauté sur l'occasion de récupérer des informations, notamment les impressions de Jerry à mon égard (en échange des miennes sur lui, évidemment).

« Tu étais un chic type, me dit-il. Très doux. Pendant tout le temps que nous avons joué ensemble, je ne me rappelle pas une seule dispute. Tu faisais l'imbécile, parfois, mais en général tu étais sérieux et studieux. Très studieux. Chaque fois que je venais chez toi, tu étais plongé dans un livre – Irv et ses livres, quel souvenir ! Et tu lisais des trucs difficiles, de la bonne littérature, qui me passaient loin au-dessus de la tête. Les BD, c'était pas pour toi. »

Ce qui n'est qu'en partie vrai. J'ai été un fan de Captain Marvel, de Batman et du Frelon vert. (Mais pas de Superman : son invulnérabilité ôtait tout suspense à ses aventures.) En entendant parler Jerry, je me suis souvenu que j'allais souvent acheter des livres d'occasion dans une librairie de la Septième Rue, tout près de la bibliothèque. Et l'image m'est revenue d'un grand ouvrage d'astronomie couleur rouille et très ésotérique pour moi. Mais peu importait ce que j'en comprenais : il avait une fonction tout autre. En le laissant traîner bien en vue, j'espérais attirer l'attention des jolies amies de ma sœur, séduites par ma précocité. Leurs petites tapes sur ma tête, quelques bises ou étreintes légères, quelles délices… J'ignorais que Jerry avait lui aussi remarqué le livre. Il était la cible involontaire d'un tir amical !

Il m'apprit aussi que je gagnais le plus souvent aux échecs, mais que j'étais un mauvais perdant : à la fin d'une partie marathon qu'il avait remportée de haute lutte, j'ai boudé et lui ai dit qu'il n'avait qu'à jouer avec mon père. Ce qu'il fit. Le samedi suivant, il est venu chez nous et a aussi battu mon père, qui l'a laissé gagner, m'assure-t-il.

Cette anecdote m'a déboussolé. J'avais de bons rapports, quoique distants, avec mon père, mais je ne m'imagine pas avoir espéré qu'il vengerait ma défaite. Il m'avait appris à jouer aux échecs et, me semble-t-il, à onze ans je le battais régulièrement et recherchais des compétiteurs plus forts autour de moi, notamment son frère, mon oncle Abe.

L'un des reproches que je faisais à mon père, sans l'exprimer toutefois, c'était de ne jamais, jamais tenir tête à ma mère. Elle pouvait me dénigrer, et elle ne s'en privait pas, il ne prenait jamais mon parti. J'étais donc perplexe : comment aurais-je pu lui demander de racheter mon échec face à Jerry ? Peut-être ma mémoire me trompait-elle. Peut-être étais-je plus fier de lui que je ne le croyais.

Une option dont la crédibilité augmentait au fur et à mesure que Jerry me racontait sa propre existence. Les mauvaises affaires de son père, médiocre gestionnaire, avaient à trois reprises obligé la famille à déménager dans des quartiers de plus en plus pauvres.

Surtout, Jerry avait dû travailler le soir après l'école et durant l'été. J'avais donc été beaucoup plus privilégié : si je travaillais souvent dans l'épicerie familiale, ce n'était pas parce que mes parents l'exigeaient, mais parce que cela me plaisait ; servir les clients, faire leur addition, recevoir l'argent et leur rendre la monnaie me donnait l'impression d'être adulte. Quant à l'été, je le passais dans des camps de vacances. J'avais trouvé cela tout naturel, mais ma conversation avec Jerry me prouvait que mon père était un homme très capable. Un gestionnaire appliqué et intelligent. En travaillant dur (ma mère également), il m'avait rendu la vie plus facile et permis de faire des études.

Ma conversation téléphonique avec Jerry terminée, d'autres souvenirs me sont revenus. Un après-midi pluvieux alors que les clients affluaient, un type, énorme et menaçant, avait saisi une caisse de bouteilles de vin et s'était enfui. Sans hésiter, mon père lui avait couru après, nous laissant ma mère et moi dans la boutique face aux clients. Quinze minutes plus tard, on l'avait vu revenir, portant la caisse. Au bout de quelques centaines de mètres, le voleur avait lâché son butin et filé. Cet acte courageux de mon père, en aurais-je été capable ? Je *devais* avoir été fier de lui. Comment ne l'aurais-je pas été ? Or, bizarrement, j'en avais bloqué le souvenir. M'étais-je jamais demandé, sérieusement demandé, ce qu'avait été sa vie ?

Mon père dans son épicerie, vers 1930.

Je sais qu'il commençait à travailler à cinq heures du matin, pour aller acheter des produits frais au marché du sud-est de Washington, et qu'il fermait à dix heures du soir, à minuit les vendredis et samedis, son seul jour de libre étant le dimanche. Je l'accompagnais parfois au marché, c'était dur, éreintant, pourtant je ne l'entendais jamais se plaindre. Je me revois parler avec un homme que j'appelais « oncle Sam », le meilleur ami de mon père dès leur enfance en Russie (j'appliquais le terme d'oncle ou de tante à tous les membres du cercle qui avaient émigré ensemble de Cielz, leur shtetl en Russie). Sam m'avait raconté que mon père restait assis pendant des heures dans le petit grenier glacé de leur maison à écrire de la poésie. Tout cela avait pris fin quand il avait été enrôlé, adolescent, dans l'armée russe, pendant la Première Guerre mondiale, pour la construction de lignes de chemin de fer. La guerre terminée, il était parti pour les États-Unis, aidé par son frère aîné, Meyer, émigré avant lui et qui avait ouvert une petite épicerie dans le quartier de Georgetown. Leur sœur, Hannah, et leur frère cadet, Abe, avaient suivi. Arrivé seul en 1937, Abe avait projeté d'envoyer de l'argent à ceux qui étaient restés, mais il n'en eut pas le temps : les nazis les assassinèrent tous, à savoir la sœur aînée de la fratrie et ses deux enfants, la femme et les quatre enfants d'Abe. Sur tout cela, mon père gardait lèvres closes ; il ne m'a jamais parlé de la Shoah, ni d'ailleurs du vieux pays. Ses poèmes également étaient du domaine du passé. Je ne l'ai jamais vu écrire, lire un livre, je ne l'ai vu lire que le quotidien juif dont il s'emparait dès qu'il était distribué. Je comprends seulement maintenant qu'il y cherchait des informations éventuelles sur sa famille et des amis. Il n'a fait allusion à la Shoah qu'une seule fois, j'avais une vingtaine d'années et nous déjeunions au restaurant seuls tous les deux. Un événement rare : même s'il avait vendu le magasin à l'époque, j'avais beaucoup de mal à l'arracher à ma mère. Il n'entamait jamais la conversation ni ne m'interrogeait. Peut-être se sentait-il mal à l'aise avec moi, alors qu'il ne se montrait ni timide ni gêné en présence des hommes de sa famille – j'aimais le voir rire et raconter des blagues pendant leurs parties de belote. Nous nous sommes probablement manqués : il ne s'est jamais enquis de ma vie ni de mon travail, je ne lui ai jamais dit que je l'aimais. Je garde un souvenir précis de notre déjeuner ce jour-là. Nous avons discuté en adultes pendant une heure, et ce fut merveilleux. Je me rappelle lui avoir demandé s'il croyait en Dieu. « Après la Shoah, m'a-t-il répondu, comment peut-on croire en Dieu ? »

Avec mon père en 1936.

Je sais qu'il est temps, grandement temps, de lui pardonner son silence, de lui pardonner d'avoir été un immigrant, sans culture, et d'avoir peu prêté attention aux déceptions insignifiantes rencontrées par son seul fils. Le temps est venu d'en finir avec l'embarras que me causait son ignorance et de me remémorer son beau visage, sa gentillesse, les relations charmantes qu'il entretenait avec ses amis, sa voix mélodieuse chantant les chansons yiddish apprises enfant dans son shtetl, son rire lorsqu'il jouait à la belote avec son frère et ses copains, la grâce de sa nage à l'indienne en bordure de la plage de Bay Ridge, et la relation pleine de tendresse qu'il avait avec sa sœur Hannah, la tante que j'ai le plus aimée.

5

La bibliothèque, de A à Z

Pendant un grand nombre d'années, jusqu'à ma retraite, j'ai fait chaque jour l'aller-retour à vélo entre ma maison et Stanford, m'arrêtant souvent pour admirer les statues de Rodin, *Les Bourgeois de Calais*, le miroitement des mosaïques recouvrant la chapelle qui domine le Quad[1], ou pour flâner dans la librairie du campus. Et même après avoir pris ma retraite, j'ai continué de sillonner à vélo les environs de Palo Alto, pour faire des courses ou rendre visite à des amis. Ces derniers temps, toutefois, n'étant plus sûr de mon équilibre, je limite mes balades à une demi-heure au coucher du soleil, en n'empruntant que les voies cyclables. J'ai toujours assimilé la pratique du vélo à un exercice de libération et de contemplation, bouger vite mais sans à-coups et sentir le souffle du vent sur mon visage me transporte inévitablement dans le passé.

---

1. Le Quadrilatère, partie la plus ancienne de l'université.

Excepté une intense histoire d'amour de dix ans avec une moto, entre ma vingt-cinquième et ma trente-cinquième année, je suis resté fidèle au vélo depuis que, pour mon douzième anniversaire, et après une longue et pénible campagne de supplications et de cajoleries, mes parents m'ont offert une flamboyante et rouge American Flyer. Mendiant tenace, j'ai découvert très jeune une technique particulièrement efficace : établir un lien entre l'objet que je convoitais et l'éducation que je devais recevoir. Si mes parents ne montraient aucune générosité quand il s'agissait de frivolités, en revanche tout ce qui, de près ou de loin, ressortait du domaine de l'éducation – stylos, papier, règles à calcul (ça vous rappelle quelque chose ?) et livres, spécialement les livres –, ils donnaient des deux mains. Si bien que lorsque j'ai affirmé que, grâce au vélo, je me rendrais plus souvent à la gigantesque Bibliothèque centrale de Washington, ils n'ont pu refuser ma requête.

Moi, à dix ans.

J'ai respecté ma part du marché : chaque samedi, sans faute, j'ai empli les sacoches en similicuir de mon vélo des six livres (emprunt maximal autorisé par semaine) que j'avais ingérés depuis le samedi précédent, et effectué le trajet de quarante-cinq minutes pour aller en chercher d'autres.

La bibliothèque devint mon second foyer. J'y passais des heures le samedi après-midi, séances qui avaient un double but : me permettre d'accéder au vaste monde auquel j'aspirais, un monde de culture, d'histoire et d'idées, et soulager l'angoisse de mes parents, satisfaits de savoir qu'ils avaient engendré un lettré. En outre, de leur point de vue, plus longtemps je restais chez moi à lire, mieux c'était : nous habitions un quartier dangereux, pauvre et ségrégationniste, à quelques centaines de mètres de la frontière avec le quartier blanc, où sévissaient violence, vols, des heurts raciaux à tout bout de champ, sans compter l'ivrognerie (l'alcool provenant en grande partie de l'épicerie de mon père). Pour les vacances d'été, on m'expédiait loin de ces rues et à grands frais dans des camps du Maryland, de Pennsylvanie ou du New Hampshire.

L'immense salle au premier étage de la bibliothèque m'inspirait tant de respect et de crainte que je m'y déplaçais sur la pointe des pieds. Juste au centre se dressait le gigantesque casier contenant les biographies, par ordre alphabétique. J'ai dû en faire plusieurs fois le tour avant d'avoir le courage de demander à la bibliothécaire zélée de me guider. Sans un mot, l'index posé sur ses lèvres pour m'imposer le silence, elle m'indiqua le grand escalier de marbre qui menait à la section des enfants au deuxième étage – la mienne, bien entendu. Déconfit, j'ai suivi ses instructions ; néanmoins, à chacune de mes visites, je faisais le siège du casier des biographies et j'ai fini par élaborer un plan : lire une biographie par semaine en commençant par la lettre A, et ainsi de suite jusqu'au bout de l'alphabet. La première fut celle de Henry Armstrong, champion de boxe poids léger des années 1930. Des B, je me rappelle Juan Belmonte, torero du début du XXe siècle, et Francis Bacon, le philosophe de la Renaissance. Dans les C, il y eut Ty Cobb, le joueur de base-ball, et dans les G, Hetty Green, la femme d'affaires, « la sorcière de Wall Street ». Chez les J, j'ai découvert Edward Jenner, qui devint mon héros pour avoir éliminé la variole, et parmi les K Genghis Khan, à la suite de quoi je me suis demandé pendant des semaines si Jenner avait sauvé plus de gens que le Khan n'en avait tué. Les K abritaient aussi Paul De Kruif, le microbiologiste, qui m'incita à lire de nombreux livres sur le monde des micro-organismes. L'année suivante, j'ai travaillé pendant les week-ends à la fontaine à soda d'un drugstore et épargné suffisamment d'argent pour m'acheter un microscope en laiton, que je possède toujours. Les N m'offrirent Red Nichols, le trompettiste, et me firent découvrir un type bizarre, nommé Friedrich Nietzsche. Les P me dirigèrent sur saint Paul et Sam Patch, le premier individu à avoir survécu à un saut par-dessus les chutes du Niagara.

Mon plan de lecture s'est arrêté à la lettre T, quand j'ai découvert Albert Payson Terhune. Je me suis dérouté en dévorant pendant les semaines suivantes ses histoires des deux extraordinaires chiens colleys, Lad et Lassie. Aujourd'hui, je sais que de cette plongée hasardeuse dans le monde des livres il n'est résulté aucun mal, que je n'ai pas souffert d'avoir été le seul enfant de dix ou onze ans à connaître autant de choses sur Hetty Green ou Sam Patch. Disons néanmoins : quel gaspillage ! Je désirais tellement rencontrer un adulte, un grand mentor américain, quelqu'un à l'image de l'homme au costume de seersucker qui entrerait dans l'épicerie de mon père et annoncerait que j'étais un garçon très prometteur. Avec le recul, j'éprouve de la tendresse pour ce gamin solitaire, effrayé et résolu, une sorte d'admiration respectueuse pour la façon dont il a tracé sa route, en se formant souvent au hasard, sans encouragements, modèles ni guides.

6

La guerre de religion

Sœur Miriam était une nonne catholique que m'avait envoyée son confesseur, frère Alfred, que j'avais lui-même reçu en thérapie bien des années auparavant, après la mort de son père, un homme tyrannique. Frère Alfred m'avait écrit :

Cher docteur Yalom,

(Désolé, mais je ne peux pas vous appeler Irv – il me faudrait encore une année ou deux de thérapie pour y arriver.)

J'espère que vous pourrez recevoir sœur Miriam. C'est une âme généreuse et aimante, qui doit surmonter de nombreux obstacles sur la voie de la sérénité.

Femme séduisante et attachante, proche de la cinquantaine, rien dans sa façon de s'habiller ne signalait son appartenance à un ordre religieux. Franche, directe, elle aborda ses problèmes sans montrer d'embarras. Une vie au sein de l'Église, une œuvre de charité auprès des pauvres dont elle tirait une grande satisfaction et, en raison de son intelligence, de son enthousiasme et de ses capacités directoriales, les instances de son ordre lui avaient demandé d'occuper des postes administratifs de plus en plus élevés. Elle s'y révélait très efficace, mais sa qualité de vie avait diminué. Il lui restait peu de temps pour prier et méditer ; presque quotidiennement, elle devait affronter d'autres administrateurs en quête de pouvoir. Elle se sentait avilie par la rage qu'elle éprouvait à leur égard.

Dès le début, sœur Miriam m'a beaucoup touché, et mon respect a grandi au fur et à mesure pour cette femme qui avait véritablement dédié sa vie aux autres. Elle était exceptionnellement intelligente et extraordinairement pieuse. Jamais elle ne m'interrogea sur mes propres croyances et, après plusieurs mois de thérapie, me faisait suffisamment confiance pour apporter son journal intime à chaque séance et en lire des passages à voix haute. Elle y révélait sa profonde solitude, un sentiment d'embarras et d'envie envers d'autres nonnes dotées de beauté et de grâce. En lisant les passages où elle mentionnait sa tristesse à la pensée de tout ce à quoi elle avait renoncé – le mariage, une vie sexuelle, la maternité –, elle pleurait.

Elle se reprenait rapidement, exprimant sa reconnaissance pour la présence de Jésus dans sa vie. Elle parlait de ses conversations matinales avec lui, qui lui avaient procuré force et consolation dès ses années d'adolescence au couvent. Récemment, ses nombreuses tâches administratives avaient empiété sur ces moments de méditation, qui lui manquaient terriblement. Je résolus d'aider sœur Miriam à rétablir ses relations matinales avec Jésus.

Un jour, après une de nos séances, tandis que je faisais ma balade à vélo, j'ai pris conscience du mutisme que j'observais face à sœur Miriam sur mon scepticisme religieux. Je n'avais encore jamais rencontré chez quelqu'un une telle volonté de sacrifice, un tel dévouement. Si je considérais ma pratique thérapeutique comme une vie au service de mes patients, je n'offrais rien, comparé à elle ; je donnais en fonction de mon propre emploi du temps et j'étais payé pour mes services. Comment était-elle parvenue à un tel niveau d'altruisme ? Je pensai à ses débuts dans la vie. Ses parents, tombés dans une grande pauvreté à la suite d'un accident dans une mine de charbon qui avait rendu son père infirme, l'avaient placée à l'âge de quatorze ans dans un couvent, où ils n'allaient que rarement la voir. Dès lors, son existence s'était déroulée selon un règlement très strict : prières, étude de la Bible, catéchisme, matin, midi et soir. Peu de temps pour le jeu, l'amusement ou des activités sociales, et, bien entendu, aucun contact avec des hommes.

De mon côté, je réfléchissais souvent à ce qui me restait de mon éducation religieuse. Les jeunes garçons juifs de mon temps se trouvaient confrontés à un enseignement doctrinaire dépassé, qui, rétrospectivement, me paraît presque destiné à nous éloigner de toute vie religieuse. À ma connaissance, aucun de mes camarades de l'époque n'a conservé un sentiment religieux.

Mes parents étaient des juifs ethniques : de langue yiddish, ils suivaient à la lettre les lois alimentaires kasher, avec trois vaisselles différentes dans la cuisine (pour les laitages et la viande, plus le service entier pour la Pâque), ils respectaient les grandes fêtes, étaient d'ardents sionistes. Eux, la famille et leurs amis formaient un groupe soudé, qui n'a quasiment jamais noué de liens d'amitié avec un non-juif ni tenté de s'intégrer à l'Amérique moyenne.

Pourtant, malgré cette forte identité juive, je ne voyais guère de preuves d'un véritable intérêt religieux. Mis à part la fréquentation de rigueur de la synagogue pour les grandes fêtes, le jeûne de Yom Kippour et la consommation de pain non levé pour la Pâque, aucun ne pratiquait sérieusement la religion. Ils ne disaient pas les prières quotidiennes, ne portaient pas les *tefillin*[1], ne lisaient pas la Bible ni n'allumaient les bougies pour shabbat.

La plupart dirigeaient de petits commerces, épiceries, magasins de vins et spiritueux, épiceries fines, qu'ils fermaient le dimanche, le jour de Noël et le jour de l'An et pour les principales fêtes juives. Je garde un souvenir vivace de ces cérémonies à la synagogue : les hommes, amis et membres de notre famille, serrés sur le même banc en bas, les femmes au premier. Assis à côté de mon père, je jouais avec les franges de son châle de prière blanc et bleu, respirant l'odeur d'antimites

1. Petites boîtes cubiques contenant quatre passages de la Bible, attachées aux bras et au front par des lanières de cuir.

de son costume réservé à ces occasions, suivant des yeux par-dessus son épaule les mots hébreux qu'il pointait du doigt et que psalmodiait le chantre ou le rabbin. Comme ils ne signifiaient rien pour moi, je me concentrais le plus possible sur la traduction anglaise, sur la page opposée, qui grouillait de récits de violentes batailles, de miracles, chantant la glorification incessante et épuisante de Dieu. Rien qui ait le moindre rapport avec ma propre vie. Au bout d'un laps de temps respectable, je filais rejoindre les autres enfants dans la petite cour pour parler, jouer et flirter.

Tel fut mon contact avec la religion pendant mon enfance. Pourquoi mes parents n'ont pas essayé de m'apprendre à lire l'hébreu ni de m'inculquer un certain nombre de principes du judaïsme, je l'ignore encore. Cependant, à l'approche de mon treizième anniversaire et de ma bar-mitsvah, les choses ont changé. On m'envoya à l'école du dimanche, où je me suis montré étonnamment indiscipliné, posant des questions du genre : « Si Adam et Ève ont été les premiers humains, alors qui leurs enfants ont-ils épousé ? » Ou bien : « Si ne pas mélanger du lait avec la viande sert à éviter la possibilité abominable que le veau cuise dans le lait de sa mère, alors, Rabbi, pourquoi faut-il étendre la règle aux poulets ? Après tout, les poules ne donnent pas de lait. » Excédé, le rabbin a fini par m'expulser de l'école.

L'affaire n'était pourtant pas terminée. Impossible d'échapper à la bar-mitsvah. Mes parents m'ont envoyé suivre des cours particuliers chez M. Darmstadt, homme digne, raide et patient. L'épreuve principale pour le garçon qui fait sa bar-mitsvah consiste à psalmodier à voix haute et en hébreu la *haftarah* de la semaine (passage des livres des Prophètes) devant toute la congrégation réunie dans la synagogue.

Un sérieux problème s'est posé chez M. Darmstadt : je ne pouvais (ou ne voulais) pas apprendre l'hébreu ! Excellent élève par ailleurs, toujours dans les premiers de ma classe, là je devenais totalement stupide. Impossible de me rappeler les lettres, ou les tons, ou la mélodie du texte. M. Darmstadt a fini par renoncer, informant mon père que je ne saurais jamais réciter la *haftarah*. En conséquence, le jour de la cérémonie, ce fut mon oncle Abe, le frère de mon père, qui récita à ma place. Même les bénédictions en hébreu, j'avais été incapable de les apprendre. Aussi le rabbin, résigné, m'a-t-il tendu un aide-mémoire en anglais.

Mes parents ont dû avoir terriblement honte, ce jour-là. Comment en aurait-il été autrement ? Or je ne me rappelle aucun signe patent de cette honte – ni une image ni une parole que j'aurais échangée avec l'un ou l'autre. Je veux espérer que leur consternation s'est atténuée grâce à l'excellent discours (en anglais) de leur fils au cours du dîner de fête qui a suivi. Encore maintenant, je me demande pourquoi ce fut mon oncle et non mon père qui se chargea de lire à ma place. Que ne lui ai-je posé la question. Quant à mon travail de plusieurs mois avec M. Darmstadt, je n'en ai aucun souvenir. Seul me revient le trajet en trolley : je descendais un arrêt avant le bon, pour manger un hamburger au stand de la Little Tavern – une chaîne de baraques au toit de tuiles vertes, proposant trois hamburgers pour vingt-cinq *cents*. Cette transgression les rendait encore meilleurs : pour la première fois de ma vie, je mangeais une nourriture non kasher !

Si un adolescent comme le jeune Irvin, en pleine crise identitaire, venait chez moi pour une consultation psychiatrique, me racontant son incapacité à apprendre l'hébreu (bien qu'il soit par ailleurs un excellent élève), son expulsion de l'école religieuse (alors qu'il n'a par ailleurs aucun trouble notable du comportement), et, surtout, qu'il mange non kasher en se rendant chez son professeur d'hébreu, je crois que notre consultation se déroulerait peu ou prou de la façon suivante :

DOCTEUR YALOM : Irvin, tout ce que tu me racontes concernant ta bar-mitsvah m'amène à me demander s'il ne s'agit pas d'une rébellion inconsciente contre tes parents et ta culture. Tu es un excellent élève, parmi les premiers de ta classe, et au moment même où tu vas prendre ton rang d'adulte juif, tu présentes un symptôme idiopathique de pseudo-démence et deviens incapable d'apprendre ou de lire une autre langue que la tienne.

IRVIN : Avec tout le respect que je vous dois, docteur Yalom, je ne suis pas d'accord : c'est totalement explicable. Je suis très mauvais en langues, je n'ai jamais été capable d'apprendre une langue étrangère, et je doute que je le serai un jour. J'ai eu tous les A en classe, excepté en latin, des B, et en allemand, des C. Cela est dû au fait que je n'ai pas l'oreille musicale et ne peux sortir une note juste. En classe de chant, les profs me demandent expressément de ne pas chanter, seulement de fredonner doucement. Tous mes copains savent ça et aussi que je ne pourrai jamais psalmodier correctement les textes pour la bar-mitsvah ni apprendre une autre langue.

DOCTEUR YALOM : Irvin, laisse-moi te rappeler qu'il n'est pas question d'*apprendre* une langue – probablement moins de 5 % des garçons juifs américains comprennent le texte hébreu qu'ils lisent pour leur bar-mitsvah. On ne te demandait pas d'apprendre à parler l'hébreu, ni de le comprendre : tu devais seulement apprendre quelques sons et lire tout haut quelques pages. Des dizaines de milliers de gamins de treize ans font ça chaque année. Et ils sont nombreux à ne pas être classés A, mais B, C ou même D. Non, je le répète, il ne s'agit pas d'un cas de démence focalisée. Je suis sûr qu'il y a une meilleure explication. Dis-m'en plus sur ce que tu ressens du fait que tu es juif, à l'égard de tes parents et envers ta culture.

IRVIN : Je ne sais pas par où commencer.

DOCTEUR YALOM : Exprime juste tout haut ce que tu ressens à treize ans du fait d'être juif. Ne censure pas tes pensées, exprime-les comme elles te viennent. On appelle ça de la *libre association*.

IRVIN : Libre association, chouette. Penser tout haut ? OK. Je peux toujours essayer ! Être juif… le peuple élu de Dieu… quelle plaisanterie ! *Élu ?* Non, pour moi, c'est l'exact opposé. Être juif ne présente pas un seul avantage. Continuellement des remarques antisémites… Même M. Turner, le coiffeur blond au visage rubicond, m'appelle « le petit juif » quand il me coupe les cheveux. Et Unk, le prof de gym, me crie : « Eh, le juif, bouge ton cul », quand j'arrive pas à grimper à la corde. Et la honte, à Noël, quand tous les autres à l'école décrivent leurs cadeaux – j'étais le seul juif de ma classe à l'école primaire et je mentais, je prétendais avoir reçu des cadeaux. Je sais que mes cousines Bea et Irene racontent à leurs copines que les cadeaux de Hanoukka, c'est comme les cadeaux de Noël, mais mes parents sont trop occupés au magasin, et ils n'offrent rien pour Hanoukka. Et ils sont furax que j'aie des amis non juifs, spécialement s'ils sont noirs. Ils m'interdisent de les amener à la maison, même si moi je vais régulièrement chez eux.

DOCTEUR YALOM : Il me paraît donc évident que ce que tu désires par-dessus tout, c'est ne plus appartenir à ta culture. Ton refus d'apprendre l'hébreu, tes transgressions alimentaires signifient la même chose : « S'il vous plaît, sortez-moi de là. »

IRVIN : Difficile de soutenir le contraire. Pour mes vieux, ça doit être un terrible dilemme. Ils veulent pour moi une vie différente et meilleure. Ils veulent que je réussisse dans le monde extérieur, tout en craignant la fin du leur.

DOCTEUR YALOM : Est-ce qu'ils te l'ont dit à un moment ou un autre ?

IRVIN : Pas directement, mais il y a des signes. Par exemple, ils parlent yiddish entre eux, mais ni à ma sœur ni à moi. Ils nous parlent en charabia, un pidgin anglais-yiddish, mais c'est sûr qu'ils ne veulent pas qu'on apprenne le yiddish. Ils sont aussi très cachottiers sur leur vie en Russie. Quand j'essaie de savoir où se trouvait exactement leur shtetl dans le vieux pays, mon père, qui a un merveilleux sens de l'humour, répond en rigolant qu'ils vivaient en Russie mais que, quand ils pensaient aux hivers terribles, ils la surnommaient Poland, terre polaire. Et sur la Seconde Guerre mondiale, les nazis, la Shoah, pas un mot ! Le même silence règne dans les familles de mes amis juifs.

DOCTEUR YALOM : Comment l'expliques-tu ?

IRVIN : Probable qu'ils veulent nous épargner ces horreurs. Je me rappelle les actualités au cinéma, en mémoire du jour de la Victoire, qui montraient les camps et les montagnes de cadavres déplacés par les bulldozers. Le choc. Rien ne m'avait préparé à ça.

DOCTEUR YALOM : Sais-tu ce que tes parents veulent pour toi ?

IRVIN : Oui, que j'aie de l'instruction et que je sois américain. Quand ils sont arrivés, ils n'avaient aucune instruction laïque, zéro… sauf le cours qu'ils avaient suivi sur la façon dont on devient citoyen américain. Comme la plupart des juifs que je connais, ils sont « le peuple du Livre », et je crois, non, je *sais* qu'ils sont heureux de me voir lire des livres. Mais ils ne montrent aucun signe de désir de s'instruire. Ils pensent que c'est trop tard – ils sont trop écrasés de travail. Le soir, ils sont morts de fatigue. Ils travaillent dur pour me payer ce luxe, l'instruction, mais ils doivent savoir que chaque livre, chaque page que je lis, m'éloigne d'eux de plus en plus.

DOCTEUR YALOM : Je reviens à ton histoire de hamburgers, c'est le premier pas. C'est comme la sonnerie de clairon annonçant le début d'une longue campagne.

IRVIN : Oui, je mène une longue guerre d'indépendance, d'ailleurs les premiers accrochages ont eu lieu à cause de la nourriture. Avant ma rébellion de la bar-mitsvah, j'avais commencé à trouver ridicules les lois qui prescrivent de manger ceci ou cela. C'est une plaisanterie, et surtout elles m'empêchent d'être américain. Quand j'assiste à un match de base-ball avec mes copains, je n'peux pas manger un hot-dog. Même des sandwichs œuf-salade ou au fromage fondu, j'y ai pas droit, parce que mon père explique que le couteau qui sert à les découper a peut-être servi à couper un sandwich au jambon. Je proteste : « Je demanderai qu'on n'les coupe pas ! » « Non, pense à l'assiette, dans laquelle il y a peut-être eu du jambon, répondent mon père ou ma mère. C'est pas *traif*, pas kasher. » Vous imaginez, entendre ça, docteur Yalom, quand on a treize ans ? C'est dingue ! Il y a tout l'univers, des milliards d'étoiles qui meurent et qui naissent, des catastrophes naturelles chaque minute sur Terre, et mes parents qui clament que Dieu n'a rien de mieux à faire que de vérifier qu'il n'y a pas une molécule de jambon sur un couteau de snack ?

DOCTEUR YALOM : C'est vraiment ce que tu penses ? À ton âge ?

IRVIN : Vraiment. Je m'intéresse à l'astronomie et je me suis fabriqué un télescope. Quand je regarde le ciel la nuit, je suis scié. Nous sommes si minuscules dans le grand ordre de l'univers. Il me semble évident que les anciens ont essayé de traiter ce sentiment d'insignifiance en inventant un dieu qui nous trouvait, nous les humains, si importants qu'il devait surveiller le moindre de nos actes. Il est évident aussi que nous essayons de compenser la réalité de la mort en inventant un paradis et d'autres fantasmes qui ont un thème commun : « Nous ne mourons pas, nous continuons d'exister en passant dans un royaume différent. »

DOCTEUR YALOM : Tu as vraiment ce genre de pensées à ton âge ?

IRVIN : Je les ai depuis aussi loin que je peux m'en souvenir. Je les garde pour moi. Mais pour être honnête avec vous, je crois que les religions et les notions de vie après la mort sont les escroqueries les plus vieilles du monde. Elles n'ont qu'un but : procurer une vie confortable aux chefs religieux et atténuer notre peur de la mort. Mais à quel prix ! Ça nous infantilise, ça nous empêche d'admettre l'ordre naturel des choses.

DOCTEUR YALOM : Une escroquerie ? Quelle véhémence ! Pourquoi veux-tu offenser des milliards de gens ?

IRVIN : C'est vous qui m'avez demandé de pratiquer la libre association, n'est-ce pas ? D'habitude, je garde tout ça pour moi.

DOCTEUR YALOM : Exact. Je m'excuse. Mais laisse-moi te demander : tu parles de la peur de la mort et de la vie dans l'au-delà, quelles sont tes propres expériences de la mort ?

IRVIN : La première que je me rappelle, c'est la mort de mon chat. Je devais avoir dix ans. Nous avions toujours un couple de chats dans le magasin pour attraper les rats et les souris, et je jouais avec eux. Un jour, mon favori – c'était une femelle, j'ai oublié son nom – a été renversé par une voiture. Je l'ai trouvée au bord du trottoir, elle respirait encore. J'ai couru au magasin et j'ai sorti un morceau de foie du casier à viande (mon père était aussi boucher), j'en ai coupé une tranche et je l'ai posée à côté de la bouche de la chatte. Le foie, c'est ce qu'elle aimait le plus. Mais elle a refusé de manger, et puis elle a refermé les yeux pour de bon. Vous savez, je me sens mal d'avoir oublié son nom et de l'appeler simplement « la chatte ». On passait des tonnes d'heures merveilleuses ensemble, elle ronronnait sur mes genoux, et moi je la caressais tout en lisant un livre.

Pour les humains, je me souviens d'un garçon de ma classe, en troisième année d'école primaire. On l'appelait par ses initiales, « L.E. ». Il avait les cheveux blancs – c'était peut-être un albinos – et dans sa boîte-repas il y avait des sandwichs bizarres que sa mère lui faisait, par exemple fromage-pickles. J'avais jamais entendu parler de pickles dans un sandwich !… C'est si étrange la façon dont certains détails restent ancrés dans la mémoire. Un jour, il n'est pas venu en classe, et le lendemain le maître nous a dit qu'il était tombé malade et qu'il était mort. Point final. Je ne me rappelle aucune réaction, pas plus la mienne que celle des autres. La chose extraordinaire, c'est que je revois très bien le visage de L.E., son air étonné et ses cheveux blond platine dressés en brosse sur sa tête.

DOCTEUR YALOM : En quoi est-ce extraordinaire ?

IRVIN : C'est que je le connaissais mal. Je crois que nous n'avons été qu'une année, celle de sa mort, dans la même classe. Il avait une maladie, alors sa mère le conduisait à l'école en voiture et revenait le chercher, donc on ne rentrait jamais à pied en jouant avec lui. Il y avait plein d'autres garçons dans cette classe que je connaissais beaucoup beaucoup mieux, pourtant je ne me rappelle aucun visage.

DOCTEUR YALOM : Et ça signifie que… ?

IRVIN : Ça doit signifier que c'est la mort qui m'a marqué, mais que j'ai choisi de ne pas y penser directement.

DOCTEUR YALOM : Y a-t-il eu des moments où tu y as pensé *directement* ?

IRVIN : C'est brouillardeux dans ma tête, mais je me rappelle un jour, je marchais dans le quartier, je venais de jouer au flipper dans une supérette, et l'idée m'a traversé soudain que j'allais mourir comme n'importe qui, n'importe quel être qui vit ou qui vivra. Je sais que c'est la première fois que j'ai pris conscience de ma propre mort, que je n'ai pas gardé cette idée longtemps à l'esprit et que, bien sûr, je n'en ai jamais parlé à personne. Jusqu'à maintenant.

DOCTEUR YALOM : Pourquoi « bien sûr » ?

IRVIN : Je suis un solitaire. Je n'ai personne avec qui partager ces pensées.

DOCTEUR YALOM : Est-ce que solitaire veut dire que tu ressens la solitude ?

IRVIN : Oh, oui.

DOCTEUR YALOM : Quelle est l'image qui te vient quand tu penses à ta solitude ?

IRVIN : Je me vois pédaler dans un grand parc à dix rues de l'épicerie de mon père…

DOCTEUR YALOM : Tu dis toujours « l'épicerie de mon père », et non pas « chez moi ».

IRVIN : Touché, docteur Yalom. Je l'ai remarqué moi aussi. Très profondément, j'ai honte de chez moi. Ce qui me vient à l'esprit – je suis toujours en libre association, d'accord ?

DOCTEUR YALOM : D'accord. Continue.

IRVIN : Ce qui me vient à l'esprit, c'est une fête d'anniversaire un samedi soir, j'avais onze ou douze ans, dans une maison très luxueuse : une maison comme je n'en avais vu que dans les films. C'était celle d'une fille nommée Judy Steinberg, je l'avais connue en camp de vacances, un amour d'été, je crois même qu'on s'était embrassés. Ma mère m'avait conduit en voiture à la fête mais ne pouvait pas venir me chercher parce que le samedi soir, c'est bourré dans le magasin. Alors, la fête finie, Judy et sa mère m'ont raccompagné chez moi. J'avais tellement honte à l'idée qu'elles allaient voir mon taudis que je me suis fait arrêter devant une autre maison, modeste mais plus présentable, en prétendant bien sûr que c'était la mienne. Je suis resté devant la porte en agitant la main jusqu'à ce qu'elles aient disparu. Mais je doute qu'elles aient gobé le truc. Ça me révulse quand j'y pense.

DOCTEUR YALOM : Revenons à ce que tu disais avant. Parle-moi davantage de tes balades solitaires à vélo dans le Soldiers Home Park[1].

IRVIN : C'est un merveilleux parc, des kilomètres de long et désert à l'époque, sauf les maisons pour les vétérans. Ces randonnées sont mes meilleurs souvenirs d'enfance… dévaler des collines, le vent dans la figure, en me sentant libre et en récitant des poèmes à voix haute. Ma sœur venait de suivre un cours à la fac sur la poésie victorienne. J'ai parcouru son manuel et j'ai appris des poèmes par cœur, Oscar Wilde, Omar Khayyam, Byron, Tennyson. Je possède toujours le

1. Parc abritant des maisons de retraite pour les militaires.

disque que j'avais enregistré à treize ans dans une boutique spécialisée. Au verso, il y a mon discours (en anglais bien sûr) pour ma bar-mitsvah, au recto ma déclamation du « Gunga Din » de Kipling et de « La charge de la brigade légère » de Tennyson. Oui, plus j'y pense, plus je suis sûr que ces moments ont été les plus heureux de mon enfance.

DOCTEUR YALOM : La séance va s'achever. Mais, avant, laisse-moi te dire que je suis conscient de l'ampleur de la lutte que tu mènes. Tu es pris entre deux mondes : tu ne connais ni ne respectes l'ancien monde, et tu n'aperçois pas la porte qui t'ouvrira l'accès au nouveau. Ce qui suscite beaucoup d'angoisse. Tu auras besoin d'une longue psychothérapie pour t'aider à en sortir. Je suis heureux que tu aies décidé de venir me voir. Tu es un garçon plein de ressources et mon intuition me dit que tu réussiras très bien.

7

Un garçon joueur

Il est huit heures. Mercredi matin. Je viens de finir mon petit déjeuner et je longe tranquillement l'allée de gravier qui mène à mon bureau, m'arrêtant quelques instants pour saluer le bonsaï et arracher quelques mauvaises herbes. Je sais que ces herbes ont le droit d'exister, mais je ne peux les autoriser à aspirer l'eau dont le bonsaï a besoin. Je suis très heureux parce que je dispose de quatre heures pour écrire ; cependant, bien que pressé de m'y mettre, je ne résiste pas à l'envie de vérifier mes e-mails, me promettant de ne pas consacrer plus d'une demi-heure aux réponses.

Contenu du premier message : *Rappel : PARTIE CE SOIR chez moi. Ouverture des portes à 18 h 15. Nourriture délicieuse et coûteuse. Dîner rapide – le jeu commence à 18 h 45. Apporter des tonneaux de pèze ! Kevan.*

Ma première réaction est d'effacer le message, mais je m'en empêche, j'attends d'éprouver le sentiment de nostalgie habituel. J'ai commencé à jouer au poker il y a quarante ans, et me suis arrêté parce que l'état de ma vue (irrémédiable) rend le jeu beaucoup trop onéreux : à force de prendre une carte pour une autre, je perds au moins deux grosses mises à chaque partie. J'ai résisté autant que j'ai pu. *Vieillir, c'est renoncer à une chose après l'autre.* Bien que je me sois arrêté depuis quatre ans, les gars continuent de m'envoyer des invitations, par courtoisie.

Renoncer au tennis, au jogging et à la plongée sous-marine est une chose, renoncer au poker en est une autre. Les trois premiers sont des exercices plutôt solitaires, le poker est une activité sociale : mes partenaires, des types charmants, me manquent beaucoup. Certes, de temps à autre, nous déjeunons ensemble – jouant à pile ou face, ou faisant un *round* de poker sur la table du restaurant pour savoir qui va payer l'addition –, mais ce n'est pas la même chose. L'action et le sentiment du risque me manquent. J'ai toujours adoré parier, et l'excitation qui va avec. Maintenant, la seule chose que je peux faire, c'est essayer d'inciter ma femme à parier, sur des trucs complètement idiots : elle veut que je porte une cravate pour aller à un dîner et je rétorque : « Je te parie vingt dollars qu'il n'y aura pas un seul homme cravaté à ce dîner. » De temps en temps, pour me remonter le moral, elle accepte de parier.

Depuis quand suis-je accro à des jeux de ce genre ? Un coup de téléphone, il y a quelques années, m'a fourni des informations. Il venait de Shelly Fisher, à qui je n'avais plus parlé depuis la fin de l'école primaire.

Une de ses petites-nièces fait des études de psychologie, et il l'avait surprise en train de lire l'un de mes livres, *L'Art de la thérapie*. « Eh, je connais ce type ! » s'est-il exclamé. Dans l'annuaire de Washington, il a trouvé ma sœur, qui lui a communiqué mon numéro. Nous avons eu, lui et moi, une première conversation, nous rappelant tout ce que nous faisions ensemble : aller à l'école, jouer au bowling, aux cartes, et taper dans un ballon, collectionner les cartes de base-ball[1]. Le lendemain, il m'a rappelé : « Irv, tu m'as dit hier que tu cherches des informations sur notre passé. Je viens de me rappeler un truc : tu avais un problème avec le jeu. Tu me pressais tout le temps de jouer au gin-rummy, en misant des cartes de base-ball. Tu voulais parier sur n'importe quoi. Un jour, tu as voulu parier sur la couleur de la prochaine voiture qui passerait dans la rue. Je me rappelle le pied que tu as pris une autre fois en jouant aux nombres. »

Jouer aux nombres ! Un antique souvenir me revient. J'avais onze ou douze ans, mon père avait transformé l'épicerie en magasin de vins et spiritueux, et la vie était devenue un peu plus facile pour mes parents : fini les courses au marché de gros à cinq heures du matin, les kilos de marchandises avariées qu'il faut jeter. Mais les dangers avaient augmenté en conséquence : les vols étaient fréquents et, le samedi soir, un garde armé se tenait au fond du magasin. Dans la journée, une clientèle particulièrement bigarrée envahissait les lieux :

1. Cartes de collection.

maquereaux, prostituées, voleurs, alcooliques de tout poil, bookmakers, organisateurs de paris clandestins.

Un jour, j'ai aidé mon père à porter plusieurs caisses de scotch et de bourbon dans la voiture de Duke. Duke était l'un de nos superclients, et son style me fascinait : canne à pommeau d'ivoire, pardessus croisé en cachemire bleu tendre, Cadillac blanc rutilant d'une longueur kilométrique. Arrivé à l'emplacement où était garée la voiture, j'ai demandé si je pouvais déposer ma caisse dans le coffre. Mon père et Duke ont pouffé. « Pourquoi ne pas lui montrer le coffre ? » a demandé mon père. D'un geste cérémonieux, Duke l'a ouvert : « Tu vois, fiston, il n'y a pas beaucoup de place là-dedans. » J'ai regardé, et les yeux me sont sortis de la tête. L'image me revient, avec une clarté stupéfiante : le coffre était archiplein de liasses de billets de toutes valeurs, entourées d'épais caoutchoucs, et de sacs de grosse toile débordant de pièces.

Duke bossait dans le racket des nombres, endémique dans notre quartier. Il travaillait de la façon suivante : chaque jour, les parieurs plaçaient leur mise (parfois aussi minime que dix *cents*) avec leur « organisateur » sur un nombre à trois chiffres. S'ils avaient deviné juste, « touché, Dieu soit loué », pour dix *cents*, ils recevaient soixante dollars, une cote de 600 contre un. Mais, évidemment, la cote réelle était de 1 000 contre un, donc les books faisaient un énorme bénéfice. On ne pouvait pas trafiquer le nombre, puisqu'il dérivait d'une formule fondée sur le montant total des sommes misées sur trois courses de chevaux sélectionnées parmi celles d'un champ de courses voisin. Même s'il paraissait évident que la cote était contre les parieurs, deux choses jouaient en leur faveur : les montants très bas des mises et l'espoir « Dieu soit loué » de bénéficier d'un coup du destin qui soulagerait un tant soit peu le désespoir engendré par une longue vie de pauvreté.

Je connaissais de très bonne source l'excitation que procure ce genre de pari pour la bonne raison que, de temps en temps et secrètement, je plaçais quelques *nickels* ou *dimes* que je chipais dans la caisse du magasin. (Encore maintenant en y pensant j'en rougis de honte.) Mon père avait beau souligner régulièrement qu'il fallait être complètement débile pour parier contre de si grosses cotes, c'était le seul jeu auquel j'avais accès à l'époque. Je plaçais ma mise par l'intermédiaire de William, l'un des deux Noirs travaillant dans le magasin. Je lui promettais 25 pour cent des gains. William était alcoolique, au demeurant un homme gai et charmant, mais pas un parangon d'honnêteté, et je n'ai jamais su s'il plaçait réellement mes mises ou si, empochant mes *dimes*, il pariait pour lui-même. Je n'ai jamais « touché le nombre » ou, si ça m'était arrivé, je suppose que William aurait prétexté une défection de l'organisateur ce jour-là, ou concocté une autre histoire. J'ai abandonné l'aventure du jour où j'ai eu la chance de découvrir les paris mutuels sur le base-ball, le jeu de craps, la belote et surtout le poker.

8

Une brève histoire de colère

Aujourd'hui, ma patiente Brenda est arrivée à sa séance munie d'un agenda. Sans m'accorder un regard, elle est entrée dans mon bureau, s'est assise et a ouvert son sac d'où elle a sorti le carnet de notes qu'elle s'est mise à lire tout haut – une énumération de plaintes concernant mon comportement durant notre séance précédente.

« Vous avez dit que je fais du mauvais travail durant nos séances et que vos autres patients arrivent beaucoup mieux disposés à parler de leurs problèmes. Vous avez sous-entendu que vous préfériez de beaucoup travailler avec vos autres patients. Et vous m'avez reproché de ne pas vous fournir des rêves ou des rêves éveillés. Et vous avez pris le parti de mon précédent thérapeute, en disant que mon refus de parler avait causé l'échec de toutes mes précédentes thérapies. »

La fois d'avant, Brenda n'avait pas ouvert la bouche, m'obligeant à travailler dur : j'avais eu l'impression d'essayer d'ouvrir une huître. Aujourd'hui, en l'entendant énumérer ses accusations, j'ai opté pour la défensive. Face à la colère, je ne suis pas au meilleur de ma forme. Si je m'étais écouté, j'aurais souligné la façon dont elle dénaturait les faits, mais j'ai tenu ma langue pour diverses raisons. D'abord, c'était un début de séance prometteur – bien meilleur que la semaine précédente. Elle s'ouvrait, libérait de leur carcan les pensées et les sentiments qui l'avaient ligotée si étroitement. Et surtout, même si elle dénaturait mes paroles, je savais que j'avais effectivement pensé certaines des choses qu'elle m'accusait d'avoir dites, et qui avaient donné une coloration à mes paroles dont je ne m'étais pas rendu compte.

— Brenda, je comprends tout à fait votre mécontentement. Vous déformez un peu mes propos, mais vous avez raison sur un point : je me suis *effectivement* senti frustré et déconcerté la semaine dernière.

Je lui ai alors demandé :

— S'il nous arrive à l'avenir d'avoir une séance semblable, que me conseillez-vous ? Quelle est la meilleure question que je devrais vous poser ?

— Pourquoi ne pas me demander simplement ce qui s'est passé durant la semaine précédente, qui m'a rendue malheureuse ?

J'ai accepté sa suggestion. La question posée dans ces termes a débouché sur un examen fécond des déceptions et des affronts qu'elle avait supportés ces derniers jours. L'heure touchait à sa fin, et je suis revenu sur le début de la séance, demandant à Brenda ce qu'elle avait éprouvé en manifestant une telle colère contre moi. Elle s'est mise à pleurer et m'a exprimé sa gratitude pour l'attention que je lui avais portée, pour avoir reconnu ma responsabilité dans cette crise, et ne pas l'avoir laissée tomber. Nous avons tous les deux compris, me semble-t-il, que nous abordions une nouvelle phase de la thérapie.

Cette séance m'a conduit, tandis que je pédalais pour rentrer chez moi, à m'interroger sur la colère. Satisfait de la façon dont j'ai traité l'incident, j'ai conscience qu'il me reste un important travail personnel à faire dans ce domaine, et que je me serais senti beaucoup plus mal à l'aise si je n'éprouvais pas tant d'affection pour Brenda et ne savais pas combien il lui en coûte de me critiquer. De plus, il ne fait aucun doute que je me serais senti beaucoup plus menacé si la patiente avait été un homme. J'ai toujours redouté la confrontation, sur un plan personnel autant que professionnel, et j'ai soigneusement évité tout poste administratif, du genre président de commission ou doyen d'université, qui la rend presque inévitable. Une fois seulement, alors que j'avais fini mes années de résidence, j'ai accepté un entretien pour un possible poste de président de commission à l'université Johns-Hopkins. Heureusement, pour eux comme pour moi, ils ont sélectionné un autre candidat. Je me suis toujours dit que refuser ce genre de poste était une sage décision, car c'est dans la recherche clinique, la pratique et l'écriture que je prouve mes vraies capacités. Je dois néanmoins admettre que ma peur des conflits, ma timidité d'une façon générale ont joué un rôle significatif dans ce comportement.

Connaissant mon goût pour les soirées de quatre ou six personnes maximum, ma femme trouve plutôt comique que je sois devenu un expert en thérapie de groupe. En fait, cette pratique s'est révélée thérapeutique autant pour moi que pour mes patients : j'ai appris à surmonter mon anxiété face à des publics nombreux. Il est vrai aussi que je n'accepte ce genre de spectacle qu'à mes propres conditions : qu'il n'y ait aucun débat contradictoire impromptu. Dans de telles situations, mon esprit fonctionne trop lentement. L'un des avantages du vieil âge, c'est la déférence avec laquelle le public vous traite : cela fait des années, des décennies peut-être, que je n'ai été défié par un collègue ou un questionneur dans l'assistance.

J'interromps quelques minutes ma balade à vélo pour regarder s'entraîner au tennis les élèves d'un lycée, ce qui me ramène à l'époque où je faisais partie de l'équipe de tennis de mon propre lycée, la Roosevelt High School. Numéro six d'une équipe de six, j'étais pourtant bien meilleur joueur que Nelson, étiqueté cinquième. Toutefois, quand nous jouions l'un contre l'autre, il m'intimidait par son agressivité et ses imprécations, et surtout par sa tactique qui consistait à s'immobiliser, avant de tenter un point décisif, pour dire silencieusement une prière. Insensible, le coach m'intimait l'ordre de « grandir et gérer la situation ».

Je poursuis ma balade, pensant aux nombreux avocats et P-DG que j'ai soignés, et qui s'épanouissent dans les conflits ; je m'émerveille de leur appétit pour le combat. Je n'ai jamais compris comment ils y parviennent, ni pourquoi, moi, j'ai tellement cherché à esquiver les conflits. Je me rappelle les petites brutes à l'école primaire qui menaçaient de me casser la figure. Je me rappelle les histoires que je lisais, des histoires de gamins à qui leurs pères enseignaient la boxe, et comme j'aurais aimé en avoir un semblable. À cette époque-là, les juifs ne se battaient jamais : c'étaient eux qu'on battait. À l'exception de Billy Conn, le boxeur – j'ai perdu un paquet de fric en pariant qu'il battrait Joe Louis. Des années plus tard, j'ai découvert qu'en réalité il n'était pas juif…

Durant mon enfance, jusqu'à ma quatorzième année, la question de l'autodéfense s'est posée sérieusement. Le quartier était dangereux ; même parcourir une courte distance depuis chez soi pouvait se révéler périlleux. Trois fois par semaine, je me rendais au Sylvan, le cinéma à un pâté de maisons du magasin. Comme il y avait deux longs métrages par séance, je voyais six films par semaine, en général des westerns ou des histoires de Seconde Guerre mondiale. Mes parents me laissaient y aller sans hésitation parce qu'ils m'estimaient en sécurité à l'intérieur de la salle. Tant que j'étais là, ou à la bibliothèque, ou à lire dans ma chambre, soit quinze heures à vingt heures par semaine, ils devaient se sentir soulagés.

Mais le péril guettait. J'avais onze ans et je travaillais dans le magasin un samedi soir. Ma mère me demanda d'aller lui acheter un cornet de glace au drugstore, à quatre portes de chez nous. Jouxtant notre magasin, il y avait une blanchisserie chinoise, puis un coiffeur dont les vitrines s'ornaient de photos jaunies de différentes coupes, puis une toute petite quincaillerie surencombrée, enfin le drugstore qui, outre les médicaments, vendait des sandwichs et des glaces qu'on pouvait manger au comptoir, hissé sur l'un des huit tabourets. J'ai payé mon cornet au café (dix *cents* pour deux boules) et suis sorti, aussitôt entouré par quatre balèzes blancs, d'un ou deux ans de plus que moi. C'était inhabituel et risqué pour des groupes de Blancs de traîner dans notre voisinage noir, et généralement annonciateur de troubles.

« Et pour qui c'est la glace ? » ricana l'un, garçon aux petits yeux ternes dans un visage étroit, cheveux coupés en brosse, bandana rouge noué autour du cou.

J'ai murmuré « ma mère » tout en cherchant furtivement du regard par où m'échapper.

« Ta moman ? T'as pas le droit d'y goûter tout seul ? » Il m'attrapa la main et m'écrasa le cornet sur la figure.

À cet instant, un groupe de gamins noirs, mes copains, déboucha du coin de la rue. Ils s'avancèrent et nous entourèrent. L'un d'entre eux, Leon, se pencha vers moi. « Hey, Irv, envoie bouler cette merde. Tu peux y arriver. Sers-toi de ton uppercut, comme je t'ai montré. »

Sur quoi, on entendit des bruits de pas : mon père et William, son garçon de courses, accouraient. Mon père me prit par la main et me ramena à l'abri de notre boutique.

Évidemment, il a agi comme il le devait. Quel père voudrait laisser son fils au centre d'une bagarre de rue interraciale ? Pourtant, quand j'y repense, je regrette son intervention. Je regrette de ne pas m'être battu, de n'avoir pas flanqué au gars mon pitoyable uppercut. Le garçon avait à peu près ma taille, même s'il était un peu plus âgé, et je me serais senti beaucoup mieux dans ma tête, ultérieurement, si nous nous étions tabassés. Au pire, qu'est-ce que je risquais ? Un nez ensanglanté, un œil au beurre noir – un petit prix à payer pour avoir su, ne serait-ce qu'une fois, rester ferme sur mes positions.

Les modes de comportement des adultes découlent évidemment d'origines complexes, jamais d'un seul événement, pourtant je persiste à croire que ma difficulté à traiter des crises ouvertes de colère, mon refus de la confrontation, même de débats un peu chauds, ma répugnance à accepter des postes administratifs impliquant confrontations et disputes, tout cela aurait été différent si mon père et William ne m'avaient extirpé de la bagarre cette nuit-là, il y a si longtemps. Je reconnais cependant le fait que j'ai grandi dans un environnement où régnait la peur : barreaux de fer aux fenêtres, sentiment du danger environnant, et, planant au-dessus de tout cela, l'histoire de l'anéantissement des juifs d'Europe. La fuite était la seule stratégie que mon père m'avait enseignée.

Tandis que je raconte cet incident, une autre scène me revient à l'esprit : ma mère et moi allant au cinéma le Sylvan, et entrant dans la salle au moment où le film va commencer. Il était rare qu'elle aille voir un film avec moi, surtout un samedi après-midi, mais elle adorait Fred Astaire… Je n'aimais pas ces sorties avec ma mère, parce qu'elle ne savait pas se tenir, se montrait souvent impolie ; je ne savais jamais ce qui allait se passer. J'étais gêné chaque fois qu'un de mes amis la rencontrait. Dans la salle, elle repéra deux sièges au milieu d'une rangée et les occupa illico. Un garçon, assis sur le siège attenant, s'exclama :

— Eh, madame, j'ai réservé cette place !

— Oy, pour qui ça se prend. Il *réserve* la place.

La voix stridente portait loin, j'essayai de me cacher en me couvrant la tête de ma chemise. La copine du garçon est arrivée et, bougonnant, ils sont allés s'asseoir dans la rangée d'à côté. Le film a commencé et je leur ai jeté un regard furtif. Le garçon a capté mon regard, a brandi le poing dans ma direction, tout en articulant : « J't'aurai plus tard. »

C'était lui qui avait écrasé le cornet de glace sur ma figure. Comme il ne pouvait pas se venger sur ma mère, il devait rêver de l'occasion de me coincer seul. D'un seul coup, il nous atteindrait tous les deux !

L'histoire semble plausible et le récit satisfaisant. Combien est puissant notre besoin de combler les vides et de fabriquer des histoires claires et nettes ! Mais était-ce la vérité ? Soixante-dix ans plus tard, je n'espère pas déterrer les faits « réels ». Il se peut que l'intensité de mes émotions sur le moment, le désir de me battre et mon immobilisme les aient liés. La vérité ? Hélas, je ne suis plus certain qu'il s'agissait bien du même garçon et que la chronologie des faits soit la bonne : pour ce que j'en sais, la scène du cornet de glace doit s'être déroulée après celle du cinéma.

Plus je vieillis, plus il devient difficile de vérifier les réponses à ce genre de questions. J'essaie d'exhumer des bribes de mon enfance, mais quand je les compare avec celles de ma sœur, de mes cousins et amis, je suis toujours stupéfié par la différence de nos souvenirs communs. Dans mon travail quotidien, alors que je m'efforce d'aider mes patients à reconstruire leur jeunesse, je suis de plus en plus convaincu de la fragilité et de la nature mouvante de la réalité. Les Mémoires, y compris les miens, sont beaucoup plus fictifs que nous aimons le croire.

9

La table rouge

Mon cabinet se situe à une cinquantaine de mètres de la maison, mais l'abondance du feuillage autour de chaque bâtiment est telle qu'il les dissimule à la vue l'un de l'autre. J'y passe la majeure partie de la journée, le matin à écrire, l'après-midi à recevoir mes patients. Quand je me sens agité, je sors et m'affaire autour de mes bonsaïs, élaguant, arrosant, admirant la grâce de leurs formes et réfléchissant aux questions que je voudrais poser à Christine, maître bonsaï et amie proche de ma fille, qui habite à une centaine de mètres de chez nous.

Le soir, après ma promenade à vélo ou une balade à pied avec Marilyn, nous restons tous les deux dans la bibliothèque, à lire, parler ou regarder un film. La pièce est dotée d'une grande fenêtre d'angle qui donne sur un patio en bois de séquoia avec un jacuzzi entouré de chênes de Californie. Les murs y sont tapissés de centaines de livres et elle est meublée façon décontractée californienne, avec un fauteuil relax en cuir, et un canapé recouvert d'une large housse rouge et blanc. Dans un coin, contraste frappant avec tout le reste, se dresse la table faux baroque, rouge criard, de ma mère, aux quatre pieds incurvés noir et or avec les quatre chaises assorties. Sur cette table, je joue aux échecs et autres jeux de société avec mes enfants, tout comme, les dimanches matin, je jouais aux échecs avec mon père, il y a soixante-dix ans de cela.

Marilyn déteste le meuble et voudrait s'en débarrasser, mais elle a abandonné la lutte depuis longtemps. Elle sait ce que cette table signifie pour moi, et s'est résolue à la garder, en exil permanent au fond de la pièce. Le meuble est lié à l'un des événements les plus significatifs de ma vie. Chaque fois que je le regarde, je suis envahi de sentiments de nostalgie, d'épouvante et de délivrance.

Ma jeunesse se divise en deux parties : avant et après mon quatorzième anniversaire. Avant, nous vivions, ma mère, mon père, ma sœur et moi, dans le petit appartement miteux au-dessus de l'épicerie. On y accédait par une porte depuis la rue jouxtant le magasin. Il y avait un vestibule, où un livreur déposait régulièrement du charbon, par conséquent la porte n'était jamais fermée à clef. Par temps froid, il n'était pas rare de trouver un ou deux ivrognes endormis sur le sol.

À l'étage, il y avait deux appartements ; le nôtre donnait sur First Street, et comprenait deux chambres à coucher, l'une pour mes parents, l'autre pour ma sœur. Je dormais dans la petite salle à manger sur un canapé-lit. Quand ma sœur est partie pour l'université – j'avais dix ans –, j'ai occupé sa chambre. La cuisine était petite, avec une table étroite sur laquelle je prenais tous mes repas. De toute mon enfance, je n'ai pas partagé un seul repas avec mes parents (à l'exception des dimanches soir où toute la famille se retrouvait pour dîner – entre douze et vingt personnes). Ma mère cuisinait et laissait les plats sur le fourneau, ma sœur et moi mangions sur la petite table.

L'entrée réservée à la famille pour monter dans notre appartement au-dessus de l'épicerie. Vers 1943.

Mes copains vivaient dans des conditions semblables, il ne me venait donc pas à l'esprit de désirer un plus bel appartement ; sauf que le nôtre possédait quelque chose en plus, une abomination : les cafards.

Il y en avait partout, malgré les efforts des employés de la désinfection, et ils me terrifiaient (ce qui est toujours le cas). Toutes les nuits, ma mère plaçait les pieds du lit dans des bols remplis d'eau, parfois du pétrole, pour empêcher les insectes de grimper. Ce qui ne les empêchait pas de tomber du plafond. Dans le noir, toutes lumières éteintes, la maison leur appartenait, et je les entendais cavaler sur le linoléum de la cuisine. Je n'osais pas me lever pour aller pisser dans la salle de bains, j'utilisais un bocal placé à côté du lit. Je me rappelle une nuit où je lisais dans la salle à manger, et où un spécimen géant a volé à travers la pièce et atterri sur mes genoux. (Oui, les cafards savent voler ! Ils ne le font peut-être pas souvent, mais je vous assure qu'ils savent !) J'ai hurlé. Mon père accourut, fit tomber la bête sur le sol et l'écrasa du pied. La vue du cafard écrabouillé était pire que tout : je suis allé vomir dans les toilettes. Mon père essayait de me calmer, il ne parvenait pas à comprendre comment un cadavre d'insecte pouvait me bouleverser à ce point. (Ma phobie des cafards, toujours là, n'a cependant pas lieu d'être : le climat de Palo Alto est trop sec pour eux, et en un demi-siècle, je n'en ai pas aperçu un seul – l'un des grands bonus de la vie californienne.)

Et puis un jour, j'avais quatorze ans, ma mère m'a appris, presque par inadvertance, qu'elle avait acheté une maison et que nous allions déménager très prochainement. Image suivante : j'entre dans la nouvelle maison, qui donne sur une charmante rue calme à trois cents mètres de Rock Creek Park. C'est une belle construction, deux étages, trois chambres à coucher, au sous-sol une salle de jeux lambrissée de pin, une véranda vitrée, et une petite pelouse entourée d'une haie. Ma mère a pris seule la décision de l'acheter : mon père n'avait même pas eu le temps de quitter le magasin pour aller la visiter.

Quand avons-nous déménagé ? Ai-je vu les déménageurs ? Comment s'est passée ma première nuit dans ma nouvelle chambre ? Et que dire de l'immense plaisir que j'ai dû éprouver à laisser derrière moi la saleté, la pauvreté, la honte que je ressentais à habiter un tel endroit ? J'ai dû effectivement éprouver ce plaisir, mais je ne m'en souviens guère. Peut-être étais-je trop angoissé à l'idée de changer d'établissement scolaire et de me faire de nouveaux amis ? La relation entre mémoire et émotions est contradictoire : un appauvrissement de l'une selon que vous éprouvez trop ou pas assez des autres. Je me rappelle, en tout cas, mon émerveillement à déambuler dans une maison si propre. J'ai dû être fier d'y inviter mes amis, je me suis sûrement senti plus apaisé, moins effrayé, capable de mieux dormir : ce ne sont que des suppositions. Mon souvenir le plus clair de cette période, c'est celui de ma mère annonçant avec fierté qu'elle venait d'acheter la table rouge.

Elle avait décidé de ne rien garder de l'ancien appartement, ni meubles ni linge, à l'exception des casseroles (dont je me sers toujours). Elle aussi devait ne plus supporter notre mode de vie antérieur, encore qu'elle ne m'ait jamais parlé de ses rêves ou de ses aspirations. En revanche elle m'a raconté, et pas qu'une fois, l'histoire de la table. Après avoir finalisé l'achat de la maison, elle s'est rendue chez Mazor, grand magasin fréquenté par toutes ses amies, et, en l'espace de l'après-midi, a commandé tout ce qu'il fallait, meubles d'intérieur et de jardin, y compris les tapis. Au moment où le vendeur faisait le compte de cet énorme achat, le regard de ma mère est tombé sur une table de jeu néo-baroque, avec dessus de cuir rouge criard et quatre chaises assorties. Elle ordonna au vendeur d'ajouter l'ensemble à sa commande. Il lui dit que, malheureusement, le lot était déjà vendu et que, encore plus malheureusement, non seulement il n'en avait pas d'autre, mais le modèle ne se fabriquait plus. Sur quoi, ma mère lui intima l'ordre d'annuler toute la commande et, ramassant son sac, se prépara à partir.

Feinte ou sincère, sa manœuvre réussit. Le vendeur se dégonfla, ma mère possédait sa table. En tout cas, chapeau bas : si bluff il y eut, c'est un des plus beaux qu'il m'ait été donné de connaître dans ma carrière de joueur de poker. J'ai parfois eu l'envie d'écrire cette histoire du point de vue de la famille à qui la table a échappé – leur abattement contrastant avec la mine triomphale de ma mère.

C'est donc sur cette table que j'ai joué aux échecs, avec mon père d'abord, puis avec mes enfants et mes petits-enfants. J'ai fait partie de l'équipe d'échecs de mon lycée, arborant fièrement le maillot où figure une pièce géante du jeu. Nous disposions de cinq échiquiers et avons affronté tous les lycées de Washington. Je jouais sur le premier échiquier et, n'ayant pas connu de défaite pendant l'année de terminale, je me considérais champion junior de la capitale. Mais je n'ai jamais progressé suffisamment pour être capable de jouer à un niveau supérieur, en partie à cause de mon oncle Abe, qui méprisait l'idée d'apprendre dans des manuels des tactiques d'ouvertures. Je le revois pointant ma tête du doigt en me traitant de *klug* (futé), m'ordonnant de me servir de mon bon *kopf* (cerveau) Yalom, et de pratiquer un jeu non orthodoxe afin de déconcerter mes adversaires. Un très mauvais conseil. J'ai arrêté de jouer dès mon entrée en fac de médecine (sauf un trimestre où l'on m'a pris dans l'équipe universitaire), et n'ai recommencé que pour enseigner cet art à mes fils, Victor et Reid, qui sont devenus d'excellents joueurs. Ces dernières années, toutefois, j'ai pris des leçons avec un maître russe, ce qui a amélioré mon classement sur Internet. Trop tard, malheureusement : l'amoindrissement de ma mémoire est un obstacle insurmontable.

S'il n'avait tenu qu'à mon père, nous aurions probablement continué à vivre indéfiniment au-dessus du magasin. Il semblait totalement indifférent à son entourage. C'est ma mère qui lui achetait ses vêtements et lui disait quoi porter, y compris la cravate, lorsque nous sortions le dimanche.

Il avait une belle voix, et j'adorais l'entendre chanter des chansons yiddish, accompagné de ma tante Luba, à l'occasion de nos réunions familiales. Aucune sorte de musique, en revanche, n'intéressait ma mère, que je n'ai jamais entendue même fredonner – une incapacité qu'elle m'a transmise. Le dimanche matin, pendant que nous jouions aux échecs, mon père et moi, sur la table rouge, il mettait des disques de chansons yiddish sur l'électrophone, qu'il entonnait de concert, jusqu'à ce que ma mère se mette à hurler : « *Genug*, Barel, *genug* ! » (« Assez, Ben, assez ! »). Et il obéissait. C'est dans ces moments-là qu'il me décevait le plus. J'aurais tellement voulu qu'il tienne bon, qu'il ose l'affronter. Cela ne s'est jamais produit.

Ma mère était bonne cuisinière. J'essaie parfois de réaliser certains de ses plats, dans les lourds faitouts en aluminium dont j'ai hérité, auxquels je tiens particulièrement, car je suis persuadé qu'ils donnent un meilleur goût à la nourriture. Objets de convoitise aussi pour mes enfants, mais je m'accroche.

Après notre déménagement, ma mère a gardé l'habitude de cuisiner le matin, avant de se rendre au magasin – vingt minutes de trajet en voiture –, où elle restait jusqu'au soir. Je réchauffais les plats que je mangeais seul en lisant un livre. (Ma sœur, Jean, avait intégré l'université du Maryland.) Mon père revenait déjeuner à la maison et faire une petite sieste, mais nos heures de repas coïncidaient rarement.

Blagden Terrace, notre rue, était bordée de hauts sycomores, derrière lesquels s'alignaient de belles maisons, remplies d'enfants de mon âge. Qui m'ont accueilli dès le premier jour. Ils jouaient au foot et m'ont fait signe ; ils manquaient de joueurs, j'ai foncé. Ce même jour, de l'autre côté de la rue, sur la pelouse d'une maison, j'ai vu un garçon s'entraîner à la batte avec son grand-père. C'était Billy Nolan. Nous avons ensuite beaucoup joué ensemble au base-ball. Puis j'ai fait le tour du quartier. Je me rappelle un jardin avec une mare dans laquelle flottaient des nénuphars, ce qui m'a beaucoup excité, car j'ai pensé à tout ce que recélait cette eau, que je pourrais placer sous mon microscope : des myriades de larves de moustique flottant à la surface et des amibes au creux des nénuphars. Mais comment me les procurer ? Dans mon ancien quartier, je me serais glissé dans le jardin la nuit et aurais volé certaines de ces créatures. Mais ici ?

Blagden Terrace et le voisinage semblaient un monde idyllique. Propre, sans danger, pas de meurtres, jamais de propos antisémites. Mon cousin Jay, qui est également l'un de mes plus proches amis depuis toujours, venait aussi d'emménager à quelques centaines de mètres. Nous allions souvent ensemble dans Rock Creek Park, avec son cours d'eau, ses sentiers, ses terrains de base-ball, ses courts de tennis. Des parties s'y déroulaient presque tous les jours, dès la sortie de l'école et ce jusqu'à la nuit.

Mes parents devant la maison de Blagden Terrace, Washington D.C., 1947.

J'avais changé de vie. Il m'arrivait encore d'aller donner un coup de main au magasin, quand mes parents manquaient de personnel, mais je n'appartenais plus à cet environnement sordide. Je n'aurais plus jamais besoin de mentir sur l'endroit où j'habitais. Si seulement Judy Steinberg, ma petite amie du camp de vacances, avait pu voir ma nouvelle maison !

10

Marilyn

J'encourage toujours les futurs psychothérapeutes à se faire analyser. « Votre principal instrument est votre *moi*. Apprenez sur lui tout ce que vous pouvez. Ne laissez pas vos points aveugles bloquer l'accès à vos patients, vous empêcher de comprendre ce qu'ils ressentent. » Moi-même, je suis si étroitement lié à une seule femme depuis l'âge de quinze ans, si emmitouflé dans ma grande famille que je me demande souvent si je suis réellement capable d'entrer dans le monde de quelqu'un qui traverse la vie en solitaire.

Les années avant Marilyn m'apparaissent en noir absolu ou en blanc. La couleur s'est infiltrée après que je l'ai connue. Je revois notre première rencontre avec une clarté surnaturelle. J'étais en seconde à la Roosevelt High School, cela faisait six mois que j'habitais notre nouveau quartier. Un samedi en début d'après-midi, après deux heures passées à jouer et à miser au bowling, mon copain Louie Rosenthal suggéra que nous allions à une surprise-partie pas loin de là, chez une fille nommée Marilyn Koenick. J'étais timide, pas très fan de surprises-parties, et je ne connaissais pas Marilyn, qui finissait sa troisième, mais comme je n'avais pas d'autre projet, j'ai accepté.

Elle habitait une modeste maison de brique, identique à toutes celles qui s'alignaient sur Fourth Street, avec quelques marches menant à une petite véranda. En approchant, nous avons vu un magma de jeunes de notre âge agglutinés sur les marches et sur la véranda, qui tâchaient de franchir la porte. Mal à l'aise en société comme je l'étais, j'ai fait demi-tour dans l'intention de rentrer chez moi mais Louie, toujours plein de ressources, m'a saisi le bras et, pointant la fenêtre devant nous sur la véranda, suggéra que nous la soulevions et rampions à travers. Ce que nous avons fait, pour tomber, dans le vestibule, au centre d'une foule grouillante de courtisans, sur une très petite, très mignonne et exubérante personne, aux longs cheveux brun clair. « C'est elle, m'a dit Louie, c'est Marilyn. » Ce soir-là, au lieu de fuir, à mon grand étonnement j'ai fendu la foule et me suis approché de l'hôtesse, ne trouvant à lâcher que : « Salut, je m'appelle Irv Yalom, et je suis entré par la fenêtre. » Je ne sais pas ce que nous nous sommes dit avant que d'autres attirent son attention, mais je sais que j'étais foutu : attiré par elle comme un clou par un aimant, j'ai eu immédiatement le sentiment – non, plus que cela : la conviction – que cette fille allait jouer un rôle crucial dans ma vie.

Surexcité, je lui ai téléphoné le lendemain, la première fois que je téléphonais à une fille, et l'ai invitée à voir un film. Mon premier rendez-vous amoureux. De quoi avons-nous parlé ? Je me rappelle en tout cas *Autant en emporte le vent*, qu'elle m'a dit avoir dévoré pendant toute une nuit, ce qui lui avait fait manquer l'école le lendemain. J'ai trouvé cela si merveilleux que j'en titubais. Nous sommes aussitôt partis dans une discussion échevelée sur les livres que nous aimions. Ma quête méthodique de biographies à la Bibliothèque centrale sembla l'intéresser particulièrement. Qui aurait imaginé que cette manie baroque se révélerait si utile ? Chacun a suggéré à l'autre des titres de livres – j'étais dingue de John Steinbeck à l'époque, elle lisait *Jane Eyre* et *Les Hauts de Hurlevent*, ce qui ne me serait jamais venu à l'idée. J'aimais James Farrell, elle, Jane Austen, et tous les deux nous adorions Thomas Wolfe ; il nous arrivait de nous lire à haute voix les passages les plus mélodieux de son roman *Aux sources du fleuve*. Quelques rendez-vous plus tard, j'ai parié trente dollars avec mon cousin Jay que j'épouserais Marilyn. Il me les a remboursés le jour de mon mariage !

Qu'avait-elle de si particulier ? Maintenant que, écrivant ces Mémoires, je tâche de me refamiliariser avec l'adolescent que j'étais, en comprenant à quel point j'étais perturbé, cherchant désespérément un mentor autour de moi, la chose me paraît évidente : ce fut elle, mon mentor ! Mon inconscient a saisi que cette jeune personne était l'être unique susceptible d'assumer la tâche de me civiliser et de m'élever au-dessus de moi-même. Son histoire familiale ressemblait suffisamment à la mienne pour que je ne me sente pas gêné en sa présence, avec juste les différences qu'il fallait. Ses parents avaient eux aussi émigré de l'Europe de l'Est, mais une demi-génération avant celle des miens, et avaient bénéficié d'une certaine éducation laïque. Son père, arrivé adolescent, n'avait pas connu la même misère que le mien, il était cultivé, aimait l'opéra, et avait voyagé à travers l'Amérique comme son héros, Walt Whitman, en exerçant des tas de petits boulots pour subvenir à ses besoins. Après son mariage avec Celia, la mère de Marilyn, née et grandie à Cracovie, douce jeune fille chez qui nul n'aurait décelé une trace du tempérament coléreux et grossier de ma mère, il avait ouvert une épicerie (maillon d'une chaîne coopérative) à un pâté de maisons de la nôtre, avons-nous découvert plus tard ! J'avais dû passer devant, à pied ou à vélo, des centaines de fois. Mais, prévoyant, il s'était refusé à laisser sa famille vivre dans ce quartier dangereux et misérable, si bien que Marilyn avait grandi dans un voisinage modeste et sûr de la petite classe moyenne, et n'avait quasiment jamais mis les pieds dans le magasin de son père.

Nos parents se sont souvent rencontrés après que nous avons commencé à sortir ensemble et, paradoxalement, les siens ont conçu un grand respect pour les miens. Impressionné par le succès commercial de mon père, M. Koenick avait perçu l'esprit acéré et perspicace de ma mère et deviné qu'elle était la véritable force qui avait permis cette réussite. Malheureusement,

M. Koenick est mort alors que j'avais vingt-deux ans, ce qui m'a empêché de bien le connaître, pourtant c'est lui qui m'a emmené pour la première fois à l'opéra (une représentation de *La Chauve-Souris*).

Quelques mois après notre rencontre, en février, j'ai assisté à la cérémonie de fin de semestre au collège de Marilyn, signifiant son entrée au lycée, et l'ai écoutée, médusé par son assurance, prononcer son discours. Dieu que j'admirais et aimais cette fille !

Pendant toutes nos années de lycée, nous sommes demeurés inséparables, déjeunant ensemble tous les jours, nous voyant pendant les week-ends. Nous portions une telle dévotion à la littérature que nos divergences sur d'autres sujets n'avaient guère de conséquences. Elle était, très jeune, tombée amoureuse de la langue, de la culture et de la littérature françaises, moi je préférais les sciences. Je réussissais l'exploit de ne pas prononcer correctement un seul mot de français, que je le lise ou l'entende, tandis qu'elle, chaque fois qu'elle regardait dans mon microscope, ne voyait que ses propres cils.

Un jour, les cours de l'après-midi furent annulés de façon que tous les élèves puissent assister à la projection du film anglais *Les Grandes Espérances*. Assis côte à côte, Marilyn et moi l'avons regardé en nous tenant par la main, et le film est demeuré l'un de nos favoris. Il m'a ouvert le monde de Dickens et, en peu de temps, j'avais lu la totalité de ses romans. Que j'ai relus nombre de fois depuis. Des années plus tard, alors que je voyageais beaucoup pour des conférences en

Grande-Bretagne et aux États-Unis, j'ai pris l'habitude de fréquenter les librairies d'occasion à la recherche des premières éditions de Dickens. C'est la seule chose que j'aie jamais collectionnée.

Marilyn était si adorable, intelligente et douée pour les relations sociales qu'elle séduisait tous ses professeurs. En ces années-là, on pouvait me qualifier de ceci ou de cela, mais personne n'aurait eu l'idée folle de me trouver adorable. J'étais bon élève, excellent en sciences et en anglais, matière qui me valait une hausse régulière d'impopularité grâce au soin que prenait Mlle Davis de vanter mes compositions et de les punaiser au tableau d'affichage. Malheureusement, en terminale, je suis passé chez Mlle McCauley, l'autre professeur d'anglais, qui, elle, tenait beaucoup à Marilyn. Un jour, elle me vit dans le vestiaire penché vers Marilyn avec qui je bavardais, et ne m'appela plus que « cow-boy de vestiaire ».

Ne supportant pas que je courtise Marilyn, elle ne trouvait pas de mots assez cinglants pour ridiculiser mes dissertations. Se moquant de mon interprétation « pompeuse » d'un messager au cours d'une lecture à voix haute du *Roi Lear*. Récemment, deux de mes enfants, fouillant dans de vieux papiers, sont tombés sur un texte lyrique que j'avais écrit sur le base-ball, agrémenté de commentaires de Mlle McCauley du genre : « Stupide ! » ou « Tant d'enthousiasme pour tant de futilités ». Parmi les futilités en question, il y avait Joe DiMaggio et King Kong Keller !

J'ai toujours eu conscience de la formidable chance qu'a constituée la présence de Marilyn à mes côtés depuis ma quinzième année. Elle a élevé mon esprit, soutenu mon ambition, elle m'a offert un modèle de grâce, de générosité, entraîné dans une vie dédiée à la réflexion. Alors, merci Louie, où que tu sois. Merci de m'avoir aidé à ramper à travers cette fenêtre.

11

À l'université

Il y a deux ans, j'étais assis dans un café de Sausalito avec mon ami Larry Zaroff, à contempler la baie de San Francisco. Le vent giflait les mouettes, et nous regardions vaciller le ferry qui fait la traversée entre les deux villes. Nous nous rappelions nos années de fac : étudiants à l'université George-Washington (dite GW), nous suivions à peu près les mêmes cours – chimie organique, analyse qualitative et anatomie comparée, où nous disséquions tous les organes et tous les muscles d'un chat. Nous pataugions dans les souvenirs d'un temps qui fut l'un des plus stressants de ma vie, quand Larry s'embarqua dans l'histoire d'une soirée folle de notre association d'étudiants, pleine de libations, de chahut et de copains. Hérissé, je me récriai :

— Association d'étudiants ? Quelle association ?

— TEP, évidemment.

— De quoi parles-tu ?

— Tau Epsilon Pi. Qu'est-ce qui t'arrive, Irv ?

— Ce qui m'arrive, c'est que je suis vraiment furieux. Je t'ai vu chaque jour pendant toutes ces années, et je n'ai jamais entendu parler d'association. Pourquoi ne m'a-t-on pas invité à y entrer ?

— Comment veux-tu que je m'en souvienne ? Nous sommes en 2014 et nous sommes entrés à la GW en 1949.

Après avoir quitté Larry, j'ai téléphoné à mon cher ami Herb Kotz à Washington. Herb, Larry et moi ne nous quittions pas à l'époque. Trio de tête dans chaque cours que nous suivions, nous partagions la même voiture pour aller à la fac et déjeunions ensemble presque chaque jour.

— Herb, je sors d'une discussion avec Larry et il m'a raconté qu'il avait appartenu à une association d'étudiants, TEP, à la GW. Tu étais au courant ?

— Ben, oui. J'en étais membre moi aussi.

— Quoi ? Toi aussi ? Incroyable. Pourquoi ne m'avez-vous pas demandé d'adhérer ?

— Comment veux-tu que je m'en souvienne après si longtemps ? Je t'ai probablement demandé, mais tout ce qu'on faisait, c'étaient des soirées bière le vendredi, et tu détestes la bière, et tu ne sortais avec personne d'autre que Marilyn.

J'ai mâchonné ma rancune pendant un temps jusqu'à ce que, il y a quelques mois, Marilyn, à l'occasion d'un grand nettoyage de la maison, tombe sur une lettre de Tau Epsilon Pi, datée de 1949, contenant ma carte de membre. J'avais donc adhéré à l'association, mais n'avais assisté à aucune réunion et avais totalement effacé la chose de ma mémoire !

Cet incident témoigne de l'état de tension et d'angoisse dans lequel j'ai vécu ces années d'université. Encore maintenant, j'envie tous ceux pour qui elles ont signifié une expérience pleine de gaieté – esprit de classe, camarades de chambre qui sont devenus d'éternels amis, célébrations d'événements sportifs, farces entre copains, relations privilégiées avec un professeur-guide, sociétés secrètes semblables à celle du *Cercle des poètes disparus*. Cette partie de ma vie, je l'ai totalement manquée, mais je sais aussi que, compte tenu de l'état de mal-être qui était le mien, il a mieux valu que je n'aie pas intégré l'un des établissements de l'Ivy League[1] : je doute que j'aurais goûté les bonheurs de l'endroit, je ne sais même pas si j'y aurais survécu.

Dans mon travail de thérapeute, un fait, notamment, m'a frappé : très souvent, mes patients retrouvent des souvenirs de leur vie à différents stades au moment où leurs enfants traversent ces mêmes stades. Cela m'est arrivé avec mes enfants, lorsque, en classe de terminale, ils envisageaient leurs futures études, et de nouveau avec mon petit-fils, Desmond, quand il est entré à l'université. Stupéfait et envieux, j'ai découvert les nombreuses ressources mises à la disposition de tous ces jeunes, qui leur permettent de choisir leur

1. Groupe de huit universités privées du nord-est des États-Unis, parmi les plus prestigieuses du pays.

établissement. Desmond a bénéficié de conseillers, de manuels expliquant le cursus dans les meilleures petites facs de premier cycle, et d'entretiens avec les équipes de recrutement de ces établissements. Je ne me souviens pas de tels moyens d'information à mon époque, et bien sûr personne dans ma famille ne connaissait quoi que ce soit en la matière. Surtout, et c'est là le point crucial, aucun de mes copains de lycée n'avait envisagé d'intégrer une faculté autre que nos deux établissements locaux, l'université du Maryland ou la George-Washington, aussi immenses que médiocres, à l'époque. Le mari de ma sœur, Morton Rose, pour qui j'avais un grand respect, exerça une forte influence. Excellent médecin, il avait fait toutes ses études à George-Washington, donc ce qui avait été bon pour lui devait l'être pour moi.

Finalement, lorsque mon lycée m'a attribué la bourse Emma-K.-Karr couvrant l'intégralité des frais d'étude à GW, la question fut réglée. Même si le montant annuel ne dépassait pas les trois cents dollars.

J'étais persuadé qu'il en allait de mon avenir, de ma vie entière. Depuis ma première rencontre, à quatorze ans, avec le docteur Manchester, j'avais décidé que je serais médecin, sachant comme tout le monde que les facs de médecine appliquaient un quota strict : 5 % d'étudiants juifs. Sur une promotion annuelle de cent admis à la GW, il y avait cinq juifs. L'association juive de mon lycée dont j'étais membre (Upsilon Lambda Phi) comptait bien plus de cinq élèves intelligents en terminale, désireux de suivre des études de médecine, et ce n'était qu'une des nombreuses associations de ce type à Washington. La compétition semblait écrasante. Aussi, dès le premier jour de mon entrée en premier cycle, j'ai pris ma décision : ne penser à rien d'autre, travailler plus dur que quiconque, obtenir de si bonnes notes que la fac de médecine serait obligée de m'accepter.

Le hic, c'est que, apparemment, tous les jeunes que je connaissais, tous fils de juifs immigrés d'Europe arrivés après la Première Guerre mondiale, tenaient la médecine pour la profession idéale. À défaut, il y avait les études dentaires, le droit, les études vétérinaires. En dernier ressort, le job le moins désirable : entrer dans les affaires avec son père. Selon la blague populaire bien connue à l'époque, un garçon juif avait deux possibilités : devenir médecin ou raté.

J'ai pris ma décision d'intégrer GW sans consulter mes parents. Nos relations, à l'époque, étaient pour le moins distendues : le magasin se trouvait à une demi-heure de voiture de la maison, et je ne les voyais vraiment que le dimanche, où nous parlions généralement de choses sans conséquence. En réalité, je n'avais plus parlé sérieusement avec ma mère depuis qu'elle m'avait accusé d'être responsable de la crise cardiaque de mon père. J'avais résolu de me protéger en gardant mes distances. J'aurais aimé une plus grande proximité avec mon père, mais mari et femme étaient beaucoup trop étroitement liés.

Je me rappelle un jour, j'étais en fin de terminale, où je conduisais ma mère au magasin. À cinq minutes de l'arrivée, elle me demanda ce que je comptais faire ensuite. Je lui ai dit que je voulais entrer en fac pour devenir médecin. Elle a hoché la tête, apparemment très contente, mais ce fut tout. Nous n'en avons plus jamais reparlé. À la réflexion, je me demande si mes parents ne se sont pas sentis intimidés par moi, s'ils n'ont pas eu le sentiment que les rapports entre eux et moi n'existaient plus, que j'avais déjà plongé dans une culture qu'ils ne comprenaient pas.

Néanmoins, j'ai considéré comme allant de soi qu'ils paieraient mes frais de scolarité, en sus de la bourse, et autres dépenses, jusqu'à la fin de mes études. Il aurait été d'ailleurs impensable, selon la norme qu'on leur avait inculquée, qu'ils puissent agir autrement. Et j'ai fait de même avec mes enfants.

Pour beaucoup, l'accès en fac, en premier cycle, constituait l'objectif rêvé ; pour mes amis et moi, ce n'était qu'un obstacle à surmonter le plus vite possible. En règle générale, on entrait en faculté de médecine proprement dite après quatre ans de premier cycle ; certaines facs, toutefois, acceptaient des postulants exceptionnels après trois ans, à condition qu'ils aient suivi tous les cours exigés. Mes copains et moi avons choisi cette option, ce qui impliquait de ne suivre aucun autre cours que ceux qui étaient requis : chimie, physiologie, biologie, physique, anatomie, plus l'allemand.

Durant ces trois années de premier cycle, j'ai néanmoins pris trois matières facultatives, toutes concernant la littérature. J'habitais chez mes parents et m'imposais une routine féroce : apprentissage, mémorisation, expériences en laboratoire, des nuits passées à préparer les examens, le tout sept jours sur sept.

Pourquoi une telle boulimie ? Une telle précipitation ? Il était inimaginable pour moi et mes amis d'envisager de prendre ce qu'on appelle maintenant une « année sabbatique », s'engager dans une organisation telle que les Peace Corps (qui n'existait pas à l'époque), une œuvre humanitaire dans des pays étrangers, ou choisir telle ou telle autre option dont bénéficient aujourd'hui mes enfants. Seule comptait l'admission définitive en fac de médecine, ce qui signifiait une pression omniprésente. À quoi s'ajoutait, pour moi, l'urgence de sceller ma liaison avec Marilyn. Je devais réussir afin de lui prouver qu'une solide carrière m'attendait, que je deviendrais un individu si important qu'elle ne pourrait faire autrement que de m'épouser. Comme je l'ai mentionné, elle avait un semestre de retard sur moi, et son professeur de français lui conseilla vivement de postuler au Wellesley College, qui l'accepta immédiatement. Son mentor, en terminale du lycée, dans l'association d'étudiants à laquelle elles appartenaient toutes les deux, lui fit valoir qu'elle était trop jeune pour se laisser coincer dans une liaison définitive, et qu'elle devait, occasionnellement, sortir avec d'autres garçons. J'ai encore en mémoire le nom des deux élus. Ensuite, son départ pour Wellesley me plongea dans une profonde angoisse : je pensais être incapable de soutenir la comparaison avec les garçons d'une université de l'Ivy League. Je lui écrivais sans arrêt, lui exprimant ma crainte de ne pas être à la hauteur, mon épouvante à l'idée qu'elle rencontrait d'autres hommes, que je risquais de la perdre. Je consacrais l'essentiel de ma vie à l'étude des sciences préliminaires à la médecine, domaine auquel Marilyn ne s'intéressait pas. J'ai conservé les lettres qu'elle m'envoyait et, récemment, le *Wellesley*, le magazine de l'université, en a publié plusieurs.

Durant ces années, mon accablement était tel, les troubles du sommeil si importants, que j'aurais dû consulter un psychothérapeute, mais l'idée ne m'effleurait pas. À supposer que je l'aie fait, voici quel aurait pu être notre dialogue :

DOCTEUR YALOM : Vous m'avez dit au téléphone que vous souffrez d'une anxiété à la limite du supportable. Essayez de préciser.

IRVIN : Regardez mes ongles, rongés jusqu'au sang. J'en ai honte et j'essaie de les cacher quand je suis avec quelqu'un. Je ressens comme un étau dans la poitrine. Mon sommeil est complètement bousillé. Je prends de la Dexedrine et du café pour rester éveillé pour préparer mes examens et ensuite des pilules pour dormir.

DOCTEUR YALOM : Quel somnifère prenez-vous ?

IRVIN : Du Seconal.

DOCTEUR YALOM : Qui vous le prescrit ?

IRVIN : Je le pique à mes parents. D'aussi loin que je m'en souvienne, ils ont tous les deux ingurgité un Seconal chaque nuit. Peut-être que l'insomnie est génétique ?

DOCTEUR YALOM : Vous me dites que la pression des études est terrible cette année. Comment était votre sommeil avant, par exemple au lycée ?

IRVIN : Parfois, la pression sexuelle était trop forte et je devais me masturber pour m'endormir. Mais, en général, j'ai bien dormi jusqu'à cette année.

DOCTEUR YALOM : Vous répondez donc à la question sur l'origine génétique de l'insomnie. Croyez-vous que vos congénères ressentent la même angoisse et éprouvent les mêmes problèmes de sommeil que vous ?

IRVIN : J'en doute ; certainement pas les copains non juifs. Ils ont l'air plus détendus. Il y en a un qui joue dans l'équipe de base-ball de la fac, d'autres sortent avec plein de filles, ou ils s'occupent des manifestations de leur association.

DOCTEUR YALOM : Cela suggère que votre problème n'est ni génétique ni environnemental, mais découle de la manière particulière, ou, devrais-je dire même, exceptionnelle dont vous réagissez à votre environnement.

IRVIN : Je sais, je sais, je suis fanatique. J'ai travaillé chaque cours, préparé chaque examen jusqu'à l'épuisement. Chaque fois que le tableau des notes d'un examen est affiché, je remarque la courbe de ma classe et je vois que mon score dépasse de loin, de très loin, celui dont j'avais besoin pour obtenir un A. Mais j'ai besoin de certitude : je suis frénétique.

DOCTEUR YALOM : Pourquoi ? À votre avis, qu'est-ce que ça cache ?

IRVIN : D'abord, il y a ce quota de 5 % de juifs acceptés en fac de médecine : c'est déjà une pression suffisante, non ?

DOCTEUR YALOM : Mais vous dites que vous avez travaillé jusqu'à l'excès. Qu'un A ne vous suffisait pas, qu'il vous fallait un super-A. Est-ce que vos amis juifs dans la même situation sont aussi frénétiques que vous ?

IRVIN : Ils travaillent comme des bêtes. Nous étudions souvent ensemble. Mais ils ne sont pas aussi frénétiques que moi. Peut-être parce que leur situation familiale est plus agréable que la mienne. Ils ont d'autres choses dans leur vie : ils sortent avec des filles, jouent au basket… Je crois qu'ils sont plus équilibrés.

DOCTEUR YALOM : Et vous, où se situe votre équilibre ?

IRVIN : 85 % d'étude, 15 % d'inquiétude.

DOCTEUR YALOM : Ce 15 % concerne votre admission en fac de médecine ?

IRVIN : Oui, et aussi ma relation avec Marilyn. Je veux absolument, désespérément passer le reste de ma vie avec elle. Nous n'avons pas cessé de nous voir quand nous étions au lycée.

DOCTEUR YALOM : Et maintenant ?

IRVIN : Elle est à Wellesley, dans le Massachusetts, pour les quatre ans à venir, mais nous nous écrivons presque tous les deux jours. Je lui téléphone parfois, mais les communications longue distance coûtent cher. Ma mère me tanne avec ça. Marilyn adore Wellesley, et elle mène une vie d'étudiante normale et saine, c'est-à-dire qu'elle rencontre des garçons, et chaque fois qu'elle mentionne un type de Harvard avec qui elle est sortie, je deviens dingue.

DOCTEUR YALOM : Vous avez peur de quoi ?

IRVIN : C'est évident non ? Qu'elle rencontre un garçon qui aura mieux à lui offrir que moi, plus séduisant, haute société, famille raffinée, un meilleur avenir que le mien – tout le tralala, quoi.

DOCTEUR YALOM : Et qu'est-ce que vous pouvez lui offrir ?

IRVIN : C'est pour ça que la fac de médecine signifie tout pour moi. Je n'ai rien d'autre en réserve.

DOCTEUR YALOM : Sortez-vous avec d'autres filles ?

IRVIN : Non, j'ai pas le temps.

DOCTEUR YALOM : Donc vous menez une vie monastique ? Ce doit être dur, d'autant que ce n'est pas le cas de Marilyn.

IRVIN : Exact. En d'autres termes, je ne bouge pas d'un pouce, elle si.

DOCTEUR YALOM : En général, à vos âges, les besoins sexuels sont très forts.

IRVIN : Ouais, la plupart du temps, le sexe me rend à demi fou ou aux trois quarts fou. Mais qu'est-ce que je peux y faire ? Sortir avec une fille et lui dire : « J'en aime une autre que toi, mais elle vit très loin, et tout ce que je veux de toi, c'est le sexe » ? Je ne sais pas mentir. Je ne suis pas bon à ce jeu-là. Je ne suis pas décontracté, comme on dit. Donc, pour le moment, je suis condamné à la frustration. Je rêve à longueur de journée de rencontrer une voisine belle et sexy qui meure d'envie de s'envoyer en l'air quand son mari est en voyage. Ce serait génial. Surtout le coup du voisinage : pas de perte de temps en parcours.

DOCTEUR YALOM : Irvin, je suis convaincu que vous êtes beaucoup plus mal à l'aise que vous ne le devriez. Je crois qu'une psychothérapie vous serait très profitable. Vous véhiculez une tonne d'angoisse et vous avez un gros travail à faire : comprendre pourquoi votre vie est si déséquilibrée, pourquoi vous avez besoin d'étudier plus que nécessaire, pourquoi vous estimez avoir si peu à offrir, pourquoi vous étouffez à ce point cette jeune fille que vous courez le risque de la faire fuir. Je crois que je peux vous aider et je vous suggère de venir me voir, à partir de maintenant, deux fois par semaine.

IRVIN : Deux fois par semaine ! Il me faut presque une demi-heure pour arriver chez vous, plus une demi-heure pour rentrer : ça fait quatre heures en tout. Et j'ai un examen presque chaque semaine.

DOCTEUR YALOM : J'avais l'intuition que vous alliez me répondre ainsi. Donc je veux souligner un autre point. J'ai le pressentiment qu'en poursuivant vos études de médecine, vous découvrirez l'intérêt particulier de la psychiatrie. Les heures que nous passerions ensemble auraient ainsi une double fonction : vous aider et vous permettre de mieux saisir votre terrain d'étude.

IRVIN : Je vois le mérite de la chose, mais ce futur me semble si… si futuriste. L'angoisse est l'ennemi tenace pour le moment, et je redoute que soustraire quatre heures par semaine à mes études ne crée une angoisse supplémentaire que nos entretiens ne sauraient soulager. Laissez-moi y réfléchir !

Aujourd'hui, je regrette de ne pas avoir commencé une psychothérapie pendant mes études, mais dans ces années-là, les années 1950, je ne connaissais personne qui en ait expérimenté une. Tant bien que mal, j'ai traversé ces trois abominables années. Ce qui m'a considérablement aidé, ce sont les étés que Marilyn et moi avons passés ensemble comme moniteurs de camps de vacances. Libéré du stress des études, j'ai baigné dans le bonheur de mon amour pour elle, pris soin des jeunes campeurs, joué au tennis, me suis fait des amis qui s'intéressaient à autre chose qu'à la médecine. Par exemple Paul Horn, devenu depuis un flûtiste célèbre, dont je suis resté proche jusqu'à sa mort.

Hormis ces interludes estivaux, mes années d'étudiant furent continuellement sinistres, une somme énorme de travail et un contact minimal avec les professeurs. Malgré tout, malgré la tension et les cours magistraux dénués de la moindre inventivité, j'ai trouvé le contenu des cours de sciences fascinant, spécialement la chimie organique – la structure du benzène, par exemple, belle et simple, et néanmoins couplée à une complexité infinie ; pendant deux étés, je me suis fait de l'argent de poche en donnant des leçons particulières sur le sujet à d'autres étudiants. Mes cours favoris n'en restaient pas moins les trois facultatifs, tous ayant trait à la littérature : poésie américaine moderne, théâtre universel et l'essor du roman. Je revivais pendant ces cours, je me délectais à lire les ouvrages et à écrire des dissertations les concernant, les seules que j'aie rédigées durant ces trois années.

Je garde un souvenir très vif du cours sur le théâtre, le moins fréquenté de tous ceux que j'ai suivis (quarante élèves seulement), un contenu captivant, et qui m'a valu un contact personnel et unique avec le professeur, une femme séduisante d'une quarantaine d'années, cheveux blonds serrés en chignon, qui m'a prié un jour de venir dans son bureau. Elle fit une critique très positive de mon devoir sur le *Prométhée enchaîné* d'Eschyle, soulignant la qualité de mon écriture et l'originalité de ma pensée, et me demanda si j'envisageais une carrière en lettres. Je revois encore l'éclat de son visage – elle fut la seule de mes enseignants à connaître mon nom.

À l'exception d'un B+ en allemand, je n'ai enregistré que des A+ pendant ces trois ans ; néanmoins, obtenir l'inscription dans une fac de médecine se révéla ardu et angoissant. J'ai présenté ma candidature dans dix-neuf établissements et reçu dix-huit réponses négatives, la seule acceptation provenant de la fac de médecine de l'université George-Washington, qui ne pouvait rejeter un étudiant de premier cycle avec mention « excellent » pour la quasi-totalité des matières. Cette preuve de l'antisémitisme dans les écoles de médecine ne m'indigna d'ailleurs pas tellement – ce racisme était omniprésent. Je l'avais toujours connu et, à l'instar de mes parents, je le considérais comme allant de soi. Je n'ai jamais ouvertement protesté ou revendiqué, ni même éprouvé une véritable rage contre l'iniquité du système. Maintenant, la cause de cette passivité me semble être le manque d'estime de soi ; j'avais adopté la vision du monde de mes oppresseurs.

L'euphorie que j'ai ressentie en recevant ma lettre d'admission de la GW, j'en frissonne encore. Je me suis précipité au téléphone pour appeler Marilyn. Elle s'efforça de manifester un enthousiasme égal au mien, le fait étant qu'elle n'avait jamais douté du résultat.

Dès lors, ma vie changea du tout au tout. Soudain, je disposai de temps libre. J'entrepris de relire un roman de Dostoïevski. J'intégrai l'équipe de tennis de la fac et jouai des matchs en double, rejoignis l'équipe d'échecs et participai à des tournois interuniversitaires.

Ma première année de médecine fut certainement la pire de mon existence, non seulement à cause de ce qu'on exigeait des étudiants, mais parce que Marilyn la passa en France, pour ses études également. J'ai bûché peut-être encore plus dur qu'avant, mon seul plaisir étant la compagnie de mes amis Herb Kotz et Larry Zaroff. Nous avons disséqué ensemble notre premier cadavre, que nous avions baptisé Agamemnon.

Ne pouvant supporter plus longtemps d'être séparé de Marilyn, j'ai décidé, à la fin de cette première année, de partir pour Boston où, miracle, la fac de médecine accepta ma demande de transfert, et, dès le retour de Marilyn, nous nous sommes fiancés. J'ai loué une chambre dans une grande pension de famille proche de la mer ; pour la première fois, je n'habitais plus chez mes parents, les choses changeaient pour le mieux. J'ai fait la connaissance, dans ma pension, d'autres étudiants en médecine ; nous faisions la navette ensemble jusqu'à la fac. L'un d'entre eux, Bob Berger, allait devenir un fidèle ami. Je vous en dirai plus sur lui ultérieurement.

Mais le plus important de ma deuxième année de médecine, ce fut la possibilité de passer les week-ends avec Marilyn. Wellesley imposait à ses étudiantes une réglementation très stricte en matière de sorties nocturnes sans chaperon, aussi Marilyn devait-elle inventer chaque semaine un prétexte d'absence légitime et quémander une invitation à des amis larges d'esprit. Nous passions une partie du temps à étudier, faisions des balades en voiture le long de la côte, visitions des musées, dînions au Durgin-Park.

Dans ma chambre à Boston
pendant mes études de médecine, 1953.

Intérieurement aussi, je changeai. De frénétique, je devins juste légèrement anxieux, et connus enfin un sommeil profond. Je savais que j'allais me tourner vers la psychiatrie, même si je ne suivais encore que quelques cours sur le sujet et n'avais encore jamais parlé à un psychiatre. Je pense que j'avais pris cette décision avant même de commencer les études de médecine proprement dites : elle dérivait de ma passion pour la littérature et de la conviction que la psychiatrie me permettrait d'approcher au plus près les grands écrivains que j'aimais. Médecine et littérature m'attiraient autant l'une que l'autre. Mon plus grand plaisir, je le trouvais en m'enfonçant dans l'univers d'un roman, et je me répétais constamment qu'écrire un beau roman était la plus belle chose qu'on pût faire au monde. Cette soif de littérature romanesque remonte à mon adolescence, à ma découverte de *L'Île au trésor*. En ce moment même, tandis que j'écris ces lignes, je meurs d'impatience de retrouver ce soir Joseph Roth et sa *Marche de Radetzky*. Je dois me raisonner, lutter contre le besoin de le dévorer toutes affaires cessantes. Lorsque l'histoire, comme c'est le cas ici, va bien au-delà du récit d'une vie, qu'il s'agit en réalité d'explorer le désir, la peur, de chercher la signification de l'existence humaine, je suis captivé, enchanté par la double signification de ce texte – le drame d'un être particulier et, parallèlement, le drame de la disparition d'une culture, celle de l'Empire austro-hongrois avant la Première Guerre mondiale.

Malgré cet amour de la littérature, je n'ai pas choisi la médecine par défaut. La science me fascinait aussi, notamment la biologie, l'embryologie et la biochimie. Sans compter mon désir d'aider les autres, de leur transmettre ce que le docteur Manchester m'avait offert en mon temps de crise.

12

J'épouse Marilyn

Lorsque nous nous sommes mariés, en 1954, Marilyn était déjà une fervente francophile. Depuis son année universitaire en France, elle rêvait d'une lune de miel en Europe, alors que moi, brave provincial du nord-est des États-Unis, je ne ressentais pas le moindre intérêt pour les voyages à l'étranger. Mais elle était rusée : « Que dirais-tu d'une lune de miel en France, à moto ? » Elle connaissait ma fascination pour les motocyclettes et les motos, et savait qu'il était impossible de louer ce genre d'engins aux États-Unis. « Eh, regarde ! » Elle me tendit un prospectus concernant la location de Vespa à Paris.

Nous voilà donc partis. Dans un garage proche de l'Arc de Triomphe, j'ai choisi un grand modèle de cet engin que je n'avais jamais approché, encore moins conduit, ce que sembla remarquer le directeur du garage, vu sa mine soupçonneuse. Je devais lui assurer que j'étais un conducteur expérimenté. J'ai enfourché la Vespa et, d'un ton nonchalant, lui ai demandé où se trouvaient le démarreur et la pédale d'accélérateur. L'air sérieusement inquiet, il me montra le bouton de démarrage et me dit qu'il suffisait de tourner les poignées pour contrôler l'arrivée d'essence. « Oh, merci. C'est différent en Amérique. » Sur quoi je suis parti faire un tour d'essai, tandis que Marilyn m'attendait sagement dans un café à côté. Hélas, c'était une rue à sens unique qui débouchait sur la place de l'Étoile et sa circulation affolante. Les quatre-vingt-dix minutes suivantes, dans ces avenues, constituèrent l'une des expériences les plus proches de la torture que j'aie connues. Voitures et taxis me doublaient à toute vitesse, klaxons enfoncés, vitres baissées par lesquelles des poings s'agitaient sur fond de hurlements. Je ne comprenais pas le français, mais il m'est apparu clairement que ces braillements cacophoniques n'étaient pas des paroles de bienvenue. J'ai calé peut-être trente fois pendant cette chevauchée héroïque autour de l'Arc de Triomphe, mais, une heure et demie plus tard, quand je me suis arrêté devant le café pour récupérer ma femme, je savais conduire une Vespa.

Trois semaines plus tôt, le 27 juin 1954, nous nous étions mariés dans le Maryland ; la cérémonie avait été suivie d'un déjeuner à l'Indian Spring Country Club, dont était propriétaire un oncle fortuné de Marilyn, Samuel Eig. Aussitôt après, je m'étais mis en quête d'un job me permettant de gagner l'argent de nos vacances européennes ; mes parents m'entretenaient et payaient mes frais d'étude, il n'était pas question de leur demander de financer ce voyage. Par deux fois, mon cousin Jay et moi avions vendu des fusées pour les feux d'artifice du 4 Juillet, dans un stand que nous avions construit. (Jay était celui qui avait parié trente dollars que je n'épouserais pas Marilyn.) L'année précédente avait été catastrophique pour ce genre de business en raison de fortes pluies les 3 et 4 juillet, et nous avions eu l'idée géniale de racheter le stock des autres stands à très bas prix et de l'entreposer dans des barils à essence. Nous l'avions déjà fait et avions pu vérifier le parfait état de fonctionnement des pétards. Cette fois-ci, le 4 juillet 1954, la chance fut avec nous, le temps splendide me permit de gagner l'argent qui allait financer ma lune de miel européenne.

Notre mariage, 1954.

Avec Jay Kaplan, nous préparons le feu d'artifice du 4 Juillet, Washington D.C., 1954.

L'affaire de la location de la Vespa réglée, Marilyn et moi, sacs à dos bourrés, sommes partis pour la campagne française. Pendant trois semaines, nous avons sillonné la vallée de la Loire, la Normandie et la Bretagne, visitant châteaux et églises, médusés notamment par le bleu des vitraux de Chartres. À Tours, nous sommes allés voir l'adorable famille qui avait accueilli Marilyn pendant les deux premiers mois de son année d'études à l'étranger. Chaque jour, nous pique-niquions dans les champs de divin pain français, de vin et de fromages. Marilyn y ajoutait le jambon. Ses parents, laïcisés, ne respectaient aucun interdit alimentaire, moi je fais partie de cette cohorte de juifs irrationnels qui, ayant largué toute croyance religieuse, n'en continuent pas moins à ne pas manger de porc (excepté, bien sûr, les rouleaux dans les restaurants chinois). Ce périple terminé, nous sommes rentrés à Paris, avons rendu la Vespa et pris le train pour Nice, où nous avons loué une minuscule Fiat Topolino, direction l'Italie. De ce mois d'excursion, je garde en particulier le souvenir de notre première nuit dans une petite auberge face à la Méditerranée. Un dîner à prix fixe avec, pour dessert, une abondance de fruits frais, dans une coupe. L'argent commençait à manquer, aussi avons-nous rempli nos poches de ces fruits en prévision du déjeuner du lendemain, ravis. Sauf que, en payant la note, le matin suivant, nous avons découvert que chaque fruit était compté. Notre chapardage nous a coûté cher !

Ce voyage était divin, pourtant je me sentais souvent impatient et agité, peut-être à cause du « choc des cultures » ou parce que je ne savais pas vivre sans bûcher. Ce sentiment de mal-être a empoisonné mes premières années d'âge adulte. Vu de l'extérieur, je réussissais formidablement : j'avais épousé la femme que j'aimais, j'avais été admis en fac de médecine où tout marchait bien ; mais, en réalité, je n'étais jamais à mon aise, doutant toujours de moi, sans arriver à saisir l'origine de cette anxiété, soupçonnant une blessure profonde remontant à mes jeunes années, et avec l'impression de ne pas être à ma place, de ne pas être aussi méritant que les autres. Si seulement je pouvais refaire ce voyage avec la sérénité qui est la mienne désormais !

Soixante ans plus tard, je souris toujours aux souvenirs qui me reviennent de notre voyage de noces, même si ceux du mariage s'effacent, à l'exception d'une scène, tout à la fin du déjeuner. Sam Eig, l'oncle de Marilyn, le patriarche farouche et inabordable de la famille, entrepreneur à qui on doit la construction d'une partie importante de Silver Spring, dans le Maryland, intime du gouverneur, qui avait baptisé les rues du nom de ses propres enfants, et qui ne m'a plus jamais parlé ensuite, s'est approché de moi, a passé un bras autour de mes épaules et m'a chuchoté à l'oreille, tout en agitant l'autre bras en direction des invités : « Félicitations, mon garçon. Tu as gagné le gros lot. »

Les paroles d'oncle Sam résonnent toujours à mes oreilles : il ne se passe guère de jour sans que je remercie la providence de m'avoir permis de passer ma vie entière auprès de Marilyn.

13

Mon premier patient

J'ai fait mon premier stage en psychiatrie au printemps 1955, en troisième année de spécialisation, au City Hospital de Boston, service des consultations externes. Chaque étudiant devait voir un patient une fois par semaine, pendant trois mois, et présenter le cas devant les autres stagiaires et une dizaine de professeurs, dont de nombreux personnages intimidants, membres de l'Association psychanalytique de Boston. J'avais assisté à d'autres présentations de ce genre et blêmi devant les réactions brutales des professeurs – un étalage d'expertise et d'érudition sans une once de gentillesse ou d'empathie.

Quand mon tour arriva de présenter mon patient, que j'avais vu une huitaine de fois environ, je chevrotais. J'avais décidé de ne pas suivre l'exemple des autres étudiants, qui se conformaient au schéma traditionnel de présentation : principal sujet de souffrance du patient, son passé, son histoire familiale, son éducation, examen psychiatrique prescrit. J'ai choisi la solution qui me venait naturellement : raconter une histoire. Dans un langage simple, j'ai décrit mes huit séances avec Muriel, jeune femme mince et séduisante à la chevelure d'un roux éclatant, qui gardait les yeux baissés et s'exprimait d'une voix tremblante. J'ai raconté notre première rencontre, où j'avais commencé par lui dire que j'étais un étudiant en début de stage, et que je la verrais chaque semaine pendant trois mois. Je lui avais demandé ce qui la poussait à venir nous consulter, et elle avait répondu d'une voix douce : « Je suis lesbienne. »

Hésitant, j'avais avalé ma salive et répliqué : « Je ne sais pas ce que ça signifie. Voulez-vous me l'expliquer ? » Ce qu'elle fit. Je l'encourageai et lui dis que j'admirais son courage à s'exprimer si ouvertement. Et que je ferais tout mon possible pour l'aider durant nos prochaines séances.

Dès le début de la séance suivante, je lui ai avoué l'embarras que j'avais éprouvé de devoir admettre mon ignorance. De son côté, elle me dit que notre conversation avait constitué une première pour elle : j'étais le premier homme à qui elle avait révélé la vérité, et c'était justement mon honnêteté qui l'avait incitée à continuer de parler ouvertement.

J'ai raconté à l'assemblée que Muriel et moi étions devenus proches, que nous parlions de ses problèmes avec son amante comme de n'importe quelle autre relation humaine, que désormais elle soutenait mon regard, semblait revenir à la vie, et regrettait que nous n'ayons plus que quatre séances à passer ensemble. Ma présentation terminée, je me suis assis, ai baissé la tête, me préparant à soutenir l'attaque.

Mais rien ne vint. Tout le monde se taisait. Après un long silence, le docteur Malamud, chef du service de psychiatrie, et le docteur Bandler, éminent analyste, conclurent d'un commun accord que ma présentation parlait pour elle-même et qu'ils n'avaient rien à ajouter. Chaque membre de la faculté s'exprima tour à tour de la même manière. J'ai quitté la réunion, stupéfait : je n'avais fait que raconter une histoire, ce qui me semblait si naturel et facile. Depuis le début de mes études supérieures, je m'étais senti en quelque sorte invisible, brusquement tout changeait. J'ai quitté la salle en pensant qu'il y avait là un domaine auquel je pouvais peut-être apporter un concours particulier.

Durant les deux ans qui me restaient à passer en fac de médecine, notre vie de couple fut à la fois merveilleuse et stressante. L'argent manquait, et c'étaient mes parents qui nous aidaient majoritairement. Marilyn en gagnait un peu en travaillant à temps partiel chez un dentiste tout en poursuivant ses études de lettres à Harvard, afin d'obtenir un master d'enseignement, cependant que je continuais de vendre mon sang à l'hôpital. J'avais présenté ma candidature de donneur de sperme, mais l'urologue avait constaté un nombre faible de spermatozoïdes et conseillé de ne pas lambiner si je voulais des enfants.

Formidable erreur ! Marilyn a été enceinte dès notre lune de miel. Nous avons donné Frances comme deuxième prénom à notre fille Ève, indication du « made in France », et dix-huit mois plus tard, durant ma quatrième année de médecine, Marilyn est de nouveau tombée enceinte.

Les stages en psychiatrie clinique durant ces deux dernières années furent très prenants, mais mon angoisse avait à peu près disparu, remplacée par un honorable épuisement et le sentiment gratifiant que je soulageais mes patients. Des scènes atroces me reviennent en mémoire : une salle de statues humaines au State Hospital, une salle entière de malades catatoniques continuant de vivre dans une immobilité totale. Ils passaient des heures, bloqués dans une seule position, certains à côté de leur lit, d'autres à la fenêtre, certains assis, parfois marmonnant, en général muets. Tout ce que le personnel pouvait faire, c'était les nourrir, les garder en vie, et leur parler gentiment.

De telles scènes, on pouvait les voir dans tous les grands hôpitaux, dans les années 1950, jusqu'à l'arrivée du premier tranquillisant, la Thorazine, puis de la Stelazine, suivis d'un flot continu de nouveaux produits, plus efficaces.

Une autre scène me revient : j'observais le docteur Max Day, psychiatre de Harvard, dirigeant un groupe d'une dizaine d'internes à qui l'on demandait d'étudier la façon dont leur propre groupe procédait. En ma qualité d'étudiant, je pouvais assister à l'une des réunions, mais pas y participer. Interdiction de dire un seul mot. Un demi-siècle plus tard, je revois encore la chose. Les internes et le docteur Day assis en cercle au centre d'une grande pièce, moi dans un coin, fasciné à l'idée qu'un groupe de gens discutaient de leurs sentiments les uns envers les autres. Quel extraordinaire concept ! Mais qui tomba à plat. Il y avait de longs silences, chacun semblant très mal à l'aise, et le chef de file, le docteur Day, restait sans rien dire. Pourquoi ? Je ne comprenais pas. Pourquoi ne brisait-il pas la glace, ou ne voulait-il pas d'une manière ou d'une autre aider les participants à s'exprimer ? Plus tard, j'ai assisté à l'une des consultations cliniques du docteur Day, qui m'a beaucoup impressionné par sa perspicacité et la clarté de son expression. Ce qui rendait la scène que j'avais vécue encore plus déroutante. Pourquoi n'était-il pas venu à la rescousse de ces gens pataugeant dans leurs problèmes ? J'ignorais que j'allais me débattre avec cette question durant de nombreuses années de ma vie professionnelle.

14

L'internat : le mystérieux docteur Blackwood

Une fois diplômés, nous, les ex-étudiants devenus docteurs en médecine, devions passer une année en internat, avec la charge de poser les diagnostics et de suivre les malades hospitalisés. Pour mon premier mois d'internat au Mount Sinai Hospital de New York, on m'a affecté au service d'obstétrique, où j'ai été frappé de la fréquence des appels par haut-parleur d'un certain docteur Blackwood. Pendant que j'aidais à un accouchement, j'ai demandé au chef de clinique : « Qui est ce docteur Blackwood ? J'entends continuellement son nom, mais je ne le vois jamais. »

Le docteur Gold a souri, et les autres personnels soignants ont gloussé. « Je te le présenterai plus tard, a dit le docteur Gold. Dès que nous aurons fini ici. » Dans la soirée, le docteur Gold m'a emmené en salle de garde, où se déroulait une partie de poker fort animée. Je n'en croyais pas mes yeux : je me sentais comme un gamin dans une confiserie.

« Lequel est le docteur Blackwood ? Et pourquoi l'appelle-t-on tout le temps ? »

Gros éclats de rire. Je semblais faire la joie de tout le service d'obstétrique.

« Tu sais jouer au bridge ? » m'a finalement demandé le docteur Gold.

J'ai hoché la tête affirmativement.

« Alors tu connais la convention de Blackwood dans les annonces ? Eh bien, nous y sommes. C'est ça, ton docteur Blackwood. Il n'existe que comme symbole au Mount Sinai : chaque fois qu'on manque d'un joueur à la table de poker, on appelle le docteur Blackwood. »

Les joueurs étaient surtout des obstétriciens de ville, dont une patiente était en salle de travail. Le personnel hospitalier et les internes n'étaient autorisés à entrer dans une partie que lorsqu'un joueur manquait. En ce qui me concerne, tout le restant de l'année, quand j'avais fini ma tournée, que j'étais de garde et devais passer la nuit à l'hôpital, je guettais l'appel du haut-parleur et, si j'en avais la possibilité, filais au service obstétrique. Les mises étaient élevées, et les internes ne gagnaient que vingt-cinq dollars par mois (plus un dîner gratuit, buffet à volonté, d'où nous tirions matière à sandwichs pour le déjeuner du lendemain ; quant au petit déjeuner, nous le prenions grâce à ceux, énormes, que nous commandions pour certains de nos malades).

Pendant trois mois ou quatre mois, j'ai perdu tout mon salaire au poker avant de comprendre comment ça marchait. Ensuite, j'ai emmené Marilyn voir quelques spectacles de Broadway. Mes compliments au docteur Blackwood.

Pendant mon année d'internat au Mount Sinai Hospital, j'ai tourné dans plusieurs services : médecine interne, obstétrique, chirurgie, chirurgie orthopédique, service des urgences, urologie et pédiatrie. J'ai appris à mettre au monde des bébés, à bander des chevilles foulées, à soigner des insuffisances cardiaques congestives, à ponctionner le sang dans l'artère fémorale d'un nourrisson, à établir un diagnostic neurologique en observant la démarche d'un patient. En chirurgie, je ne pouvais que tenir les écarteurs pour le chirurgien. Une des rares fois où je fus autorisé à suturer à la fin de l'intervention, le chirurgien, regard aussi perçant qu'un rayon laser, me donna une tape sèche sur les articulations de la main avec l'un de ses instruments, en glapissant que je faisais « une ligature digne d'un épicier ». Naturellement, j'aurais dû répliquer que c'était normal, vu que j'avais grandi dans une épicerie, mais je n'ai pas osé : un chirurgien en chef était une personnalité redoutable et intimidante.

Par le pur effet du hasard, trois de mes plus proches amis de la fac de médecine George-Washington furent aussi acceptés comme internes au Mount Sinai. Nous couchions dans deux chambres adjacentes, les nuits où nous étions de garde, c'est-à-dire une sur deux, et cela a duré toute l'année. Je faisais ma période dans le service d'obstétrique quand Marilyn ressentit les premières douleurs. Le patron du service, le docteur Gutmacher, l'accoucha par césarienne de notre deuxième enfant,

Reid Samuel Yalom. Grâce au docteur Gutmacher, j'ai pu assister à l'opération et j'ai eu le plaisir, l'émotion de voir Reid pousser son premier cri.

Les transports publics de chez nous au Mount Sinai étant rares et très peu pratiques, les taxis beaucoup trop chers, les premiers temps je prenais ma voiture, mais après avoir accumulé un nombre impressionnant de contraventions, j'ai pensé au scooter. Par chance, je connaissais un professeur de lettres de Yale qui avait acheté une superbe Lambretta, mais qui, souffrant d'un ulcère de l'estomac, devait la vendre – sur les conseils de son médecin. Je lui ai téléphoné, ai pris le train pour New Haven, suis tombé amoureux de la Lambretta, et suis reparti avec illico pour New York. Ainsi fut résolu le problème du parking à l'hôpital. Je prenais ma Lambretta, la mettais dans l'ascenseur et la garais dans ma chambre. Et c'est avec elle que, Marilyn en croupe, je filais vers Broadway et ses spectacles.

Mon programme d'internat ne prévoyait pas de stage en psychiatrie, mais je traînais dans les parages du service, et j'ai assisté à plusieurs séances de présentation de cas et de résultats de recherche. L'une des études qui m'intéressaient le plus concernait l'utilisation d'un nouveau composé, l'acide lysergique diéthylamide, réputé pour ses effets psychédéliques. Deux jeunes chercheurs du service s'interrogeaient sur les effets éventuels du LSD sur la perception subliminale (c'est-à-dire la perception hors contrôle de la conscience), et demandaient des volontaires pour une brève expérience. Je me suis présenté. La synthétisation du LSD était si récente que le seul moyen connu de tester ses effets était d'utiliser la méthode du poisson fou siamois. Quand ils se préparent à l'affrontement, ces poissons se positionnent en une certaine formation, et quelques gouttes de LSD dans l'eau de leur aquarium suffisaient à altérer profondément leur comportement. Le nombre de gouttes devint l'étalon permettant de jauger la puissance de la drogue.

Nous nous sommes retrouvés quatre volontaires, à qui on a fait avaler du jus d'orange additionné de LSD et que, une heure plus tard, on a installés devant un grand écran sur lequel un tachistoscope projetait des images à une telle vitesse qu'il nous était impossible de les voir consciemment. Le lendemain matin, on nous a demandé de nous rappeler toutes les images qui avaient envahi nos rêves, et de les dessiner. J'ai dessiné deux sortes d'images : plusieurs visages dotés de très longs nez, et un homme sans jambes. Le jour suivant, on nous a projeté les mêmes images à vitesse normale. L'une d'entre elles, publicité très connue des bonbons Life Saver, montrait un funambule sur une corde raide tenant en équilibre sur son nez un rouleau de Life Saver, l'autre était une photo d'un garde de Buckingham Palace, jaquette rouge et pantalon noir, les jambes du pantalon se fondant dans le noir de sa guérite. J'étais stupéfait des résultats : je venais d'apprendre ce qu'est la perception subliminale : j'avais « vu » des images sans le savoir.

À la fin de mon stage, il restait plusieurs ampoules de LSD, que les chercheurs m'ont données à des fins d'expérimentation personnelle. Marilyn (une seule fois), des copains médecins et moi en avons pris ; chaque fois j'étais fasciné par les bouleversements sensoriels survenant pendant les voyages sous LSD, qui affectaient particulièrement l'audition et la vision. J'ai passé une heure à observer un papier mural changer de couleurs, et j'entendais de la musique d'une façon tout à fait différente. J'éprouvais l'étrange impression d'être plus proche de la réalité ou de la nature, comme si je recevais des données sensorielles à l'état brut, sans capiton ni filtre entre moi et mon environnement. Je comprenais que les effets de la drogue étaient considérables, qu'il ne s'agissait pas d'un délassement festif. En plusieurs occasions, je me suis rendu compte que ma volonté ne suffisait pas à annuler les effets de la drogue et, affolé, j'ai craint qu'ils ne fussent irréversibles. Lors de ma dernière expérience, une nuit de novembre, je suis parti faire une longue marche, me sentant menacé par les branches d'arbres nues, sinistres, comme dans un film de dessin animé. Dans les années suivantes, plusieurs publications ont émis l'hypothèse que les réactions au LSD reproduisaient les symptômes de la schizophrénie. Après avoir commencé à traiter des malades schizophrènes, j'ai écrit un essai sur les différences majeures existant entre l'expérience sous LSD et l'expérience psychotique. Paru dans le *Maryland State Medical Journal*, ce fut mon premier article publié.

À la fin de mon année d'internat, j'avais subi une véritable transformation : en douze mois, j'avais endossé l'identité d'un médecin et me sentais maintenant suffisamment à l'aise pour affronter la majorité des cas. L'année n'en avait pas moins été rude, avec de longues heures de travail, peu de sommeil et de nombreuses nuits blanches.

Or cette année 1956-1957 fut encore pire pour Marilyn. En ce temps-là, pousser jusqu'au diplôme de doctorat pour une femme était inhabituel, mais Marilyn et moi ne doutions pas qu'elle deviendrait professeur d'université. C'était la seule femme mariée de ma connaissance à concevoir un tel projet. Ses qualités intellectuelles le lui permettaient. Tandis que j'achevais mes études de médecine, elle passait sa maîtrise d'enseignement à Harvard, pour le français et l'allemand. Dès que je fus accepté comme interne au Mount Sinai Hospital à New York, elle postula au département de français de l'université Columbia, programme de doctorat.

L'entretien de Marilyn avec Norman Torrey, le redoutable président du département de français de la Columbia, a acquis un statut de mythe dans notre saga familiale. Le professeur Torrey contemplait avec stupeur ce ventre de femme enceinte de huit mois : il n'avait probablement encore jamais vu de postulante dans cet état. Et sa stupeur s'accrut en apprenant qu'elle avait déjà un enfant de un an. D'un ton désolé, Torrey souligna le fait que pour obtenir une aide financière, il fallait à la fois enseigner deux cours et en étudier quatre, ce qui, insinuait-il, signifiait la fin de leur entretien. La réponse de Marilyn fut immédiate : « Je peux le faire. »

Deux semaines plus tard, elle reçut sa lettre d'acceptation : « Materfamilias, nous avons une place pour vous. » Marilyn dégota une garde d'enfant et plongea dans une sorte de tourbillon. Moi, je pouvais compter sur les bienfaits de la camaraderie entre internes, Marilyn était totalement seule. Elle s'occupait des deux enfants, avec l'aide d'une femme de ménage, et quasiment pas celle de son mari, absent deux nuits sur trois et deux week-ends sur quatre. Marilyn admet que ce fut effectivement l'année la plus dure de sa vie.

15

Les années Johns-Hopkins

Je suis sur ma Lambretta, Marilyn assise derrière moi, ses bras m'enserrent. Je sens le vent sur mon visage, je surveille le compteur. Soixante-cinq, soixante-huit, soixante et onze. Je veux atteindre les quatre-vingts. Je peux le faire. Quatre-vingts. Je sais que je peux le faire. C'est la seule chose qui compte. Les poignées vibrent légèrement, puis de plus en plus, et je commence à perdre le contrôle de l'engin. Marilyn hurle : « Arrête, arrête, Irv, ralentis, j'ai peur. S'il te plaît, arrête. S'il te plaît, s'il te plaît. » Elle hurle et me martèle le dos.

Je me réveille. Mon cœur cavale. Je m'assois dans le lit et je prends mon pouls. Plus de cent. Ce maudit rêve ! Je ne le connais que trop bien – je l'ai fait souvent. Aujourd'hui, je sais ce qui l'a déclenché. Hier soir, au lit, je lisais un passage de l'autobiographie d'Oliver Sacks, dans lequel il raconte son épopée chez les motards du « club cent », qui conduisaient leur machine à plus de cent miles à l'heure.

Ce rêve c'est aussi le souvenir d'un événement réel que je me suis rejoué un nombre incalculable de fois, rêve éveillé et rêve de nuit. L'événement s'est produit à la fin de mon internat, alors que je prenais une semaine de vacances avant d'intégrer pour trois ans le service de psychiatrie du Johns-Hopkins Hospital à Baltimore. La mère de Marilyn avait accepté de garder nos deux enfants le temps d'un long week-end, et nous étions partis sur la Lambretta vers la côte est du Maryland. C'est pendant ce voyage que l'événement transcrit fidèlement par le rêve avait eu lieu. Sur le moment, je ne l'avais pas pris au sérieux – peut-être même la panique de Marilyn m'avait-elle amusé. La route était déserte et je voulais juste mettre les gaz. Comme un adolescent, j'étais grisé par la vitesse, je me sentais absolument invulnérable. Ce n'est que bien plus tard que l'étendue de mon insouciance et de ma stupidité m'est apparue. Comment avais-je pu entraîner ma femme dans ce genre d'acrobatie, sachant que deux petits enfants nous attendaient à la maison ? Viser les quatre-vingts miles à l'heure, en simples vêtements de ville et nu-tête – l'époque n'était pas au casque obligatoire ! Je frissonne encore quand j'y pense. Et ce, tout récemment, quand ma fille Ève, médecin, m'a raconté sa visite dans une salle pleine de jeunes gens paralysés, tous ayant eu le cou brisé dans un accident de moto ou de planche de surf. Eux aussi ont dû un jour se sentir invulnérables.

Nous n'avons pas eu d'accident. J'ai retrouvé mon bon sens, j'ai ralenti, et nous avons roulé tranquillement à travers les charmantes localités de cette partie du Maryland. Sur le chemin du retour, alors que je me baladais seul pendant que Marilyn faisait une sieste après le repas, j'ai dérapé sur une flaque d'huile et fait une vilaine chute, m'abîmant salement le genou. Nous nous sommes arrêtés aux urgences d'un hôpital. Le médecin a nettoyé la plaie et m'a fait une injection antitétanique, et nous sommes rentrés à Baltimore sans autre anicroche. Deux jours plus tard, alors que je devais me présenter au service du Johns-Hopkins pour y entamer ma première année de résidence[1], je me suis retrouvé couvert de boutons, une éruption massive, réaction allergique au sérum de cheval antitétanique, et j'ai été hospitalisé par crainte de troubles respiratoires nécessitant une trachéotomie. Le traitement aux stéroïdes se révéla immédiatement efficace. Le lendemain, je me sentais bien, on arrêta le traitement, et le jour suivant, je commençais mon travail. En ces débuts de l'usage des stéroïdes, les médecins ne comprenaient pas la nécessité de diminuer progressivement l'administration de ces drogues ; résultat : j'ai présenté tous les signes d'un syndrome de sevrage aigu, avec une dépression accompagnée d'anxiété et d'insomnies

---

1. Dernière phase des études de médecine – trois ou quatre ans selon les facultés – qui permet de valider une spécialité – y compris la médecine générale.

telles qu'on a dû me gaver d'un antipsychotique et de barbituriques. Fort heureusement, ce fut ma seule expérience personnelle de la dépression.

Dès le troisième jour, nous avons eu, mes camarades résidents et moi, notre première réunion avec le redoutable John Whitehorn, patron du service de psychiatrie, qui allait occuper une place majeure dans ma vie. Homme digne, sévère, qui souriait rarement, une couronne de cheveux gris entourant sa tonsure, des lunettes à monture d'acier, il intimidait tout le monde. Même les chefs des autres services le traitaient avec déférence et ne l'appelaient jamais par son prénom. Ce matin-là, j'ai fait de mon mieux pour suivre ses propos, mais j'étais si épuisé par le manque de sommeil et la quantité de drogues que j'absorbais que je me suis endormi sur ma chaise. (Des décennies plus tard, Saul Spiro, mon copain de résidence, me rappelait cette époque et me disait qu'il me respectait énormément pour avoir eu le culot de m'endormir pendant notre première réunion avec le boss !)

Hormis un peu d'anxiété et une légère dépression, je me suis rétabli en une quinzaine de jours, mais j'étais tellement secoué par cet épisode que j'ai décidé de tenter une psychothérapie. J'ai demandé son avis au chef de clinique, Stanley Greben. À l'époque, il était quasiment de rigueur pour les résidents en psychiatrie de suivre une analyse ; le docteur Greben me recommanda sa propre analyste, Olive Smith, l'une des principales analystes du Washington-Baltimore

Psychoanalytic Institute, et de royale lignée : elle avait été analysée par Frieda Fromm-Reichman, elle-même analysée par Sigmund Freud ! J'avais beaucoup de respect pour mon chef de clinique, mais avant de prendre cette énorme décision, j'ai jugé bon de solliciter l'opinion du docteur Whitehorn sur mes symptômes post-sevrage de stéroïdes. J'eus l'impression qu'il m'écoutait d'une oreille distraite, et lorsque j'ai mentionné l'éventualité d'une psychanalyse, il m'a dit simplement : « Je pense qu'un peu de phénobarbital serait plus efficace. » Rappelons-nous que ce n'était pas encore l'époque du Valium, même si on était sur le point de lancer sur le marché un nouveau tranquillisant : l'Equanil.

J'ai appris par la suite que d'autres enseignants du service s'étaient beaucoup amusés en découvrant que j'avais eu l'audace (ou la stupidité) de poser une telle question au docteur Whitehorn, connu pour son extrême scepticisme à l'égard de la psychanalyse. Il adoptait une position éclectique, suivant en cela l'approche psychobiologique d'Adolf Meyer, ancien directeur du service psychiatrique de Johns-Hopkins, qui se concentrait sur le terrain psychologique, social et biologique des patients. Je n'ai jamais plus évoqué avec le docteur Whitehorn mon expérience analytique, il ne m'a d'ailleurs jamais questionné à ce sujet.

Le service psychiatrique souffrait d'un dédoublement de la personnalité : le point de vue de Whitehorn prévalait au quatrième étage, où étaient hospitalisés les malades, cependant qu'une faction adepte orthodoxe de la psychanalyse régentait les consultations externes. En général, j'étais affecté au territoire de Whitehorn, mais j'assistais aussi à des conférences dans le service des consultations, notamment les présentations de cas par Lewis Hill et Otto Will, analystes astucieux autant que conteurs de gros calibre. Judicieux, réceptifs, ils s'investissaient totalement auprès de leurs patients. Je les écoutais, émerveillé, décrire leur interaction avec un consultant : attentifs, préoccupés, généreux. Ils figurent au nombre de mes premiers modèles pour la pratique (et la narration) de la psychothérapie.

La plupart des analystes, néanmoins, travaillaient très différemment. Olive Smith, qui me prenait en thérapie quatre fois par semaine, travaillait d'une façon freudienne orthodoxe : écran vide, elle ne révélait rien d'elle-même, ni verbalement ni par l'expression de son visage. De l'hôpital à son cabinet dans le centre de Baltimore, il me fallait dix minutes en Lambretta. Parfois, je ne résistais pas à l'envie de jeter un coup d'œil à mon courrier avant de partir, ce qui me faisait arriver avec une ou deux minutes de retard – preuve de résistance à l'analyse dont nous discutions souvent et en vain.

En route pour aller chez mon analyste, Baltimore, 1958.

Olive Smith partageait son lieu de travail, un appartement, avec quatre autres thérapeutes, qui avaient tous été analysés par elle. Elle avait au moins soixante-dix ans (ce que, à l'époque, je jugeais un âge avancé), des cheveux blancs, le dos voûté, et était célibataire. À plusieurs reprises, je l'ai vue à l'hôpital, qui se rendait à une consultation ou à une réunion, et semblait plus jeune et plus alerte. Je m'allongeais sur le divan, sa chaise placée à l'extrémité, près de ma tête, et je devais me tordre le cou pour la regarder et vérifier qu'elle était toujours éveillée. Elle exigeait la pratique de l'association libre ; quant à ses réponses, elles se limitaient entièrement à des interprétations, très rarement utiles. Ses échappées occasionnelles de la neutralité constituaient la partie la plus importante du traitement. À l'évidence, beaucoup trouvaient auprès d'elle une aide appréciable, y compris ses colocataires analystes et mon chef de clinique. Je ne comprenais pas pourquoi ça marchait pour eux et pas pour moi. À présent, je pense que ce n'était pas le thérapeute qu'il me fallait ; j'avais besoin de quelqu'un qui soit plus en interaction avec moi. Je me suis dit à plusieurs reprises, ce qui n'est pas très aimable, que la chose principale que j'ai apprise de mon analyse, c'est ce qu'un psychanalyste *ne doit pas faire*.

Elle prenait vingt-cinq dollars par séance, soit cent dollars par semaine. Cinq mille par an. Deux fois mon salaire annuel de résident. J'ai payé mon analyse en pratiquant des examens médicaux, dix dollars pièce, pour la compagnie d'assurances Sun Life Insurance Company of Canada, filant tous les samedis sur ma Lambretta à travers les petites rues de Baltimore, vêtu de ma tenue blanche hospitalière.

Aussitôt prise ma décision de faire mes trois ans de résidence dans cet hôpital universitaire, Marilyn souhaita s'inscrire en doctorat de littérature comparée à l'université Johns-Hopkins. Sa candidature fut acceptée, et elle travailla sous la direction de René Girard, l'un des plus éminents universitaires français de son temps. Elle choisit pour sujet de thèse le mythe du procès dans les œuvres de Franz Kafka et Albert Camus, et, poussé par elle, je me mis à lire Kafka et Camus, avant de passer à Sartre, Merleau-Ponty et d'autres auteurs existentialistes. Pour la première fois, nos travaux commençaient à converger. Je suis tombé amoureux de Kafka, sidéré par *La Métamorphose* comme je ne l'avais encore jamais été par une œuvre littéraire, secoué aussi par *L'Étranger* de Camus et *La Nausée* de Sartre. Par le biais du roman, ces écrivains réussissaient à sonder les profondeurs de l'existence mieux, me semblait-il, que n'y parvenaient les écrits psychiatriques.

Notre famille a prospéré pendant nos trois années à Baltimore. L'aînée, Ève, allait au jardin d'enfants, installé dans la cour du complexe où était logé le personnel hospitalier. Reid, bambin joyeux et joueur, se laissait confier sans problème aux soins d'une femme de ménage pendant que Marilyn poursuivait ses études à l'université, à un quart d'heure de là. Et Victor, le troisième, vint au monde au Johns-Hopkins Hospital, qu'un seul pâté d'immeubles séparait de chez nous. Heureusement, nous avions des enfants superbes et en bonne santé, et j'attendais avec impatience le soir et les week-ends pour les voir et jouer avec eux. Je n'ai jamais eu le sentiment que ma famille constituait une entrave à ma vie professionnelle, ce qui, j'en suis sûr, n'était pas le cas de Marilyn.

J'ai adoré mes trois années de résidence. Dès les premiers jours, chaque résident se voyait confier la responsabilité d'une salle de malades et une liste de patients venant en consultation externe. L'environnement aussi bien que le personnel médical se singularisaient par une forme de raffinement proprement sudiste, qui maintenant appartient au passé. Le pavillon de psychiatrie, la Phipps Clinic, abritant six salles de malades et un service de consultations externes, avait ouvert en 1912, sous la supervision d'Adolf Meyer, puis de John Whitehorn, à partir de 1940. C'était un bâtiment de brique rouge, robuste et digne ; le liftier, qui manœuvrait un appareil vieux de quarante ans, étais courtois et amical. Quant aux infirmières, jeunes ou âgées, elles se levaient d'un bond quand un médecin entrait dans leur local – ah, c'était le bon vieux temps !

Si j'ai perdu le souvenir de centaines de patients, beaucoup de ceux que j'ai soignés à mes débuts, à Johns-Hopkins, me restent très clairement en mémoire. Par exemple, Sarah B., la femme d'un magnat du pétrole texan, qui était internée depuis plusieurs mois pour une schizophrénie catatonique, muette et figée dans la même position pendant des heures. Mon travail avec elle fut purement intuitif : les chefs de clinique n'apportaient aucune aide car aucun d'eux ne savait comment traiter de tels malades, des gens jugés inaccessibles.

Je prenais soin de la voir chaque jour au moins un quart d'heure dans mon petit bureau, donnant sur le long couloir qui longeait la salle. Cela faisait des mois qu'elle était plongée dans le mutisme, et comme elle ne répondait pas non plus par gestes aux questions, je faisais seul la conversation. Je lui racontais ma journée, je mentionnais les grands titres des journaux, lui parlais de mes idées sur les réunions de groupe constituées de malades, des sujets que j'explorais dans ma propre analyse, des livres que j'étais en train de lire. Parfois, ses lèvres bougeaient, mais il n'en sortait pas un mot. L'expression de son visage ne changeait pas, et elle continuait de me fixer de ses grands yeux bleus plaintifs. Et puis, un jour, alors que je débitais des banalités sur le temps, elle s'est levée brusquement, s'est dirigée vers moi et m'a embrassé vigoureusement sur les lèvres. Sidéré, je ne savais pas quoi dire, mais j'ai gardé mon calme ; réfléchissant à voix haute sur les possibles raisons de ce baiser, je l'ai ramenée dans la salle et j'ai filé vers le bureau de mon chef de clinique pour discuter de l'incident. La seule chose que je ne lui ai pas dite, c'est que je n'avais pas détesté ce baiser – c'était une femme séduisante, et le baiser m'avait excité. Après l'incident, tout a recommencé comme avant pendant encore des semaines, jusqu'à ce que je décide d'essayer un traitement au Pacatal, un nouveau tranquillisant (abandonné maintenant depuis longtemps) qui venait d'apparaître sur le marché. À la surprise générale, en moins d'une semaine Sarah devint une autre personne, qui s'exprimait souvent et en général avec cohérence. Dans mon bureau, nous avions de longues discussions sur les tensions qu'elle avait ressenties avant de tomber malade ; à un moment donné, je lui ai aussi parlé des questions que suscitaient en moi nos séances pendant lesquelles elle demeurait muette et de mes doutes sur l'aide que j'avais pu lui apporter. Sa réponse fut immédiate : « Oh non, docteur Yalom. Vous vous trompez. Pendant toutes ces semaines, vous avez été pour moi *le pain et le beurre.* »

Le pain et le beurre. L'expression me revient souvent quand je suis avec un patient, dans l'ignorance de ce qu'il est en train de vivre, incapable de trouver les remarques cohérentes qui pourraient l'aider. Je repense alors à la chère Sarah B. et me rappelle que la simple présence du thérapeute, ses questions, l'attention qu'il porte au patient constituent un réconfort qu'on n'imagine pas.

J'ai commencé d'assister aux séminaires hebdomadaires du docteur Jerome Frank, l'autre professeur titulaire de Johns-Hopkins, qui, comme le docteur Whitehorn, était un empiriste, ne tablant que sur la logique et la preuve. Il m'a enseigné deux choses importantes : les bases de la méthodologie dans la recherche et les principes fondamentaux de la thérapie de groupe. En ce temps-là, la thérapie de groupe en était à ses balbutiements, et le docteur Frank avait écrit l'un des rares bons livres sur le sujet. Chaque semaine, donc, nous, les résidents – huit têtes pressées l'une contre l'autre – l'observions pratiquer sa thérapie de groupe avec des patients externes, à travers un miroir sans tain d'une espèce particulière : un trou dans le mur d'environ trente centimètres de large. La séance terminée, nous en discutions avec lui. Ce mode d'observation me parut être, sur le plan didactique, un système si profitable que je l'ai employé ensuite pour mon propre enseignement de la thérapie de groupe.

Je continuais d'observer le groupe bien après que mes camarades résidents étaient partis. Sur la fin de l'année, le docteur Frank en vint à me demander de diriger la séance lorsqu'il devait s'absenter. Dès le départ, je me suis enthousiasmé pour cette méthode de thérapie : elle offre aux participants une formidable opportunité de donner et de recevoir des informations sur leur moi social. Elle leur permet d'explorer et d'exprimer des parties de leur personnalité, un comportement dont leurs pairs leur renvoient le reflet. Dans quel autre cadre des individus pourraient-ils donner et recevoir, de leurs égaux dignes de confiance, des informations honnêtes et constructives ? Cette thérapie pratiquée avec des patients non hospitalisés reposait sur quelques règles fondamentales : outre une totale confidentialité, l'obligation pour les membres d'assister à la séance suivante, de continuer à communiquer sans restriction, et de ne pas se rencontrer individuellement, hors le groupe. Il m'est arrivé de les envier et de regretter de ne pas pouvoir être l'un d'eux.

Contrairement au docteur Whitehorn, le docteur Frank était chaleureux et d'un abord facile ; à la fin de ma première année dans le service, il me proposa de l'appeler Jerry. Grand pédagogue, homme de qualité, c'était un modèle d'intégrité, de clinicien compétent, qui faisait comprendre la nécessité de la recherche dans son domaine. Nous sommes restés en contact bien après mon départ de Hopkins, nous rencontrant chaque fois qu'il venait en Californie. Nos deux familles ont même passé ensemble une semaine de vacances à la Jamaïque. Sur ses vieux jours, il souffrit de graves troubles de mémoire. Il vivait dans une maison de retraite où je lui rendais visite à l'occasion de chacun de mes voyages sur la côte Est. La dernière fois que je l'ai vu, il me dit qu'il passait ses journées à sa fenêtre, à observer des faits intéressants, et que chaque matin, au réveil, dans son esprit, c'était table rase. Se passant la main sur le front, il ajouta : « Zoum ! Tous les souvenirs de la veille sont effacés. Entièrement disparus. » Puis il sourit, me regarda et fit à son ancien étudiant un ultime cadeau : « Vous savez, Irv, ce n'est pas si grave. Pas si grave. » Quel homme délicieux. Bien plus tard, quand on m'a invité à donner la première conférence du cycle des Jerome Frank Psychotherapy Lectures à Johns-Hopkins, je me suis senti grandement honoré.

La méthode de Jerome Frank s'intégrait parfaitement à la théorie psychodynamique de l'approche interpersonnelle prévalant à l'époque. L'approche interpersonnelle (ou « néo-freudienne ») signifiait une modification de l'ancienne position orthodoxe française ; elle soulignait l'importance des relations interpersonnelles dans le développement individuel tout au long de la vie, alors que l'ancienne position mettait surtout l'accent sur les toutes premières années d'existence. La première de ces théories était d'origine américaine, grandement fondée sur le travail du psychiatre Harry Stack Sullivan, et provenait aussi des théoriciens européens ayant émigré aux États-Unis, tels Karen Horney et Erich Fromm. J'ai beaucoup lu les textes concernant la théorie interpersonnelle et les ai trouvés tout à fait sensés. *Neurosis and Human Growth* de Karen Horney est le livre que j'ai le plus abondamment annoté pendant mes années de résidence. Sullivan avait beaucoup de choses à enseigner, malheureusement c'était un écrivain si exécrable que ses idées n'ont pas eu l'impact qu'elles méritaient. Ses travaux m'ont néanmoins aidé à comprendre que la plupart de nos patients tombent dans le désespoir parce qu'ils sont incapables d'établir et de maintenir des relations interpersonnelles enrichissantes. J'en ai conclu que la thérapie de groupe constituait l'arène idéale où pouvoir explorer et corriger des modes inadaptés de relations aux autres. J'ai ainsi, pendant toute la durée de ma résidence, mené de nombreuses expériences avec des groupes de malades hospitalisés ou venant de l'extérieur.

Mais j'ai commencé très tôt à me sentir submergé par la quantité de données, la variété des situations cliniques que je rencontrais, les approches particulières de chacun de mes maîtres de stage, et j'ai ardemment souhaité trouver un système global d'explication. La théorie psychanalytique semblait l'option la plus plausible – d'ailleurs, à l'époque, aux États-Unis, la plupart des programmes de formation psychiatrique avaient une orientation analytique. Si, de nos jours, les patrons de psychiatrie sont en général des neuroscientifiques, dans les années 1950, ils avaient une formation analytique. Johns-Hopkins constituait une exception importante, si l'on exclut le service de consultations externes.

Je voyais donc Olive Smith consciencieusement quatre fois par semaine, je lisais les écrits de Freud, et j'assistais à l'hôpital aux consultations externes de tendance analytique, mais, le temps passant, j'ai considéré l'approche psychanalytique avec un scepticisme grandissant. Les commentaires de mon analyste me semblaient inappropriés et hors de sujet, j'avais le sentiment que l'injonction de neutralité l'empêchait de me révéler quoi que ce soit d'elle-même. Qui plus est, j'étais de plus en plus persuadé que l'accent mis sur les débuts de la vie, sur les pulsions sexuelles primaires et agressives était extrêmement restrictif.

L'approche biopsychologique n'avait pas grand-chose d'autre à offrir que des thérapies somatiques, telles que les traitements par coma insulinique et par électrochocs. J'ai utilisé ces traitements à diverses reprises et constaté parfois des guérisons extraordinaires, mais il s'agissait d'approches disparates, découvertes par accident. Par exemple, depuis des siècles, les cliniciens ont remarqué que les convulsions aux origines diverses, telles que fièvre ou malaria, ont un effet salutaire sur les psychoses ou la dépression. Ils ont donc cherché des méthodes consistant à susciter des comas hypoglycémiques et des crises nerveuses par des substances chimiques (le métrazol) et des moyens électriques.

Vers la fin de ma première année de résidence, la parution d'un livre intitulé *Existence*, du psychologue Rollo May, m'a beaucoup intéressé. Il consistait en deux longs et excellents essais de May lui-même, plus un certain nombre de chapitres traduits d'auteurs et de philosophes européens, Ludwig Binswanger, Erwin

Straus et Eugène Minkowsi notamment. Ce livre a changé ma vie. Malgré le style ampoulé de certains chapitres, qu'on aurait pu croire destiné à obscurcir plutôt qu'à illuminer la pensée, les essais de May sont d'une exceptionnelle lucidité. Il expose les principes fondamentaux de la doctrine existentialiste et m'a permis d'accéder aux idées pertinentes de Søren Kierkegaard, Friedrich Nietzsche et autres. Quand je feuillette mon exemplaire du livre de 1958, je découvre des annotations approbatrices ou critiques dans les marges de presque chaque page. May m'a suggéré l'idée d'une *troisième voie*, une alternative à la pensée psychanalytique et au modèle biologique – une voie dérivée de la sagesse de philosophes et écrivains de ces vingt-cinq derniers siècles. Et je remarque, en continuant de feuilleter l'ouvrage tandis que j'écris celui-ci, la dédicace de Rollo, qu'il a apposée quelque quarante ans plus tard : « Pour Irv, un collègue à qui je dois la connaissance de la psychothérapie existentielle. » Les larmes m'en montent aux yeux.

J'ai suivi nombre de cours sur l'histoire de la psychiatrie, depuis Philippe Pinel (médecin du XVIIIe siècle qui a cherché à soigner la folie d'une manière plus humaine) jusqu'à Freud. Des cours intéressants mais qui péchaient, selon moi, parce qu'ils partaient du principe que notre champ d'étude commence avec Pinel. Tout en les écoutant, je pensais à tous ceux, philosophes et essayistes, qui avaient écrit sur le comportement humain et l'angoisse de l'homme bien avant le XVIIIe siècle – Épicure, Marc Aurèle, Montaigne, John

Locke. Des pensées qui m'ont persuadé que le temps était venu pour moi de commencer une éducation en philosophie, si bien que, durant ma deuxième année de résidence, j'ai suivi un cours d'histoire de la philosophie occidentale à l'université Johns-Hopkins, sur le même campus que Marilyn. Nous avions pour manuel la très prisée *Histoire de la philosophie occidentale* de Bertrand Russell, des pages qui, après tant de précis de physiologie, médecine, chirurgie, obstétrique, me paraissaient de l'ambroisie.

Depuis ce premier survol, j'ai étudié la philosophie en autodidacte, lisant intensément et suivant des cours en auditeur libre à Johns-Hopkins, puis plus tard à Stanford. À ce stade, celui des débuts, je ne concevais pas encore comment appliquer cette sagesse à mon champ de travail, la psychothérapie, mais, tout au fond de moi, je savais que j'avais trouvé l'œuvre de ma vie.

Revenons à ces trois ans, notamment à un stage de trois mois au Patuxent Institute, une prison pour délinquants malades mentaux. Je voyais des patients en thérapie individuelle et dirigeais une séance de groupe quotidienne pour délinquants sexuels – l'une des plus difficiles thérapies de groupe que j'aie jamais menées. Les participants dépensaient beaucoup plus d'énergie à tenter de me persuader qu'ils avaient retrouvé leur équilibre qu'à travailler sur leurs problèmes. Puisqu'ils étaient condamnés à une peine de durée indéterminée – autrement dit, ils restaient incarcérés jusqu'à ce que les psychiatres les déclarent guéris –, leur répugnance à trop en révéler sur eux-mêmes était compréhensible. J'ai trouvé cette expérience fascinante, et j'ai eu bientôt assez de matériau pour décider d'écrire deux articles : l'un sur la thérapie de groupe pour des pervers sexuels, l'autre sur le voyeurisme.

L'article sur le voyeurisme fut l'une des premières publications psychiatriques sur le sujet. Je soulignais le fait que les voyeurs ne désirent pas simplement voir des femmes nues : pour qu'ils en tirent le maximum de plaisir, il faut que l'acte soit interdit et subreptice. Aucun de ces hommes que j'avais étudiés n'aimait les boîtes de strip-tease, les prostituées ou la pornographie. Par ailleurs, je démolissais l'idée répandue que le voyeurisme n'est qu'une infraction, horripilante, excentrique et inoffensive. Nombre des détenus avec lesquels j'avais travaillé étaient passés du voyeurisme à des délits beaucoup plus graves, tels que cambriolages avec effraction et agressions sexuelles.

Tandis que j'écrivais cet article, je me suis rappelé la présentation du cas de Muriel que j'avais faite pendant mes études de médecine à la fac et, de la même façon que j'avais éveillé l'intérêt des auditeurs en commençant par raconter une histoire, j'ai commencé l'article sur le voyeurisme par le conte du Voyeur originel. Ma femme, tout en travaillant à son doctorat, m'aida à retrouver d'anciens documents sur la légende de Lady Godiva, la noble dame du XIe siècle qui avait décidé de chevaucher nue dans les rues de sa ville afin de relever le défi de son mari et de l'obliger à réduire les impôts dont il assommait son peuple. Tous les citadins exprimèrent leur gratitude en détournant les yeux, tous sauf Tom. Le pauvre Tom ne put résister à jeter un regard à la royale nudité, et fut frappé de cécité sur-le-champ. Mon article fut immédiatement accepté pour publication dans les *Archives of General Psychiatry*.

Peu après, mon article sur les techniques de la thérapie de groupe concernant les délinquants sexuels parut dans le *Journal of Nervous and Mental Disease*. Et j'en écrivis aussi un autre, sans rapport avec mon travail à Patuxent, sur le diagnostic de la démence sénile. Cette multiplication de publications, inhabituelle de la part de résidents, étonna très favorablement les sommités de Johns-Hopkins. Ces applaudissements, très agréables, bien sûr, me surprirent, car écrire ne présentait pour moi aucune difficulté.

John Whitehorn s'habillait toujours en costume, de couleur marron, chemise blanche et cravate. Nous, les résidents, supposions qu'il possédait deux ou trois costumes identiques, puisque nous ne l'avions jamais vu porter autre chose. Nous étions censés assister au cocktail qu'il donnait à chaque début d'année universitaire, ce que nous redoutions particulièrement ; ça consistait à rester debout pendant des heures, en costume-cravate, avec un petit verre de sherry, point. Rien d'autre à boire ni à manger.

En troisième année de résidence, mes cinq collègues et moi avons passé la journée entière du vendredi avec le docteur Whitehorn. Installés dans la grande salle de consultations adjacente à son bureau, nous l'écoutions interroger ses patients hospitalisés – lui et eux assis dans des fauteuils rembourrés, nous sur des chaises de bois. Certains entretiens duraient dix ou quinze minutes, d'autres une heure, voire deux ou trois.

Son ouvrage, *Guide to Interviewing and Clinical Personality Study*[1], figurait au programme de la plupart des formations psychiatriques aux États-Unis, et offrait au néophyte une approche systématique de l'entretien clinique, alors que sa propre façon d'interroger les patients était tout sauf systématique. Il s'enquérait rarement des symptômes ou de l'endroit où se situait la douleur, en fonction d'une stratégie simple : « Laissez le patient vous l'apprendre. » Un demi-siècle plus tard, j'ai encore à l'esprit quelques exemples : un patient écrivait sa thèse de doctorat sur l'Invincible Armada, un autre était un spécialiste de Jeanne d'Arc, un troisième, un riche planteur de café brésilien. Le docteur Whitehorn interrogea chaque patient très longuement, au moins une heure et demie, s'intéressant surtout à ce qui, eux, les intéressait. Nous avons appris plein de choses sur le contexte historique de l'Armada, la conspiration contre Jeanne d'Arc, la précision du tir des archers persans, le programme d'études d'écoles de soudage, et tout ce que nous voulions savoir (et même plus) sur la relation entre la qualité des fèves de café et l'altitude à laquelle elles poussent. Parfois, l'ennui me prenait et je n'écoutais que d'une oreille ; pourtant, au bout d'un quart d'heure, j'étais bien obligé de constater

1. « Guide d'entretiens et d'étude clinique de la personnalité ».

qu'un malade paranoïaque, hostile, sur ses gardes, se mettait à parler franchement de sa vie intérieure. « Le patient et vous, tous deux vous êtes gagnants, disait John Whitehorn. L'intérêt que vous lui portez, le désir que vous manifestez de le laisser vous enseigner ce qu'il sait, rehaussent l'opinion qu'il a de lui-même ; quant à vous, ainsi édifié, vous finirez par apprendre ce que vous avez besoin de savoir sur sa maladie. »

Après les entretiens du matin, nous partagions un long déjeuner dans son grand bureau, servi dans de la porcelaine, illustration du chic sudiste : salade, sandwichs, acras de morue, ainsi que ce qui demeure toujours mon plat favori : *crabs cakes* de la Chesapeake Bay. La conversation s'étirait tout le long du repas, abordant de nombreux sujets. Quand nous ne le poussions pas dans une direction particulière, Whitehorn choisissait cette tablée hebdomadaire pour tester ses nouvelles idées. Il se dirigeait vers le tableau noir et déroulait le tableau périodique (des éléments chimiques) qui était toujours accroché dans son bureau. Bien qu'ayant acquis sa formation psychiatrique à Harvard, puis dirigé l'enseignement de la psychiatrie à l'université Washington de Saint Louis avant de devenir patron à Johns-Hopkins, il était à l'origine biochimiste et avait fait des recherches considérables sur la chimie du cerveau. Je me rappelle lui avoir posé des questions sur la pensée paranoïde, auxquelles il avait longuement répondu. Une fois, alors que je traversais une phase théorique fortement déterministe sur le comportement humain, j'ai émis l'idée que si nous avions une totale connaissance de tous les stimuli qui influent sur l'individu, nous pourrions pronostiquer avec précision sa réaction, en matière de pensée aussi bien que d'action. Comme, ai-je ajouté, lorsqu'on frappe une boule de billard : si l'on connaissait la force, l'angle et la vitesse de tournoiement, on connaîtrait la réaction de la boule lorsqu'elle est frappée. Une position qui a incité Whitehorn à défendre un point de vue opposé, une perspective humaniste qui lui était étrangère et où il ne se sentait pas à l'aise. Après une chaude discussion avec les autres, il leur dit : « Il n'est pas impensable que le docteur Yalom s'amuse un peu à mes dépens. » À la réflexion, je crois qu'il avait raison : je me rappelle m'être un peu diverti d'avoir réussi à lui faire défendre le point de vue très humaniste qui était le mien habituellement.

Une seule fois il m'a vraiment déçu : je lui avais prêté mon exemplaire du *Procès* de Kafka, que j'aimais notamment pour sa façon métaphorique d'exposer le neuroticisme et le sentiment de culpabilité flottante. Il me le rendit quelques jours plus tard et, hochant la tête, me dit qu'il n'accrochait pas et qu'il préférait parler à des personnes en chair et en os. Cela faisait trois ans que j'étais en psychiatrie, et il me restait encore à connaître un clinicien qu'intéresseraient les visions des philosophes et des romanciers.

À l'issue du déjeuner, nous retournions observer le déroulement des consultations du docteur Whitehorn. Vers cinq heures de l'après-midi, je commençais à avoir des fourmis dans les jambes, j'avais hâte d'aller jouer au tennis avec mon partenaire régulier, l'un des étudiants en médecine. Le court de tennis de l'hôpital se trouvait à cinq cents mètres, niché entre les départements de psychiatrie et de pédiatrie, et bien souvent, en fin d'après-midi les vendredis, je gardais l'espoir de m'y rendre avant que disparaissent les derniers rayons du soleil, puis, en soupirant, je m'obligeais à reporter toute mon attention sur la séance d'entretiens.

Ma dernière entrevue avec John Whitehorn se situe pendant mon dernier mois de résidence. Il me convoqua dans son bureau un après-midi ; une fois assis devant lui, je lui trouvai une mine moins sévère que d'habitude. Je pouvais me tromper, mais je crus discerner un air amical, peut-être même une trace de sourire ? Après un silence typiquement whitehornien, il se pencha vers moi et me demanda : « Comment envisagez-vous votre avenir ? » En ce qui concernait mon avenir immédiat, lui ai-je dit, la prochaine étape serait le service militaire obligatoire de deux ans, ce à quoi il rétorqua en grimaçant : « Quelle chance vous avez que nous soyons en paix. Mon fils a été tué durant la Seconde Guerre mondiale à la bataille des Ardennes, un putain de hachoir à viande. » J'ai bégayé que j'étais navré, mais il ferma les yeux et secoua la tête, à l'évidence il ne voulait plus parler de son fils. Et après l'armée, me demanda-t-il, que comptais-je faire ? J'hésitais, lui dis-je. J'avais la charge d'une femme et de trois enfants, peut-être allais-je ouvrir un cabinet à Washington ou à Baltimore.

De nouveau, il secoua la tête, pointant du doigt la pile de mes articles publiés posée sur son bureau. « Ces publications signifient autre chose. Elles représentent les marches de l'échelle universitaire que l'on doit grimper. Mon instinct me dit que si vous continuez à écrire et à penser de cette manière, un brillant avenir vous attend peut-être dans l'enseignement universitaire, à Johns-Hopkins par exemple. » Ses dernières paroles m'ont poursuivi pendant longtemps : « Ce serait défier la chance de ne pas poursuivre une carrière universitaire. » Il termina l'entretien en me donnant une photo de lui encadrée, avec ces mots : « Au docteur Irvin Yalom, avec affection et admiration. » La photo est toujours accrochée au mur de mon bureau, posée de guingois à côté de celle d'un tressautant Joe DiMaggio. « Avec affection et admiration. » Ce qui me sidère, c'est de ne pas avoir su détecter ces sentiments pendant que je travaillais sous sa supervision. Maintenant seulement, tandis que j'écris ce texte, je me rends compte que lui et Jerome Frank m'ont effectivement servi de mentors – de formidables mentors ! Peut-être le temps est-il venu pour moi de jeter aux oubliettes l'idée que je suis une créature qui s'est faite entièrement elle-même.

Comme je terminais mes trois ans de résidence, le docteur Whitehorn terminait sa longue carrière à Johns-Hopkins. L'ensemble des étudiants, résidents et corps médical assista à la soirée qu'il donna pour son départ à la retraite. Après une introduction chaleureuse du professeur Leon Eisenberg, spécialiste de la psychiatrie de l'enfant, qui allait bientôt prendre la chaire de psychiatrie à Harvard, le docteur Whitehorn se leva, se dirigea vers le micro et commença, de sa voix posée et solennelle : « Il se dit que le caractère d'une personne peut se juger à l'aune de celui de ses amis. S'il en est ainsi… (Il s'arrêta et très lentement, délibérément, parcourut des yeux, de gauche à droite, le nombreux public)… alors je dois être vraiment un très chic type. »

Par la suite, je n'ai eu que par deux fois des nouvelles de John Whitehorn. Des années plus tard, alors que j'enseignais à Stanford, il m'a adressé l'un de ses proches pour une psychothérapie, que bien entendu j'ai été très heureux d'entreprendre avec lui. Et puis, en 1974, soit quinze ans après notre dernier face-à-face, j'ai reçu un coup de fil de sa fille, que je n'avais jamais rencontrée. Elle m'apprit que son père, terrassé récemment par une attaque cérébrale massive, était proche de la mort et avait expressément demandé à me voir. J'étais abasourdi. Pourquoi moi ? Que pouvais-je lui offrir ? Naturellement, je n'ai pas hésité. Dès le lendemain j'ai pris l'avion pour Washington où, comme d'habitude, je suis descendu chez ma sœur Jean et son mari Morton. J'ai emprunté leur voiture, embarqué ma mère, qui adorait les voyages en voiture, et pris la direction d'un centre hospitalier dans les faubourgs de Baltimore. Laissant ma mère confortablement installée dans le hall, je suis monté dans la chambre du docteur Whitehorn.

Il m'apparut beaucoup plus petit que dans mon souvenir. Un côté du corps paralysé, il souffrait aussi d'une aphasie de Broca qui diminuait considérablement sa capacité de parler. Ce fut un énorme choc de découvrir l'être le plus capable que j'aie connu d'exprimer sa pensée avec une merveilleuse limpidité bavant et bouffant ses mots. Après plusieurs faux démarrages, il réussit à balbutier : « Je suis… je suis… je suis foutument terrifié. » Et moi aussi j'étais terrifié, épouvanté à la vue d'une impressionnante statue tombée en ruine.

Le docteur Whitehorn avait formé deux générations de psychiatres, dont un grand nombre désormais présidaient des départements universitaires de pointe. Je continuais à me demander : « Pourquoi moi ? Que puis-je faire pour lui ? »

Pour finir, je n'ai pas fait grand-chose. Je me suis comporté comme n'importe quel visiteur angoissé cherchant désespérément à trouver des paroles de réconfort. Je lui ai rappelé notre époque à Johns-Hopkins, lui disant toute la valeur que j'attachais à ses séances du vendredi, qu'il m'avait inculqué l'art de mener un entretien avec un patient, que j'avais suivi son conseil et étais devenu professeur d'université, que j'essayais de l'imiter en traitant les patients avec dignité et intérêt, les laissant être mes enseignants, comme il nous l'avait appris. Il proférait des sons mais aucun mot, et, au bout d'une demi-heure, il est tombé dans un profond sommeil. Je suis parti, bouleversé, ne comprenant toujours pas pourquoi il m'avait appelé. J'ai su ensuite par sa fille qu'il était mort deux jours plus tard.

Cette question, « pourquoi moi ? », je l'ai gardée en tête pendant des années. Pourquoi réclamer un garçon perturbé et peu sûr de lui, fils d'un pauvre épicier immigré ? Peut-être parce que je remplaçais le fils qu'il avait perdu à la guerre. Le docteur Whitehorn est mort dans une terrible solitude. Si seulement j'avais pu lui donner plus. J'aurais dû insister davantage sur le prix que j'attachais à nos rapports pendant ces trois années, et lui dire que je pensais souvent à lui pendant mes entretiens avec des patients. J'aurais dû essayer de trouver les mots pour lui dire que je percevais la terreur qu'il devait éprouver. Ou j'aurais dû le toucher, lui tenir la main, l'embrasser sur la joue, mais j'ai renoncé – trop longtemps il m'était apparu comme un homme rigide, distant ; de plus, dans l'état de vulnérabilité où il se trouvait, il aurait pu prendre mon geste tendre pour une agression.

Une vingtaine d'années plus tard, dans le courant de la conversation lors d'un déjeuner, David Hamburg, le patron du service psychiatrie responsable de ma venue à Stanford après que j'avais quitté l'armée, me raconta qu'en faisant du nettoyage chez lui, il était tombé sur une lettre de John Whitehorn soutenant ma nomination. Il me montra cette lettre, dont la dernière phrase m'a stupéfié : « Je crois que le docteur Yalom deviendra une sommité de la psychiatrie américaine. » Maintenant, je crois comprendre pourquoi John Whitehorn m'a fait venir alors qu'il était à l'article de la mort. Il devait voir en moi celui qui poursuivrait son œuvre. Je contemple sa photo accrochée au mur au-dessus de mon bureau, et j'essaie de saisir son regard. J'espère qu'il a été réconforté à la pensée que, à travers moi, il continuera de marquer l'avenir.

16

Affecté au paradis

En août 1960, un mois après avoir terminé ma spécialisation à Johns-Hopkins, j'ai été incorporé dans l'armée. Le service militaire était obligatoire en ce temps-là, mais les étudiants en médecine avaient la possibilité de surseoir à leur incorporation jusqu'à la fin de leurs études, période de résidence comprise, s'ils s'engageaient à respecter les conditions d'un programme d'assistance dénommé *Berry Plan.* J'ai passé mes six premières semaines de formation militaire au fort Sam-Houston de San Antonio, où l'on m'a notifié mon affectation à une base en Allemagne pour les deux années à venir. Puis j'ai reçu un autre avis corrigeant le premier, qui remplaçait l'Allemagne par la France. Deux semaines plus tard, on me sommait de me présenter au Tripler Hospital à Honolulu. Cette assignation-là fut la bonne.

Je me rappelle avec une grande précision le moment de mon arrivée à Hawaï. À peine étais-je descendu de l'avion que Jim Nicholas, psychiatre militaire, destiné à devenir mon grand copain pendant les deux années suivantes, me glissait autour du cou un collier de fleurs de frangipanier. Le parfum me monta au nez, une fragrance suave et forte, et, à l'instant même, quelque chose en moi s'est mis à bouger. Mes sens éveillés, j'étais enivré par l'arôme de frangipanier qui flottait partout, à l'aéroport, dans les rues, et même dans le petit appartement du quartier Waikiki que Jim nous avait choisi et qu'il avait rempli de victuailles, sans compter les fleurs. En 1960, Hawaï était encore d'une beauté étonnante et authentique : les palmiers, les hibiscus, les gingembres rouges aux tiges hérissées, les oiseaux de paradis et, bien sûr, l'océan et ses vagues bleu turquoise qui venaient mourir doucement sur le sable étincelant. Les gens portaient des vêtements étonnants, merveilleux. Jim m'accueillit en chemise à fleurs, short et sandales appelées *zori* et m'emmena aussitôt dans une boutique où je me suis débarrassé de mon uniforme, pour un jour en tout cas, et d'où je suis ressorti en chemise d'un violet orchidée, short bleu électrique et *zori*.

Marilyn et nos trois enfants arrivèrent deux jours plus tard, et nous sommes montés au sommet du Nuuanu Pali d'où la vue embrasse toute la partie est de l'île. Contemplant les montagnes crénelées vert foncé, les cascades et leurs arcs-en-ciel, l'océan bleu-vert, les plages sans fin, Marilyn, le doigt pointé sur Kailua et

Lanikai, déclara : « C'est ici qu'est le paradis. C'est ici que je veux vivre. »

Son ravissement me ravissait. Elle venait de passer des semaines affreuses, le temps de ma formation militaire à San Antonio où il faisait chaque jour près de quarante degrés, et où nous ne connaissions personne. Elle se retrouvait seule toute la journée avec les enfants – le pic fut atteint lorsque je dus suivre une semaine d'entraînement dans un camp à plusieurs heures de San Antonio. Là, j'ai appris des choses d'une valeur inestimable telles que le maniement des armes (j'ai gagné une médaille de tireur d'élite au fusil) ou comment ramper sous du fil de fer barbelé tandis que les balles de mitrailleuse bourdonnent par-dessus votre tête (réelles paraît-il – aucun d'entre nous n'en a fait l'expérience). Les portables n'existaient pas à l'époque, si bien que je suis resté tout ce temps sans nouvelles de ma famille. À mon retour, j'appris que Marilyn avait été transportée d'urgence à l'hôpital militaire pour une appendicectomie et que le personnel militaire s'occupait de nos enfants. Quatre jours après l'opération, le soir, le chirurgien-chef lui avait rendu visite à la maison pour lui annoncer que le rapport pathologique indiquait un cancer de l'intestin, ce qui nécessiterait une résection importante du gros intestin : il lui fit même des dessins afin qu'elle puisse me montrer les parties de l'intestin qu'il fallait réséquer. Horrifié, j'ai foncé à l'hôpital, et réussi à obtenir les clichés que j'ai expédiés par express et livraison spéciale à un ami médecin de la côte Est. Le verdict fut que Marilyn souffrait d'une tumeur bénigne qui ne requérait aucun traitement. Encore maintenant, ma colère contre l'armée reste vive, aussi bien pour m'avoir laissé dans l'ignorance de ce qui se passait que pour cette grossière erreur de diagnostic.

Et maintenant, cette affreuse histoire derrière nous, Marilyn ayant retrouvé toute sa vivacité et sa gaieté, nous admirions les montagnes et les eaux bleues de l'océan, les plages de Kailua et de Lanikai. Vouloir habiter là-bas semblait totalement irréaliste : nous avions très peu d'argent, et l'armée proposait un logement gratuit dans une caserne. Mais j'étais aussi ensorcelé que Marilyn et, en moins d'une semaine, nous avons loué une petite maison à Lanikai, à deux cents mètres d'une des plus belles plages du monde. Lanikai demeure à jamais dans nos esprits la plus belle plage que nous ayons jamais vue. Chaque fois que nous foulons un sable poudreux mais ferme, nous nous regardons et nous exclamons : « Le sable de Lanikai ! »

Longtemps après avoir quitté Hawaï, nous sommes retournés régulièrement sur cette plage, hélas terriblement dégradée aujourd'hui. Un an après nous être installés dans la petite maison, nous avons appris qu'un amiral venant d'être inopinément affecté au Pacifique sud, sa maison au bord de la plage voisine de Kailua était à louer. Elle était si proche de l'eau que je pouvais surfer ou nager tout en étant de service : Marilyn me signalait qu'on m'appelait au téléphone en agitant une grande serviette blanche du haut de la véranda.

Peu après notre arrivée, j'ai reçu des lettres de trois généraux en poste respectivement à Hawaï, en

Allemagne et en France, chacun saluant ma prochaine affectation à sa base. Cet embrouillamini se solda par la perte d'un grand nombre de nos biens, disparus en transit quelque part. Ainsi avons-nous pris vraiment un nouveau départ – nous avons acheté tous nos meubles et literie dans un vide-grenier, en un seul jour.

Mes obligations militaires ne m'accaparaient guère. Je passais le gros de mon temps dans une unité de patients hospitalisés, arrivant de différentes bases du Pacifique. En 1960, la guerre du Vietnam en était à ses balbutiements, mais nombre de nos malades avaient participé à des opérations clandestines au Laos. Tous ceux qui présentaient de réels troubles psychiques avaient déjà été repérés et expédiés dans des hôpitaux aux États-Unis mêmes. De ce fait, nos patients étaient pour la plupart des garçons qui se prétendaient atteints de troubles mentaux, dans l'espoir de se faire réformer.

L'un de mes premiers malades, un sergent, dix-neuf ans sous les drapeaux et proche de la retraite, avait été arrêté pour ivresse pendant ses heures de service – une accusation grave qui pouvait entraîner une modification de son statut de retraité et du montant de sa pension. Quand je l'examinais, il se montrait incapable de donner une réponse correcte à mes questions. Pourtant, chacune de ses réponses était si proche de la vérité qu'il semblait qu'une partie de son cerveau connaissait la bonne solution : six fois sept donnait quarante et un, Noël tombait le 26 décembre, une table avait cinq pieds. Je n'avais jamais vu un cas de ce genre, mais en parlant avec des collègues et en feuilletant la littérature sur le sujet, j'ai appris qu'il s'agissait d'un cas classique du syndrome de Ganser (souvent appelé le syndrome des réponses approximatives), un type de désordre mental factice où le patient imite une maladie qu'il n'a pas pour tenter d'échapper à la responsabilité d'un acte illicite qu'il a commis. J'ai passé beaucoup de temps avec lui durant ses quatre jours d'hospitalisation (les patients nécessitant une plus longue hospitalisation étaient renvoyés sur le continent), mais n'ai pas réussi à toucher le moi qui se dissimulait sous le fraudeur. L'étrangeté de ces cas, comme je l'ai appris en étudiant plus longuement les textes publiés, c'est qu'un pourcentage élevé de personnes présentant les signes du syndrome de Ganser sont atteintes ultérieurement de véritables troubles psychotiques !

Chaque jour, mes collègues et moi devions décider si tel ou tel soldat était vraiment psychiquement malade ou s'il feignait la maladie afin de se faire réformer. Presque tous ceux que nous recevions en consultation désiraient quitter l'armée, la marine ou les Marines – et nous étions troublés par le côté arbitraire de notre méthode de décision : en raison du manque de clarté des directives, nous finissions par émettre des recommandations incohérentes.

Les exigences du service étaient incomparablement plus légères que celles que j'avais connues en internat puis en résidence : après quatre années où j'avais assumé la permanence les soirs et les week-ends, j'avais l'impression de bénéficier de deux ans de vacances. Nous étions trois psychiatres, chacun de garde une nuit sur trois et un week-end sur trois. En ce qui me concerne, tout en étant de garde, je n'ai été appelé de nuit à l'hôpital que de rares fois. Mes deux collègues et moi nous entendions bien et avions aussi de bonnes relations avec notre officier supérieur, le colonel Paul Yessler, homme avenant qui nous laissait une totale autonomie dans notre travail. Bien que l'unité psychiatrique, baptisée Little Tripler, ne fût qu'à une centaine de mètres de l'imposant Tripler Hospital, il y régnait une atmosphère détendue qui n'avait rien de militaire. Je déjeunais au grand Tripler et parfois je recevais en consultation des patients à la demande d'autres services, sinon je n'y mettais pas les pieds, et il se passait des semaines sans que je donne ou qu'on me fasse signe de vie.

Profitant de cette liberté, j'ai décidé de poursuivre mes études sur la thérapie de groupe avec des patients hospitalisés et des consultants externes, surtout des femmes de soldats en état de détresse et, quand je n'étais pas en service, avec un groupe de résidents en psychiatrie, non militaires, du Hawai State Hospital à Kaneohe.

C'est avec les épouses de soldats que je me suis senti le plus utile. Nombre d'entre elles acceptaient l'idée de devoir vivre loin de leur environnement habituel, mais d'autres décidaient de s'engager dans un long travail d'exploration de soi : pourquoi se sentaient-elles si seules, pourquoi étaient-elles incapables de nouer des relations avec les autres membres de leur communauté. Le groupe des résidents se révéla beaucoup plus difficile à traiter. Ils voulaient participer à une expérience qui serait à la fois thérapeutique et instructive, leur apprenant à exercer leur futur rôle de dirigeant de groupe. Ce qu'ils savaient que j'étais. Mais leur demande me mettait mal à l'aise : je n'avais jamais conduit de thérapie avec un groupe de ce genre, en réalité je n'avais que deux années de plus qu'eux dans cette pratique. Néanmoins, sous leur pression, j'ai accepté. Il ne m'a pas fallu longtemps pour me rendre compte que je m'étais mis dans une situation difficile. Un groupe ne peut fonctionner que si ses membres acceptent de révéler leurs pensées et leurs sentiments les plus intimes, une étape que ceux-ci se montraient réticents à franchir. J'ai cependant commencé à comprendre que, puisque l'outil principal du thérapeute est sa propre personne, il prend un double risque en dénonçant ses propres défauts : que l'on juge à la fois son caractère et sa compétence professionnelle. Bien que conscient de cette impasse, je n'ai pas trouvé le moyen de la surmonter, et la thérapie n'a eu que de faibles résultats. Avec les années, j'ai compris que, pour diriger un groupe dans de telles circonstances, il faut accepter de fournir un modèle d'autorévélation en prenant des risques personnels à l'intérieur du groupe.

Indubitablement, mes deux années à Hawaï ont changé ma vie. Avant ce séjour, je projetais de retourner sur la côte Est à plus ou moins long terme et, comme l'avait suggéré le docteur Whitehorn, de chercher un poste académique, ou de rejoindre mes amis et ma famille à Washington, et d'ouvrir un cabinet en ville. Mais après quelques mois ensoleillés à Hawaï, la perspective de retrouver le froid, la grisaille, l'aspect guindé de la côte Est se révélait de moins en moins séduisante. Depuis longtemps, Marilyn souhaitait s'éloigner le plus possible de Washington, et nous sommes bientôt tombés d'accord pour rester à Hawaï, ou dans les environs. Jusqu'alors, je m'étais presque uniquement concentré sur mon travail et peu occupé de ma femme et de mes enfants. Hawaï m'a ouvert à la beauté de la nature environnante. Les plages, surtout, m'attiraient, sur lesquelles nous avons marché Marilyn et moi pendant des heures, nous tenant par la main comme du temps du lycée. J'ai consacré beaucoup de temps à mes enfants, dont une grande partie dans l'eau chaude de l'océan – je leur ai appris à nager, avec ou sans tuba, à foncer dans les vagues uniquement avec les bras (je n'ai jamais maîtrisé l'art de surfer sur une planche, par manque d'équilibre). Le vendredi soir, je les emmenais voir des films de samouraïs au cinéma voisin, en pyjama comme les gosses du pays.

L'armée refusant d'expédier ma Lambretta à Hawaï, mais acceptant l'envoi d'un télescope, j'avais, alors que nous étions encore à Baltimore, échangé mon scooter contre un télescope avec une lentille de vingt centimètres, l'un de ceux que je convoitais depuis mon enfance, quand je m'étais lancé dans leur fabrication. Mais le ciel nocturne d'Hawaï étant continuellement brumeux, hormis les deux ou trois fois où j'ai hissé cette merveille au sommet, je n'ai guère pu m'en servir.

L'un de mes patients était le contrôleur de vol de la base et, grâce à lui, j'ai bénéficié des vols spécial week-end pour les Philippines et le Japon. J'ai fait de la plongée dans une mer exquise au large d'une petite île des Philippines, et j'ai vu à Manille des couchers de soleil qui demeurent à jamais gravés dans ma mémoire. J'ai résidé au club des officiers à Tokyo et exploré la ville. Quand j'étais perdu, je hélais un taxi et lui montrais la carte du club avec l'adresse écrite en japonais. Le directeur du club m'avait dit de surveiller le chauffeur quand il lisait la carte : s'il respirait d'un coup sec, je devais sauter de la voiture, car jamais un chauffeur de taxi de Tokyo ne risquerait de perdre la face en admettant qu'il ne connaît pas une adresse.

Peu après notre arrivée, Marilyn a obtenu un poste de professeur au département de français de l'université d'Hawaï. Elle était particulièrement ravie d'enseigner la littérature française contemporaine à des étudiants vietnamiens parlant couramment français, même s'ils avaient du mal à saisir les idées de Sartre sur l'aliénation, alors qu'ils ne rêvaient qu'aux plongeons à venir dans les eaux bleues et chaudes de l'océan. Marilyn ayant besoin de notre voiture pour se rendre à l'université, je me suis acheté une moto dynamique, une Yamaha, avec laquelle je gagnais l'hôpital en trente minutes via le sommet du Pali. C'est durant notre séjour que fut inauguré le tunnel Wilson sous les montagnes. Dès lors, je l'ai emprunté pour me rendre au travail, renouvelant quotidiennement l'expérience d'y entrer sous un soleil brillant pour en émerger sous une de ces délicieuses et chaudes averses hawaïennes. Près de chez moi, à Kailua, il y avait un petit club de tennis sur gazon, où le week-end nous jouions contre d'autres clubs. L'un de mes amis militaires m'initia à la plongée sous-marine et, durant les quarante années suivantes, j'ai goûté au plaisir de glisser sur le fond des océans, admirant la faune d'Hawaï, des Caraïbes et de nombreuses autres parties du monde. Il m'est même arrivé de plonger de nuit, ce qui est particulièrement excitant, car toutes les créatures nocturnes sont en quête de proies, spécialement les gros crustacés.

Jack Ross, un autre collègue militaire, me présenta son ancien camarade de classe, formé comme lui à la Menninger Clinic, le psychiatre K.Y. Lum, qui exerçait à Honolulu. Avec lui et plusieurs psychiatres hawaïens nous avons constitué un groupe, qui se réunissait une fois par mois pour présenter des cas. Sans compter des parties de poker avec une stratégie particulière, une semaine sur deux. Notre amitié ne s'est jamais rompue – les parties de poker ont duré trente ans.

Un jour, peu après mon arrivée à Hawaï, André Tao Kim Hai, vieux monsieur vietnamien qui habitait à côté de chez nous, frappa à ma porte. « Jouez-vous aux échecs ? » me demanda-t-il, en exhibant pièces et échiquier. La manne tombée du ciel ! André et moi, de force égale, avons disputé d'innombrables parties. Il avait pris sa retraite à Hawaï après avoir été longtemps le représentant du Vietnam à l'ONU, mais lorsque la guerre du Vietnam a éclaté, il a quitté les États-Unis en signe de protestation, pour s'installer d'abord à Paris, puis à Madère. Notre amitié s'est poursuivie ainsi que notre rivalité aux échecs, chaque fois que je lui rendais visite dans ses nouveaux lieux de résidence.

Nos familles, celle de Marilyn et la mienne, venaient nous voir, Marilyn se faisait de nouveaux amis à l'université : pour la première fois, nous menions une vie en société, formant un « salon » où se réunissaient le sociologue Reuel Denney, coauteur de *The Lonely Crowd*[1], et sa femme Ruth ; le philosophe et poète indonésien Takdir Alisjahbana et sa femme allemande ; George Barati, chef de l'orchestre symphonique d'Hawaï, et sa merveilleuse épouse, une autre Ruth, adepte passionnée du yoga. Nous avons passé ensemble de nombreuses et joyeuses soirées, lisant des poèmes (en traduction) de Takdir, discutant de l'un ou l'autre livre de Reuel, écoutant de la musique et, un soir, une cassette où l'on entendait la voix de T.S. Eliot lisant son poème *La Terre vaine*, qui nous a déprimés. Je revois notre petit groupe faisant la fête (*luau* en hawaïen) sur la plage, avec boissons hawaïennes, litchis, mangues, ananas et papayes, mon fruit favori. Je sens encore le fumet des brochettes de bœuf de Takdir, que l'on trempait dans leur sauce aux cacahuètes.

Parties de poker et d'échecs, natation, promenades sur la plage, jeux avec mes enfants, plus le plaisir de faire de la moto : jamais je n'avais mené une vie si

1. « La Foule solitaire », non traduit ; un des livres phares de la sociologie américaine dans les années 1950-1960.

agréable. J'adorais sa simplicité, l'absence de formalisme, le simple fait de s'asseoir sur la plage et de contempler la mer. Je découvrais que le travail n'est pas tout. La côte Est, sa grisaille, les hivers glaciaux et les étés à la chaleur oppressante, je n'en voulais plus. Je fantasmais, m'imaginant installé à Hawaï jusqu'à la fin de mes jours.

Cependant, la fin de mon service militaire approchait, nous devions décider de l'endroit où nous allions vivre. J'avais publié deux autres articles professionnels et penchais pour une carrière universitaire. Impossible à Hawaï, où l'enseignement médical se limitait aux deux années préparatoires, où n'existait pas de faculté de psychiatrie à temps plein. Je continuais à déplorer le manque d'un mentor, qui m'aurait guidé dans mes choix. Pas un instant, je n'ai songé à contacter mes professeurs de Johns-Hopkins, John Whitehorn ou Jerry Frank. Ce qui me laisse encore maintenant perplexe. Peut-être ai-je pensé que, ayant achevé ma spécialisation auprès d'eux, j'avais totalement disparu de leur esprit.

J'ai choisi la voie la moins imaginative possible : les petites annonces ! J'ai consulté le bulletin de l'American Psychiatric Association et découvert trois propositions intéressantes : des postes d'enseignant à la Stanford University School of Medicine et à la University of California at San Francisco Medical School (UCSF), et une place dans l'équipe dirigeante du Mendota State Hospital in Wisconsin (intéressant seulement parce que l'éminent psychologue Carl Rogers y travaillait). J'ai présenté ma candidature aux trois. Ils m'ont tous les trois proposé un entretien, et j'ai pris un avion militaire pour San Francisco.

Mon premier entretien, à l'UCSF, s'est déroulé avec un professeur titulaire, Jacob Epstein, qui, au bout d'une heure, m'a proposé un poste d'enseignant clinicien au salaire annuel de 18 000 dollars. Comme, en troisième année de résidence, j'avais touché un salaire de 3 000 dollars, et que celui de l'armée s'était élevé à 12 000 dollars, j'avais assez envie d'accepter, tout en sachant que je ne devrais pas compter mon temps : outre l'enseignement en médecine générale et en spécialisation psychiatrique, j'assumerais la direction d'une très grande salle de malades hospitalisés.

Le lendemain, j'avais rendez-vous avec David Hamburg, le nouveau chef du département de psychiatrie à Stanford. La faculté de médecine ainsi que l'hôpital, naguère localisés à San Francisco, venaient juste de s'installer sur le campus de Stanford, à Palo Alto, et le professeur David Hamburg était chargé de créer de toutes pièces un nouveau service. Il m'impressionna par la vision qu'il avait de sa charge, par la conception qu'il se faisait de notre discipline, par sa sagesse. Et par ses phrases ! Entendre ses phrases complexes et élégantes s'enchaîner l'une après l'autre donnait l'impression d'écouter un grand morceau de musique. Et surtout, j'avais le sentiment que, outre son expérience et ses conseils, je bénéficierais de toutes les ressources et de la liberté académiques dont j'avais besoin.

Je dis cela maintenant : à l'époque, je ne crois pas avoir eu la moindre idée de ce que serait mon avenir ou de quoi j'étais capable. En tout cas, je savais ce que signifiait avoir un cabinet en ville, je savais que je mènerais une vie intéressante, et que je gagnerais probablement le triple de ce que m'offrait le professeur Hamburg. Lequel me proposa un poste de professeur débutant au salaire de 11 000 dollars par an – 1 000 de moins que celui de l'armée. Et me précisa la politique de Stanford : les membres du corps enseignant, également chercheurs, ne devaient en aucun cas chercher un supplément de revenu avec une clientèle privée.

La forte différence de salaire entre Stanford et l'UCSF me choqua de prime abord, mais à comparer les deux offres, l'argent cessait d'être un élément décisif. Même si nous n'avions pas la moindre économie et vivions de nos traitements mensuels, l'argent ne nous préoccupait pas. Impressionné par la personnalité de David Hamburg, je voulais participer à son entreprise. Je comprenais enfin que ce que je désirais vraiment, c'était une vie d'enseignant et de chercheur. Par ailleurs, en cas d'urgence, je pensais pouvoir compter sur le soutien financier de mes parents, sans oublier le revenu de la carrière probable de Marilyn. Après l'avoir consultée par téléphone, j'ai accepté la proposition de Stanford et annulé mon vol pour le Wisconsin et le Mendota State Hospital.

17

Toucher terre

En 1964, trois ans après mon entrée à Stanford, j'ai décidé de suivre un programme de formation de huit jours au National Training Laboratory Institute à Lake Arrowhead, en Californie du Sud. Ce programme offrait de nombreuses activités de psychologie sociale, mais surtout, et c'était la raison essentielle de mon adhésion, il comprenait trois heures quotidiennes de réunion en petit groupe. Le matin de ma première réunion, je suis arrivé quelques minutes en avance, me suis assis sur l'une des treize chaises installées en cercle, et j'ai regardé autour de moi. Malgré mon expérience de la thérapie de groupe en qualité de thérapeute et de chercheur, je n'avais encore jamais été membre d'un groupe ! Il était temps de remédier à cela.

La salle se remplissait peu à peu, et personne ne parlait. À huit heures trente, l'animatrice, Dorothy Garwood, psychothérapeute doublement diplômée

– doctorat de biochimie et de psychologie – exerçant en ville, se leva : « Bienvenue à la session 1964 du NTL de Lake Arrowhead. Ce groupe se réunira tous les matins à cette heure-ci pendant les huit prochains jours, et je désire que tout ce que nous allons dire, tous nos commentaires, reste dans le présent, dans l'ici et maintenant. »

Un long silence suivit. « C'est tout ? » me suis-je dit en regardant mes onze condisciples, perplexes, voire ahuris. Au bout d'un moment, des gens s'exprimèrent : « En matière d'orientation, c'est plutôt maigre. » « C'est une plaisanterie ? » « Nous ne nous sommes même pas présentés les uns les autres. »

Pas de réponse de l'animatrice. Peu à peu, l'embarras collectif se mit à produire sa propre énergie :

— C'est pathétique. C'est ça, la direction de groupe à laquelle nous avons droit ?

— Ne soyez pas grossier. Elle fait son boulot. Vous avez oublié qu'il s'agit de la dynamique de groupe ? Nous devons nous interroger sur notre propre processus.

— Exact. Mon intuition me dit qu'elle sait exactement ce qu'elle fait.

— C'est de la foi aveugle. J'ai toujours détesté la foi aveugle. La vérité, c'est que nous pataugeons. Et elle, où est-elle pendant ce temps ? En tout cas, pas en position de nous aider.

Il y eut des pauses entre les commentaires, mais elle se contenta de sourire et n'ouvrit pas la bouche. D'autres participants rebondirent :

— De toute façon, comment pouvons-nous demeurer dans le moment présent alors que nous n'avons aucun passé commun ? Nous venons juste de nous rencontrer.

— Ce genre de silence me met toujours mal à l'aise.

— Ouais, moi aussi. Nous payons un paquet de fric pour rester ici à ne rien faire, à perdre notre temps.

— Personnellement, j'aime le silence. Rester ici tranquillement avec vous a un effet calmant.

— Moi aussi. Je glisse dans la méditation. Je me sens concentré, prêt pour n'importe quoi.

Tout en écoutant ces échanges et en y réfléchissant, j'ai eu une révélation ; j'ai appris quelque chose que j'ai intégré plus tard au cœur même de ma méthode de thérapie de groupe. Je venais d'assister à un événement simple mais d'une extraordinaire importance : tous les membres du groupe soumis à un unique stimulus (dans le cas présent, le leader exigeant que leurs commentaires se limitent à l'ici et maintenant) et répondant chacun de façon très différente. *Un même et unique stimulus et treize réponses différentes ! Pourquoi ?* Il n'y avait qu'une solution possible. *L'existence de treize mondes intérieurs ! Et ces treize réponses différentes sont peut-être la voie royale pour accéder à ces différents mondes intérieurs.*

Ensuite, sans que Dorothy Garwood intervienne, nous nous sommes présentés les uns aux autres, avons dit quelques mots sur notre profession et la raison de notre présence en ce lieu. J'étais le seul psychiatre ; il y avait un psychologue, les autres étaient éducateurs ou chercheurs en sciences sociales. Je me suis alors adressé à Dorothy Garwood : « Votre silence m'intrigue. Pouvez-vous nous préciser un peu en quoi consiste votre rôle ici ? »

Pour le coup, elle a répondu (brièvement) : « Mon rôle consiste à être un leader et à capter tous les sentiments, tous les fantasmes que les membres du groupe nourrissent à l'égard de leurs leaders. »

Au cours des sept jours suivants, nous avons commencé à examiner la façon dont nous nous comportions les uns avec les autres. Le psychologue était un individu particulièrement coléreux, qui souvent m'assaillait en me traitant de dominateur prétentieux. Un jour, il nous raconta qu'il avait rêvé avoir été pourchassé par un géant – lequel semblait être moi. Au bout du compte, nous avons bien travaillé ensemble – moi sur le malaise que me causait sa colère, lui sur le sentiment d'agressivité qu'il éprouvait à mon égard – et nous avons examiné en profondeur la raison de la méfiance qui existe entre nos deux professions.

Étant le seul médecin parmi les participants à ce programme, j'ai été appelé pour soigner et finalement faire hospitaliser un membre d'un autre groupe, présentant une réaction psychotique au stress engendré par ces séances. Cet incident m'a rendu encore plus conscient du pouvoir que recèle un groupe restreint – pouvoir de soigner mais aussi de faire du mal.

J'ai fini par bien connaître Dorothy Garwood et, des années plus tard, elle et son mari, Marilyn et moi avons passé de délicieuses vacances à Hawaï. Ce n'était en aucun cas une personne renfermée, mais elle représentait la tradition de la Tavistock Clinic, grand centre londonien de traitement et de formation psychothérapiques, selon laquelle le meneur demeure à l'extérieur du groupe et confine ses observations aux phénomènes collectifs engendrés par le groupe. Trois ans plus tard, lors de mon congé sabbatique à la Tavistock Clinic, j'ai compris plus clairement la logique de sa posture de dirigeante.

Lorsque, en 1962, après mon retour à la vie civile, nous sommes arrivés à Palo Alto, Marilyn et moi avons cherché un logement convenant à notre famille de cinq personnes. Nous aurions pu opter pour la zone résidentielle de la faculté mais, comme à Hawaï, nous avons préféré un quartier plus diversifié. Nous avons acheté une maison vieille de trente ans (presque une antiquité, selon les critères californiens), à un quart d'heure du campus. La situation économique du pays n'était pas celle que nous connaissons maintenant : avec un petit revenu, nous n'avons eu aucune difficulté à acheter une maison sur 500 mètres carrés de terrain, pour la somme de 32 000 dollars. Un prix qui représentait trois fois mon traitement annuel de Stanford. Aujourd'hui, une propriété équivalente coûterait trente à quarante fois le salaire d'un jeune professeur. Mes parents me donnèrent les 7 000 dollars d'apport, c'est d'ailleurs la dernière fois que j'ai accepté de l'argent de leur part. Néanmoins, quand nous allions au restaurant, mon père ramassait toujours la note, sans que j'oppose une résistance acharnée. Une générosité, une façon de prendre soin de moi que je reproduis avec mes enfants adultes (qui, à leur tour, ne m'opposent pas de résistance acharnée). C'est une voie pour ne pas se faire oublier : le visage de mon père m'apparaît souvent quand je paie la note à la place de mes enfants. (De même que nous avons été en mesure de verser les apports pour les premières maisons qu'ils ont achetées.)

Le jour de mon arrivée dans le service, j'ai appris que j'allais être le directeur médical d'une antenne du nouveau Stanford Veterans Administration Hospital, à dix minutes de la faculté de médecine, établissement administré par l'université. Je supervisais le travail des résidents, j'ai organisé un groupe pour les étudiants en médecine (c'est-à-dire un groupe où l'on étudiait la façon dont les rapports s'établissaient entre les membres), j'avais même du temps libre pour assister à des conférences et des séminaires de recherche. Pourtant je n'étais pas heureux à ce poste. Un grand nombre de patients, presque tous des vétérans de la Seconde Guerre mondiale, se montraient réfractaires à mon approche thérapeutique. Peut-être parce que les avantages secondaires dont ils bénéficiaient étaient trop importants : soins médicaux, logement et nourriture gratuits, lieu d'habitation agréable. Vers la fin de ma première année d'activité, j'ai dit à David Hamburg que n'ayant guère d'opportunités de recherches, je souhaitais être muté dans le service des consultations externes à Stanford, centre incontournable de la formation des praticiens, où je pourrais mettre au point un programme de formation et de recherche de la thérapie de groupe. Ayant observé mon travail et assisté à quelques-unes de mes séances de présentation de cas, le professeur Hamburg me fit confiance. Grâce à lui, je n'ai plus dès lors et pendant très longtemps assumé de tâches administratives, et j'ai pu en toute liberté satisfaire mes intérêts de clinicien, d'enseignant et de chercheur.

En 1963, Marilyn acheva ses études de doctorat au département de littérature comparée de Johns-Hopkins (sa thèse s'intitulait *Le Mobile du procès dans les œuvres de Franz Kafka et d'Albert Camus*). Elle s'envola pour Baltimore pour passer les oraux et fut reçue docteur *cum laude*. Désormais, elle pouvait espérer un poste à Stanford, mais elle fut effondrée en entendant le chef du département de français lui dire : « Nous n'embauchons pas les épouses de professeurs titulaires. »

Une génération plus tard, avec la conscience que j'ai maintenant des problèmes qui se posent aux femmes, j'aurais peut-être cherché un poste dans une autre université à l'esprit suffisamment large pour évaluer cette femme, la mienne, uniquement selon ses mérites ; mais en 1963, cette idée ne m'a pas traversé l'esprit, et pas davantage celui de Marilyn. Nous avons accepté la situation, et réfléchi à d'autres solutions.

Peu de temps après, le doyen du département des sciences humaines au flambant neuf California State College à Hayward prit contact avec Marilyn, dont il avait entendu parler par un collègue de Stanford. Il lui proposa un poste de professeur assistant en langues étrangères. Enseigner à Hayward signifiait un trajet aller-retour de deux heures, quatre jours par semaine, qu'elle a parcouru pendant les treize années suivantes. Son salaire de début était de 8 000 dollars – 3 000 dollars de moins que le mien. Mais nos deux salaires additionnés nous permirent, dès cette époque, d'engager une femme de ménage à plein temps, et d'accomplir quelques voyages mémorables.

Marilyn a poursuivi une carrière heureuse à Hayward, passant très vite du stade de professeur assistant à celui de professeur titulaire.

Quant à moi, durant les quinze années suivantes à Stanford, j'ai continué de prospecter le domaine de la thérapie de groupe, comme clinicien, enseignant, chercheur et auteur de manuels scolaires. J'ai mis sur pied, dans le service des consultations externes, un groupe que les résidents de première année en psychiatrie pouvaient observer à travers un miroir sans tain, tout comme je l'avais fait du temps de Jerry Frank.

Ma méthode avait évolué régulièrement vers un mode de direction plus personnel et plus transparent, s'éloignant du style professionnel guindé. Puisque les membres du groupe, décontractés comme le sont les Californiens, s'appelaient par leur prénom, je trouvais gênant et déplacé de m'adresser à eux par leur nom de famille, ou d'opter pour le prénom tout en attendant d'eux qu'ils m'appellent « docteur Yalom » ; j'ai franchi le pas et leur ai demandé de m'appeler « Irv ». Néanmoins, je me suis cramponné encore longtemps au symbole de ma profession, à savoir la blouse blanche, portée par l'ensemble du corps médical au Stanford Hospital. Puis j'ai fini par y renoncer, convaincu que ce qui compte en thérapie, c'est l'honnêteté du thérapeute, la clarté de ses choix et non l'autorité de facto. (Je n'ai jamais jeté cette blouse. Elle est toujours au fond d'un placard, souvenir de mon identité de médecin.) Mais même débarrassé de l'accoutrement de rigueur, je n'ai jamais manqué au respect du serment d'Hippocrate et de ses nombreuses clauses, telles que « J'exercerai ma profession avec conscience et dignité » et « La santé de mes patients sera ma première préoccupation ».

À l'issue de chaque séance de thérapie de groupe, je dictais de longs résumés, afin de m'aider à mieux comprendre et mieux enseigner. (Stanford m'allouait généreusement une secrétaire.) Et, un jour – je ne sais plus sous l'effet de quel stimulus –, j'ai pensé que mes patients pourraient tirer un bénéfice de la lecture de ces résumés et de mes réflexions. Ce qui a débouché sur une expérience très inhabituelle de transparence thérapeutique : le lendemain de chaque rencontre, j'envoyais une copie du résumé à tous les membres du groupe. Ils y retrouvaient les sujets principaux abordés pendant la séance (en général deux ou trois thèmes) ainsi que les contributions et le comportement de chacun des participants. J'expliquais en outre ce qui motivait mes affirmations et ajoutais des commentaires sur des choses que j'aurais souhaité avoir dites ou que je regrettais avoir dites.

Souvent, une nouvelle séance commençait par une critique de mon résumé. Les participants manifestaient leur désaccord, ou pointaient une omission, mais presque toujours ils déployaient une énergie, présentaient une capacité d'interagir plus grande que les fois précédentes. Lorsque des résidents codirigeaient le groupe avec moi, ils rédigeaient le résumé une semaine sur deux. Toutefois, une telle façon de procéder exige qu'on y consacre tant de temps et qu'on dévoile tant de choses de soi-même que, à ma connaissance, rares, voire inexistants, ont été les thérapeutes de groupe américains qui l'ont pratiquée. Bien que des confrères aient critiqué cette méthode, je n'ai pas d'exemple en tête qui prouverait que le fait de partager mes pensées et mes sentiments avec les patients ne les ait pas aidés. Pourquoi cette idée de dévoilement de soi m'est-elle venue si facilement ? En premier lieu, j'avais décidé de ne suivre aucune formation postdoctorale, qu'elle soit freudienne, jungienne ou lacanienne. N'obéissant à aucune règle, j'étais libre, guidé seulement par les résultats. On peut aussi trouver un éventail d'autres raisons : mon côté iconoclaste invétéré (ce que reflètent mes réactions, tout jeune, aux croyances et rituels religieux), mon expérience négative de la psychanalyse avec une analyste impassible et neutre, et le climat audacieux qui régnait dans le tout nouveau service hospitalo-universitaire, avec à sa tête un président à l'esprit large.

Je ne goûtais pas les réunions hebdomadaires : j'y assistais mais n'intervenais pas. Aucun des sujets abordés – financement, recherches de subventions, d'allocations ou chamailleries sans fin, relations avec les autres services, rapports du doyen – ne m'intéressait. Ce qui m'intéressait vraiment, c'était d'écouter parler Dave Hamburg. Je l'admirais pour le sérieux de ses réflexions, ses méthodes de résolution des conflits et, surtout, son stupéfiant talent de rhétoricien. J'aime entendre couler les mots comme d'autres vibrent à une interprétation musicale, et je peux être transporté en écoutant un orateur doué.

Il était évident que je n'avais aucun talent d'administrateur, donc je n'ai jamais prétendu à un poste de ce genre. Je voulais juste qu'on me fiche la paix et pouvoir me livrer librement à mes recherches et à l'écriture, soigner et enseigner. J'ai commencé presque tout de suite à envoyer des articles à des revues professionnelles, à la fois pour mon plaisir et parce que je pensais pouvoir apporter une contribution utile dans ce domaine. Je me suis demandé parfois si mon inaptitude en matière administrative n'était pas feinte. Il se peut aussi que je me sois senti incapable d'affronter les petits chefs du service, qui cherchaient le pouvoir et la reconnaissance.

J'ai décidé d'assister au congrès de Lake Arrowhead non seulement pour connaître ce qu'on éprouve en étant membre d'un groupe, mais aussi pour apprendre le plus possible de choses sur le *T-group*, un phénomène important, d'ordre non médical, surgi dans les années 1960 et qui submergeait le pays (*T* pour *training*, « formation », c'est-à-dire pour amplifier ses compétences en matière de relations interpersonnelles et de dynamique de groupe). Les initiateurs de cette méthode, dirigeants de la National Education Association, n'étaient pas des cliniciens mais des théoriciens des dynamiques de groupe qui voulaient modifier les états d'esprit et les comportements dans les assemblées, et par la suite aider les individus à se mettre à l'écoute des autres. Leur association, le National Training Laboratories (NTL), a organisé des séminaires, laboratoires socioculturels, de plusieurs jours, d'abord dans le Maine, puis en Californie, celui auquel j'ai assisté.

Le NTL recouvrait des activités diverses : acquisition d'aptitudes en petits groupes, groupes de discussion et de résolution de problèmes, groupes de formation d'esprit d'équipe. Il apparut très vite que l'exercice imparti aux groupes restreints – chaque participant devant réagir instantanément aux paroles des autres – était le plus dynamique et le plus intéressant.

Au fil des années, les groupes NTL se déplacèrent vers l'ouest, et quand Carl Rogers entra en scène, on mit l'accent sur l'individu, ses capacités de changement. « L'approche centrée sur la personne », ça ressemble à de la psychothérapie, non ? Les membres des groupes étaient encouragés à pratiquer le retour d'expérience, à devenir des observateurs participants, à être authentiques, à prendre des risques. Ce qui aboutissait peu à peu à une sorte de psychothérapie. Les groupes visaient à modifier les attitudes et le comportement et à améliorer les relations interpersonnelles – bientôt on entendit des slogans tels que : « La psychothérapie est trop bonne pour n'être offerte qu'à des gens malades. » Le *T-group* changea de formule et devint « thérapie de groupe pour gens normaux ».

Il ne faut donc pas s'étonner que les psychiatres se soient sentis menacés, eux qui se considéraient comme détenteurs de la psychothérapie, et voyaient en ces ateliers une forme sauvage, illicite de thérapie empiétant sur leur territoire. J'étais d'un avis totalement différent. Pour commencer, la démarche des fondateurs, leur approche du terrain, m'impressionnait. Parmi ces pionniers figure le chercheur en sciences sociales Kurt Lewin, qui avec son slogan « Pas de recherche sans action, pas d'action sans recherche » a produit un vaste corpus de données qui me parurent plus intéressantes que la recherche d'une thérapie de groupe uniquement médicale.

L'une des notions les plus importantes que j'ai retenues de Lake Arrowhead, c'est l'attention particulière portée à l'ici et maintenant, et j'ai commencé à la mettre en pratique dans mon propre travail. Mais, ai-je appris aussi, il ne suffit pas de dire aux membres d'un groupe de se concentrer sur l'ici et maintenant : il faut aussi leur en donner les raisons, ainsi qu'une feuille de route. Avec le temps, j'ai mis au point un court exposé que je distribuais aux patients avant leur insertion dans le groupe, en insistant sur le fait qu'un grand nombre de leurs problèmes interpersonnels allaient s'y rejouer, ce qui leur offrirait une merveilleuse occasion d'en apprendre plus sur eux-mêmes et de réussir à évoluer. Il s'ensuivait (et j'ai répété cela à outrance) que leur tâche au sein du groupe consistait à *comprendre le plus possible de choses sur leur relation avec chacun des autres patients et avec les thérapeutes de ce groupe.* Certains aspects de cette ordonnance laissaient perplexes nombre de nouveaux participants, qui souvent objectaient que ce qui suscitait des problèmes, c'était la relation avec leur patron, leur femme, des amis, voire avec leur propre colère, et que ça n'avait aucun sens de se concentrer sur des membres d'un groupe qu'ils ne reverraient jamais.

En réponse à ces questions courantes, j'expliquais que *le groupe est un microcosme de la société*, et que les problèmes qu'on y soulève *ressemblent à ou reproduisent le genre de problèmes relationnels qui vous ont conduits en psychothérapie*. Cette étape préparatoire était cruciale. Par la suite, j'ai publié le résultat de recherches montrant que la thérapie de groupe réussissait beaucoup mieux aux patients bien préparés qu'aux autres.

J'ai poursuivi mon association avec le mouvement *T-group* pendant plusieurs années ; j'ai notamment été membre enseignant de plusieurs de leurs ateliers. Aujourd'hui encore, je suis reconnaissant aux pionniers qui m'ont montré la façon de mener et d'étudier des groupes fondés sur les questions de relations interpersonnelles.

Au fil du temps, j'ai fabriqué un programme de formation intensive à la thérapie de groupe pour les résidents en psychiatrie, constitué de plusieurs éléments : outre un exposé, des observations et des discussions hebdomadaires sur ma pratique de la thérapie, les résidents devaient eux-mêmes diriger un groupe et, pour finir, s'intégrer à un groupe de thérapie d'une semaine, que je dirigeais avec un collègue.

Comment ces jeunes médecins déjà surchargés de travail ont-ils réagi à l'obligation de consacrer de si longues heures à l'apprentissage de la thérapie de groupe ? En râlant ! Certains protestaient notamment contre les séances de deux heures hebdomadaires consacrées à l'observation de mon mode de fonctionnement, soit en arrivant en retard, soit en les esquivant complètement. Mais, les semaines passant, il se produisit un phénomène inattendu : tandis que les membres du groupe se sentaient de plus en plus concernés par leurs problèmes réciproques et prenaient davantage de risques, l'intérêt des étudiants pour ce spectacle de théâtre qui se déroulait devant eux ne cessait de croître, et leur taux de présence aux séances augmentait nettement. Bientôt, ils baptisèrent le groupe « Le Peyton Place » de Yalom, en référence à la série TV ultra-populaire des années 1960. Je compare cette fascination à celle que produit la lecture d'un roman bien construit, et je considère comme un signe prometteur le fait que des thérapeutes soient avides de connaître la suite de l'histoire. Encore aujourd'hui, après un demi-siècle de pratique, j'attends avec impatience chaque nouvelle séance, qu'elle soit individuelle ou en groupe, et les résultats qui s'ensuivront. Si cet appétit me manque, si l'approche de la séance me laisse indifférent, j'imagine que le patient doit éprouver les mêmes sentiments et je m'efforce d'en comprendre la raison et de la corriger.

Quel effet l'observation des étudiants a-t-elle sur les patients ? Question gigantesque qui m'a beaucoup préoccupé quand je constatais l'énervement des participants lorsque des étudiants se tenaient derrière le miroir. J'essayais de les rassurer en leur disant que les étudiants en psychiatrie étaient tenus aux mêmes règles de confidentialité que les thérapeutes professionnels, mais cela n'aidait guère. Puis j'ai fait une expérience : tenter de transformer la présence agaçante des observateurs en quelque chose de positif. J'ai demandé aux étudiants et aux participants d'échanger leur place pendant vingt minutes à la fin de la séance. Ainsi, les patients devenaient les observateurs dissimulés de la discussion post-séance entre les étudiants et moi. La mesure revigora instantanément aussi bien le processus thérapeutique que l'enseignement ! Les membres du groupe écoutèrent avec un vif intérêt les remarques des étudiants les concernant, et les étudiants, se sentant scrutés continuellement, livrèrent leurs observations avec beaucoup plus de précision. Alors, j'ai ajouté vingt minutes pendant lesquelles les étudiants regagnaient leur poste d'observation tandis que les patients et moi retournions dans la salle et critiquions les commentaires des observateurs. J'admets que ce processus est beaucoup trop long pour une pratique quotidienne, mais je crois que ce modèle a renforcé substantiellement l'efficacité de la thérapie de groupe ainsi que son enseignement.

Tout cela était nouveau. À cette époque, je me félicitais de ne pas appartenir à une école traditionnelle de psychothérapie. Je me donnais toute latitude d'inventer de nouveaux modes d'approche et j'en savais assez sur les résultats des recherches pour être à même de tester mes hypothèses. Rétrospectivement, je m'étonne moi-même. De nombreux thérapeutes chevronnés ne supporteraient pas de se sentir observés pendant qu'ils travaillent, or moi, ça ne me gênait absolument pas. Cette confiance ne colle pas avec la vision que j'ai de moi – quelque part à l'intérieur existe toujours l'adolescent, puis le jeune homme, angoissé, mal dans sa peau et doutant de soi. Mais en matière de psychothérapie, et spécialement de psychothérapie de groupe, j'étais parvenu à un stade où j'étais capable de prendre des risques en toute sérénité et de reconnaître mes erreurs. J'éprouvais une certaine anxiété à l'idée de mettre en œuvre ces innovations, mais cette anxiété était une vieille compagne et j'avais appris à la supporter.

Pour mon quatre-vingtième anniversaire, j'ai réuni chez moi tous les résidents passés dans mon service pendant mes premières années à Stanford. Beaucoup ont évoqué leur expérience de formation à la thérapie de groupe, relevant le fait que, durant toute leur spécialisation, la seule fois qu'il leur avait été donné de voir en direct un clinicien travailler, c'était quand je leur avais demandé d'observer le fonctionnement de mon groupe. Bien sûr, cela m'a de nouveau rappelé mes propres années de spécialisation à Johns-Hopkins. Donc, encore merci, Jerry Frank.

Les professeurs d'université ne reçoivent aucune promotion du fait de leur enseignement. La boutade classique, « Publier ou périr », n'est pas une plaisanterie : c'est une réalité de la vie universitaire. Les vingt groupes suivis en ambulatoire fournissaient une excellente opportunité de recherche et de publication. J'observais comment les thérapeutes s'y prenaient pour préparer leurs patients à cette thérapie, comment on compose un groupe, pourquoi certains participants laissaient tomber très vite, et quels étaient les facteurs thérapeutiques les plus efficaces.

En continuant d'enseigner la thérapie de groupe, je me suis rendu compte qu'on manquait terriblement d'un manuel complet où toutes mes expérimentations trouveraient leur place – conférences, recherche, innovations thérapeutiques. J'ai commencé à esquisser les grandes lignes d'un tel ouvrage.

Durant cette période, j'ai noué des liens étroits avec le Mental Research Institute (MRI), un collectif de cliniciens et de chercheurs novateurs, tels que Gregory Bateson, Don Jackson, Paul Watzlawick, Jay Haley et Virginia Satir. Pendant toute une année, j'ai suivi chaque vendredi le cours de Virginia Satir sur la thérapie familiale, et j'ai conçu un grand respect pour cette méthode, qui prône la réunion du thérapeute et de tous les membres de la famille. À l'époque, elle était beaucoup plus en vogue qu'aujourd'hui, et j'ai connu au moins une dizaine de praticiens, à Palo Alto, qui se consacraient uniquement à la thérapie familiale.

Traitant un patient pour une colite ulcéreuse, j'ai demandé à Don Jackson de m'assister en tant que cothérapeute dans plusieurs séances de réunions familiales. Nous avons publié un article sur nos découvertes. L'année suivante, j'ai reçu plusieurs familles en thérapie, mais pour finir j'ai trouvé plus fascinantes les séances individuelles ou de groupe. Même si je ne pratique plus la thérapie familiale, je conseille souvent à mes patients d'y avoir recours. Cofondateur du MRI, Gregory Bateson, le célèbre anthropologue, est l'un des théoriciens de la notion de « la double contrainte » liée à la schizophrénie. Formidable conteur, Bateson accueillait tous les mardis soir à son domicile tous ceux qui désiraient converser avec lui, réunions auxquelles j'ai souvent participé, avec un grand bonheur.

Ces premières années à Stanford m'ont permis de m'intéresser aussi à un domaine, les « troubles sexuels », sur lequel j'avais été amené à travailler durant ma spécialisation. À Stanford, j'ai régulièrement reçu en consultation, pendant les week-ends, des délinquants sexuels incarcérés au Atascadero State Hospital, et j'ai continué pendant des années à suivre en thérapie nombre de patients de ce genre, voyeurs, exhibitionnistes ou affligés d'autres formes d'obsessions ou de contraintes. J'ai traité aussi nombre d'homosexuels qui, en réalité, souffraient d'abord du regard que la société portait sur eux. J'ai assuré de nombreuses présentations de cas et de mon travail avec eux, à la suite de quoi un chirurgien plasticien, Don Laub, exerçant à Stanford, me demanda si je voulais l'assister à titre de consultant pour un projet qu'il mettait au point avec des patients transsexuels réclamant un acte chirurgical pour changer de genre. (Le terme « transgenre » n'existait pas encore.) À l'époque l'opération ne se pratiquait pas aux États-Unis ; ceux qui la réclamaient devaient se rendre à Tijuana ou à Casablanca.

Les semaines suivantes, j'ai reçu dix patients, que m'adressait le service de chirurgie pour une évaluation préopératoire. Aucune de ces personnes ne souffrait de troubles mentaux sérieux, et leur désir de changer de sexe répondait à une motivation profonde. La plupart d'entre elles étaient pauvres et avaient travaillé pendant des années pour économiser l'argent de l'opération, toutes étaient des hommes qui voulaient devenir femmes. Or la technique ne permettait pas encore d'effectuer les opérations les plus difficiles en la matière. Le service chirurgie engagea un intervenant chargé de préparer un groupe de patients avant l'opération, d'entraîner ces hommes à se comporter d'une manière typiquement féminine. J'ai assisté à l'un de ces exercices : l'instructeur faisait asseoir les patients à un comptoir, il leur lançait des pièces et leur apprenait, pour les recevoir, à écarter les genoux comme s'ils avaient une jupe au lieu de les resserrer comme les hommes ont tendance à le faire par réflexe. L'entreprise, très en avance sur son temps, rencontra des difficultés au bout de quelques mois : l'un des patients opérés devint une cliente de night-clubs effrénée, qui se vantait d'être une création du Stanford Hospital, un autre tenta de poursuivre l'hôpital en justice pour voies de fait après l'ablation de ses organes génitaux masculins. Stanford siffla la fin de l'aventure, et il fallut attendre des années pour que l'hôpital propose à nouveau ce genre de chirurgie.

Nos premières années de vie familiale à Palo Alto, de 1962 à 1967, coïncidèrent avec le début des mouvements hippies, beatniks, anti-guerre et pour les droits civiques, tous issus de la région de la baie de San Francisco. À Berkeley, les étudiants lancèrent le *Free Speech Movement* (Mouvement pour la liberté d'expression) et des nuées d'adolescents déchaînés envahirent le quartier hippie de San Francisco. À Stanford, quarante-cinq kilomètres plus loin, la situation demeura relativement calme. Joan Baez habitait dans le coin, et Marilyn s'est jointe un jour à l'une de ses manifestations anti-guerre. Le souvenir le plus vivace que je garde de cette période est celui d'un fantastique concert de Bob Dylan à San Jose, auquel Joan Baez prêta un concours inopiné en chantant nombre de ses succès. Je suis devenu l'un de ses fans invétérés, qui a eu la chance merveilleuse de danser avec elle à l'issue de l'un des concerts qu'elle donnait dans des cafés.

Comme tout le monde, nous avons été effondrés par l'assassinat de John F. Kennedy en 1963. L'événement fracassa l'image que nous nous étions fabriquée d'une vie paisible à Palo Alto, à l'écart des maladies du monde extérieur, et nous avons acheté notre premier poste de télévision pour voir les cérémonies à la mémoire de Kennedy. Je fuyais toute croyance et pratique religieuses, mais, à cette occasion, Marilyn, ressentant un besoin de rituels et de vie collective, emmena nos deux aînés – Ève, huit ans, et Reid, sept ans – à un service religieux à la Stanford Memorial Church. D'ailleurs, nous n'avions pas complètement échappé à l'attirance des cérémonies puisque nous faisions chaque année le *seder*[1] à la maison, avec la famille et les amis. Vu mon ignorance de l'hébreu, je demandais à un ami de lire les prières.

Malgré les mauvais souvenirs de mon enfance, je continuais de privilégier la cuisine qui m'avait nourri depuis ma naissance : cuisine juive d'Europe de l'Est, et pas de porc. Ce qui n'était pas le cas de Marilyn. Lorsque je m'absentais, que je quittais la ville, les enfants savaient qu'elle leur servirait des côtelettes de porc. Je m'accrochais à quelques rituels. J'avais fait circoncire mes fils, cérémonie suivie d'un repas avec parents et amis. Reid, l'aîné, décida de faire sa bar-mitsvah. En complément de ces traditions juives, nous installions un sapin de Noël, auquel pendaient

1. Dîner de la Pâque juive.

des chaussettes pleines de cadeaux pour les enfants, et nous faisions une grande fête le soir de Noël.

Portrait de famille vers 1975.

On m'a souvent demandé si mon manque de foi religieuse m'avait posé un problème dans la vie ou dans la pratique de ma profession. J'ai toujours répondu non. D'abord, il convient de préciser que je suis « non religieux » plutôt qu'« antireligieux ». Une position qui n'a rien d'exceptionnel : la religion ne jouait quasiment aucun rôle dans la vie de la très grande majorité de mes collègues à Stanford, médecins et psychiatres. Quand je suis en compagnie d'amis fervents croyants (ils sont peu nombreux), par exemple Dagfinn Føllesdal, philosophe norvégien, j'éprouve un grand respect pour la profondeur de leur foi, mais je continue d'affirmer que mon laïcisme n'a pas d'influence sur ma pratique thérapeutique. Je dois néanmoins reconnaître que, pendant toutes ces années d'activité, seule une poignée de patients foncièrement religieux a sollicité mon aide. Je n'ai cotoyé dans ma pratique de fervents croyants que parce qu'ils étaient mourants, et j'ai toujours reconnu et soutenu le confort que la religion leur apporte.

Bien qu'immergé dans mon travail et peu soucieux de politique dans ces années 1960, je n'ai pas pu ne pas remarquer les changements de mentalité et de mode de vie. Les étudiants en médecine et les résidents en psychiatrie commencèrent à remplacer leurs chaussures « correctes » par des sandales et, année après année, leurs cheveux s'allongèrent. Quelques-uns m'offrirent du pain « fait maison ». La marijuana s'insinua dans les soirées, y compris celles du corps enseignant ; quant aux mœurs sexuelles, le changement était radical.

Je me sentais déjà appartenir à la vieille garde, et je dois reconnaître que je fus scandalisé les premières fois que j'ai vu un résident arborer un pantalon écossais ou d'autres vêtements extravagants. Mais c'était la Californie, et personne n'aurait arrêté cette évolution. Peu à peu, je me suis assoupli, j'ai cessé de porter des cravates, goûté à l'herbe des soirées universitaires où, comme les autres, je portais des pantalons à pattes d'éléphant.

Nos trois enfants – le quatrième, Benjamin, ne devait naître qu'en 1969 – vivaient leur vie. Ils allaient à l'école publique, près de chez nous, se faisaient des amis, prenaient des leçons de guitare et de piano, jouaient au tennis et au base-ball, montaient à cheval, rejoignaient des groupes de rock, et construisirent un enclos pour deux jeunes chèvres dans le jardin derrière la maison. Ils amenaient souvent leurs copains jouer chez nous. La maison était en stuc style espagnol ancien, avec une porte d'entrée encadrée de bougainvillées d'un violet éclatant, et un patio doté d'un bassin et d'une fontaine. Dans l'allée menant à la route goudronnée s'élevait un majestueux magnolia autour duquel tournaient les petits sur leurs tricycles. Le quartier bénéficiait d'un court de tennis où, deux fois par semaine, je disputais des doubles avec mes voisins, puis, lorsqu'ils grandirent, avec mes fils.

La famille à deux roues, Palo Alto, années 1960.

En juin 1964, nous sommes allés voir ma famille à Washington. Nous étions installés chez ma sœur quand mes parents sont arrivés. J'étais assis sur le canapé avec ma fille, Ève, mon fils Reid sur mes genoux, Victor et son cousin jouaient par terre à côté. Mon père, assis sur une chaise rembourrée, me dit qu'il avait mal à la tête – deux minutes plus tard, il perdit soudainement conscience et s'affaissa. Je ne sentais plus son pouls. Mon beau-frère, cardiologue, transportait toujours une seringue et de l'adrénaline dans sa sacoche. J'ai fait une injection directement dans le cœur de mon père. Sans succès. Plus tard, je me suis rappelé que, avant de mourir, ses yeux fixaient un point sur la gauche, ce qui suggérait une attaque dans la partie gauche du cerveau, et non un arrêt cardiaque. Ma mère entra en courant et s'accrocha à lui. J'entends encore ses cris, ses supplications : « *Myneh Tierehle*, Barel » (« Ben, mon chéri »). Mes larmes se mirent à couler. J'étais stupéfait et profondément bouleversé : c'était la première fois que je découvrais une telle tendresse chez ma mère, la première fois que je comprenais à quel point mes parents s'aimaient. Quand l'équipe des urgences arriva, ma mère pleurait toujours, mais elle nous dit à ma sœur et à moi : « Prenez son portefeuille. » Nous avons refusé d'obtempérer, critiquant son obsession de l'argent à un pareil moment. Mais elle avait bien sûr raison : le portefeuille, les cartes de paiement et l'argent disparurent dans l'ambulance pour ne jamais réapparaître.

J'avais déjà vu des morts, évidemment – mon cadavre en première année de médecine, d'autres corps en cours de pathologie, à la morgue –, mais ce corps-ci était le premier qui appartenait à un être cher. Mon père fut enterré dans un cimetière d'Anacostia, Maryland, et, après les prières, chaque membre de la famille jeta selon la tradition une pelletée de terre sur le cercueil. Quand vint mon tour, j'ai eu un étourdissement ; sans mon beau-frère qui me saisit fermement par le bras, j'aurais dégringolé dans la tombe. Mon père mourut comme il avait vécu, sans bruit et discrètement. Et je n'ai pas cessé de regretter de l'avoir si mal connu. Quand je retourne au cimetière et arpente les allées où sont alignées les tombes de mes parents et de toute la communauté du petit shtetl de Cielz, j'ai littéralement mal au cœur, frappé par le rappel de la faille qui ne s'est jamais comblée entre mes parents et moi, et de tout ce qui est demeuré non dit.

Quand il arrive à Marilyn de raconter les tendres promenades qu'elle faisait dans le parc en tenant la main de son père, je me sens exclu et floué. Où sont les promenades avec *mon* père, et quelle attention me portait-il ? Il a travaillé dur toute sa vie, le magasin restait ouvert jusqu'à dix heures du soir cinq jours par semaine, et jusqu'à minuit les samedis. Il ne fermait que le dimanche. Le seul souvenir tendre que je garde des moments passés avec lui est celui de nos parties d'échecs le dimanche. Ma façon de jouer lui plaisait, même quand j'ai commencé à le battre, vers l'âge de dix-onze ans. Contrairement à moi, pas une fois il ne s'est énervé d'avoir perdu. Peut-être faut-il trouver là l'origine de mon engouement pour les échecs. Peut-être le jeu offre-t-il le moyen de retrouver des bribes de contact avec ce père doux et travailleur qui n'a jamais pu me considérer comme un adulte abouti.

Quand mon père est mort, je venais de commencer ma carrière à Stanford. Je ne suis pas sûr d'avoir apprécié alors la chance extraordinaire qui m'était échue. Recruté par une grande université, je travaillais dans une totale indépendance, et vivais dans une enclave bénie jouissant du climat peut-être le meilleur du monde. Plus jamais je n'ai vu la neige (sauf dans les stations de ski). Mes amis, la plupart de mes collègues universitaires, étaient des gens éclairés et faciles à vivre. Et plus jamais je n'ai entendu un propos antisémite. Si nous n'étions pas ce qu'on appelle riches, Marilyn et moi avions le sentiment que nous pouvions faire tout ce que nous souhaitions. Notre principale escapade nous menait à Baja, Californie du Sud, dans une pittoresque localité du nom de Mulege. Une année, nous y sommes tous allés pour Noël, nous régalant de tortillas et de pinatas, et pour les enfants et moi de pêche sous-marine qui nous fournissait de délicieux repas.

Marilyn retourna en France pour une conférence, en 1964, désirant vivement que toute la famille fasse le voyage vers l'Europe. Le résultat allait être encore meilleur : une année entière à Londres trois ans plus tard.

18

Une année à Londres

En 1967, j'ai reçu un prix du National Institute of Mental Health qui m'a permis de passer une année à la Tavistock Clinic[1] de Londres. Je prévoyais d'étudier son approche thérapeutique du groupe et de travailler sérieusement à la rédaction d'un manuel sur la question. Nous avons trouvé une maison dans Hampstead, proche de la clinique ; ainsi commença pour toute la famille une année superbe et mémorable à l'étranger.

John Bowlby, éminent psychiatre, et moi avions échangé nos postes, lui s'installant à Stanford, moi à la Tavistock. Son bureau était situé au centre de la clinique, ce qui facilitait mes contacts avec le corps enseignant. Le chemin que je faisais à pied pour m'y rendre longeait une belle église du XVIIIe siècle, avec son petit cimetière attenant et une vingtaine de pierres

---

1. Le premier centre de thérapie psychanalytique anglais, fondé en 1920.

tombales, plusieurs de guingois et si usées que les noms étaient illisibles. De l'autre côté de la rue, un cimetière bien plus grand accueillait des figures célèbres du XIXe et du XXe siècles, telles que Daphné du Maurier. Tout à côté, se trouvait le petit hôtel particulier, majestueux, à colonnade, où avait résidé le général de Gaulle pendant la guerre. L'immeuble était à vendre pour 100 000 livres, et Marilyn et moi avons souvent rêvé d'avoir les fonds qui nous permettraient de l'acheter. Un pâté de maisons plus loin, on découvrait l'immense manoir dont le toit avait servi au tournage des scènes de danse du film *Mary Poppins*. Enfin, je débouchais sur Belsize Lane et entrais dans l'immeuble banal de quatre étages qui abritait la Tavistock Clinic.

John Sutherland, le directeur de l'établissement, était le plus avenant et courtois des Écossais. Il m'accueillit aimablement le premier jour, me présenta à toute son équipe, m'invita à assister à tous les séminaires de médecine clinique et à observer le travail de l'équipe avec les groupes. J'ai pu établir ainsi des relations suivies avec les psychiatres, notamment Pierre Turquet, Robert Gosling et Henry Ezriel. Des hommes intelligents et d'un abord chaleureux, pourtant leur façon de diriger les groupes me parut étonnamment distante et indifférente. Ils ne parlaient jamais directement à l'un des participants, adressaient au plafond 100 % de leurs commentaires, lesquels se limitaient à quelques remarques sur « le groupe ». Je me rappelle l'une de ces séances où Pierre Turquet déclara : « Si tous les membres de ce groupe sont venus sous cette pluie affreuse de tous les coins de Londres pour parler cricket, moi ça ne me dérange pas. » Tous ces thérapeutes adoptaient les conceptions de Wilfred Bion, centrées sur les processus inconscients du groupe pris dans sa totalité et ne s'intéressant guère au domaine des relations émotionnelles interpersonnelles, sauf celles qui concernaient l'exercice du leadership et de l'autorité. D'où le fait que les thérapeutes ne s'adressaient jamais à un patient en particulier.

Malgré l'amitié que j'ai éprouvée pour certains de ces psychiatres, en particulier Bob Gosling, qui nous invitait chez lui à Londres et à la campagne, je suis arrivé au bout de quelques mois à la conclusion que cette approche de la thérapie de groupe était hautement inefficace – un grand nombre de patients « votaient avec les pieds », autrement dit leur assiduité était particulièrement faible. La règle voulait qu'avec moins de quatre participants la séance fût annulée, ce qui était malheureusement trop souvent le cas.

Au cours de cette année, j'ai assisté pendant une semaine à Leeds à un colloque de la Tavistock Clinic, en compagnie d'une centaine d'autres auditeurs, psychologues ou personnes venant du monde de l'enseignement et des affaires. Je revois très clairement le début : les assistants furent priés de se répartir en cinq groupes, qui se virent attribuer chacun leur propre pièce. À la sonnerie annonçant l'ouverture de la séance, tout le monde se précipitait. Certains rivalisaient pour obtenir le leadership, d'autres exigeaient qu'on ferme les portes à clef de peur que le groupe ne s'agrandisse, d'autres réclamaient des règles de procédure. L'atelier se poursuivit avec des séances régulières de petits groupes, chacun pourvu d'un conseiller qui reflétait le processus de fonctionnement collectif, et des séances de groupes plus nombreux auxquelles assistaient enseignants et participants, aux fins d'étudier la dynamique de masse.

Si ce « matériau » humain de la Tavistock a continué à servir d'outil de formation pour aider les individus à connaître la dynamique de groupe et le comportement organisationnel, en matière de psychothérapie de groupe, pour autant que je le sache, la méthode de la Tavistock est bienheureusement tombée en désuétude.

Durant cette année, j'ai assisté en observateur à une ou deux séances de petits groupes par semaine, j'ai suivi des conférences ou des colloques, mais la plupart du temps j'étais libre et me consacrais à l'écriture de mon manuel. Le corps enseignant de la Tavistock trouva mon approche thérapeutique aussi détestable que moi la leur. Quand j'ai présenté le résultat de ma recherche sur les « facteurs thérapeutiques », fondée sur les entretiens avec un grand nombre de patients à qui la thérapie de groupe avait pleinement réussi, l'équipe britannique se moqua de ma fixation typiquement américaine sur « le client satisfait ». Seul Américain de l'établissement, je me sentais isolé et sans soutien. L'année suivante, je me suis entretenu en privé avec John Bowlby, qui m'a confié qu'il avait vécu la même chose que moi et que, parfois, il avait joué de l'idée de placer une bombe au milieu de l'assistance.

Quant à moi, je me suis senti si isolé, déprécié et mal dans ma peau pendant ces douze mois que j'ai décidé de faire appel à un thérapeute, comme je l'ai fait tout au long de ma vie lorsque je traversais des moments difficiles.

À l'époque, on comptait de nombreuses écoles de psychothérapie en Grande-Bretagne, dont celle du célèbre psychiatre R.D. Laing. À en juger par ses écrits, c'était un penseur original et captivant. Il venait de fonder Kingsley Hall, communauté de soins où vivaient ensemble les malades psychotiques et leurs thérapeutes. Et surtout, il traitait les patients d'une façon totalement égalitaire, très différente de l'approche de la Tavistock. J'ai assisté à l'une de ses conférences à la clinique – son intelligence m'impressionna et je me suis régalé de ses idées iconoclastes, qui hérissaient les plumes des tavistockiens. Néanmoins, il me parut quelque peu confus, état que beaucoup d'auditeurs attribuaient au LSD, sa drogue habituelle alors. J'ai pourtant tenu à le rencontrer en privé pour discuter de choix thérapeutiques. Je me rappelle l'avoir interrogé sur ce que lui avait apporté son passage à l'Institut Esalen de Big Sur, Californie, et sur ses commentaires sur la thérapie qu'on y pratiquait : séances marathons de groupes nus. Sa réponse fut pour le moins énigmatique : « Je mène ma barque, les autres mènent leur barque. » J'en conclus qu'il y avait trop de flou dans sa pensée. (J'étais loin d'imaginer que j'irais participer à l'une de ces séances marathons de groupes dénudés, quelques années plus tard.)

Ensuite, je suis allé consulter le directeur de la clinique appliquant la théorie de Melanie Klein à Londres. Je me rappelle m'être demandé pourquoi il cherchait tant à m'extorquer des informations sur mes deux premières années d'existence et pourquoi l'analyse kleinienne durait de sept ans à dix ans. À l'issue de nos deux heures de consultation, nous avons conclu que le scepticisme avec lequel je considérais son approche thérapeutique était trop grand pour que nous parvenions à un résultat. Soit, selon ses propres mots : « Le volume de votre fond sonore (c'est-à-dire ma résistance) assourdira les justes accords de l'analyse. » L'éloquence britannique me semble admirable !

Pour finir, j'ai décidé de travailler avec Charles Rycroft, qui avait analysé Laing. Psychiatre éminent, il appartenait à la « *middle school* », école influencée par les analystes britanniques Fairbairn et Winnicott. Pendant les dix mois suivants, j'ai vu Rycroft deux fois par semaine. C'était un homme d'une bonne cinquantaine d'années, réfléchi, affable, quoiqu'un peu distant. Quand j'entrais dans son bureau de Harley Street, à l'atmosphère dickensienne, meublé d'un divan et de deux confortables fauteuils rembourrés sur un épais tapis persan, il tirait sa dernière bouffée d'une des cigarettes qu'il fumait entre deux séances, me saluait en me tendant la main et m'invitait poliment à prendre l'un des deux fauteuils qui lui faisaient face. Il me traitait en collègue. Je me rappelle l'avoir entendu raconter le rôle qu'il avait joué dans l'exclusion de Masud Khan de la Société britannique de psychanalyse[1]. Une histoire dont je me suis servi plus tard dans mon roman *Mensonges sur le divan*.

Nos séances m'étaient profitables, mais j'aurais souhaité qu'il fût plus vif et interactif. Ses interprétations complexes ne me paraissaient pas particulièrement utiles, néanmoins, après quelques semaines, mon anxiété diminua et ma capacité d'écriture s'améliora. Pourquoi ? Peut-être à cause de son empathie, de l'approbation sincère qu'il me manifestait. Il était très important pour moi de savoir que quelqu'un prenait mon parti. Par la suite, lors de mes passages à Londres, je lui rendais visite et nous réexaminions le déroulement de la thérapie. Le jour où il me dit qu'il regrettait d'avoir adopté la doctrine de l'interprétation unique, j'ai beaucoup apprécié sa franchise.

Je consacrais la plus grande partie de mon temps à l'écriture du manuel de thérapie de groupe. Comme c'était mon premier livre, j'ai dû inventer ma méthode, qui consista à puiser autant que possible dans mes trois sources principales : mes notes de lecture des cours que j'avais donnés aux résidents l'année précédente, les centaines de résumés de mes thérapies que j'avais rédigés et offerts aux membres des groupes, et la littérature sur la recherche en thérapie de groupe, dont la grande majorité se trouvait à l'excellente bibliothèque de la clinique Tavistock. Je ne savais pas taper à la

1. Psychiatre britannique d'origine pakistanaise exclu de la Société britannique de psychanalyse après divers scandales.

machine (comme, à cette époque, la plupart de ceux qui exerçaient une profession libérale). Chaque jour j'écrivais donc à la main trois ou quatre pages, que je confiais à une dactylo de la clinique, qui, moyennant rétribution, les tapait le soir et me les rendait le lendemain afin que je puisse les réviser. Par quoi commencer ? Par la première question que se pose un thérapeute : comment sélectionner les patients et composer un groupe ?

Sélectionner signifie décider si tel patient peut ressortir d'un certain type de thérapie de groupe. La *composition du groupe* pose une autre question : si le patient est agréé et que de nombreux groupes existent déjà pouvant accueillir un nouveau membre, dans quel groupe sera-t-il plus à son aise ? Ou bien, imaginons un autre (fort improbable) scénario : une centaine de patients en attente, soit de quoi former douze groupes. Comment le thérapeute va-t-il les former de façon à obtenir une efficacité maximale du traitement ? Talonné par ces questions, j'ai consulté la littérature des chercheurs et rédigé deux chapitres académiques, denses, détaillés et abominablement ennuyeux.

Je venais de terminer ces deux chapitres (sur la sélection des patients et la composition des groupes) quand mon président d'université, David Hamburg, est venu à Londres et m'a appris la stupéfiante, l'inattendue nouvelle : à l'occasion de leur dernière réunion, les membres du conseil d'administration de Stanford m'avaient accordé la titularisation. Elle ne prendrait effet que l'année suivante, mais j'étais surtout fou de joie qu'on m'ait épargné l'angoissante attente de la décision. Quand, plus tard, j'ai vu des collègues et des patients subir cette torturante épreuve, j'ai d'autant plus apprécié ma chance.

La nouvelle de ma titularisation bouleversa complètement la conception même de mon livre. Je n'écrirais plus pour les professeurs sévères, visage pincé, empiriques avant tout, que j'imaginais siégeant au conseil d'administration de l'université. Je me sentais émancipé, libre d'écrire pour un public totalement différent : des praticiens s'efforçant d'apprendre comment venir en aide à leurs patients. Donc, dès le troisième chapitre, j'ai truffé le texte d'exemples cliniques, parfois des vignettes de quelques lignes, parfois des cas de trois ou quatre pages. Mais, ces deux premiers chapitres qui me pesaient sur l'estomac comme du ciment, je n'ai jamais trouvé le moyen de les égayer. Vingt-cinq ans plus tard, j'ai publié la cinquième édition de *Théorie et pratique de la psychothérapie de groupe*[1], qu'avaient précédée quatre révisions importantes, chacune ayant nécessité deux ans d'étude intense de la littérature appropriée, et ces deux chapitres prétitularisation (devenus numéros huit et neuf) semblent toujours des pièces rapportées, écrites par une autre personne dans une langue ampoulée et mortelle. Si je publie une sixième édition, je suis déterminé à faire une révision complète de ces deux chapitres.

1. *The Theory and Practice of Group Psychotherapy*, 5e édition, Basic Books, 2005, non traduit.

Mes trois enfants, alors âgés respectivement de treize, douze et neuf ans, qui avaient naturellement renâclé à l'idée de devoir quitter leurs amis de Palo Alto, adorèrent finalement leur séjour à Londres. Refusée par l'école proche de chez nous pour écriture illisible, Ève surmonta son découragement, et termina l'année dans la Hampstead Heath School for Girls, dotée d'une calligraphie excellente, bien qu'éphémère. Reid fréquenta la University College School, autre établissement proche de chez nous, et arbora fièrement sa casquette et sa veste aux rayures rouges et noires. Sa mauvaise écriture, pire que celle de sa sœur, n'avait pas échappé aux autorités, mais fut tenue pour négligeable parce que, me dit le directeur en plusieurs occasions, Reid était « un sacré bon joueur de rugby ». Quant à Victor, il prospéra dans son école, même s'il détestait la sieste quotidienne et obligatoire, heureusement compensée par sa fréquentation non moins quotidienne de la boutique de bonbons qui se trouvait sur son chemin.

Grâce aux relations que Marilyn avait nouées avec l'équipe du magazine littéraire franco-américain *Adam*, nous avons connu Alex Comfort – seule sa mort, en l'an 2000, a rompu notre amitié. Alex est l'un des deux génies que j'ai eu la chance d'approcher, l'autre étant Josh Lederberg, spécialiste à Stanford de biologie moléculaire, Prix Nobel de médecine. Quand je l'ai connu, Alex partageait son temps entre sa femme et sa maîtresse, laissant chez chacune d'elles une garde-robe entière. Esprit encyclopédique, il pouvait – et ne s'en privait pas – discuter indéfiniment de n'importe quel sujet. Littératures française et anglaise, mythologie et art indiens, pratiques sexuelles du monde entier, son propre domaine professionnel : la gérontologie, voire un opéra du XVIIe siècle. Un jour, nous raconta-t-il, il avait demandé à sa femme ce qu'elle désirait pour Noël, à quoi elle avait répondu : « N'importe quoi sauf de l'information. »

En famille à Londres, hiver 1967-1968.

Parler avec lui était un réel bonheur – un esprit si rare, fécond et attachant –, même si je le savais très attiré par Marilyn ! Notre amitié, nouée à Londres, s'est poursuivie comme je l'ai dit jusqu'à sa mort.

Alex finit par divorcer, épousa sa maîtresse, écrivit *The Joy of Sex*, qui devint un best-seller dans le monde entier. Puis, principalement afin d'échapper au fisc britannique, il débarqua à Santa Barbara pour intégrer un *think tank*, le Center for the Study of Democratic Institutions, à quelques heures de Palo Alto. Outre son best-seller, Alex a écrit cinquante livres, d'ouvrages allant de la gérontologie à des recueils de poèmes et au roman. Il écrivait vite et avec aisance. Cette facilité me stupéfiait et me décourageait : son premier jet était souvent le meilleur, alors que j'ai rédigé entre dix et vingt brouillons pour chacun de mes livres. Mes enfants connaissaient son nom avant même de l'avoir rencontré parce que plusieurs de ses poèmes figuraient dans une anthologie de la poésie moderne qu'ils étudiaient en classe. Se promener avec lui, à pied, dans les environs de Palo Alto était un bonheur : il reconnaissait les appels des oiseaux, vous donnait leur nom et reproduisait leur chant.

Ravis par Londres, nous n'en étions pas moins des Californiens convaincus à qui le soleil manquait terriblement. Un agent de voyages compétent nous expédia pour une semaine de vacances à Djerba, l'île des mangeurs de lotus où, selon la légende, échoua Ulysse. Nous avons visité le bazar, vu les ruines romaines et une synagogue vieille de deux mille ans. Quand j'y suis entré, le gardien vêtu d'une djellaba comme un Arabe me demanda si j'appartenais à la tribu. J'ai fait signe que oui de la tête, alors il m'a pris le bras, et ainsi, bras dessus, bras dessous, nous sommes allés vers le *bimah*, l'autel au centre de la synagogue. Il me mit une bible dans les mains, mais, Dieu merci, ne testa pas mes compétences en hébreu.

19

La vie brève et agitée des groupes de parole

En Californie et dans de nombreuses autres parties du pays, du milieu des années 1960 jusqu'au début des années 1970, le mouvement des groupes de parole a explosé. Ils se multipliaient partout, et leur méthode ressemblait tant à la thérapie que je pratiquais qu'ils m'intéressèrent énormément. La Free University, communauté dont le siège était contigu à celui de Stanford, affichait des dizaines de réunions de groupes de développement personnel. Les salons de la résidence universitaire (de Stanford) en accueillaient de nombreuses variétés : groupes marathons d'une durée de vingt-quatre heures, groupes de psychodrame, *T-groups*, groupes de potentiel humain. Surtout, de nombreux étudiants de Stanford, en quête de ce type d'expériences, rejoignaient le centre d'Esalen, très proche, comme des milliers d'autres dans tout le pays accouraient vers Lifespring, ou ses semblables communautés New Age qui éclataient en sous-groupes, moins nombreux.

J'étais perplexe comme tout le monde. Cette mode New Age était-elle, comme beaucoup le craignaient, un signe avant-coureur de désintégration de la société ? À moins que ce ne fût le contraire, et que ces groupes puissent effectivement améliorer le développement personnel ? Plus extravagantes étaient les prétentions, plus vociféraient les zélotes, et plus hurlaient les conservateurs. J'observais des *T-groups* dirigés par des thérapeutes bien formés, et j'avais le sentiment que de nombreux patients en tiraient un bénéfice. J'assistais aussi à des psychodrames violents inhérents à certains groupes, qui me faisaient me demander si les participants ne souffraient pas de troubles psychologiques. J'ai vécu une expérience marathon de vingt-quatre heures, nudité exigée, à Esalen, mais n'ai pas reçu d'informations sur les effets qui en ont résulté pour le groupe. Il m'a semblé que, sur les quinze membres qui le constituaient, quelques-uns se sentaient mieux, mais je n'avais aucun moyen de savoir ce qu'en pensaient les moins tonitruants. Le nombre des laudateurs de ces expérimentations équivalait à celui de ceux qui les maudissaient. La situation nécessitait une évaluation empirique.

J'ai assisté à une conférence de Mort Lieberman, professeur à l'université de Chicago, à l'occasion d'un séminaire sur la thérapie de groupe, et ce qu'il a dit de son travail m'a fortement impressionné. Nous avons parlé jusque tard dans la nuit, à la suite de quoi nous avons décidé de mener une vaste enquête sur les résultats de ces groupes. Nos intérêts coïncidaient : chercheur reconnu en sciences sociales, Mort Lieberman avait aussi travaillé sur cette méthode de thérapie. Il s'organisa pour passer une année à Stanford, et nous avons vite recruté Matt Miles, professeur en sciences de l'éducation et de psychologie à l'université de Columbia, chercheur et statisticien. Nous avons conçu tous les trois un plan ambitieux d'étude sur les groupes de rencontre, qui étaient si présents et bruyants sur le campus de Stanford que nombre de professeurs craignaient les dégâts chez leurs étudiants de ces méthodes de confrontation violente, de liberté de réaction totale, sans compter la posture contestataire qu'affichaient ces jeunes gens. Le conseil d'administration de l'université était si inquiet qu'il nous a immédiatement donné l'autorisation de conduire nos recherches. Afin que nous puissions réunir un large échantillon, il nous a même permis d'offrir des crédits d'études à ceux qui y participeraient.

Nous avons fini par opter pour un échantillon de 210 personnes réparties au hasard en un groupe-témoin et une vingtaine d'autres groupes, qui effectueraient chacun trente heures de séances de thérapie. Les étudiants recevraient trois crédits pour la totalité du parcours. Nous avons sélectionné les dix méthodologies les plus en vogue et les avons assignées chacune à deux groupes : groupes traditionnels NTL-T, groupes de parole (ou de développement personnel), groupes de Gestalt thérapie, méthode Esalen (perception sensorielle), groupes d'analyse transactionnelle, groupes de psychodrame, groupes adhérents à Synanon (la communauté pratiquant « Le Jeu », une critique très violente de la société), groupes axés sur la psychanalyse, groupes marathons, groupes sans dirigeant.

Ensuite, nous avons recruté deux experts renommés, praticiens de chacune de ces méthodes. Mort Lieberman a élaboré une batterie d'instruments permettant de mesurer les changements chez les participants et d'évaluer le comportement des dirigeants, et nous nous sommes adjoint une équipe d'observateurs pour chaque séance. Une fois notre projet accepté par la commission universitaire de la recherche sur l'humain, nous nous sommes lancés dans ce qui devint l'étude la plus ample et la plus rigoureuse jamais conduite sur ces groupes. Le résultat fut une monographie de cinq cents pages, publiée par Basic Books, intitulée : *Encounter Groups : First Facts*[1]. Globalement, ces résultats étaient impressionnants : 40 % des étudiants inscrits en fac notaient un changement positif et significatif de leur personnalité, qui durait au moins six mois. Il y eut aussi seize « victimes » – des étudiants déclarant se sentir bien plus mal, six mois après cette expérience.

J'ai écrit les chapitres concernant les progrès cliniques et l'évolution de chaque groupe, le comportement des dirigeants, l'effet produit sur ceux qui en avaient tiré grand bénéfice et les « victimes ». Le chapitre sur les « victimes » fut lu avec beaucoup d'attention par les opposants aux groupes de parole, et cité dans des centaines de journaux de tout le pays.

1. « Groupes de parole : les premiers résultats ».

Il procurait à la droite conservatrice les munitions qu'elle désirait. En revanche, le chapitre sur le haut degré de bénéfice, celui sur le nombre élevé d'étudiants attribuant l'importance de leur changement personnel à ces douze séances de thérapie, passa pratiquement inaperçu. Ce que j'ai jugé très dommageable, car de tels groupes, correctement dirigés, ont beaucoup à offrir.

Dix ans plus tard, le mouvement des groupes de parole avait dépéri, remplacé, sur le campus de Stanford, par des groupes d'étude biblique. Dépérissement qui entraîna la disparition des lecteurs de notre manuel *Encounter Groups : First Facts*, sauf les universitaires qui y trouvèrent un matériau utile. C'est le seul de tous mes livres qui soit épuisé. Ma femme n'a jamais soutenu ce projet parce que, d'une part, il a consommé une grande partie de mon temps, et que, d'autre part, une réunion cruciale de l'équipe rédactionnelle m'a empêché de la ramener chez nous du Stanford Hospital, où elle venait d'accoucher de notre quatrième enfant, Benjamin Blake. Elle se rappelle le commentaire de l'un des critiques du livre : « Ces auteurs ont dû travailler très dur pour fournir une prose si fatiguée. »

J'ai continué de travailler à mon ouvrage *Théorie et pratique de la psychothérapie de groupe*, et, avec la version finale en poche, j'ai pris l'avion pour New York afin de rencontrer l'éditeur que David Hamburg avait contacté pour moi. Arthur Rosenthal, fondateur de la maison Basic Books, devint mon éditeur. Je n'insisterai jamais assez sur ce que je dois à David Hamburg, qui non seulement m'a soutenu dans mes recherches, mais a facilité ma carrière d'écrivain.

Théorie et pratique de la psychothérapie de groupe a connu aussitôt un grand succès et figura bientôt comme manuel d'enseignement dans la majorité des programmes de formation en psychothérapie, aux États-Unis, puis dans d'autres pays. Depuis cette première édition, suivie de cinq autres versions révisées, il s'en est vendu plus d'un million d'exemplaires, ce qui nous a fourni, à Marilyn et moi, un niveau appréciable de sécurité financière. Comme la plupart de mes jeunes collègues enseignants universitaires, j'avais complété mon revenu en donnant des consultations, pendant les weekends, dans divers hôpitaux psychiatriques. Le succès du livre m'a permis d'arrêter, et j'ai remplacé ces consultations par des conférences sur la thérapie de groupe, qui m'étaient demandées.

Je ne me préoccupais guère du montant de mes rémunérations, mais j'ai changé radicalement d'attitude un jour où, environ cinq ans après la publication de mon ouvrage, je me suis retrouvé à l'université Fordham, à New York, devant une salle comble. Comme d'habitude j'avais apporté une cassette vidéo de la séance de thérapie que j'avais dirigée la semaine précédente, et dont j'avais l'intention de me servir pour illustrer mon propos. Le lecteur de cassette de l'université tomba en panne, les techniciens levèrent les mains en signe d'impuissance, et j'ai dû me résoudre, non sans angoisse, à improviser durant toute la matinée. L'après-midi, j'ai fait mes deux conférences, préalablement rédigées, suivies d'une longue séance de questions-réponses – à la fin de la journée, j'étais totalement épuisé. J'ai eu alors la curiosité de lire le programme distribué au public, et découvert que la participation à l'atelier coûtait 40 dollars par personne. Nous étions en 1980. La salle, me semblait-il, pouvait contenir 500 à 600 personnes. Après un rapide calcul, j'en ai conclu que les sponsors de la conférence empochaient plus de 20 000 dollars, dont ils me rétrocédaient 400 ! Dès lors, mes contrats ont prévu un partage équitable des fonds perçus, si bien que le revenu de mes causeries a eu tôt fait d'écraser mon salaire d'universitaire.

20

Séjour à Vienne

Vienne a joué un rôle considérable pour moi, en tant que ville de naissance de Freud et berceau de la psychothérapie. La lecture de plusieurs biographies de Freud m'avait donné le sentiment d'appartenir à cette ville chargée d'histoire, où avaient vécu tant de mes écrivains favoris, dont Stefan Zweig, Franz Werfel, Arthur Schnitzler, Robert Musil, Joseph Roth. J'ai donc accepté sans hésiter, en 1970, l'offre de Stanford d'aller faire un cours, pendant le trimestre d'été, à des étudiants en licence du campus de l'université à Vienne. Un déménagement plutôt compliqué. J'avais quatre enfants âgés de quinze ans, quatorze ans, onze ans et un an. Nous avons emmené une amie de ma fille, une voisine de vingt ans, pour nous aider à nous occuper de Ben, le petit dernier.

Marilyn, bien sûr, a accueilli avec joie cette perspective de séjour en Europe. Et ce fut merveilleux d'habiter en plein centre de Vienne, là où Freud avait vécu.

J'ai plongé dans ce monde, arpentant les rues qu'il avait parcourues, visitant les cafés qu'il avait fréquentés, restant planté bouche bée devant un immeuble anonyme de cinq étages, 19 Berggasse. Des années plus tard, la Fondation Sigmund-Freud a acheté l'immeuble et en a fait un musée, affublé d'une grande bannière rouge à l'intention des visiteurs. De mon temps, la ville avait apposé des tas de plaques de cuivre sur les murs des maisons ayant abrité des personnalités plus ou moins éminentes, notamment les diverses résidences de Mozart, mais rien ne signalait la maison où Sigmund Freud avait vécu quarante-neuf ans.

Ces promenades dans les rues de Vienne sur les traces de Freud, je m'en suis servi trente ans plus tard pour écrire mon roman *Et Nietzsche a pleuré*. Grâce à mes souvenirs, aux photos que j'avais prises, j'ai pu recréer un environnement crédible aux entretiens imaginaires de Nietzsche et de Josef Breuer, le médecin qui fut le mentor de Freud.

Le premier enseignement que j'ai assuré à Vienne était un cours sur la vie et l'œuvre de Sigmund Freud. Ces quarante leçons ont constitué la base du cours magistral « Compréhension de Freud » que j'allais donner durant les quinze années suivantes aux résidents en psychiatrie. J'insistais sur le fait que Freud n'était pas juste le créateur de la psychanalyse, qui représente aujourd'hui moins de 1 % de toutes les thérapies disponibles, mais qu'il a inventé le champ même de la psychothérapie : avant lui, le domaine n'existait pas. Si je critique beaucoup l'analyse orthodoxe freudienne telle qu'elle se pratique aujourd'hui, je respecte toujours autant Freud pour sa créativité et son courage. Je l'évoque souvent quand je pratique ma propre thérapie. Ainsi, récemment, avec un nouveau patient habité par des idées obscènes concernant des membres de sa famille, je me suis immédiatement rappelé l'observation de Freud sur le fait que derrière ces obsessions persistantes se cache souvent de la rage. Et je regrette que Freud soit maintenant passé de mode. J'ai d'ailleurs intitulé l'un des chapitres de mon livre *L'Art de la thérapie* « Freud n'avait pas toujours tort ».

Juste avant de quitter la Californie pour Vienne, j'ai été confronté à deux événements traumatisants. Le premier fut la mort, d'un cancer des surrénales, de mon ami Al Weiss, que j'avais connu quand il était en résidence à Stanford. Tous deux fans de pêche sous-marine, nous faisions des virées à Baja. Puis, mon dentiste, chez qui j'avais rendez-vous la veille de mon départ, découvrit une lésion douteuse sur mes gencives. Il fit une biopsie et me dit que je recevrais le résultat à Vienne. C'était le temps où je lisais des rapports sur le cancer de la bouche dont Freud était mort, dû à son addiction aux cigares, et j'ai commencé à m'inquiéter de mes propres addictions : je fumais la pipe à longueur de journée, piochant chaque jour dans ma collection une pipe différente, me délectant de l'arôme du tabac Balkan Sobranie. Terriblement angoissé, j'ai arrêté de fumer dès mon arrivée à Vienne, avec, pour conséquence, un sommeil très difficile, et je me suis mis à sucer des bonbons à l'arôme de café, des sachets entiers l'un après l'autre, pour apaiser les envies de ma cavité buccale. Finalement, j'ai reçu un télégramme du dentiste m'informant que la biopsie était négative. Mais, pendant ce temps, j'étais seul (la famille ne m'avait pas encore rejoint) et je pleurais la perte de mon ami. J'essayais de travailler à la préparation de mes cours, mais l'anxiété était la plus forte. J'ai donc décidé de me faire aider. J'ai appelé le cabinet d'un éminent thérapeute viennois, Viktor Frankl, auteur de *Découvrir un sens à sa vie avec la logothérapie*[1], un livre connu dans le monde entier, mais je n'ai eu que le répondeur, m'informant que le docteur Frankl était absent, en tournée de conférences.

L'arrivée de ma famille m'apaisa, et ces trois mois à Vienne, ainsi que mon enseignement, se révélèrent une expérience positive pour nous tous. Nos deux aînés, en particulier, adoraient le contact quotidien avec les étudiants. Nous avons pris tous les déjeuners ensemble, sans compter un dîner pour fêter le premier anniversaire de Ben. Un gros gâteau fit son apparition sur notre table et tous les étudiants entonnèrent « Happy Birthday », tandis que sa sœur, Ève, le soulevait et le montrait aux convives. Marilyn emmena chacun des enfants, tour à tour, à l'hôtel Sacher, pour se régaler d'une célèbre *Sachertorte*, l'un des meilleurs gâteaux que j'aie mangés de ma vie.

Nous avons fait avec les étudiants deux voyages scolaires. Pour le premier, nous avons descendu le Danube, que bordaient de chaque côté des champs éblouissants

1. J'ai lu, 2013.

de tournesols, et sommes arrivés à Budapest, austère et grise sous le régime soviéto-communiste, mais qui gardait son attrait. Le second, en toute fin du trimestre, nous a conduits à Zagreb, où nous nous sommes dit adieu : mon enseignement était terminé. Ayant laissé à Vienne les enfants et leur nanny à la résidence de l'université, Marilyn et moi avons loué une voiture et longé la magnifique côte dalmate jusqu'à Dubrovnik, puis traversé la paisible campagne serbe.

Pendant notre séjour, Marilyn m'a servi de guide artistique, m'apprenant à apprécier l'œuvre de Klimt et d'Egon Schiele qui, avec Van Gogh, sont devenus mes peintres favoris. L'étonnant, c'est que, alors que je n'avais jamais mentionné ces préférences à mes éditeurs allemands, ils ont choisi des peintures de Klimt comme couverture de la plupart de mes ouvrages traduits en allemand.

Les enfants se promenaient dans les parcs verdoyants de la ville, en prenant garde de ne pas marcher sur les pelouses – de peur de se faire gronder par une vieille dame viennoise – et faisaient des randonnées dans les bois alentour, ayant appris à saluer d'un « *Grüss Gott* » chaleureux les gens qu'ils croisaient. Et bien entendu, nous sommes tous allés à l'opéra pour une représentation inoubliable des *Contes d'Hoffmann*. Vienne nous a offert la vision d'un monde légendaire et somptueux sortant à peine de son passé nazi. Dans aucun de mes rêves les plus fous, je n'aurais imaginé que, quarante ans plus tard, cette même ville gratifierait d'un prix l'un de mes livres, qu'elle en distribuerait 100 000 exemplaires gratuitement et m'accueillerait pour une semaine de réjouissances.

Vers la fin de notre séjour, j'ai réussi à joindre Viktor Frankl au téléphone, et lui ai décliné mon identité de professeur de psychiatrie à Stanford, perturbé par des problèmes personnels et ayant besoin d'aide. Il me répondit que, bien que surchargé, il acceptait de me recevoir en fin d'après-midi ce même jour. Homme de petite taille, séduisant, aux cheveux gris, Frankl m'accueillit aimablement à la porte et manifesta un intérêt soudain pour mes lunettes – il voulait absolument connaître le nom du fabricant. Je n'en avais pas la moindre idée, alors je les ai ôtées et les lui ai tendues. Achetées en Californie dans une chaîne baptisée Four Eyes (Quatre Yeux), la monture en était quelconque. Après une brève inspection, il s'en désintéressa. La sienne, d'un épais acier gris, me parut fort élégante, et je ne manquai pas de le lui dire. Il sourit et me guida vers son salon où d'un ample geste de la main il pointa une énorme bibliothèque, remplie de toutes les traductions de son livre, *Découvrir un sens à sa vie*.

Nous nous sommes assis dans un coin ensoleillé du salon, et Frankl commença par déclarer qu'il avait peu de temps à me consacrer, car, rentré la veille d'un voyage en Grande-Bretagne, il lui fallait répondre aux lettres de ses fans – il s'y était déjà attelé jusqu'à quatre heures du matin. Il semblait vouloir m'impressionner. Puis, sans m'interroger plus avant sur mes problèmes, il m'exprima son intérêt pour la communauté psychiatrique de Stanford, me posa des tas de questions et enchaîna sur la description de la communauté psychiatrique viennoise, si rigide qu'elle avait refusé de reconnaître tout ce qu'il avait apporté à la discipline. Brusquement, j'ai eu l'impression d'avoir affaire à un dingue. Je faisais appel à lui pour une consultation, mais lui voulait une consolation. Ses plaintes durèrent jusqu'à la fin de la séance. Il me fixa un autre rendez-vous, le lendemain, où il manifesta son vif désir de recevoir une invitation à s'adresser à la communauté enseignante et étudiante de la faculté de psychiatrie de Stanford. Je lui promis de faire tout mon possible pour arranger la chose.

Découvrir un sens à sa vie, écrit en 1946, est un livre émouvant, stimulant, lu par des millions de personnes à travers le monde, qui demeure encore aujourd'hui un best-seller dans sa catégorie. Frankl y raconte son expérience des camps de la mort, et que c'est à sa détermination de partager son histoire avec le monde entier qu'il doit sa survie. J'ai écouté à plusieurs reprises sa conférence essentielle sur le sens de la vie : c'était un excellent orateur dont la parole subjuguait l'auditoire.

Sa visite à Stanford, quelques mois plus tard, posa pourtant de gros problèmes. Il était évident, quand je l'invitais chez moi avec sa femme, que le côté informel de la culture californienne le mettait mal à l'aise. Un jour, notre jeune fille au pair, jeune Suisse qui vivait chez nous et aidait à s'occuper des enfants, vint nous trouver en larmes, parce qu'il l'avait réprimandée : il avait demandé du thé et elle le lui avait servi dans un mug et non dans une tasse en porcelaine.

Une démonstration clinique qu'il fit devant des résidents de la faculté tourna à la catastrophe. Pour l'essentiel, son approche thérapeutique, la logothérapie[1], consistait, après dix à quinze minutes de questionnement, à déterminer ce que devrait être le sens de la vie pour le patient et à le lui prescrire avec autoritarisme. À un certain moment, l'un des plus rebelles de nos résidents, cheveux aux épaules et sandales aux pieds, a protesté, s'est levé et a quitté la salle en marmonnant : « C'est inhumain. » Nous sommes tous restés consternés. Refusant nos excuses, Viktor continua d'exiger l'exclusion du jeune homme de son cours.

À diverses reprises, je lui ai proposé de revenir aux origines de la crise, mais il n'y a vu qu'une critique blessante. Après son retour en Autriche, nous avons beaucoup correspondu, et un an plus tard, il m'a envoyé un manuscrit en sollicitant mon avis. Dans un passage, il racontait avec force détails l'une de ses conférences à Harvard, l'ambiance qui y régnait, et que le public s'était levé cinq fois pour l'acclamer. J'en suis resté confondu : après avoir longuement réfléchi, j'ai décidé de jouer la franchise. J'ai répondu, le plus gentiment possible, qu'en se focalisant ainsi sur les acclamations, il éloignait le lecteur de son propos, et qu'on était tenté de conclure qu'il présentait un cas évident de surinvestissement. Il me répondit immédiatement : « Irv, vous

1. La logothérapie est une psychothérapie destinée à aider l'individu à donner un sens à sa vie car il souffre avant tout d'en être frustré. Elle est, selon Viktor Frankl, complémentaire de l'analyse existentielle. (N.d.E.)

ne pouvez pas comprendre – vous n'y étiez pas. Ils se sont VRAIMENT levés et ont applaudi cinq fois. » Même les meilleurs d'entre nous sont parfois aveuglés par leurs angoisses et leur besoin d'éloges.

Tout récemment, j'ai lu le récit autobiographique d'un ancien étudiant de la faculté de médecine de Vienne dans les années 1960, le professeur Hans Steiner, l'un de mes collègues à Stanford. Il proposait une tout autre façon de voir. Il avait vécu une expérience très positive avec Viktor Frankl, qu'il décrivait comme un excellent professeur, dont la démarche originale apportait un bol d'air frais, contrastant avec la rigidité des autres enseignants en psychiatrie de la faculté.

Un jour, bien plus tard, Viktor Frankl et moi avons participé à une importante conférence sur la psychothérapie. Je l'ai écouté parler de son livre, de la recherche de sens dont l'homme a besoin. Captivé comme toujours, le public lui fit une immense ovation. La conférence terminée, sa femme, Eleanor, et lui m'ont chaleureusement embrassé.

Quand j'ai entrepris d'écrire *Psychologie existentielle*, j'ai relu de bout en bout *Découvrir un sens à sa vie*, et compris plus que jamais l'importance des contributions de Frankl, originales et fondamentales, à notre domaine. Plus récemment, invité à Moscou par l'Institut d'études supérieures de psychothérapie, qui prépare à un doctorat de logothérapie, j'ai été fasciné par une photographie grandeur nature de Viktor. C'est en la contemplant que j'ai saisi l'ampleur de son courage et la profondeur de sa douleur. Son livre dit bien le traumatisme ineffaçable laissé par les horreurs d'Auschwitz ; mais quand je l'ai connu, à Vienne, puis à Stanford, j'ai manqué d'empathie, je n'ai pas su lui apporter le soutien qu'il méritait. Une erreur que je n'ai pas répétée avec d'autres figures dominantes de notre discipline qu'il m'a été donné de connaître, Rollo May, par exemple.

21

Chaque jour on s'en rapproche
ou
Dans le secret des miroirs

Écrire ces Mémoires est pour moi l'occasion de revenir sur mon parcours d'écrivain. Est arrivé un moment où je suis passé de l'état de chercheur écrivant articles et livres pour ses pairs à celui d'écrivain vulgarisateur, s'adressant à un plus large public, et je date cette métamorphose de la rédaction de *Every Day Gets a Little Closer*[1], publié en 1974. En l'écrivant, je me suis éloigné du langage quantitatif de la recherche et j'ai tenté d'imiter les romanciers qui ont toujours compté pour moi. Je n'imaginais pas que je finirais par enseigner la psychothérapie par le truchement de quatre romans et de trois recueils de nouvelles.

Cette métamorphose a commencé quand, à la fin des années 1960, j'ai introduit dans mon groupe de

1. Basic Books. *Dans le secret des miroirs*, Galaade, 2011.

thérapie Ginny Elkins, qui venait d'obtenir une bourse – la *Stegner Fellow* – pour étudier « l'écriture créative » à Stanford. En raison de son extrême timidité et de sa répugnance à demander ou à accepter la considération du groupe, sa thérapie était compliquée. En quelques mois elle acheva sa formation et accepta un job d'enseignante pour des cours du soir, ce qui posait des problèmes puisque c'était à ces heures-là que se tenaient nos réunions de groupe.

Ginny désirait continuer une thérapie individuelle avec moi, mais elle n'avait pas les moyens de payer les honoraires en vigueur à Stanford. J'ai alors proposé un arrangement inhabituel : je renoncerais aux honoraires à condition qu'elle écrive un résumé de chaque séance, exprimant les sentiments et les idées qu'elle n'avait pas verbalisés sur le moment. De mon côté, je ferais la même chose, et nous remettrions nos deux rapports, dans deux enveloppes scellées, à ma secrétaire. Puis, à l'issue de plusieurs semaines de thérapie, chacun lirait le rapport de l'autre.

Pourquoi cette proposition si étrange et inhabituelle ? D'abord, parce que Ginny avait une image de moi irréaliste ; en jargon psy, elle faisait un transfert positif démesuré : elle m'idéalisait, se montrait en permanence pleine de déférence et s'infantilisait en ma présence. Je me suis dit que cela pourrait la replonger dans la réalité de lire mes comptes rendus de chaque séance, bruts et non censurés, en particulier d'apprendre les doutes que je nourrissais sur ma capacité à l'aider. En conséquence, j'avais l'intention de me dévoiler davantage durant la thérapie, avec l'espoir que cela l'encouragerait à faire la même chose.

Un autre motif, plus personnel, expliquait cette décision : je rêvais d'être écrivain – un véritable écrivain. Entre le travail qu'avait requis l'écriture d'un manuel de cinq cents pages, puis ma collaboration à une monographie de cinq cents pages également sur la recherche en thérapie de groupe, j'avais l'impression d'étouffer. J'imaginais que le projet mis en œuvre avec Ginny me donnerait l'occasion de briser mes chaînes professionnelles, de trouver ma voie en exprimant tout ce qui me venait à l'esprit immédiatement après chaque séance. De plus, Ginny savait étonnamment manier les mots, il me semblait donc qu'elle serait plus à l'aise à l'écrit qu'à l'oral pour transmettre ses émotions.

Cet échange de notes pendant quelques mois se révéla très instructif. Quand des participants analysent soigneusement leurs interrelations, ils plongent encore plus profondément dans le travail du groupe. Ainsi, chaque fois que Ginny lisait mon résumé, et moi le sien, notre thérapie s'en trouvait enrichie. En outre, ces notes provoquaient une sorte d'effet Rashômon[1] : de l'heure que nous avions vécue ensemble, nous avions une expérience différente, et nous valorisions telle séquence de l'atelier plutôt qu'une autre. Mes élégantes et brillantes interprétations ? Hélas, elle ne les entendait même pas ! Alors qu'elle soulignait

1. D'après le film de Kurosawa dans lequel un meurtre est raconté de quatre façons différentes par quatre témoins.

quelques menus faits que je ne remarquais même pas : mes compliments sur sa façon de s'habiller ce jour-là, mes excuses malhabiles pour un retard de quelques minutes, mes gloussements en entendant ses critiques, ma façon de lui apprendre à se détendre.

Pendant des années, après cette expérience, j'ai utilisé ces résumés dans mes cours de psychothérapie aux résidents en psychiatrie, et j'ai été frappé de l'intérêt que suscitaient en eux nos voix et nos différents points de vue. Lorsque je les communiquai à Marilyn, elle me dit qu'elle avait eu l'impression de lire un roman épistolaire et me suggéra d'en faire effectivement un livre. Elle se proposa immédiatement comme correctrice, tâche qu'elle exécuta même à la montagne, pendant que notre fils Victor suivait ses cours de ski…

Le projet de publication enthousiasma Ginny : ce serait son premier livre ; nous avons décidé d'un partage des droits d'auteur, dont 20 % pour Marilyn. Le livre a paru en 1974 chez Basic Books sous le titre *Every Day Gets a Little Closer* (« Chaque jour on s'en rapproche »). À la réflexion, le titre proposé par Marilyn, *Une thérapie à deux voix*, adaptation d'un titre de Hawthorne, aurait été bien meilleur, mais Ginny adorait la chanson de Buddy Holly, « Everyday », et l'avait voulue depuis toujours comme musique pour son mariage. Un jour, plus tard, quand le film de Buddy Holly est sorti, j'ai écouté très attentivement les paroles de la chanson et découvert, stupéfait, que Ginny s'était trompée. Le texte exact est : « Every day it's a-gettin' closer » (« Chaque jour, c'est plus près »).

Ginny et moi avons écrit un avant-propos et une postface ; j'ai gardé de la rédaction de mes textes un souvenir indélébile. Mes livres précédents, je les avais écrits dans mon bureau, dans un service de psychiatrie ambulatoire, mais l'endroit me parut trop bruyant, trop affairé pour un écrivain qui cherche l'inspiration. Le service de psychiatrie abritait les bureaux du président de la faculté et des professeurs, plus de nombreuses pièces de soins. Dans une aile adjacente, l'un des enseignants, Carl Pribram, menait des recherches sur les singes, dont l'un ou l'autre s'échappait de temps à autre, cavalant dans le couloir des consultations et la salle d'attente, semant la confusion. Et juste derrière le laboratoire de Pribram, se trouvait la pièce des archives renfermant tous les dossiers des patients. Un endroit poussiéreux et sans fenêtre, mais tranquille et absolument interdit au public, assez grand pour que je puisse l'arpenter, construire des phrases alambiquées et me les lire à voix haute. J'aimais cette pièce : elle me rappelait mon bureau au sous-sol où, adolescent, j'avais passé des heures à écrire des poèmes juste pour moi (même si parfois j'en lisais à Marilyn).

Je me suis épanoui à chercher le ton juste dans cet endroit poussiéreux. Ce fut un moment décisif : ni données, ni faits, ni statistiques, ni enseignement – juste laisser mes pensées vagabonder. Je ne sais pas chanter, pourtant je chantais pour moi. Je suis certain aussi que la montagne de dossiers qui m'entourait, que ces milliers d'histoires de patients se sont infiltrées dans mon esprit tandis que j'écrivais l'avant-propos :

Cela me serre toujours le cœur de retrouver d'anciens carnets de rendez-vous pleins de noms à moitié oubliés de patients avec qui j'ai vécu des expériences si profondes. Tant de gens, tant de moments précieux ! Que leur est-il arrivé ? Mes nombreux classeurs, mes montagnes de cassettes m'évoquent souvent un vaste cimetière : des vies compressées dans des dossiers bien nets, des voix piégées sur bandes magnétiques qui rejouent éternellement leur tragédie. Vivre avec ces monuments m'emplit d'un sentiment aigu d'éphémère. Même si je m'immerge dans le présent, je sens le spectre de la décrépitude qui veille et attend – une décrépitude qui finira par vaincre le vécu et qui, pourtant, par son inexorabilité même, est poignante et belle. Mon désir de relater mon expérience avec Ginny était intense : j'étais intrigué par cette occasion de repousser la décrépitude, de prolonger notre bref temps ensemble, d'autant que ce laps de temps va exister dans l'esprit du lecteur plutôt que dans ce triste entrepôt de notes cliniques jamais relues et de bandes magnétiques jamais écoutées.

L'écriture de cet avant-propos m'a fait vivre un moment de transition vital. En quête d'une voix plus lyrique, et en même temps très attentif au domaine de l'éphémère, j'ai abordé le monde de l'existentialisme.

À peu près à cette époque où je soignais Ginny, j'ai fait une nouvelle rencontre littéraire. L'un des collègues de Marilyn nous offrit l'occasion rare de pénétrer dans les coulisses de la vie d'Hemingway, qui s'était suicidé en 1961. Il avait découvert une cache de lettres non publiées d'Hemingway à son ami le général Buck Lanham, qui avait commandé l'une des armées du débarquement en Normandie. Il était interdit de photocopier ces lettres, mais le collègue de Marilyn les avait dictées en douce au magnétophone, puis transcrites, et nous les avait passées, avec autorisation de les paraphraser, mais pas de les citer.

Les lettres fournissaient des renseignements considérables sur la psyché d'Hemingway. Et j'ai récolté des informations supplémentaires en allant voir Buck Lanham, à l'époque l'un des dirigeants de Xerox, qui eut la gentillesse de me parler de leur amitié. Après une deuxième lecture approfondie de cette correspondance, Marilyn et moi sommes partis pour un long week-end studieux à la Villa Montalvo, le centre d'arts de Saratoga, afin de corédiger un article, intitulé : « Hemingway : A Psychiatric View ». Il parut en 1971 dans le *Journal of the American Psychiatric Association*, et fut instantanément repris par des centaines de journaux du monde entier. Rien de ce que nous avions écrit auparavant, Marilyn et moi, n'avait retenu autant l'attention. Nous y étudiions la faiblesse intrinsèque d'Hemingway, que dissimulait son comportement fanfaron. Il avait beau se lancer constamment dans des activités typiquement masculines et difficiles, boxe, pêche en haute mer, chasse au gros gibier, sa correspondance avec le général Lanham le révélait vulnérable et infantile. Il clamait son respect de l'authenticité de son ami – le chef militaire fort et courageux – et se qualifiait d'« écrivain de merde ». Pour ma part, si j'admirais l'écrivain, je n'appréciais pas le personnage public – trop caustique, trop macho, manquant d'empathie, obsédé par l'alcool. On découvrait en lisant ces lettres un enfant plus tendre, porté à l'autocritique, ébloui par les adultes authentiquement forts et courageux.

Nous exposions nos intentions dès le début de l'article :

Si nous apprécions la réflexion existentielle qu'Hemingway a retirée de sa confrontation avec le danger et la mort, nous ne trouvons pas chez lui la même dimension d'universalité et d'intemporalité que chez un Tolstoï, un Conrad, ou un Camus. Ce qui nous conduit à poser la question : pourquoi ?

Pourquoi cette vision du monde si restreinte ? Nous soupçonnons que les limites d'Hemingway sont liées à ses inhibitions psychologiques... S'il ne fait aucun doute qu'il fut un écrivain extrêmement doué, il ne fait non plus aucun doute qu'il fut un homme extrêmement tourmenté, qui s'est surmené toute sa vie, et qui, lors d'une crise de psychose paranoïaque dépressive, s'est suicidé à 62 ans.

Marilyn et moi avons toujours étroitement collaboré – chacun lisant les premiers jets de l'autre –, mais cet article est le seul texte que nous ayons écrit ensemble. Nous en gardons un souvenir heureux, nous disant que, malgré notre âge avancé, nous travaillerons peut-être un jour à un nouveau projet.

22

Oxford et les monnaies enchantées de M. Sfica

Mes nombreuses années d'enseignement à Stanford se mélangent un peu dans ma mémoire, alors que je garde un souvenir très clair de mes années sabbatiques. Durant les années 1970, j'ai continué mon enseignement auprès des étudiants en médecine et des résidents, en les associant beaucoup à mes travaux de recherche en psychothérapie. J'ai publié des articles sur la thérapie de groupe pour les alcooliques et les femmes en deuil. Au bout d'un certain temps, l'éditeur de mon manuel sur la thérapie de groupe m'a demandé de revoir le texte aux fins d'une seconde édition. Sachant que cela allait monopoliser toute mon attention, j'ai demandé un congé sabbatique de six mois, et Marilyn, Ben, alors âgé de cinq ans, et moi sommes partis pour Oxford, et le service psychiatrie du Warneford Hospital, où l'on mettait un bureau à ma disposition. Notre fille, Ève, était en premier cycle à la Wesleyan[1], nos deux autres fils restèrent à Palo Alto pour finir l'année scolaire, confiés à de vieux amis qui s'installèrent chez nous.

Nous avions trouvé une maison en plein centre d'Oxford mais, peu avant notre arrivée, un avion de ligne britannique s'est écrasé, tuant tous les passagers, y compris le père de la famille qui nous louait la maison. À la dernière minute, il nous a donc fallu remuer ciel et terre pour dégoter un autre logis. Faute de succès dans Oxford même, nous avons loué un charmant vieux cottage au toit de chaume à une trentaine de minutes de là, dans le petit village de Black Bourton – avec un seul et unique pub !

Très « british », et très isolé, Black Bourton offrait les conditions idéales pour écrire. Revoir un manuel demande un travail exigeant et ennuyeux, mais nécessaire si l'on veut que le livre garde toute son utilité. J'ai passé au crible les résultats d'une recherche que je venais de terminer, cherchant à comprendre encore mieux ce qui aidait vraiment les patients durant la thérapie. J'avais donné à un large échantillon de patients contents de ses effets un questionnaire de cinquante-cinq articles (la catharsis, la compréhension, le soutien, la guidance, l'universalité, la cohésion du groupe, etc.) et, sur un coup de tête, j'ai ajouté à la dernière minute un lot de cinq autres questions que j'ai étiquetées « facteurs existentiels » – telles que

1. Faculté et université privées exclusivement féminines, en Géorgie.

« admettre que, si proche que l'on devienne des autres, c'est seul que l'on doit affronter la vie », ou « admettre qu'il n'existe pas d'échappatoire à certaines souffrances de la vie ou à la mort ». J'ai demandé aux patients de classer ces questions, de la moins opérante à la plus efficace, et, stupéfait, j'ai constaté que la catégorie des facteurs existentiels était classée largement en tête. À l'évidence, les facteurs existentiels jouaient un plus grand rôle dans l'efficacité d'une thérapie de groupe que nous ne l'avions soupçonné. J'ai donc entrepris de l'expliciter dans un nouveau chapitre.

Sur ce, j'ai reçu des États-Unis un appel téléphonique m'informant qu'on venait de m'attribuer le prestigieux Strecker Award en psychiatrie[1]. J'en ai été très heureux, bien sûr, mais pas pour longtemps. Deux jours plus tard, une lettre officielle précisait un certain nombre de choses. Il me faudrait, dans un an, prononcer un discours à l'université de Pennsylvanie. Là, aucun problème. Mais ensuite, je devais présenter, dans les quatre mois, une monographie sur le sujet de mon choix, qui serait publiée par l'université en tirage limité. Écrire cette monographie était la dernière chose que je voulais faire : quand je me lance dans un sujet, plus rien ne compte. J'ai envisagé de refuser le prix, mais plusieurs collègues m'en ont dissuadé ; finalement, nous sommes parvenus à un compromis : la monogra-

1. Prix créé en l'honneur du docteur Edward A. Strecker, clinicien, chercheur, écrivain, par l'université de Pennsylvanie à Philadelphie.

phie porterait sur les facteurs existentiels en thérapie de groupe, remplissant ainsi un double but – satisfaire les exigences du Strecker Award et devenir un chapitre de la version corrigée de mon manuel.

Black Bourton se trouve dans les Cotswolds, une région bucolique du sud de l'Angleterre, renommée pour son paysage verdoyant de champs à la floraison resplendissante au printemps et en été. Nous avions inscrit Ben dans une excellente école maternelle, nous étions logés magnifiquement – restait le temps. Le soleil californien nous avait trop gâtés. À la mi-juin, Marilyn s'acheta une pelisse en peau de mouton. Fin juillet, nous étions si trempés, si assoiffés de soleil que, un matin pluvieux, nous avons couru vers une agence de voyages d'Oxford quémander un vol pour le coin le plus proche, le moins coûteux et le plus ensoleillé possible. L'employée a souri – elle avait déjà eu affaire à des touristes californiens geignards – et nous a réservé des places sur un vol pour la Grèce. « Vous et la Grèce, affirma-t-elle, deviendrez les meilleurs amis du monde. »

Nous avons trouvé un camp d'été idéal pour Ben à Winchester, et Victor, qui nous avait rejoints à la fin de son trimestre, est parti faire un tour de l'Irlande à vélo. Marilyn et moi nous sommes envolés pour Athènes. Le lendemain, un bus devait nous emmener faire un tour de cinq jours d'un Péloponnèse à l'ensoleillement éternel, disaient les brochures.

Nous avons atterri à Athènes, pleins d'entrain, prêts pour l'exploration, sauf que nos valises, elles, n'étaient pas arrivées. Nous n'avions qu'un bagage à main, pour l'essentiel rempli de livres ; heureusement que, dans un grand magasin proche de l'hôtel et encore ouvert en cette fin de soirée, nous avons trouvé les objets essentiels au voyageur : rasoir, crème à raser, brosses à dents, dentifrice, sous-vêtements, et une robe d'été à rayures noires et blanches pour Marilyn. Nous n'avons pas changé de vêtements pendant ces cinq jours, et quand Marilyn décidait de nager, c'était avec son T-shirt et mon caleçon. Très vite, nous avons cessé de déplorer l'absence de bagages. En fait, voyager léger nous a beaucoup amusés, nous nous sentions libres comme des oiseaux, surtout comparés à nos compagnons touristes geignant sous le poids de leurs grosses valises. Sans entraves, nous pouvions, nous semblait-il, mieux nous imprégner des lieux que nous visitions : le mont Olympe, où ont commencé les Jeux olympiques, il y a 2 500 ans, le théâtre d'Épidaure, Delphes et ses oracles, sur sa montagne, dont la beauté et la noblesse spirituelle rappelaient à Marilyn le site de Vézelay. Puis nous avons repris le chemin de l'aéroport où, stupéfaits, nous avons vu nos deux valises tourner sur un tapis roulant vide. Tiraillés entre la nécessité et l'envie de les laisser là, nous les avons néanmoins embarquées pour notre destination suivante : la Crète.

Là, nous avons loué une petite voiture et, tranquillement, fait le tour de l'île pendant une semaine. Seuls des fragments de souvenirs persistent au bout de quarante ans, mais nous n'avons pas oublié notre première nuit en Crète, assis dans une taverne, admirant le reflet de la lune dans l'eau vive d'un canal qui coulait à quelques mètres seulement de notre table, dégustant avec bonheur les baba ganoush, tzatziki et autres keftedes. Je les ai tellement aimés que je n'ai pas commandé un seul plat principal de tout notre séjour.

« Je ne veux rien. Je ne crains rien. Je suis libre. » Ces mots de Kazantzakis m'ont fait frissonner quand je les ai lus sur sa tombe, juste à l'extérieur de la muraille vénitienne qui entoure Héraklion, la capitale de la Crète. Excommunié par l'Église orthodoxe grecque pour avoir écrit ce livre que je venais de lire pendant notre vol pour la Grèce, *La Dernière Tentation du Christ*, il n'avait pas eu le droit d'être enterré dans la ville même. Je me suis agenouillé devant sa tombe pour lui rendre hommage et j'ai consacré une partie du temps qui nous restait à passer sur l'île à lire son *Odyssée* à lui.

Dans l'immense palais de Knossos, nous avons contemplé fascinés les fresques représentant ces femmes robustes aux seins nus qui portent des offrandes pour des sacrifices auxquels président d'autres femmes, les prêtresses. Comme toujours, Marilyn fut ma guide, savante, et ici, particulièrement intéressée par la prédominance de ces figures féminines. Elle allait étudier la question dans son livre publié en 1997, *Le Sein, une histoire*[1].

Nous avons roulé dans la montagne, nous dirigeant vers un sévère monastère, qui ne pouvait se visiter

1. Galaade, 2010. Titre original : *The History of the Breast*.

qu'en partie, afin de ne pas troubler la méditation des moines. De plus, l'entrée en était interdite aux femelles, humaines ou animales, y compris les poules !

À Héraklion, nous avons essayé de trouver des pièces de monnaie anciennes, pour les offrir à notre fils aîné, Reid, qui venait d'obtenir son diplôme de fin d'études secondaires. Dans la première boutique où nous sommes entrés, on nous a dit qu'il était illégal d'en vendre d'anciennes, mais visiblement tous les marchands s'en moquaient. De toutes celles où nous sommes allés, la plus impressionnante était Sfica, située juste en face du Musée national, dont la vitrine était décorée de l'image dorée d'un formidable bourdon. Après une longue discussion avec le courtois et très savant M. Sfica, nous avons acheté une pièce d'argent grecque pour Reid, et deux autres pour Marilyn et moi. Nous pouvions les lui rapporter n'importe quand, si nous étions déçus, affirma-t-il. Le lendemain, dans une petite boutique en sous-sol tenue par un vieux juif rabougri, nous avons acheté quelques pièces romaines et, en passant, lui avons montré celles de M. Sfica. Il les examina brièvement et décréta : « Fausses. De bonnes imitations. Mais fausses quand même. »

Nous sommes retournés chez Sfica et avons exigé qu'il nous rembourse. Comme s'il s'y attendait, sans un mot, il s'est dirigé vers sa caisse enregistreuse et, d'un air très digne, a sorti une enveloppe contenant notre argent. « Je vous rends votre argent comme je vous l'avais promis, avec une seule condition : vous ne remettrez plus les pieds chez moi. » Plusieurs fois, dans d'autres boutiques, nous avons raconté notre aventure chez Sfica. « Quoi ? s'exclamaient-ils tous, vous avez insulté Sfica ? L'expert officiel du Musée national ? » Ils se prenaient la tête entre les mains et se dandinaient d'un pied sur l'autre, en ajoutant : « Vous devez vous excuser. »

N'ayant trouvé aucun autre souvenir approprié, nous avons regretté d'avoir rendu les premières pièces. Pour notre dernière nuit en Crète, nous avons décidé d'utiliser le cadeau d'un de nos collègues d'Oxford pour nos vacances, un petit joint de marijuana. Avec notre manque d'habitude, l'effet fut magique. Planant, nous sommes allés dîner dans l'un des restaurants en plein air du marché, où pendant des heures nous avons goûté les mets, la musique, et le plaisir de la danse. Puis nous avons erré dans les rues d'Héraklion, désorientés et de plus en plus paranoïaques, pensant que nous étions suivis par la police. Alors que nous courions dans le dédale des ruelles, à la recherche de notre hôtel, nous avons débouché sur une boutique avec un gros bourdon peint sur la vitrine – Sfica ! Sur quoi, un taxi miraculeusement apparu nous a conduits vers la sécurité de notre hôtel !

Notre avion pour Londres ne partait qu'en début d'après-midi et, pendant le petit déjeuner, tout en dégustant le fromage crétois, nous avons longuement discuté de la nuit que nous venions de passer. Le sceptique que je suis ne pouvait s'empêcher de penser qu'un mystérieux messager nous avait poussés jusqu'à la boutique de Sfica. Et plus nous discutions, plus nous étions persuadés que nous avions fait une abominable erreur, que nous ne pouvions réparer qu'en nous excusant platement et en rachetant les pièces. Nous sommes donc retournés à la boutique et, défiant l'interdiction, y sommes entrés. Nous avons commencé à marmonner quelques mots, mais Sfica nous a interrompus, un doigt posé sur ses lèvres, et, toujours muet, nous a rendu les pièces. Le prix n'avait pas changé. Quelques heures plus tard, dans l'avion, j'ai dit à Marilyn : « Si tous les marchands de Crète sont de mèche, et s'il a eu les couilles de me vendre deux fois les mêmes imitations, alors je dis : "Chapeau, monsieur Sfica !" »

Avant de rentrer à Oxford, nous nous sommes arrêtés à l'Ashmolean Museum, pour demander une évaluation officielle. Une semaine plus tard, nous avons reçu le verdict : toutes les pièces étaient fausses sauf les monnaies romaines achetées chez le vieux juif dans son sous-sol ! Ainsi a commencé une vie d'aventures en Grèce.

23

Thérapie existentielle

Depuis qu'au début de ma spécialisation j'ai lu *Existence*, le livre de Rollo May, et suivi mes premiers cours de philosophie à Johns-Hopkins, je me suis demandé comment je pourrais intégrer la sagesse du passé au champ de la psychothérapie. Plus je lisais de philosophie, plus je me rendais compte du nombre d'idées qui échappaient à la psychiatrie. Et plus je regrettais ma formation rachitique en matière de philosophie et de sciences humaines en général. J'étais bien décidé à combler ces vides.

J'ai commencé par assister à des cours sur la phénoménologie et l'existentialisme donnés à Stanford en premier cycle notamment par le professeur Dagfinn Føllesdal, remarquable enseignant et philosophe. J'ai trouvé la matière ardue mais fascinante, et me suis notamment battu avec Husserl et Heidegger. *Être et Temps* m'a paru si opaque, mais si passionnant, que j'ai suivi deux fois le cours de Føllesdal sur Heidegger. Ce fut le début de notre amitié. L'autre enseignant dans le domaine qui m'intéressait était Van Harvey qui, bien qu'ouvertement agnostique, occupait depuis des lustres la chaire des études religieuses. Assis au premier rang dans sa classe, je l'ai écouté, fasciné, parler de Kierkegaard et de Nietzsche, des cours inoubliables. Avec lui aussi, je suis demeuré ami, et jusqu'à ce jour, nous nous voyons régulièrement pour déjeuner et parler philosophie.

Ma vie professionnelle était en train de changer : je cherchais de moins en moins à participer à des projets scientifiques dirigés par des membres de mon service. Quand le professeur de psychologie, David Rosenhan, partit en congé sabbatique, j'ai accepté de reprendre son cours de premier cycle sur la psychopathologie, mais ce fut le dernier de ce genre que j'ai donné. J'ai peu à peu délaissé la science médicale, mon affiliation d'origine, pour les sciences humaines. Ce fut une période de passion, mais aussi un temps de doute : je me sentais souvent « l'étranger », tenu à l'écart des progrès de la psychiatrie, et juste amateur en philosophie et en littérature. Je piochais dans le lot, puis finissais par choisir les penseurs qui me semblaient les plus en rapport avec mon domaine de compétence. J'ai enlacé Nietzsche, Sartre, Camus, Schopenhauer, Épicure et Lucrèce, et délaissé Kant, Leibniz, Husserl et Kierkegaard, dont je ne voyais pas comment appliquer cliniquement les idées.

J'ai eu aussi la grande chance de suivre les cours du professeur Albert Guérard, remarquable critique littéraire et romancier, qui me fit l'honneur ensuite de me prendre comme coenseignant. Sa femme Maclin, elle-même écrivain, et lui sont devenus des proches. Dans les années 1970, il mit au point un nouveau programme de doctorat intitulé « Pensée moderne et littérature », auquel Marilyn et moi avons participé à titre de conseillers. J'ai alors commencé à enseigner les sciences humaines plus que la médecine, et notamment, dans le programme « Pensée moderne et littérature », un cours intitulé « Psychiatrie et biographie », que j'ai assumé avec Tom Moser, directeur du département d'anglais à Stanford. Marilyn et moi nous sommes partagé le cours sur « La mort dans les œuvres de fiction », et nous avons fait de même avec Dagfinn Føllesdal, sur « Philosophie et psychiatrie ».

En matière de lectures, je privilégiais désormais les romanciers du courant existentialiste et les philosophes : des auteurs tels que Dostoïevski, Tolstoï, Beckett, Kundera, Hesse, Mutis et Hamsun, qui ne se focalisent pas sur des histoires de classe sociale, d'amour et de sexe, de mystère et de revanche, mais touchent aux fondements mêmes de l'existence. Ils ont lutté pour trouver un sens à un monde qui n'en a pas, affrontant ouvertement la mort inéluctable et l'isolement insurmontable, des thèmes qui m'étaient familiers. Ces textes, me semblait-il, racontaient mon histoire, et aussi celle de tous les patients qui venaient me consulter. Plus je lisais, plus je percevais que nombre des problèmes qui assaillaient ces gens – le vieillissement, le sentiment de vide, la mort, les choix majeurs de l'existence : profession ou mariage – étaient souvent traités de façon plus convaincante par les romanciers et les philosophes que par mes pairs.

J'ai alors pensé à écrire un livre qui introduirait certaines idées de la littérature existentialiste dans la psychothérapie, non sans m'inquiéter de l'orgueil démesuré qui m'incitait à franchir un tel pas. Les vrais philosophes n'allaient-ils pas découvrir la superficialité de mes connaissances ? J'ai repoussé ces scrupules et me suis mis au travail, sans jamais éliminer pourtant le bourdonnement à mes oreilles, qui me traitait d'imposteur. Je savais aussi qu'il s'agissait d'un projet à très long terme. J'ai organisé mon temps de façon à consacrer quatre heures chaque matin à la lecture et à prendre des notes, dans mon petit studio au-dessus du garage, après quoi j'enfourchais mon vélo et gagnais Stanford, afin de passer le reste de l'après-midi avec les étudiants et les patients.

Outre les textes théoriques, je me plongeai dans la lecture des monceaux de réflexions cliniques concernant les patients. Je m'efforçais de me libérer l'esprit des soucis quotidiens et de méditer sur « l'expérience irréductible » de l'être. Des idées de mort flottaient souvent dans ma conscience en éveil et hantaient mes rêves. Au tout début de l'écriture de mon livre, j'ai fait un rêve si puissant qu'il demeure aussi frais dans ma mémoire que s'il datait de la nuit dernière.

Ma mère, ses amis et parents, tous morts à présent, sont assis très tranquillement sur des marches d'escalier. J'entends la voix perçante de ma mère qui crie mon nom.

Je remarque tout particulièrement tante Minnie, assise sur la plus haute marche, très calme. Puis elle se met à bouger, d'abord lentement, puis de plus en plus vite, avec des vibrations plus rapides que celles d'un bourdon. Et là, tous ceux qui sont assis sur les marches, toutes les grandes personnes de mon enfance, tous morts, se mettent à vibrer de plus en plus vite. Oncle Abe se lève pour me pincer la joue, en gloussant « Fi-fils chéri », comme d'habitude. Puis les autres m'attrapent la joue. D'abord affectueux, le pincement devient féroce et douloureux. Je me réveille terrorisé, des élancements dans les joues, à trois heures du matin.

Le rêve signifie un affrontement avec la mort. J'entends d'abord la voix de ma mère, puis je vois tous les membres de ma famille assis sur les marches, dans un calme sinistre. Ensuite ils se mettent tous à bouger. Je remarque spécialement ma tante Minnie, qui est restée un an victime du « syndrome d'enfermement » (*locked-in syndrome*) avant de mourir. Une attaque d'apoplexie foudroyante l'avait laissée paralysée, incapable de bouger un seul muscle, seuls ses yeux vivaient. L'imaginer dans cet état m'avait horrifié. Dans le rêve, Minnie commence par bouger mais devient rapidement frénétique. J'essaie de soulager ma terreur en imaginant les morts me pincer affectueusement les joues. Mais le pincement devient féroce et douloureux : ils m'attirent vers eux et vers la mort qui est en route. L'image de ma tante vibrant comme un bourdon m'a hanté pendant des jours. Sa paralysie totale, cet état de morte vivante, était trop dure à supporter, alors dans le rêve j'essayais de la nier en la transformant en bourdon. Je fais souvent des cauchemars provoqués par des films traitant de la mort ou de la violence, particulièrement s'agissant de la Shoah. Ma principale méthode pour affronter la terreur de la mort ? La dérobade, sans aucun doute.

J'ai toujours cru que je mourrais à soixante-neuf ans, comme mon père. Je me rappelle les deux choses qui se disaient dans la famille sur les garçons Yalom : ils sont gentils et ils meurent jeunes. Les deux frères de mon père sont morts d'une crise cardiaque dans la cinquantaine, et celle de mon père a failli le tuer à quarante-six ans. Quand, au cours de mes études de médecine, j'en ai appris davantage sur la physiologie et l'impact de l'alimentation sur les plaques d'athérome des artères coronaires, j'ai changé mes habitudes alimentaires, réduisant drastiquement ma consommation de graisses animales. J'ai cessé de manger des viandes rouges et suis passé peu à peu à un régime majoritairement végétarien. J'ai pris des statines, surveillé mon poids, fait régulièrement de l'exercice, et ai été bien obligé de constater que je dépassais l'âge de soixante-neuf ans.

Après des mois d'étude et de réflexion, je suis parvenu à la conclusion que c'est sur la confrontation de l'homme avec la mort que devait principalement porter l'approche existentielle de la psychothérapie ; et ce, en raison, croyais-je, de l'universalité et de l'intensité de notre peur de la mort. Maintenant, à la réflexion, je ne peux exclure la possibilité que mon jugement ait été fortement influencé par mon angoisse personnelle.

J'ai lu tout ce que je pouvais trouver comme littérature sur la mort, à commencer par Platon pour arriver à *La Mort d'Ivan Ilitch* de Tolstoï, *La Mort et la pensée occidentale* du professeur Jacques Choron, *Le Déni de la mort*, d'Ernest Becker.

La littérature savante sur le sujet était si vaste, et souvent si ésotérique, si éloignée de la psychiatrie, que j'ai fini par comprendre que ma seule contribution ne pouvait venir que de mon travail avec des patients. À l'époque, le sujet de la mort dans la littérature clinique était très peu abordé, j'allais devoir trouver ma propre voie. Or j'avais beau m'efforcer d'insérer le souci de la mort dans les séances de thérapie, je me trouvais devant un refus des patients d'engager une discussion soutenue sur le sujet. À peine l'avions-nous abordé qu'ils dérivaient sur autre chose. Je me dis maintenant que je devais inconsciemment laisser entendre à mes patients que je n'étais pas prêt à en parler. J'ai donc pris une décision importante, qui a marqué les dix années suivantes de ma pratique médicale : je travaillerais avec des patients qui *devaient* parler de la mort parce qu'ils allaient être confrontés à elle dans un avenir très proche. J'ai commencé avec des malades du service d'oncologie de Stanford, atteints d'un cancer incurable. En même temps, assistant à une conférence d'Elisabeth Kübler-Ross, pionnière du travail psy avec les mourants, j'ai été très frappé par l'une des questions qu'elle rapportait avoir posée à un patient sérieusement atteint : « Vous sentez-vous très malade ? » Cette question signifie tant de choses, notamment : « Je suis ouverte et désireuse d'aller partout où vous le souhaitez, même dans les recoins les plus sombres. »

Le plus frappant, c'est l'isolement qui résulte, de part et d'autre, du seul fait d'admettre que l'on se trouve face à une maladie incurable : le patient refuse d'exprimer les pensées morbides qui l'assaillent pour ne pas démoraliser sa famille et ses amis, et les proches du malade évitent le sujet afin de ne pas le bouleverser davantage. À force de voir un très grand nombre de cancéreux, j'ai été convaincu qu'une thérapie de groupe pouvait réduire cet isolement. Au début, les oncologistes à qui j'exposais mon projet se sont montrés méfiants et peu disposés à me soutenir. Ils jugeaient cette méthode irréfléchie et potentiellement nocive. Et surtout, il n'y avait aucun précédent, aucune allusion dans la littérature scientifique. Je me suis entêté, j'ai exprimé ma certitude à la communauté médicale de Stanford qu'il y avait beaucoup à attendre de la formation d'un tel groupe. Il ne fallut pas longtemps pour que Paula West, une femme atteinte d'un cancer du sein métastasé, vienne me consulter. Bien que souffrant beaucoup de la colonne vertébrale, elle affrontait sa maladie avec une extraordinaire élégance. J'ai raconté mes relations avec elle dans une nouvelle intitulée « Voyages avec Paula » publiée dans le recueil *La Malédiction du chat hongrois*. Le récit commence ainsi :

Quand elle entra pour la première fois dans mon bureau, je fus instantanément captivé par son apparence : la dignité de son port de tête, son sourire radieux et attirant, sa masse de cheveux blancs brillants, coupés court, exubérants comme ceux d'un garçon manqué – et par quelque chose, qu'on ne peut qualifier que de lumineux, qui semblait émaner de ses yeux sages et d'un bleu intense.

Elle retint mon attention dès ses premiers mots : « Je m'appelle Paula West. J'ai un cancer en phase terminale. Mais je ne suis pas une patiente cancéreuse. »

De fait, au cours de mes voyages avec elle pendant de nombreuses années, jamais je ne l'ai considérée comme une patiente. Elle me décrivit ensuite, de manière concise et précise, son histoire médicale : cancer du sein diagnostiqué cinq ans plus tôt ; ablation de ce sein ; cancer de l'autre sein, seconde ablation. Puis vint la chimiothérapie avec ses effets aussi horribles que familiers : nausées, vomissements, perte totale des cheveux. Il y eut ensuite les rayons, le maximum autorisé. Mais rien ne put ralentir la dissémination de son cancer, qui gagna le crâne, la colonne vertébrale et les orbites ; le cancer de Paula exigeait qu'on le nourrisse, et les chirurgiens avaient beau lui accorder des offrandes sacrificielles – ses seins, des ganglions lymphatiques, les ovaires, les glandes surrénales –, il restait vorace.

Quand j'imaginais le corps nu de Paula, je voyais un torse sillonné de cicatrices, sans poitrine, sans chair ni muscles, comme l'ossature de quelque galion échoué. Bref, une femme de cinquante-cinq ans privée de seins, de surrénales, d'ovaires, d'utérus et, j'en étais certain, de libido.

J'ai toujours aimé les femmes au corps plein et gracieux, aux beaux seins, à la sensualité évidente. Il se produisit pourtant une chose curieuse la première fois que je vis Paula : je la trouvai belle et je tombai amoureux d'elle.

Paula accepta de se joindre à un petit groupe de trois autres malades proches de la mort. Nous nous sommes réunis tous les cinq pendant quatre-vingt-dix minutes dans une pièce confortable du service de psychiatrie. J'ai commencé en disant simplement que tous les participants souffraient d'un cancer et que, me semblait-il, nous pouvions nous aider les uns les autres en partageant nos pensées et nos sentiments. L'un des participants était Sal, un homme de trente ans, en chaise roulante, et, comme Paula, une personnalité extraordinaire. Atteint d'un myélome multiple (cancer invasif des os très douloureux causant de nombreuses fractures), emprisonné dans un plâtre du cou à la taille, il était indomptable. De l'imminence de la mort, il tirait un nouveau sens de la vie qui le transformait au point de voir sa maladie comme un sacerdoce. Il espérait, en rejoignant le groupe, aider les autres à acquérir le même sentiment de délivrance. Il est entré dans notre groupe six mois trop tôt – le groupe était encore trop petit pour lui fournir l'auditoire qu'il espérait – mais il a trouvé d'autres tribunes, particulièrement les lycées, où il s'adressait à des adolescents perturbés. Je l'ai écouté prêcher de sa voix tonitruante :

« Vous voulez vous pourrir le corps avec de la drogue ? Vous voulez le tuer à coups d'alcool, d'herbe, de cocaïne ? Vous voulez fracasser votre corps en voiture ? Le tuer ? Le jeter du Golden Gate ? Vous n'en voulez plus ? Eh bien,

alors, donnez-moi votre corps. Permettez que je l'aie. J'en ai besoin. Je le prendrai volontiers : je veux vivre ! »

Je tremblais en l'écoutant. Le pouvoir que nous attribuons toujours aux paroles des mourants augmentait la force de son discours. Les lycéens l'écoutaient en silence, comprenant qu'il disait la vérité, qu'il n'avait plus le temps de jouer un rôle, ou de feindre.

Une autre malade, Evelyn, atteinte d'une grave leucémie, fournit l'occasion à Sal d'exercer son ministère.

Elle arriva en chaise roulante, avec sa perfusion. Elle parla franchement de sa maladie. Elle se savait mourante. « Je peux l'accepter, nous dit-elle. Ça n'a plus d'importance. Ce qui importe vraiment, c'est ma fille. Elle empoisonne mes derniers jours ! » Evelyn décrivit sa fille comme une « femme vindicative et froide ». Des mois plus tôt, elles s'étaient violemment disputées à propos du chat d'Evelyn dont sa fille prenait soin à sa place et à qui elle avait donné une nourriture qui ne convenait pas. Depuis, elles ne s'étaient pas reparlé.

Après l'avoir écoutée, Sal s'adressa à elle simplement et avec passion. « Écoutez ce que j'ai à vous dire, Evelyn. Je suis mourant, moi aussi. Peu importe ce que mange votre chat ! Peu importe qui cède la première ! Vous savez qu'il ne vous reste que peu de temps. Cessez de vous voiler la face. L'amour de votre fille est la chose la plus importante au monde pour vous. Ne mourez pas, je vous en prie, ne mourez pas sans le lui avoir dit ! Ça empoisonnera sa vie, elle ne s'en remettra jamais, et elle transmettra ce poison à sa fille ! Brisez le cycle ! Brisez le cycle, Evelyn ! »

L'appel fut entendu. Evelyn mourut quelques jours plus tard, mais les infirmières du service nous dirent que, ébranlée par les paroles de Sal, elle avait suscité une réconciliation très émouvante avec sa fille. Je fus très fier de Sal. C'était le premier triomphe de notre groupe.

Au bout de plusieurs mois, je me suis senti suffisamment armé pour commencer à travailler avec davantage de participants. Je me disais aussi que des groupes homogènes seraient plus efficaces. La majorité des patientes que j'avais reçues en consultation souffraient d'un cancer du sein métastasé. Je décidai donc de former un groupe constitué uniquement de ce type de malades. Paula se mit à recruter sérieusement. Nous avons accepté sept nouvelles patientes, après les avoir reçues en entretien. Le travail pouvait commencer.

Lors de notre première réunion plénière, Paula me surprit en commençant la séance par la lecture d'un récit hassidique :

Un rabbin discutait avec le Seigneur du Paradis et de l'Enfer. « Je vais vous montrer l'Enfer », dit le Seigneur. Il entraîna le rabbin dans une pièce où se trouvait une grande table ronde. Autour, des gens affamés et désespérés. Au milieu de la table trônait un énorme plat en sauce qui semblait si délicieusement bon que le rabbin en saliva. Chaque personne tenait une cuiller à très long manche. Si les longues cuillers atteignaient le plat, leurs manches étaient plus longs que les bras des convives, ce qui les empêchait de porter la nourriture à leurs lèvres.

Personne ne pouvait manger. Le rabbin vit bien que ces gens souffraient terriblement.

« Maintenant, je vais vous montrer le Paradis », dit le Seigneur.

Ils entrèrent dans une autre pièce, exactement semblable à la première : même table ronde, même plat de victuailles. Comme précédemment, les convives étaient munis de cuillers à trop long manche, mais là, tout le monde était bien nourri, grassouillet, joyeux et bavard. Le rabbin ne comprenait pas. « C'est très simple, mais ça demande certaines qualités, expliqua le Seigneur. Dans cette pièce, vous voyez, ils ont appris à se nourrir les uns les autres. »

Durant toutes ces décennies où j'ai dirigé des thérapies de groupe, aucune entrée en matière n'a surpassé celle-ci. La cohésion s'est manifestée très vite, dès qu'une participante mourait, elle était remplacée par une autre. J'ai mené ce groupe pendant dix ans, en collaboration pendant plusieurs mois avec des internes, puis, de nombreuses années, avec David Spiegel, psychiatre, professeur d'université.

L'aide que cette thérapie apportait aux membres du groupe valait aussi pour moi. J'ai beaucoup appris. Parmi une myriade d'exemples, je choisirai celui-ci : une femme qui nous rejoignait, semaine après semaine, épuisée, dont le regard exprimait un total découragement, à qui malgré tous nos efforts nous n'arrivions pas à offrir la moindre consolation. Puis un jour elle est arrivée, une étincelle dans les yeux, vêtue d'une robe de couleur vive. « Que s'est-il passé ? » avons-nous demandé. La discussion du groupe, la semaine précédente, l'avait aidée à prendre une décision essentielle : *elle allait offrir à ses enfants l'image d'une femme affrontant la mort avec élégance et courage.* Cette femme était la preuve même qu'avoir le sens d'un but dans la vie suscite un sentiment de bien-être. Et aussi de l'efficacité du « concept d'ondulation », qui aide tant de gens à atténuer la terreur de la mort. J'entends par ondulation la transmission de certaines parts de soi aux autres, y compris à d'autres que nous ne connaissons pas, tout comme les ronds dans l'eau, ondulations créées par une pierre lancée dans une mare, progressent, progressent jusqu'à ne plus être visibles, continuant néanmoins à une échelle nanométrique.

Dès le tout début, j'ai invité étudiants et professeurs que cela intéressait à venir observer la séance à travers un miroir sans tain. Contrastant avec les membres de groupes de thérapie traditionnels, qui toléraient difficilement cette observation, les patientes malades du cancer la *désiraient*, elles accueillaient chaleureusement les étudiants. La confrontation avec la mort leur avait appris beaucoup sur la manière de vivre, et elles désiraient transmettre aux autres cette connaissance.

Paula se montrait très critique envers Elisabeth Kübler-Ross et sa théorie des cinq stades de la mort annoncée[1]. Elle donnait une importance capitale au

---

1. Le déni, la colère, le marchandage, la dépression, l'acceptation. (N.d.E.)

savoir que procure la confrontation avec la mort, parlant souvent de la « période dorée » qu'elle traversait depuis trois ans. D'autres membres du groupe partageaient cette expérience. Comme le disait l'une d'elles : « Quel dommage d'avoir dû attendre que mon corps soit rongé par le cancer pour apprendre l'art de vivre. » Cette phrase, inscrite à jamais dans mon esprit, m'aida à façonner ma pratique de la thérapie existentielle, que j'exprime souvent ainsi : « Si la réalité de la mort peut nous détruire, l'idée de la mort peut nous sauver. » Ainsi parvenons-nous à la prise de conscience que, puisque nous n'avons qu'une seule fois la chance de vivre, nous devrions vivre pleinement et finir avec le moins de regrets possible.

Mon travail avec les malades en phase terminale m'amena peu à peu à pousser des patients en bonne santé à affronter l'idée de notre finitude, de façon à les aider à changer leur mode de vie ; ce qui, bien souvent, signifie juste les écouter et les aider à prendre pleinement conscience de la durée limitée de l'existence. En de nombreuses occasions, j'ai choisi un exercice explicite ; après avoir demandé au patient de tracer une ligne sur une feuille de papier, j'ajoutais : « Admettons qu'une des extrémités représente votre naissance et l'autre votre mort. Maintenant, marquez d'un signe sur la ligne l'endroit où vous vous trouvez actuellement et méditez sur ce tracé. » Il est rare que cet exercice échoue à prendre sérieusement conscience de la nature éphémère de la vie.

24

La confrontation avec la mort aux côtés de Rollo May

Des cinquante hommes et femmes passés dans notre groupe de malades du cancer, tous sont morts, sauf une : Paula. Elle n'a survécu au cancer que pour mourir plus tard d'un lupus. J'ai su d'emblée que pour écrire honnêtement et utilement sur le rôle que la mort joue dans la vie, il me fallait m'instruire auprès de ceux qui savent leur mort imminente, mais j'ai payé un lourd tribut pour cette leçon. Il m'arrivait souvent, après les séances, de souffrir d'une profonde angoisse : je ruminais sur ma propre mort, j'avais des difficultés à dormir et j'étais hanté par des cauchemars. Les étudiants observateurs eux aussi étaient perturbés, et il n'était pas rare d'en voir un sortir, en larmes, de la pièce d'où ils regardaient par le miroir sans tain. Depuis ce temps, je regrette de ne pas avoir sérieusement préparé ces jeunes gens à l'expérience ou de ne pas leur avoir suggéré une psychothérapie.

Comme mon angoisse de la mort augmentait, j'ai passé en revue les analyses que j'avais suivies dans le passé – une longue psychanalyse durant mes années de résidence, mon année de thérapie à Londres, une année de Gestalt-thérapie avec Pat Baumgartner, plusieurs séances de thérapie du comportement, une petite tranche de thérapie bioénergétique. Et je ne me suis pas rappelé une seule de ces séances où l'on aurait discuté ouvertement de l'angoisse de la mort. Était-ce possible ? *La mort, principale source d'angoisse, jamais évoquée dans aucune des thérapies que j'avais suivies ?*

J'ai donc décidé, avant tout, de reprendre une thérapie, mais avec quelqu'un désireux de m'accompagner sur ce chemin obscur. J'avais entendu dire récemment que Rollo May, l'auteur d'*Existence*, avait quitté New York pour la Californie et ouvert un cabinet de consultations à Tiburon, à environ une heure et demie de Stanford. Je lui ai téléphoné pour qu'il me fixe un rendez-vous, et, une semaine plus tard, nous nous sommes retrouvés dans sa merveilleuse maison surplombant la baie de San Francisco.

Rollo était un bel homme, grand et majestueux, la soixantaine finissante. Il portait généralement un pull-over à col roulé beige ou blanc et une veste de cuir clair. Il consultait chez lui, dans son bureau, qui jouxtait le living. Il peignait – un bon artiste – et plusieurs de ses toiles de jeunesse étaient accrochées aux murs du bureau. J'ai particulièrement admiré sa représentation de l'église, à la flèche élancée, du Mont-Saint-Michel. (Après sa mort, Georgia, sa veuve, m'a donné ce tableau, que j'ai sous les yeux maintenant dans mon bureau.) Au bout de quelques séances, l'idée m'est venue que je pourrais faire un bon usage de mes quatre-vingts minutes de trajet en voiture, de Stanford à Tiburon, en écoutant la cassette enregistrée de la séance précédente. L'idée lui plut, l'enregistrement de notre travail sembla ne lui poser aucun problème. Commencer une séance juste après que j'avais écouté notre entretien précédent m'aida à mieux me concentrer et, je crois, accéléra notre travail. J'ai d'ailleurs par la suite conseillé ce procédé à des patients qui venaient de loin pour me consulter.

Si seulement je pouvais écouter ces enregistrements maintenant, tandis que j'écris ces pages… Hélas, j'avais rangé les cassettes dans le tiroir d'un vieux bureau, dans mon repaire qui avait urgemment besoin d'une restauration. Quand nous sommes tous partis pour Oxford en 1974, j'ai confié la tâche à un vieux bonhomme du Midwest, un touche-à-tout nommé Cecil, qui avait surgi un jour, des années auparavant, sur notre seuil, quémandant du travail. Ce qui ne manquait pas chez nous, étant donné mon ignorance des travaux manuels. Et bientôt, Cecil et sa femme Martha, potelée, affable, spécialiste des tartes aux pommes, qui semblait tout droit sortie d'un film comme *Mary Poppins*, installaient leur petite caravane dans un coin perdu de notre propriété, et prenaient en charge l'entretien de la maison. À notre retour d'Angleterre, j'ai constaté que Cecil avait magnifiquement restauré mon studio, sauf que tous les vieux meubles bancals, y compris le bureau aux tiroirs bourrés de cassettes, avaient disparu. Je fais parfois des rêves inquiétants, j'imagine que tout le contenu des cassettes apparaîtra un jour sur Internet.

Quarante ans après, j'ai beaucoup de mal à me rappeler les détails des séances, mais je sais que je me suis beaucoup concentré sur mes obsessions de la mort et que Rollo ne répugna jamais à discuter de mes pensées les plus morbides. Mon travail avec des patients proches de la mort suscitait des cauchemars qui se dissipaient au réveil. Un jour, j'ai soumis à Rollo l'idée que je pourrais passer la nuit dans un motel proche de son cabinet de façon à le voir dès la première heure, et ces séances, qui se sont déroulées quand mes rêves étaient encore frais, furent particulièrement dynamiques. Je lui ai parlé de ma peur de mourir à soixante-neuf ans, au même âge que mon père. Il était étrange, me dit-il, que, compte tenu de mon esprit rationaliste, je m'accroche à ce genre de superstition. Mais quand il apprit le travail que je faisais avec des mourants, en leur permettant d'évoquer leur angoisse face à la mort, non seulement il me trouva courageux mais il ne s'étonna plus de ma propre anxiété.

Je me souviens aussi de lui avoir dit que, depuis toujours, j'étais abasourdi par ce passage de *Macbeth* : « La vie est une ombre qui passe, un pauvre acteur qui s'agite et se pavane durant son heure sur scène, et dont ensuite on n'entend plus parler. » Adolescent, j'avais appliqué cette tirade à tous les grands personnages qui peuplaient ma vie – Franklin Roosevelt, Harry Truman, Richard Nixon, Mickey Vernon (célèbre joueur de base-ball), Thomas Wolfe, Charles de Gaulle, Winston Churchill, Adolf Hitler, George Patton, Joe DiMaggio et Marilyn Monroe, Laurence Olivier, Bernard Malamud – qui s'agitaient et se pavanaient et avaient fait l'histoire de mon monde, et qui depuis étaient tous retombés en poussière. Tout disparaît, vraiment tout. Nous ne disposons que d'un instant de soleil, un instant précieux et béni.

Je ne lui ai jamais posé la question, mais je suis certain que ces séances mettaient Rollo mal à l'aise : il avait vingt-deux ans de plus que moi, et donc, théoriquement, était plus proche de la mort. Il ne s'est néanmoins jamais dérobé, n'a pas hésité à m'accompagner dans mes explorations les plus sombres de la finitude. Je n'ai pas le souvenir de l'instant éblouissant – « voilà, ça y est » – où j'ai émergé, mais peu à peu, j'ai commencé à changer et à me sentir mieux dans mon travail avec les mourants. Rollo avait lu nombre de mes textes, y compris la version définitive de *Thérapie existentielle* que je lui ai communiquée. Il a fait montre d'une grande bienveillance à mon égard, et je lui en suis profondément reconnaissant.

Je me rappelle la première fois qu'il a vu Marilyn. C'était bien des années après la fin de ma thérapie avec lui, et il nous avait invités, Marilyn et moi, au dîner qu'il donnait en l'honneur de R.D. Laing (que j'avais consulté pendant mon séjour à Londres). Rollo ouvrit la porte, m'accueillit et tendit les deux mains vers Marilyn. « Je ne vous imaginais pas si chaleureux », dit-elle. À quoi, du tac au tac, Rollo répliqua : « Et je ne vous imaginais pas si jolie. » Le fait est rare, et prête souvent à discussion, que patients et thérapeutes entretiennent des relations à l'issue d'une thérapie. Dans notre cas pourtant, il s'est révélé bénéfique pour les deux parties. Rollo et moi sommes restés amis jusqu'à sa mort. De temps en temps, je déjeunais avec lui au Capri, son restaurant favori à Tiburon, et parfois nous revenions sur la façon dont s'était déroulée ma thérapie. Elle avait été salutaire, mais le mécanisme qui avait rendu la chose possible nous demeurait mystérieux. Il répétait souvent : « Je savais que vous vouliez quelque chose de moi, mais j'ignorais ce que c'était et comment vous le procurer. » Avec le recul, je crois que ce que Rollo m'a donné, c'est une présence. Un accompagnement dans mes recoins les plus sombres, et une figure paternelle, dont j'avais tellement besoin : un homme âgé qui me comprenait et m'acceptait. La citation de lui qui a été reprise sur la couverture de mon livre *Le Bourreau de l'amour*, « Yalom écrit comme un ange sur les démons qui nous harcèlent », est le plus grand éloge qu'on m'ait jamais fait.

Environ à cette époque, Marilyn et moi avons commencé à avoir de sérieux problèmes de couple. Elle avait démissionné de son poste de professeur titulaire à Hayward, l'université d'État de Californie, pour diriger à Stanford le Center for Research on Women (Centre de recherche sur les femmes) très récemment fondé, entamant ainsi une autre carrière dans le domaine tout juste éclos des études sur les femmes. Elle formait de jeunes étudiantes et entretenait des relations étroites avec les principales enseignantes de Stanford. Totalement investie dans son travail, elle semblait reléguer notre couple au second rang de ses préoccupations. Elle évoluait parmi des gens inconnus de moi, je la voyais de moins en moins, à l'évidence nous nous écartions l'un de l'autre. Je me souviens avec une clarté stupéfiante de cette soirée à San Francisco où, pendant le dîner (au Little City Antipasto), je lui ai dit : « Ta nouvelle vie, ton engagement dans les questions féminines, c'est génial. Pour toi, mais pas pour moi. Ça te dévore tellement que je ne tire plus grand-chose de notre relation, peut-être devrions-nous songer à nous sép… » Je n'ai pas fini ma phrase, parce que Marilyn a poussé un tel hurlement que trois serveurs ont galopé vers notre table, et que tous les visages se sont tournés vers nous.

Il se trouve que, alors que notre couple allait très mal, c'était aussi le temps où nous rencontrions très souvent Rollo et sa femme Georgia. Un soir, Rollo, toujours prêt à faire des expériences, nous a invités à essayer une ecstasy de premier choix qu'on venait de lui offrir. Ni Marilyn ni moi n'en avions pris jusqu'alors, mais nous nous sentions en sécurité avec Rollo et Georgia – et la soirée s'est révélée extraordinairement sereine et apaisante. Après avoir pris l'ecstasy, nous avons parlé, nous avons dîné, nous avons écouté de la musique, et aujourd'hui encore, nous pensons Marilyn et moi que, d'une façon ou d'une autre, notre problème de couple a tout simplement fondu. Nous avons changé, chassé les sentiments négatifs, et nous sommes aimés encore plus profondément qu'avant. Un changement définitif ! Que nous ne sommes capables d'expliquer ni l'un ni l'autre. Nous n'avons plus jamais expérimenté la drogue…

Rollo May et moi, vers 1980.

Au début des années 1990, à l'approche de ses quatre-vingts ans, Rollo a été victime de plusieurs accidents ischémiques transitoires (petits AVC), qui le laissaient confus et angoissé pendant des heures, voire un jour ou deux. Parfois, Georgia m'appelait et je venais passer du temps avec lui ; nous parlions et nous marchions dans les collines, derrière chez lui. Maintenant que j'ai son âge, un peu plus même, je comprends vraiment ce qu'a été son angoisse. Confus par moments, j'oublie momentanément où je suis et ce que je fais. Pourtant, malgré ces terribles handicaps, Rollo a continué de travailler jusqu'à la fin. J'ai assisté ainsi à l'une de ses dernières conférences publiques. Discours toujours aussi solide, la voix sonore et apaisante, sauf que, vers la fin, il a repris toute l'histoire qu'il venait de raconter. J'étais humilié pour lui, et désormais je supplie mes amis de faire preuve de franchise et de m'avertir quand le moment sera venu pour moi de m'arrêter.

Un soir, Georgia nous a téléphoné : la mort était proche, elle nous demandait de venir immédiatement. Toute la nuit, nous nous sommes relayés tous les trois au chevet de Rollo, qui avait perdu conscience et, victime d'un œdème pulmonaire, respirait laborieusement, une alternance d'inspirations longues et profondes et d'inspirations superficielles. À un moment, alors que je lui touchais l'épaule, il a inspiré une dernière fois, convulsivement, et il est mort. J'ai aidé Georgia à le laver, à préparer le corps pour l'entrepreneur de pompes funèbres qui viendrait le chercher, le lendemain matin, et le conduire au crématorium.

Cette nuit-là, j'ai fait un rêve aussi puissant qu'inoubliable.

Je marche avec mes parents et ma sœur dans un centre commercial et nous décidons de monter à l'étage. Je me retrouve dans un ascenseur, mais seul – la famille a disparu. La montée est très longue, et quand je sors de l'ascenseur je me trouve sur une plage tropicale. Mais j'ai beau regarder partout, je ne vois ma famille nulle part. L'endroit est merveilleux – les plages des tropiques m'ont toujours semblé paradisiaques –, pourtant la terreur m'envahit.

Ensuite, j'enfile une chemise de nuit qui exhibe, sur le devant, le visage souriant, adorable de Smoky l'ours. Ce visage devient de plus en plus éclatant, puis radieux. Bientôt le rêve se concentre sur lui, toute son énergie se reporte sur le visage adorable et souriant de Smoky l'ours.

Le rêve m'a réveillé, me tirant moins de la terreur que de l'éclat, de la surbrillance de l'image sur la chemise de nuit. On aurait dit que des projecteurs soudain illuminaient ma chambre. Que dissimulait l'image scintillante de Smoky ? Je suis certain qu'elle était liée à la crémation de Rollo. Sa mort me mettait face à la mienne, représentée dans le rêve par l'isolement, la disparition de ma famille et par la montée indéfinie de l'ascenseur. La naïveté de mon inconscient me choque. Je suis terriblement embarrassé à l'idée qu'une partie de moi a gobé la version hollywoodienne de l'immortalité : un paradis céleste avec plage tropicale.

J'étais allé me coucher bouleversé par la mort de Rollo et son incinération imminente, et mon rêve tente de supprimer le côté terrorisant de l'expérience, de l'adoucir, de la rendre supportable. La mort se camoufle en une montée d'ascenseur vers une plage tropicale. La flamboyante crémation devient une chemise de nuit, prête pour le sommeil de la mort, offrant l'image adorable d'un ours en peluche. Mais la terreur déborde, et l'image de Smoky m'embrase et me réveille.

25

Mort, liberté, isolement, et absence de sens

Pendant des années, l'idée du manuel de psychothérapie existentielle que je voulais écrire a bouillonné dans ma tête, mais le tout était si diffus et si écrasant que je me sentais incapable de commencer. Jusqu'au jour où Alex Comfort est venu nous rendre visite. Je nous revois, tous deux, dans mon bureau-cabane rénové. Il m'a écouté intensément lui raconter mes lectures, et mes idées sur le livre, ce qui m'a pris une bonne heure et demie, jusqu'à ce qu'il m'interrompe et déclare : « Irv, je t'ai bien entendu, et, sans l'ombre d'un doute, j'affirme que le temps est venu pour toi d'arrêter de lire et de te mettre à écrire. » Exactement ce dont j'avais besoin ! Sinon, j'aurais pu continuer de brasser de l'air pendant des années encore. Alex s'y connaissait en matière de livres – il en avait publié une cinquantaine – et son ton comminatoire, la foi qu'il affirmait avoir en moi m'ont aidé à déblayer le terrain. En outre, le moment s'y prêtait à merveille : je venais d'être invité à passer l'année universitaire au Stanford Center for Advanced Study in the Behavorial Sciences (Centre d'études approfondies des sciences du comportement). J'ai continué à recevoir quelques patients, mais j'ai consacré la majeure partie de cette année 1977-1978 à l'écriture. Sans en profiter malheureusement pour bien connaître certains au moins des trente autres universitaires distingués, dont la future juge à la Cour suprême, Ruth Bader Ginsburg. J'ai quand même noué une amitié de longue durée avec la sociologue Cynthia Epstein.

Alfred Kazin et John Kaplan, professeur de droit à Stanford, et moi au Center for Advanced Study in the Behavorial Sciences, 1978.

Douze mois plus tard, le livre était terminé. Il commençait par une anecdote concernant le cours de cuisine arménienne que donnait Efronia Katchadourian, la mère d'un de mes collègues Herant Katchadourian. Efronia était une grande cuisinière, mais, ne connaissant que quelques mots d'anglais, elle enseignait uniquement par gestes. Je la regardais préparer ses plats, notais tous les ingrédients, les étapes à suivre, rien n'y faisait, mes plats n'étaient jamais aussi bons que les siens. Le problème n'était sûrement pas insoluble, me suis-je dit. Lors d'une autre leçon, je l'ai observée encore plus attentivement, je l'ai vue tendre le plat à sa fidèle employée Lucy pour qu'elle l'enfourne. Et j'ai remarqué « la » chose : avant de mettre le plat au four, Lucy y jetait des poignées de diverses épices, selon son inspiration. Je suis absolument persuadé que ce sont ces ingrédients qui faisaient toute la différence.

J'ai utilisé cette anecdote en introduction afin de rassurer les lecteurs : la psychothérapie existentielle n'est en rien une nouvelle approche ésotérique, les thérapeutes expérimentés s'en sont toujours servis, mais sans le dire, sous forme de précieux ingrédients.

Dans chacune des quatre parties du livre – mort, liberté, isolement, absence de sens – j'ai cité mes sources, décrit mes observations cliniques, nommé les philosophes et les écrivains dont je me suis inspiré.

Des quatre parties, celle sur la mort est la plus longue. J'avais déjà raconté dans de nombreux articles en quoi consiste le travail avec des patients au seuil de la mort ;

là, je mets l'accent sur le rôle que peut jouer chez un patient en bonne santé physique la conscience de sa propre finitude. Même si je considère la chose comme le coup de tonnerre qui gâche le pique-nique qu'est la vie, je suis convaincu qu'une véritable confrontation avec le fait d'être mortel peut changer notre façon de vivre : elle aide à rendre encore plus futiles les futilités et nous encourage à vivre sans accumuler les regrets. Bien des philosophes se font l'écho, d'une manière ou d'une autre, des lamentations de la patiente en train de mourir d'un cancer : « Quel dommage qu'il m'ait fallu attendre jusqu'à maintenant, jusqu'à ce que mon corps soit rongé par le cancer, pour apprendre à vivre. »

Pour nombre d'existentialistes, la liberté est la préoccupation principale. Cela signifie, si je comprends bien, que, puisque l'univers où nous habitons est dénué de dessein, nous devons être les auteurs de notre propre vie, de nos choix et de nos actes. Une telle liberté engendre tant d'angoisse que beaucoup d'entre nous en appellent aux dieux ou aux dictateurs pour qu'ils nous débarrassent de ce fardeau. Si nous sommes, selon les termes de Sartre, les « auteurs incontestés » de tout ce qui nous est arrivé, il s'ensuit que la conscience que nous avons de la contingence de l'univers sape nos idées les plus chères, nos vérités les plus nobles, le fondement même de nos convictions.

Le troisième sujet, l'isolement, ne renvoie pas à l'isolement interpersonnel (c'est-à-dire la solitude), mais à une réalité plus fondamentale : l'idée que chacun de nous débarque seul dans l'univers et doit le quitter seul.

Dans *Everyman*[1], un homme reçoit la visite de l'ange de la mort, qui l'informe que sa fin approche et qu'il doit entreprendre le voyage vers la confrontation avec le Jugement dernier. L'homme supplie qu'on l'autorise à emmener quelqu'un dans ce voyage, à quoi l'ange de la mort répond : « Bien sûr, si tu réussis à trouver quelqu'un qui veuille t'accompagner. » Le reste de l'histoire décrit ses tentatives infructueuses – son cousin, par exemple, qui refuse parce qu'il a une crampe au gros orteil. Il finira quand même par trouver un accompagnateur, mais, conte chrétien oblige, ce seront ses *bonnes actions* et non pas un être humain. La seule chose susceptible de nous réconforter au seuil de la mort, c'est la conscience d'avoir vécu selon les préceptes du bien.

Concernant l'isolement, mon argumentation se fonde beaucoup sur la relation thérapeute-patient, sur le souhait que nous avons de fusionner avec les autres, sur notre peur de l'individuation. À l'approche de la mort, beaucoup savent que le jour où ils périront leur monde particulier périra aussi – ce monde de perceptions visuelles, de sons et d'expériences inconnu de quiconque, même de leurs compagnons de vie. Plus je vieillis, plus je ressens cet isolement. Je pense au monde de mon enfance – les réunions du dimanche soir chez tante Luba, les odeurs s'échappant de la cuisine, la

1. « Tout homme ». Une moralité (c'est-à-dire une pièce de théâtre) dont l'auteur est inconnu, composée à la fin du XVe siècle, qui met en scène des choix moraux ou existentiels sous forme allégorique. (N.d.E.)

poitrine de bœuf, le ragoût et les carottes à la juive, les parties de Monopoly et les parties d'échecs avec mon père, l'odeur du manteau de laine d'agneau bouclé de ma mère – et je frissonne en comprenant que tout cela n'existe plus que dans ma mémoire.

La discussion du quatrième sujet – l'absence de sens – porte sur des questions telles que : « Pourquoi nous a-t-on mis sur terre ? Si rien ne dure, quel sens a la vie ? À quoi sert de vivre ? » Chaque fois que je le lis, je suis touché par le récit d'Allen Wheelis[1] sur son chien, Monty, à qui il lance un bâton qu'il doit lui rapporter.

Si je me baisse et ramasse un bâton, il se poste aussitôt devant moi. La chose importante vient d'arriver. Il a une mission… Il ne lui vient jamais à l'idée d'évaluer la mission. Il n'est là que pour la remplir. Il court, ou nage, n'importe quelle distance, par-dessus ou à travers n'importe quel obstacle, pour saisir ce bâton.

Et lorsque c'est fait, il le rapporte, car sa mission ne consiste pas seulement à le saisir mais à le rapporter. Pourtant, alors qu'il s'approche de moi, il ralentit. Il veut me rendre le bâton et s'acquitter de sa tâche, mais il déteste en avoir fini avec sa mission, et se retrouver de nouveau en position d'attente…

Il a de la chance que je sois là pour lui lancer le bâton. Moi j'attends que Dieu me lance le mien. Et ça fait longtemps que j'attends. Qui sait quand, si tant est que cela se produise un jour, il tournera de nouveau son attention

1. Psychanalyste américain (1915-2007), il a aussi publié une cinquantaine de romans qui ont attiré un large public.

vers moi et m'accordera comme je l'accorde à Monty d'avoir une mission à remplir[1] ?

Il est rassurant de croire que Dieu nous alloue un but. Les laïcs s'affligent en découvrant qu'ils doivent lancer leurs propres bâtons. Ce serait si rassurant de savoir qu'il existe quelque part une raison de vivre authentique, palpable, plutôt qu'avoir le sentiment que cette raison existe. Le commentaire d'Ovide me vient aussitôt à l'esprit : « Il est utile qu'il y ait des dieux, alors croyons qu'il y en a. »

Si j'ai souvent envisagé mon livre, *Thérapie existentielle*, comme un manuel pour un cours qui n'existait pas, je n'ai jamais eu l'intention de créer un nouveau champ en psychothérapie. Je souhaitais faire prendre davantage conscience aux thérapeutes des questions existentielles qui se posent dans la vie de leurs patients. Ces dernières années, des organismes professionnels de thérapeutes existentiels se sont créés et, en 2015, j'ai parlé par visioconférence au premier grand congrès international de thérapeutes existentiels qui s'est tenu à Londres. J'approuve bien sûr l'intérêt croissant porté à ces questions, néanmoins je m'interroge sur la nécessité de fonder une école de thérapie différente. Les organisateurs du congrès ont eu beaucoup de mal à donner une définition complète d'une telle école. Après tout, il y aura toujours des patients pour suivre une psychothérapie aux fins de résoudre des problèmes de

1. *The Listener*, W. W. Norton & Cie Inc., 1999 (non publié en français).

rapports avec les autres, ou d'estime de soi, de sexualité, d'addiction, et pour qui cela peut ne pas être pertinent dans l'immédiat. Ce qui a des répercussions sur la formation. Il se passe rarement une semaine sans qu'un étudiant ne me demande comment acquérir une formation de psychothérapeute existentiel. À quoi je réponds qu'il doit commencer par une formation de thérapeute généraliste, avec différentes approches, puis que, en troisième cycle, il pourra chercher à apprivoiser les matières particulières de la psychothérapie existentielle.

26

De la thérapie de groupe en milieu hospitalier à la vie parisienne

En 1979, Stanford me demanda d'accepter temporairement le poste de directeur du service d'hospitalisation psychiatrique. À l'époque, l'internement à l'hôpital posait un problème terrible à l'échelon du pays tout entier : les compagnies d'assurances n'en couvraient plus les frais, insistant pour que les malades soient transférés le plus rapidement possible dans des établissements moins coûteux. Comme la majorité de ces patients ne restaient au mieux qu'une semaine à l'hôpital, la composition des groupes de thérapie variait d'une séance à l'autre, ce qui rendait nos réunions chaotiques et inefficaces. Et influait sur le moral des équipes de soins.

Je n'avais pas prévu de me lancer dans un nouveau projet de thérapie de groupe, mais je tournais en rond. Convaincu, comme je l'étais, de l'efficacité de ma méthode, appâté par le défi que constituait la mise au point d'une nouvelle façon de diriger des groupes hospitalisés, j'ai accepté le poste pour deux ans. J'ai recruté un psychiatre diplômé de Stanford pour s'occuper des traitements médicaux (la psychopharmacologie n'a jamais été mon fort), puis je me suis appliqué à trouver une nouvelle approche de la thérapie de groupe dans les conditions d'hospitalisation. Je suis allé voir comment fonctionnaient les séances de ce type dans les principaux hôpitaux psychiatriques du pays. La plus grande confusion régnait : même les plus renommés de ces hôpitaux n'avaient pas de programme efficace pour les patients internés. Vu le renouvellement rapide des malades, les thérapeutes se sentaient obligés, en début de chaque séance, de présenter les nouveaux venus, et de les prier de raconter pourquoi ils étaient hospitalisés. Invariablement ou presque, ces récits, suivis de commentaires d'autres membres du groupe, relayés par les thérapeutes, occupaient toute la séance, dont personne ne semblait tirer un bénéfice réel. Il fallait envisager une stratégie différente.

À Stanford, le service d'hospitalisation psychiatrique accueillait une vingtaine de malades gravement atteints. Je les ai répartis en deux groupes de six à huit membres chacun, selon leur capacité à parler (les autres, les derniers admis en général, étant trop confus pour participer à un groupe quel qu'il soit, en tout cas les deux ou trois premiers jours). Après quelques essais, j'ai mis au point un format acceptable. Vu la fréquence du renouvellement des malades, j'ai totalement abandonné l'idée de continuité d'une séance à l'autre et imposé un nouveau modèle : la vie de chaque groupe se limiterait à une séance unique, le thérapeute ayant pour tâche de rendre cette séance aussi dynamique et efficace que possible. Pour le groupe le plus performant, j'ai prévu quatre étapes : 1. Chaque patient, tour à tour, exposait son ordre du jour, le problème relationnel qu'il souhaitait voir traiter pendant la séance. (Cette tâche occupait un tiers de la séance.) 2. Le reste de la séance était consacré à ce travail. 3. La séance terminée, les observateurs (médecins, psychologues, étudiants, internes, infirmières qui avaient suivi la séance via le miroir sans tain) entraient dans la pièce et discutaient de ce qui venait de se passer, sous le regard des patients assis en cercle autour d'eux. 4. Les dix dernières minutes, les membres du groupe répondaient aux commentaires des observateurs.

La première étape, la formulation de l'ordre du jour, était la plus difficile pour les thérapeutes comme pour les patients. Selon ma directive, elle ne devait pas mentionner le pourquoi de l'hospitalisation – par exemple, parce qu'ils entendaient des voix effrayantes la nuit, à cause d'effets secondaires d'un traitement, ou d'un événement traumatisant dans leur vie –, mais les problèmes relationnels : « Je suis seul. J'ai besoin d'amis, mais personne ne veut rester avec moi. » Ou bien : « Chaque fois que j'ouvre la bouche, les gens se fichent de moi. » Ou bien : « Je sens que les gens trouvent que je suis un vrai fléau, et j'ai besoin de savoir si c'est vrai. » Ensuite, le thérapeute devait transposer cette parole en un ressenti « ici et maintenant ». Quand le patient déclare : « Je suis seul », le thérapeute doit dire : « Pouvez-vous exprimer ce que signifie ce sentiment de solitude, ici dans le groupe ? » Ou bien : « De quel membre du groupe aimeriez-vous être proche ? » Ou encore : « Essayons d'examiner, au fur et à mesure, ce rôle de solitaire que vous jouez aujourd'hui dans le groupe. »

Je me suis efforcé de donner aux observateurs un rôle constructif, avec pour résultat que, répondant à une enquête, les patients ont estimé les plus utiles les dix dernières minutes de la séance (la discussion avec les observateurs) ! Effectivement, avant le début de la réunion, certains jetaient un coup d'œil furtif à la pièce réservée aux observateurs, et s'ils n'en voyaient aucun, ils rechignaient à participer à la séance. Une réaction semblable à celle des groupes de patients ambulatoires. S'ils peuvent apercevoir les observateurs et obtenir, en retour, leurs réactions, cela facilite beaucoup le travail thérapeutique.

Pour le groupe de patients le moins performant, j'ai imaginé un modèle incluant des exercices structurés d'autodévoilement, d'empathie, d'apprentissage des aptitudes relationnelles, d'identification des changements personnels souhaités. Enfin, pour soutenir le moral de l'équipe soignante, j'ai institué un groupe hebdomadaire pour que l'équipe (plus le directeur médical de l'établissement et l'infirmière-chef) discute de ses propres problèmes relationnels. Diriger un tel groupe n'est pas facile, mais cela réduit considérablement les tensions interpersonnelles.

Au bout des deux années de ce travail quotidien avec les malades hospitalisés, j'ai décidé de prendre un congé sabbatique (à Stanford, les enseignants universitaires ont droit à un congé sabbatique de six mois tous les six ans, à salaire plein, ou de douze mois à demi-salaire) afin d'écrire un livre sur l'expérience que je venais de mener. Je prévoyais de retourner à Londres, dont l'ambiance m'avait si bien réussi pour l'écriture de mon précédent ouvrage, mais Marilyn voulait Paris. Ainsi, à l'été 1981, nous sommes partis pour la France, emmenant Ben, âgé de douze ans à l'époque. (Notre fille, Ève, était en fac de médecine, Reid finissait son premier cycle à Stanford, et Victor préparait une licence à l'Oberlin College, établissement privé d'études supérieures d'arts et lettres.)

Nous avons commencé notre voyage par une visite à nos amis Stina et Herant Katchadourian, sur leur île proche de la côte finlandaise. Membre du département d'enseignement psychiatrique à Stanford, Herant avait montré de telles capacités de direction qu'on l'avait nommé médiateur de l'université et doyen des étudiants. Conférencier remarquable, son cours sur la sexualité humaine est devenu légendaire, de loin le plus suivi de toute l'histoire de Stanford. Stina, sa femme, journaliste, traductrice, écrivaine, et Marilyn avaient des sujets d'intérêt communs ; leur fille Nina et notre fils Ben sont devenus et sont restés amis depuis lors.

L'île était un lieu de retraite de conte de fées, couverte de pins et de myrtilles, entourée d'un océan menaçant.

Durant notre visite, Herant m'a convaincu de plonger directement du sauna dans la mer glaciale – ce que j'ai fait. Une seule fois. De Finlande, nous avons pris le ferry de nuit pour Copenhague. Moi qui d'habitude souffre du mal de mer à la seule vue d'une photo de bateau, j'ai flotté sereinement, grâce à une petite dose de marijuana, vers Copenhague, où j'ai dirigé un atelier pour des thérapeutes danois. Nous avons fait aussi un peu de tourisme, en allant voir notamment les tombes de Søren Kierkegaard et de Hans Christian Andersen, côte à côte dans le cimetière.

À Paris, nous avons emménagé dans un appartement, cinquième étage sans ascenseur, de la rue Saint-André-des-Arts. Avec l'aide de Marilyn, j'ai obtenu à deux cents mètres de la rue Mouffetard un bureau réservé par le gouvernement aux universitaires étrangers. Ce fut un merveilleux séjour. Chaque matin, Ben descendait acheter nos croissants et l'*International Herald Tribune*, avant d'aller prendre le métro pour l'École internationale bilingue. Marilyn travaillait à son nouveau livre, *Maternity, Mortality, and the Literature of Madness* (Maternité, finitude et littérature de la folie), un ouvrage de critique littéraire psychanalytique. Nous étions souvent invités à des dîners chez des amis français de Marilyn, mais la communication était difficile : peu d'entre eux parlaient anglais, et j'avais beau prendre des cours particuliers de français, je ne progressais guère. Dans ces soirées, je me sentais l'idiot du village. J'avais étudié l'allemand au lycée puis à la fac et, peut-être du fait de la similitude avec le yiddish parlé par mes parents, je me débrouillais assez bien. Mais le français, ses inflexions, sa cadence, me laissait déconfit. Il y a probablement un lien avec mon incapacité à mémoriser une mélodie ou à la reproduire. Cette inaptitude aux langues étrangères doit me venir de ma mère, qui a toujours eu de considérables difficultés avec l'anglais. En revanche, la nourriture française ! J'attendais avec impatience les croissants du matin et les goûters. La rue piétonne était un véritable marché avec des étals de fraises au goût sucré surnaturel, d'autres de tranches de pâté de foie de poulet et de terrine de lapin. Chez les boulangers et les pâtissiers, Marilyn et moi étions fous de tartes aux fraises des bois, et Ben de petits pains au chocolat.

Si mon mauvais français m'empêchait d'aller au théâtre avec Marilyn, je l'accompagnais à des concerts – celui d'un mémorable contre-ténor à la Sainte-Chapelle, et un Offenbach enthousiasmant au Châtelet –, mais j'appréciais surtout les musées. Comment aurais-je pu ne pas aimer *Les Nymphéas* de Claude Monet, surtout après avoir fait avec Marilyn et Ben le voyage à Giverny et vu le pont de style japonais enjambant l'étang ? J'ai beaucoup déambulé au Louvre, m'attardant dans les salles des antiquités égyptiennes et perses, et devant la majestueuse frise des lions provenant du palais de Darius Ier à Suse.

C'est durant ce séjour de six mois que j'ai rédigé *Inpatient Group Psychotherapy*[1] en un temps beaucoup

1. « Thérapie de groupe de patients hospitalisés », non traduit.

plus court qu'il ne m'en a fallu pour écrire mes autres livres. C'est aussi le seul que j'ai dicté. Stanford s'était montré assez généreuse pour financer également le séjour de ma secrétaire, Bea Mitchell. Chaque matin je lui dictais deux ou trois pages, qu'elle tapait ; l'après-midi, je relisais et corrigeais, puis je préparais le travail du lendemain. Nous marchions tranquillement jusqu'à la rue Mouffetard, nous arrêtant pour déjeuner dans l'un des nombreux restaurants grecs du coin.

Inpatient Group Psychotherapy, publié en 1983 par Basic Books, a influé sur la pratique de la thérapie de groupe pour des patients hospitalisés. Et surtout, nombre d'études empiriques ont validé l'efficacité de cette méthode. Néanmoins, je n'ai plus jamais travaillé dans ces conditions : j'ai choisi d'approfondir ma connaissance de la pensée existentielle et de poursuivre mon éducation philosophique en étudiant la pensée orientale, sur laquelle j'étais d'une ignorance incommensurable. Avant de quitter Stanford pour Paris, j'avais commencé à lire des textes sur le sujet et je m'étais entretenu avec d'autres enseignants, y compris l'un de mes résidents, James Tenzel, qui avait fait plusieurs retraites avec un enseignant bouddhiste renommé, S.N. Goenka, dans son ashram, Dhamma Giri, à Igatpuri en Inde. Tous les experts que j'avais consultés m'avaient convaincu qu'il ne suffisait pas de lire et qu'il me fallait m'engager dans une pratique personnelle de la méditation. Si bien que, à la fin du séjour parisien, laissant là Ben et Marilyn, je me suis envolé pour l'Inde et l'ashram de Goenka.

27

La route des Indes

Fertile en événements, ce voyage m'a laissé des souvenirs indélébiles. En fait, comme ces temps derniers je m'intéresse de plus en plus aux pratiques de la méditation, ces événements, qui remontent à trente-cinq ans, me reviennent avec un éclat surnaturel.

J'atterris à Bombay (aujourd'hui Mumbai) à l'époque de Chaturthi, le festival annuel dédié à Ganesh, où des foules immenses révèrent des statues énormes du dieu à tête d'éléphant. Il y a longtemps que je n'ai pas voyagé seul, et l'idée de ce que je vais découvrir m'excite au plus haut point. Dès le lendemain, je prends le train pour Igatpuri (deux heures de trajet), partageant un compartiment avec trois ravissantes jeunes femmes, trois sœurs, vêtues de tuniques de couleurs vives, safran et magenta. La plus jolie des trois, assise à côté de moi, exhale une senteur enivrante de cannelle et de cardamome, les deux autres sont face à moi. Je les regarde subrepticement, de temps en temps – leur beauté me coupe le souffle –, mais je regarde surtout ce qui se passe à l'extérieur. Le train suit la berge d'une rivière dans laquelle des hordes de gens, barbotant et psalmodiant, plongent des petites statues de Ganesh. Nombre d'entre eux portent aussi des globes de papier mâché jaunes. Je demande à ma voisine : « Pouvez-vous me dire ce qui se passe ? Que chantent-ils ? » Elle me regarde droit dans les yeux, et me répond avec son délicieux accent anglo-indien :

— Ils disent : « Bien-aimé Ganapati, reviens l'année prochaine. »

— Ganapati ?

Les deux autres sœurs gazouillent. Ma voisine explique :

— Notre langue et nos coutumes sont très déroutantes, je sais. Mais peut-être connaissez-vous le nom plus commun de ce dieu, Ganesh ?

— Merci. Et pouvez-vous me dire pourquoi ils l'immergent dans la rivière ?

— Le rituel nous enseigne la loi cosmique : le cycle de la forme à l'informe est éternel. Les statues de Ganesh sont formées d'argile, et en fondant dans l'eau elles deviennent informes. Le corps périt mais le dieu qu'il renferme est perpétuel.

— Encore une question : pourquoi les gens tiennent-ils ces globes de papier jaune ?

Elles gloussent toutes les trois.

— Les globes représentent la lune. Il y a une vieille légende sur Ganesh où on raconte qu'il a mangé trop de ladoos…

— Ladoos ?

— Un ladoo, c'est un de nos gâteaux, une boulette de farine frite avec du sirop de cardamome. Ganesh en raffolait et une nuit il en a tellement mangé qu'il est tombé et que son ventre a crevé. La lune, seul témoin de l'événement, a trouvé ça très drôle et elle ne pouvait pas s'arrêter de rire. Fou de rage, Ganesh a banni la lune de l'univers. Mais bientôt, tout le monde, y compris les dieux, a regretté la lune, alors un groupe de dieux s'est réuni et a prié le Seigneur Shiva, le père de Ganesh, de convaincre son fils de s'adoucir. Même la lune s'est jointe à eux et elle s'est excusée auprès de Ganesh, qui a cédé et réduit la punition : la lune ne serait invisible qu'un jour par mois, et resterait partiellement visible le reste du mois.

— Merci beaucoup. C'est une histoire fascinante. Et quel drôle de dieu, avec sa tête d'éléphant !

Ma compagne réfléchit un instant, puis ajoute :

— S'il vous plaît, je ne voudrais pas que mes commentaires vous amènent à sous-estimer le sérieux de la religion. Regardez les traits de Ganesh ; chacun d'eux signifie quelque chose.

Elle défait une chaîne qu'elle porte autour du cou, avec une tête de Ganesh.

— Regardez-le bien, dit-elle. Chaque trait porte un message. La grosse tête nous dit de penser en grand, les longues oreilles nous disent de bien écouter, les petits yeux de bien se concentrer. Et puis, encore une chose, la petite bouche nous dit de moins parler, ce qui fait que je me demande si je ne suis pas en train de trop parler.

— Oh, non, loin de là.

Elle est si belle que j'ai du mal à vraiment écouter ses paroles.

— Je vous en prie, continuez. Pourquoi n'a-t-il qu'une seule défense ?

— Pour nous rappeler qu'il faut ne tenir que le bien et jeter le mal.

— Et que tient-il ? On dirait une hache.

— Oui, ça signifie que nous devrions couper toutes nos attaches.

— Cela ressemble beaucoup au bouddhisme.

— N'oublions pas que Bouddha a émergé du grand océan de Shiva.

— Une dernière question : la souris sous son pied ? Je l'ai vue sous la statue de Ganesh.

— Oh, c'est l'attribut le plus intéressant.

Ses yeux m'enchantent, j'ai l'impression de me fondre dans son regard.

— La souris représente le désir, et Ganesh nous enseigne que nous devons dominer le désir.

Soudain, nous entendons un crissement de freins, le train ralentit. Ma compagne, dont je ne connais toujours pas le nom, ajoute :

— Nous approchons d'Igatpuri et je dois rassembler mes affaires. Mes sœurs et moi, nous venons participer à une retraite de méditation Vipassana.

— Moi aussi ! J'ai tellement apprécié notre conversation : peut-être pourrons-nous la continuer là-bas, à l'heure du thé ou du déjeuner ?

— Hélas (elle hoche la tête), il n'est plus question de converser, ni de parler…

— Je suis un peu perdu. Vous dites non, mais votre tête dit oui.

— Je sais, vous, les Américains, vous avez des problèmes avec nos hochements de tête. Quand nous la hochons de haut en bas, ça veut dire non, et de droite à gauche, ça signifie oui.

— Donc, vous venez de dire non. Mais pourquoi ? Pourquoi ne doit-on plus parler ?

— C'est la règle. Le *noble silence*, c'est la règle, la loi de la retraite Vipassana, plus un mot pendant onze jours. Et *ça* aussi (elle pointe le livre sur mes genoux), c'est interdit. Rien ne doit nous distraire de la tâche entreprise.

— Eh bien, alors, adieu. À moins que, dans le train, au retour, nous puissions nous reparler.

— Inutile d'y penser, mon ami. Goenka enseigne qu'il ne faut loger que dans le présent. Rappels du passé et désirs d'avenir ne créent que de l'agitation.

Ces dernières paroles me sont souvent revenues à l'esprit. Elles contiennent tant de vérité, mais à quel prix. Je n'ai ni la capacité ni l'envie de payer un tel prix.

Arrivé à Igatpuri, j'ai pris un taxi jusqu'au centre de méditation, où je me suis inscrit et où j'ai été prié de faire un don. Je me suis enquis du coût moyen de la retraite, et j'ai appris que la plupart des participants étant de pauvres gens, ils ne payaient rien. J'ai donné deux cents dollars, somme que je trouvais modeste pour ces onze jours de retraite, logé et nourri. Le personnel d'accueil a paru néanmoins stupéfait et m'a signifié son approbation en hochant la tête. J'ai regardé autour de moi et constaté, avec une certaine inquiétude, que sur les quelque deux cents personnes en train de s'inscrire pour la retraite, j'étais le seul Occidental !

L'un des employés a placé mes livres dans un casier, dans le bureau d'accueil, puis m'a guidé jusqu'au lieu où j'allais dormir. Peut-être en raison de l'importance de mon don, j'ai eu droit à une chambre à partager avec seulement quatre compagnons. Nous nous sommes salués en silence. L'un d'eux était aveugle et, à trois ou quatre occasions, un peu perdu, il a voulu s'allonger sur ma couche : je l'ai guidé jusqu'à la sienne. Pendant les dix jours suivants, nous n'avons pas échangé un seul mot. Seul Goenka parlait, et parfois son assistant. Ce n'est qu'en consultant l'emploi du temps que j'ai compris la sévérité du programme que j'avais voulu expérimenter. La journée commençait à cinq heures du matin, avec un léger petit déjeuner, venait ensuite l'apprentissage de la méditation, des psalmodies, puis des conférences. Le seul vrai repas de la journée était un déjeuner végétarien, mais très vite j'ai perdu l'appétit et tout intérêt pour la nourriture – attitude commune à la plupart des participants.

Après le petit déjeuner, on se réunissait dans la grande salle, où était installé un podium peu élevé, pour Goenka. Le sol était recouvert de nattes, et il n'y avait naturellement pas de meubles. Assis en position du lotus, les participants attendaient l'apparition de Goenka. Superbe, une peau couleur bronze, robe blanche, il ouvrait la séance par des chants extraits d'un ancien texte bouddhiste en pali, langue indo-européenne disparue, qui est la langue liturgique du bouddhisme Theravada. Il psalmodiait ainsi tous les matins, d'une voix de baryton dont la tessiture m'hypnotisait. Dès le premier jour, j'ai compris que le plaisir d'entendre psalmodier ainsi Goenka justifiait à lui seul les épreuves du voyage. À la fin du séjour, j'ai acheté certains de ses disques, que j'ai écoutés pendant des années chaque soir en trempant dans mon bain chaud.

La première raison que je trouve à cette fascination, c'est le rappel de la voix de mon père quand il accompagnait un disque de chansons yiddish. Et puis aussi la parenté entre la voix de Goenka et celle de cantors à la synagogue. Durant mon adolescence, je ne souhaitais qu'une chose : m'échapper de la synagogue aussi vite que possible, mais, quand j'y repense, je me rappelle avoir éprouvé un certain plaisir à l'écoute de la voix du cantor. Je suppose qu'une partie profondément enfouie de mon être aspire à une sorte d'envoûtement, au soulagement de la peine de la séparation par le rituel et l'autorité. Je crois que peu d'êtres humains échappent à ce besoin. J'ai vu le roi nu, entendu les secrets de bien des individus haut placés, et je sais que personne n'est immunisé contre le désespoir et l'aspiration à reposer dans le giron de la divinité.

Les deux premiers jours, Goenka nous a appris à nous concentrer sur la respiration, l'air frais qu'on inhale et l'air chaud qu'on expire, qui a séjourné dans les poumons. Mais, dès le premier jour, au bout de quelques heures, la position du lotus a commencé à me poser des problèmes. Je ne me suis jamais senti à mon aise assis par terre, et là, les genoux et le dos ont fait des leurs. Pendant la pause déjeuner, j'en ai parlé à l'un des assistants de Goenka (en cas d'urgence seulement, les participants ont l'autorisation de parler). Il me jeta un regard bizarre et, à voix haute, se demanda ce que j'avais bien pu faire dans une vie antérieure pour mériter un dos si peu coopératif. Néanmoins, il m'offrit une chaise de bois, et le reste de ma retraite, je l'ai passé sur une chaise au milieu de deux cents acolytes assis sereinement en position du lotus. Je signale que le commentaire de l'assistant sur ma vie antérieure se révéla la seule référence au surnaturel que j'aie entendue de tout le séjour. La discipline régnait, mais invisible, jusqu'au jour où quelqu'un lâcha un pet sonore. Deux d'entre nous éclatèrent de rire, rejoints bientôt par une dizaine d'autres, un fou rire qui dura plusieurs minutes. Goenka abrégea la séance d'enseignement, et le lendemain matin l'assistance était un peu plus clairsemée : les rieurs avaient disparu, sans nul doute expulsés.

Au troisième jour, Goenka commença l'enseignement formel de la méditation Vipassana, nous apprenant à concentrer toute notre attention sur notre cuir chevelu, jusqu'à sentir quelque chose, un tiraillement ou une démangeaison, puis plus bas sur le visage, attendant qu'une sensation se manifeste, signe que l'attention doit se reporter encore plus bas, le cou, les épaules, ainsi de suite jusqu'à la plante des pieds, toujours maîtres de notre respiration et conscients de l'impermanence de la vie. Ensuite, l'instruction a porté essentiellement sur l'apprentissage de la technique Vipassana qui, nous rappelait continûment Goenka, était la voie personnelle de méditation du Bouddha.

Outre cet apprentissage, Goenka donna quelques conférences sur la motivation, que j'ai trouvées pour la plupart très décevantes. Il nous assura que nous étions désormais riches, disposant d'une technique qui nous permettrait d'utiliser mieux notre temps, par exemple, en attendant l'autobus, méditer et purifier notre esprit, à la façon dont un jardinier arracherait les mauvaises herbes de son jardin. Ce qui nous donnerait un avantage certain sur ceux qui, en attendant l'autobus, ne faisaient que perdre leur temps. Ce prétendu avantage conféré par la méditation Vipassana me semblait sans aucun intérêt et en porte-à-faux avec la séduction spirituelle de Goenka.

Au bout de quelques jours d'instruction incessante, j'ai eu une épiphanie, qui a complètement bouleversé mon exercice de méditation. Un emballement. L'impression qu'on me versait du miel sur la tête, qui coulait lentement jusqu'à envelopper mon corps tout entier. C'était délicieux, je sentais mon corps bourdonner ou vibrer, et soudain, j'ai eu un flash, j'ai compris pourquoi tant d'adeptes choisissaient de demeurer dans cet état pendant des semaines, voire des années. Plus de soucis, plus d'angoisse, aucune conscience de soi ou d'être à part, seuls ce bourdonnement divin et la chaleur qui se répand à travers tout le corps. Hélas, cet état surnaturel n'a duré qu'un jour et demi, et je ne l'ai plus retrouvé. Au bout du compte, je crains d'être un cancre en matière de méditation Vipassana. Elle ne m'a pas empêché d'avoir un sommeil totalement perturbé pendant la durée du séjour – je dormais cinq heures par nuit, tout au plus. En partie à cause de la durée quotidienne de cette méditation, en partie à cause de mon voisin aveugle et de ses tentatives d'entrer dans mon lit, en partie à cause des gardes qui circulaient toute la nuit sur le terrain, sifflets de police aux lèvres, afin d'écarter les voleurs. Le temps passait beaucoup trop lentement, l'ennui devenait incommensurable. À part laver mes vêtements, je ne trouvais rien à faire, alors je les lavais, qu'ils fussent sales ou non, et surveillais le temps qu'ils mettaient à sécher.

Parfois, j'apercevais ma belle voisine de train ; bien entendu, nous ne nous parlions pas, même si j'étais certain qu'elle me regardait intensément. Malgré son interdiction de penser à l'avenir, source d'intranquillité, je nous imaginais nous retrouvant dans le train, sans ses sœurs. J'essayais au maximum de repousser ce rêve luxurieux – de tels rêves ne peuvent qu'obstruer le chemin de la sérénité.

Et le pire de tout : pas de livres ! Je me sentais aussi bizarre qu'un drogué en cure de désintox. Découvrant une feuille toute froissée de papier vierge dans mon sac à dos, je l'ai attrapée et, avec un bout de crayon, me suis amusé à ébaucher une histoire. Les paroles de ma voisine de train me sont revenues : « Rappels du passé et désirs d'avenir ne produisent qu'agitation. » Crayon en main, j'envisageais les conséquences catastrophiques de cette croyance. J'imaginais Shakespeare adoptant cette phrase et décidant de ne pas écrire *Le Roi Lear*. Et tous les autres grands personnages de la littérature mort-nés. Oui, déifier la tranquillité produit un calme merveilleux, mais à quel coût, à quel coût !

La retraite terminée, j'ai repris le train pour Mumbai et n'ai plus jamais revu les trois sœurs. Avant de quitter l'Inde, j'ai voulu visiter Varanasi, la capitale spirituelle du pays, et pour y parvenir, j'ai dû traverser Calcutta et affronter le spectacle de la misère humaine dans ce qu'elle a de plus terrible. Le taxi qui me conduisit en ville depuis l'aéroport longea ces alignements interminables de cabanes, chacune avec son poêle à charbon crachant de la fumée et des particules noires dans l'atmosphère, un air qui piquait la gorge et assombrissait le soleil à deux heures de l'après-midi. Mendiants squelettiques, aveugles, lépreux, enfants émaciés au regard fixe m'attendaient chaque fois que je quittais l'hôtel. Les lépreux me poursuivaient, menaçant de frotter leurs plaies contre moi si je ne leur donnais pas l'aumône. Je sortais avec des pièces de monnaie plein les poches, mais la pauvreté et le besoin étaient inépuisables. Je fis de mon mieux pour utiliser les techniques Vipassana que je venais d'apprendre, sans réussir à atteindre la tranquillité. Ma pratique de novice en méditation se révélait impuissante face à la véritable agitation.

Après trois jours à Calcutta, j'ai pris le train et suis arrivé tard dans la nuit à Varanasi la ville sainte, seul touriste dans une gare vide. Une heure plus tard, un cyclopousse passa par là et accepta, à l'issue d'un marchandage animé, de me conduire en centre-ville et de m'aider à trouver un logement. Mais vu le nombre de pèlerins bouddhistes, les lits disponibles étaient rares. J'ai fini par dénicher une minuscule chambre dans un monastère tibétain, convenable mais bruyant. Les chants tantriques joyeux et vigoureux ont résonné toute la nuit. Les jours suivants, j'ai participé à des séminaires, à des classes de yoga et à des exercices de méditation dans les différents monastères. Pitoyable méditant comme je l'étais, j'ai néanmoins trouvé les séminaires et les classes fort intéressants, ne mettant pas un instant en doute la grande sagesse de la tradition bouddhiste. Mais ma vie était ailleurs : j'avais une femme, des enfants, mon propre travail, et ma propre méthode pour secourir autrui.

J'ai sillonné le Gange en bateau, vu les crémations sur les rives, les hordes de singes dans les arbres et sur les toits, exploré les environs avec un guide, un étudiant, à moto. Puis je suis allé à Sarnath, autre ville sainte du bouddhisme aux nombreux sites vénérés, tel le parc aux cerfs où le Bouddha a pour la première fois enseigné le dharma à ses acolytes, ainsi que l'arbre issu d'une entaille de l'arbre originel sous lequel le Bouddha a trouvé l'illumination.

Quand j'ai voulu réserver mon billet de train pour Calcutta, où je devais prendre l'avion pour les États-Unis, via une escale en Thaïlande, le guichetier de la gare m'affirma qu'il n'y avait plus une seule place disponible avant plusieurs jours. Stupéfait, je me suis adressé au directeur de mon hôtel qui, tout souriant, m'a donné la clef de l'énigme, très simple : il fallait simplement connaître les pratiques indiennes. Il m'a escorté jusqu'à la gare, m'a demandé une coupure de cinq dollars, l'a glissée au guichetier, qui instantanément et courtoisement m'a fourni un billet. Par ailleurs, une fois dans le train, je me suis retrouvé l'unique passager de tout le wagon de deuxième classe.

De Calcutta, j'ai donc pris l'avion pour la Thaïlande – balades au milieu des marchés flottants, visites de sanctuaires bouddhistes, et une intéressante conversation à l'heure du thé, avec un savant bouddhiste, connu grâce à une relation américaine. Le soir, un ami de mon cousin Jay m'a emmené faire un tour en ville. Au restaurant tentaculaire où nous sommes entrés manger des fruits de mer, le serveur nous escorta jusqu'à un immense vivier où il nous demanda de choisir notre poisson. Il l'attrapa avec un filet à long manche puis nous dirigea vers un grand casier de légumes frais où j'ai également fait mon choix, en bégayant l'unique phrase en thaï que je connaissais (pour dire « pas trop épicé »), qui a dû produire un tel jargon que le serveur a hurlé de rire, imité bientôt par nombre de ses collègues. Le dîner terminé, mon guide m'a emmené dans un salon de massage intégral (pour la première et la dernière fois de ma vie). Une jeune femme m'a fait entrer dans une chambre, m'a prié de me déshabiller et de me baigner, m'a enduit ensuite de la tête aux pieds d'une huile avec laquelle une autre femme, extraordinairement belle et entièrement nue, a entrepris de me masser. Il ne m'a fallu que quelques minutes pour comprendre que je m'étais mépris sur la signification du terme « massage intégral » : il ne concernait pas tant *mon* corps que le fait qu'elle utilisait tout *son* corps pour me masser. À la fin, elle m'a souri, s'est inclinée et s'est enquise de la manière la plus délicate : « Désirez-vous autre chose ? »

De Bangkok, j'ai pris le bus pour Chiang Mai, où j'ai vu les éléphants travailler au défrichage des forêts, et fait la connaissance d'un Autrichien, touriste comme moi, avec qui j'ai embauché un guide pour remonter la rivière Mae Kok en canoë. Nous nous sommes arrêtés dans un village indigène, où les hommes, assis en cercle, nous ont invités à partager leur ration d'opium, cependant que les femmes, bien entendu, effectuaient la totalité du travail. Ma première expérience de l'opium n'eut rien de spectaculaire : simplement une égalité d'humeur, une certaine sérénité, qui dura plusieurs heures. Nous avons continué le voyage vers Chiang Rai, passant devant une quantité de temples crénelés, genre contes de fées, qui donnaient l'impression de pouvoir s'envoler à n'importe quel moment. À Chiang Rai, j'ai emprunté avec d'autres touristes le pont reliant la Thaïlande à la Birmanie et, à mi-chemin, nous nous sommes heurtés à des militaires birmans qui nous ont autorisés à soulever la barrière quelques instants. Ainsi pourrions-nous dire que nous avions mis les pieds en Birmanie. De là, je me suis envolé pour l'île de Phuket – quelques jours de plage et de plongée sous-marine – et, enfin, je suis rentré en Californie.

J'ai adoré tout ce voyage, mais je l'ai payé cher. Peu de temps après mon retour, j'ai souffert d'une étrange maladie qui m'a tourmenté pendant des semaines – fatigue, maux de tête, étourdissements, perte d'appétit. Tous les pontes du Stanford Hospital s'entendaient pour dire qu'il s'agissait d'une maladie tropicale, mais quant à savoir laquelle… Pour fêter ma guérison, quelques mois plus tard, nous sommes partis sur une île caribéenne, où nous avons loué un bungalow pour deux semaines. Dès le premier jour, à l'issue d'une petite sieste, je me suis réveillé couvert de piqûres d'insectes. Le lendemain, j'étais dans un état pire qu'à mon retour du voyage en Inde. Nous avons regagné Stanford illico. Pendant des semaines, on m'a soigné pour la dengue et autres maladies tropicales. Utilisant toute la panoplie disponible, les médecins n'ont jamais résolu l'énigme de ma maladie.

Je suis resté dans cet état pendant presque seize mois, à peine capable de me rendre à l'université, tenu à de longs temps de repos. Souvent Ben, mon fils, entrait dans ma chambre et restait sans rien dire. Je ne jouais plus aux échecs avec lui, ni ne l'accompagnais pour des balades à vélo (même s'il se rappelle des parties de backgammon). Une amie de Marilyn lui confia que nombre de gens pensaient que j'avais eu un AVC. J'ai un jour décidé de me reconstruire : je me suis inscrit dans un gymnase et me suis forcé à faire chaque jour de la musculation. Quelle que fût ma fatigue, refusant excuses et supplications de mon corps, j'ai tenu bon, et j'ai fini par retrouver ma santé. Depuis ce temps, j'éprouve une extraordinaire empathie pour mes patients qui souffrent de maladies mystérieuses pour lesquelles n'existe pas de réel diagnostic, tels le syndrome de fatigue chronique ou la fibromyalgie. De ce sombre chapitre de ma vie, je garde de rares souvenirs – mais je sais que ce fut mon suprême test d'endurance.

Si je n'ai pas repris pendant longtemps la pratique de la méditation, je la tiens en plus haute estime qu'auparavant, notamment parce qu'elle a procuré à nombre de personnes que je connais un soulagement de leurs souffrances et montré la voie d'accès à une vie plus légère. Depuis trois ans, je lis beaucoup de textes, parle à de nombreux collègues qui la pratiquent, et j'ai expérimenté diverses approches. Souvent, le soir, quand je me sens agité, j'écoute l'une des innombrables leçons de méditation accessibles sur Internet, et généralement je m'endors avant la fin.

Le voyage en Inde m'offrit ma première initiation en profondeur à la culture asiatique. Il ne devait pas être le dernier.

28

Japon, Chine, Bali et Le Bourreau de l'amour

En me présentant à la réception de l'hôtel de Tokyo où j'étais attendu, à l'automne 1987, je me suis heurté au psychologue anglophone que mes hôtes avaient fait venir de New York afin qu'il me serve d'interprète. Il résidait dans la chambre attenante à la mienne et serait disponible à toute heure durant la semaine à venir.

— Pouvez-vous me dire exactement ce que je suis censé faire ? ai-je demandé.

— Le directeur des programmes de l'hôpital Hasegawa ne m'a rien précisé. Je ne connais pas votre agenda.

— Je me demande bien pourquoi. J'ai posé la question, mais on ne m'a pas répondu : ils semblent vouloir cultiver le mystère.

Il se contenta de me regarder, le dos légèrement courbé.

Le lendemain matin, à notre arrivée à l'hôpital Hasegawa, un fort contingent de psychiatres m'accueillit, avec un énorme bouquet de fleurs. Cette première matinée, me dirent-ils, était un événement particulier : tout le personnel soignant serait là pour écouter mon analyse d'une séance de thérapie avec un groupe de patients hospitalisés. Ils me guidèrent alors vers un auditorium d'environ quatre cents places. M'étant livré à ce genre d'exercice un nombre incalculable de fois, je me sentais détendu, prêt à commenter une vidéocassette d'une réunion de groupe. Au lieu de quoi, j'ai découvert que les soignants avaient minutieusement préparé la représentation théâtrale d'une réunion de groupe. Ils avaient enregistré une séance qui s'était tenue dans une salle de l'hôpital le mois précédent, l'avaient retranscrite, avaient assigné les rôles à des membres de l'équipe médicale, et passé à l'évidence un nombre d'heures considérable à répéter la pièce. Le spectacle, très bon en soi, représentait malheureusement l'une des plus abominables séances de groupe qu'il m'eût été donné de voir. Les dirigeants allaient et venaient autour des participants, offrant leurs conseils, prescrivant divers exercices à chaque membre séparément. Pas une fois un patient ne s'adressait à un autre patient – l'exemple patent, pour moi, de ce que *ne doit pas* être une thérapie de groupe. S'il ne s'était agi que d'une vidéocassette montrant une véritable séance, je n'aurais naturellement pas hésité à en faire arrêter le déroulement, puis à expliquer en quoi la méthode était mauvaise. Mais comment oser leur faire ça, alors qu'ils avaient passé sûrement d'innombrables heures à répéter ? J'ai donc assisté à toute la représentation (commentée dans mon oreille par mon interprète) ; ensuite, gentiment, très gentiment, je leur ai proposé quelques techniques de communication interpersonnelle.

Malgré tous mes efforts, durant cette semaine que j'ai passée à Tokyo, je n'ai jamais eu le sentiment d'être efficace. J'ai compris que quelque chose de profondément ancré dans la culture japonaise s'oppose à la psychothérapie occidentale, particulièrement la psychothérapie de groupe : avant tout, la honte de parler de soi ou de révéler des secrets de famille. Je me suis offert à diriger une séance d'un groupe de thérapeutes, l'idée a été rejetée, et, franchement, j'en ai été soulagé. Il est probable qu'ils auraient manifesté une telle résistance, silencieuse mais très forte, que nous n'aurions guère progressé. Tous mes exposés de la semaine, je les ai faits devant un auditoire attentif, sans que personne n'ose un commentaire ni ne pose une question.

Marilyn a vécu la même expérience pendant ce voyage. Elle donnait une conférence sur la littérature féminine américaine du XXe siècle devant un nombreux public, dans un auditorium joliment aménagé. Un événement bien orchestré, avec récital de danse précédant la conférence, des auditeurs attentifs et respectueux. Et aucun commentaire, aucune question. Deux semaines plus tard, à l'université d'études internationales de Pékin, elle donnait une conférence identique, à la fin de laquelle

elle fut bombardée de questions par les étudiants chinois.

Toutes les preuves de courtoisie concevables m'ont été prodiguées à Tokyo. J'ai adoré les coffrets de déjeuners (bento box) avec sept strates de plats superbement présentés. Les soirées données en mon honneur, et mon hôte qui me proposa de disposer, à ma convenance, de l'appartement qu'il possédait à Hawaï avec une vue de 360 degrés sur l'île. Un soir que nous errions, perdus dans les rues de Tokyo à la recherche du théâtre Kabuki-za, nous avons montré nos billets à une femme qui lavait les marches d'un immeuble. Instantanément, elle a laissé tomber sa tâche et nous a escortés jusqu'à la porte du théâtre, à plusieurs centaines de mètres de là. Une autre fois, à Kyoto, descendus d'un bus, nous nous promenions dans la ville quand nous avons entendu un bruit de pas derrière nous. Une dame âgée, tout essoufflée, courait nous rapporter le parapluie que nous avions oublié dans l'autobus. Ou encore, visitant un temple bouddhiste, nous avons engagé la conversation avec un collègue, un professeur de faculté, qui nous a aussitôt invités à dîner chez lui. Il n'en reste pas moins que mon approche de la psychothérapie demeure étrangère à la culture japonaise.

Le Japon était la première escale d'une année sabbatique, que je prenais pour célébrer la fin d'une période difficile pendant laquelle j'avais procédé à une nouvelle révision de mon manuel sur la thérapie de groupe.

Les novices, comme moi au début, qui publient leur premier manuel, ne savent pas que, en cas de succès, ils s'engagent pour toute leur vie. Ces textes doivent être révisés régulièrement, surtout si de nouvelles recherches ont, entre-temps, bouleversé le domaine. En l'absence de révision, les professeurs chercheront d'autres textes à conseiller à leurs étudiants.

À l'automne 1987, le nid familial s'est retrouvé vide : Ben, le plus jeune, venait de quitter la maison pour la fac, à Stanford. Ma révision terminée, Marilyn et moi avons fêté notre liberté en entreprenant ce nouveau voyage, entrecoupé de longs arrêts à Bali et à Paris.

Depuis longtemps, j'envisageais d'écrire un genre de livre très différent. Amoureux de romans, je glissais souvent des histoires inventées, parfois de quelques lignes seulement, parfois de plusieurs pages, dans mes écrits professionnels. De nombreux lecteurs m'affirmaient qu'ils ne supportaient la sécheresse de ces écrits théoriques que parce qu'ils savaient qu'un conte les attendait au tournant. Donc, à l'âge de cinquante-six ans, j'ai décidé d'un changement radical dans ma vie. Tout en continuant l'instruction de jeunes psychothérapeutes par mes textes, je donnerais une position privilégiée à l'histoire romanesque : elle deviendrait le véhicule principal de mon enseignement. Le temps était venu de libérer le conteur tapi en moi.

Avant de partir pour le Japon, je devais impérativement apprendre à me débrouiller avec mon gadget dernier cri : un ordinateur portable. Nous avons donc loué pour trois semaines un cottage à Ashland, Oregon, ville où nous nous rendions souvent en raison de son festival de théâtre. Nous allions voir des pièces le soir et, dans la journée, je m'entraînais à écrire sur mon PC. Quand je me suis senti à l'aise avec l'objet, nous sommes partis pour Tokyo.

À ce stade, je tapais avec un seul doigt. D'ailleurs, tous mes précédents ouvrages et articles, je les avais écrits à la main (ou dictés, en une seule occasion, comme je l'ai déjà dit). Si je voulais me servir de l'ordinateur, il me fallait utiliser tous mes doigts. J'ai donc consacré le long temps de vol vers le Japon à jouer à l'un des premiers jeux vidéo, celui où mon vaisseau spatial était bombardé par un vaisseau étranger de missiles en forme de lettres de l'alphabet, qui ne pouvaient être repoussés qu'en appuyant sur la touche correspondante du clavier. Grâce à ce dispositif pédagogique extraordinairement efficace, quand nous avons atterri au Japon, je savais me servir de mes dix doigts.

De Tokyo, nous avons gagné Pékin, où nous avons retrouvé quatre amis américains et, avec un guide, obligatoire en ces années-là, sommes partis faire un tour de Chine de quinze jours. Grande Muraille, Cité interdite, remontée de la rivière en bateau jusqu'à Guilin, avec la vue fascinante dans le lointain du troupeau de collines qu'on croirait dessinées au crayon. Et pendant tout ce voyage, je réfléchissais à la série d'histoires sur fond de thérapie que je voulais écrire.

Un matin où je me sentais un peu patraque, à Shanghai, j'ai laissé mes compagnons visiter la ville et suis resté me reposer. De mon porte-documents, bourré de notes prises pendant les séances, j'ai sorti un dossier au hasard et consulté les résumés de mes soixante-quinze séances de travail avec Saul, soixante-six ans, chercheur en biochimie. Cet aprèsmidi-là, en flânant dans les rues louches de la ville, je suis tombé sur une belle et grande église catholique, à l'abandon depuis longtemps. Le portail n'étant pas fermé à clef, je suis entré, j'ai repéré le confessionnal et fait ce dont je rêvais depuis longtemps : m'installer à la place du prêtre. Je pensais aux générations de prêtres et imaginais ce qu'ils avaient entendu en confession : tant de remords, d'aveux de honte et de culpabilité. J'enviais ces hommes de Dieu, le don qui leur était accordé de prononcer ces paroles : « Vous êtes pardonné. » Quel pouvoir thérapeutique ! Et que mes capacités semblaient lilliputiennes en comparaison !

Au bout d'une heure de méditation, il m'est arrivé quelque chose de stupéfiant : je suis tombé dans une rêverie durant laquelle l'intrigue complète d'une histoire, « Les trois lettres non ouvertes », m'est apparue. Brusquement, j'ai su l'intégralité de cette histoire : ses personnages, son évolution, les moments de suspense. Il fallait absolument que je conserve tous ces éléments avant qu'ils ne se dissipent, mais je n'avais ni papier ni crayon. (Nous étions à l'ère pré-iPhone). En fouillant l'église, j'ai dégoté un minuscule bout de crayon sur une étagère à livres, mais pas le moindre bout de papier – j'ai donc utilisé la seule source disponible : les pages vierges de mon passeport, sur lesquelles j'ai griffonné l'essentiel de cette nouvelle, la première d'un recueil que j'intitulerais finalement *Love's Executioner*[1].

À Bali, 1988.

Quelques jours plus tard, nous avons quitté nos amis et la Chine pour gagner Bali et la maison exotique que nous avions louée pour deux mois, où je me suis mis à écrire pour de bon. Marilyn, de son côté, a développé un projet d'écriture qui devint le livre intitulé *Blood Sisters : The French Revolution in Women's Memory*[2]. Pour la première fois depuis notre lune de miel puis la naissance des enfants, nous goûtions le bonheur d'un séjour prolongé, tous les deux seuls.

---

1. Basic Books, 1989. *Le Bourreau de l'amour. Histoires de psychothérapie*, Galaade, 2007.
2. « Sœurs de sang : la Révolution française dans la mémoire féminine » ; non traduit en français.

La maison balinaise ne ressemblait à aucune de celles que nous avions connues jusqu'alors. De l'extérieur, on ne voyait que le haut mur d'enceinte de la propriété, où poussait une flore tropicale luxuriante. La maison elle-même n'avait pas de murs, des draperies en tenaient lieu, qui délimitaient les pièces. Le coin couchage se trouvait au premier étage, la salle de bains dans une structure indépendante. Notre première nuit fut inoubliable : vers minuit, un essaim d'insectes volants se précipita sur nous, des millions peut-être, nous obligeant à cacher la tête sous les draps. Avisant mes valises, je me promis de déguerpir de cet endroit à la première heure du jour. Mais quand le soleil se leva, le calme régnait, plus un seul insecte en vue, et les servantes nous jurèrent que cet accouplement de termites ne se produisait qu'une seule nuit par an. Des oiseaux au plumage de couleurs iridescentes, perchés hardiment dans les arbres aux formes complexes, gazouillaient d'étranges mélodies. Le parfum de fleurs inconnues nous fit l'effet d'une drogue et nous avons trouvé dans la cuisine une provision de fruits d'aspect bizarre. Six personnes à notre service, habitant des huttes à l'intérieur de la propriété, passaient la journée à laver, cuisiner, jardiner, faire de la musique et réaliser des arrangements de fleurs et de fruits pour leurs fréquentes fêtes religieuses. Trois minutes de marche sur un sentier sablonneux nous menaient à la superbe Kuta Beach, encore immaculée et déserte en ce temps-là. Le tout pour un prix de location bien moins élevé que celui de notre maison de Palo Alto.

Après avoir écrit « Three Unopened Letters », l'histoire de Saul tirée des notes griffonnées dans mon passeport, j'ai passé des matinées sur un banc du jardin à en trier d'autres pour la nouvelle suivante. L'après-midi, je déambulais pendant des heures avec Marilyn sur le rivage, et, presque imperceptiblement, une histoire prenait corps et se développait à une telle vitesse qu'il fallait que je l'écrive toutes affaires cessantes. Sans savoir, au début, où elle allait me mener. Un peu comme un spectateur, je la regardais s'enraciner puis faire des pousses qui bientôt s'entrecroiseraient.

J'avais souvent entendu des écrivains dire qu'une histoire s'écrit d'elle-même. C'est à Bali que j'ai compris ce que cela signifie. Et que j'ai vraiment saisi la signification d'une anecdote que Marilyn m'avait racontée longtemps auparavant sur le romancier britannique William Thackeray. Un soir, Thackeray sort de son bureau, et sa femme lui demande si sa journée d'écriture s'est bien déroulée. « Oh, la journée a été terrible ! Pendennis (l'un de ses personnages) s'est rendu ridicule et je n'ai simplement pas pu l'en empêcher. »

Je me suis vite habitué à entendre mes personnages dialoguer entre eux. Je restais à l'écoute en permanence – même lorsque, après mes heures d'écriture, je me promenais avec Marilyn le long d'une des plages interminables à la couleur d'ambre. Et bientôt, j'ai vécu une autre expérience, l'une des plus étonnantes de ma vie d'écrivain. Alors que j'étais en plein dans une histoire, j'ai surpris mon esprit volage en train de flirter avec un autre récit qui prenait forme, en deçà de ma perception immédiate. Comme le signal en quelque sorte – de moi-même à moi-même – que l'histoire que j'écrivais touchait à sa fin et qu'une nouvelle s'apprêtait à naître.

L'idée que mes mots n'existaient plus que dans les entrailles de cette machine, mon PC, me perturbait : mon imprimante portable avait mal supporté le voyage et avait rendu l'âme au bout d'un mois à Bali. Je cherchai de l'aide et découvris que l'île ne possédait qu'une seule imprimante, dans l'école d'informatique du chef-lieu, Denpasar. Un jour, je m'y suis rendu avec mon ordinateur, j'ai attendu la fin des cours et supplié ou soudoyé – peut-être les deux, j'ai oublié – le professeur. J'ai enfin pu disposer d'une copie sur papier de mon travail en cours.

Sans téléphone, sans courrier ni autres distractions, j'écrivais plus vite et mieux que jamais auparavant. Pendant les deux mois de notre séjour à Bali, j'ai écrit quatre des dix nouvelles qui composent le recueil. Je consacrais beaucoup de temps à masquer l'identité des patients. Je leur donnais une autre apparence, d'autres occupations, je changeais leur âge, leur nationalité, parfois même leur genre. Je voulais être certain que personne ne pourrait les reconnaître et, bien sûr, je leur ai envoyé une copie du texte en leur demandant l'autorisation de publier.

Pendant les temps morts, nous avons sillonné l'île, admirant la grâce des Balinais, leur art de la danse, de la sculpture, de la peinture, leur talent de marionnettistes, émerveillés par les parades religieuses. Beauté paradisiaque des plages, bonheur de la plongée sous-marine. Un jour, notre chauffeur nous a conduits, ainsi que nos deux vélos, vers le pic le plus élevé de l'île, d'où nous sommes descendus, traversant des villages, avec leurs étals de jaques et de durians. Un fait qui m'a beaucoup surpris : la popularité du jeu d'échecs. Je suis souvent allé au restaurant du coin jouer avec le serveur.

Marilyn et moi avions conclu un accord : nous passerions la seconde moitié de mon année sabbatique en Europe. J'adore les îles tropicales, Marilyn adore la France, et depuis le début de notre mariage nous avons signé un compromis. Elle venait d'abandonner officiellement ses fonctions administratives à Stanford (bien qu'elle y ait conservé jusqu'à ce jour son statut de chercheur émérite) mais des tâches l'attendaient encore qui nécessitaient un arrêt à Palo Alto, avant de repartir pour l'Europe. Je l'y ai laissée et suis allé l'attendre à Hawaï, dans l'appartement que nous prêtait notre ami japonais, où j'ai écrit deux histoires supplémentaires. Au bout de cinq semaines, Marilyn a téléphoné : le temps était venu de gagner l'Europe.

Arrêt suivant : Bellagio, Italie. L'année précédente, nous avions chacun posé notre candidature (qui avait été acceptée) à un séjour au centre de la Fondation Rockefeller à Bellagio, Marilyn afin de travailler sur les mémoires de femmes à l'époque de la Révolution française, moi pour écrire mon recueil de nouvelles sur la psychothérapie. Situé à une courte distance à pied du lac de Côme, le centre bénéficie de superbes jardins, d'un grand chef cuisinier, qui fabriquait les pâtes à la main et en servait une variété différente à chaque dîner, et d'une très belle villa où sont logés les trente pensionnaires, chacun disposant d'un bureau. Les chercheurs se retrouvaient à l'heure des repas et pour des séminaires nocturnes où ils présentaient leurs travaux. Après le travail du matin, Marilyn et moi prenions souvent le ferry qui desservait les charmants villages bordant le lac. J'ai passé beaucoup de temps avec un autre résident, Stanley Elkins, remarquable auteur de romans d'humour noir. Touché par la polio dans sa jeunesse, il se déplaçait en fauteuil roulant. La nuit, il naviguait d'une station de radio à une autre, en quête de personnages et de sujets de livres.

Les derniers mois de cette année sabbatique, nous les avons vécus à Paris, dans un appartement loué boulevard de Port-Royal. Marilyn écrivait à la maison, moi dans un café proche du Panthéon, où j'ai achevé les quatre dernières nouvelles. De nouveau, j'ai pris ma leçon de français quotidienne – sans plus de résultat, hélas – et, en fin d'après-midi, nous nous baladions et dînions avec des amis parisiens de Marilyn.

Écrire dans un café me convenait parfaitement, aussi, lorsque nous sommes rentrés en Amérique, j'ai cherché et trouvé à North Beach, San Francisco, un café à l'atmosphère idéale et très bonne source d'inspiration. Puisque, dans mon esprit, ce recueil était destiné à l'éducation des jeunes psychothérapeutes, je me suis mis en demeure d'écrire quelques paragraphes à la fin de chaque histoire, expliquant le sujet théorique sur lequel elle était fondée. Cette idée s'est révélée trop compliquée, et j'ai opté pour un épilogue didactique de soixante pages. Enfin, j'ai expédié le manuscrit à mon éditeur, très satisfait de moi.

Deux ou trois semaines plus tard, Phoebe Hoss, mon éditrice chez Basic Books, m'appela. Phoebe avait un côté forcené (mais aussi angélique) et l'avenir s'annonçait épique. Elle ne fit que quelques corrections mineures, si je m'en souviens bien, sauf qu'à un endroit de l'histoire de la grosse dame, elle inséra la phrase : « une avalanche de chair ». Cette phrase m'est restée dans l'esprit parce que c'est la seule purement gratuite qu'aucun éditeur ait jamais ajoutée (alors que j'aurais souvent souhaité qu'on m'en propose d'autres). Mais lorsqu'elle lut l'épilogue, elle devint folle de rage et exigea que je le jette à la poubelle. Elle était absolument convaincue qu'aucune explication théorique n'était nécessaire, que l'histoire se suffisait à elle-même. Nous avons guerroyé pendant des mois, une rude bataille. Je lui soumettais version révisée après version révisée de l'épilogue, qu'elle me renvoyait cruellement abrégée, parvenant au bout du compte à dix pages au lieu des soixante initiales, exigeant que cela devienne un prologue. Quand je relis le livre aujourd'hui, le souvenir de ma résistance acharnée me navre : Phoebe, éditrice bénie dont je n'ai jamais rencontré la pareille, avait totalement raison.

Au moment de la sortie du livre, Marilyn et moi sommes partis pour la soirée que l'éditeur donnait à cette occasion (ce qui ne se fait presque plus de nos jours), à New York. Elle devait avoir lieu un lundi, mais un article très négatif paru dans le *New York Times* du dimanche fit l'effet d'une douche froide. La forme du livre surprenait, avec très peu de précédents : seuls quelques récits de cas par Freud et l'ouvrage de Robert Lindner, *The Fifty-Minute Hour*, sur des patients en hypnothérapie, s'en rapprochaient. La critique du *New York Times*, psychanalyste d'enfants, terminait son article en disant qu'elle préférait lire les histoires de cas dans les journaux professionnels. Le dimanche soir, pourtant, peu après minuit, je fus réveillé par mon éditrice, folle de joie, m'annonçant que dans le numéro du vendredi suivant le *New York Times* publierait un article enthousiaste d'Eva Hoffman, célèbre critique et écrivain. Je lui en suis resté à jamais reconnaissant. J'ai fait des lectures du livre à New York et dans des librairies d'une dizaine de villes où, presque chaque fois, Oliver Sacks venait de me précéder, pour la promotion de son ouvrage, *L'homme qui prenait sa femme pour un chapeau*. Nos chemins se croisaient si souvent que j'avais l'impression de le connaître, en réalité nous ne nous sommes jamais rencontrés. Grand admirateur de son œuvre, je lui ai écrit peu avant sa mort, pour lui dire l'émotion que m'avait causée la lecture de son dernier ouvrage, *En mouvement : une vie*.

En quelques semaines d'existence, à ma totale stupéfaction, *Le Bourreau de l'amour* s'est retrouvé sur la liste des best-sellers du *New York Times*, et y est demeuré longtemps. Je fus bientôt inondé de demandes d'interviews et de conférences, et je me rappelle m'être plaint de ma fatigue à Phillip Lopate, l'un de mes anciens professeurs d'écriture à Bennington College. Son conseil : « Relax. Et profitez-en : les best-sellers ne courent pas les rues. Qui sait, vous n'en aurez peut-être pas d'autre. » Dieu sait qu'il a eu raison !

Vingt-trois ans plus tard, l'éditeur décida de republier *Le Bourreau de l'amour* et me demanda d'écrire une postface. Il m'a fallu le relire, pour la première fois depuis longtemps, au prix de fortes réactions : fierté couplée au chagrin de me savoir si âgé et jalousie pour l'homme jeune que j'avais été. Ce type écrit beaucoup mieux que moi, ne pouvais-je m'empêcher de penser. Plaisir aussi de retrouver mes chers vieux patients, dont beaucoup avaient disparu, à une exception près : la « grosse dame ». J'avais rédigé la nouvelle dans un café de Paris, et peiné pendant des heures sur le paragraphe d'ouverture, qui présente le concept de contre-transfert, les réactions émotionnelles méconnues du thérapeute à l'égard de ses patients.

Le jour où Betty est entrée dans mon cabinet, où je l'ai vue diriger sa masse de 125 kilos et son châssis d'un mètre soixante vers mon fauteuil frêle et dernier cri de la haute technologie, j'ai su qu'une redoutable épreuve de contre-transfert m'attendait.

Cette histoire destinée, comme toutes celles du recueil, à l'éducation des jeunes thérapeutes, dont le personnage principal n'est pas le patient, mais moi, abordait les sentiments irrationnels parfois odieux qu'un thérapeute peut éprouver envers un patient et susceptibles de constituer un obstacle redoutable pendant le traitement – sentiments d'attirance très forts, ou réactions négatives affluant de sources inconscientes, du fait par exemple que cette rencontre réactive la figure de personnes négatives pour le thérapeute à un moment de son passé. Si je ne connaissais pas toutes les raisons de mes sentiments de rejet envers les femmes obèses, j'étais certain que les rapports avec ma mère jouaient un rôle, et je savais qu'il me fallait lutter pour les dominer et instaurer avec ma patiente des rapports humains et positifs. Telle était l'histoire que je voulais raconter et, pour ce faire, j'ai donné à mon contre-transfert une dimension exagérée. Le nœud du drame est donc le conflit entre le contre-transfert négatif que suscite Betty et mon désir de lui venir en aide.

Un incident en particulier fait naître en moi une forte empathie. Lectrice des petites annonces personnelles du journal local, Betty a répondu à une demande de rendez-vous, et portait une rose dans les cheveux comme signe de reconnaissance. L'homme ne s'est jamais présenté. Ce n'est pas la première fois que ce genre de choses lui arrive, elle en tire la conclusion que l'homme l'a vue de loin et a disparu. Je souffre pour elle, j'ai même du mal à retenir mes larmes en l'écoutant raconter ce qu'il lui a fallu de courage pour garder contenance et consommer seule dans le bar surpeuplé.

J'étais fier du dénouement et de mes derniers mots lorsque je l'étreins pour lui dire adieu : « Lorsque nous nous sommes enlacés, j'ai été surpris de constater que je pouvais l'entourer complètement de mes bras. »

J'ai fait le choix d'exposer sans ménagement les pensées honteuses que suscitait en moi l'obésité. Mais c'est allé beaucoup plus loin que cela : pour l'amour de la littérature, j'ai exagérément amplifié cette répugnance et fabriqué une histoire de duel entre moi et moi : celui qui soigne et celui qu'envahissent des pensées agressives.

C'est avec une certaine appréhension que j'ai donné l'histoire à lire à Betty et que j'ai sollicité son accord pour publication. J'avais, bien entendu, changé tous les détails permettant de l'identifier, et je lui ai demandé si elle désirait d'autres modifications, lui disant que j'avais exagéré mes sentiments dans le but de rendre mon enseignement plus efficace. Elle me répondit qu'elle comprenait et me donna l'autorisation écrite de publier.

Cette histoire suscita des réactions vigoureuses et bruyantes, un flot émanant de femmes se déclarant blessées et outrées. Mais aussi un nombre encore plus grand de lettres de jeunes thérapeutes qui se sentaient soulagés, eux qui essayaient de surmonter les sentiments négatifs que leur inspiraient certains patients. Ma franchise leur permettait de s'accommoder plus facilement d'eux-mêmes et de parler ouvertement de cette question avec leur patron de thèse ou un collègue.

Interrogé, ou plus exactement mis à la question par une journaliste sur une station de radio, j'ai fini par éclater : « Avez-vous lu la fin de l'histoire ? N'avez-vous pas compris que je raconte mon voyage en thérapie avec quelqu'un envers qui j'éprouve des préjugés négatifs et qu'à la fin de la cure j'ai changé, j'ai mûri ? Le principal personnage de cette histoire, c'est moi, pas la patiente. » Je n'ai plus jamais été invité dans cette émission.

Même si elle n'a pas été capable de l'exprimer, j'imagine que Betty a été blessée par cette histoire. Mais j'avais des œillères. Trop ambitieux, trop imprudent, trop pressé de libérer mes pulsions d'écrivain, je regrette encore à ce jour mon attitude. Si j'écrivais cette nouvelle maintenant, je transformerais l'obésité en quelque chose de tout différent et je donnerais au déroulement de la psychothérapie une tournure beaucoup plus romanesque.

J'ai terminé la postface à la nouvelle édition du *Bourreau de l'amour* sur une observation que mon ancien moi aurait trouvée surprenante : à savoir que l'image de la vie quand on atteint les quatre-vingts ans est plus positive qu'on ne pourrait s'y attendre. Certes, je ne nie pas que les pertes se sont succédé durant ces dernières années ; néanmoins les deux dernières décennies m'ont procuré plus de tranquillité et de bonheur que je ne l'imaginais possible. Sans oublier un bonus supplémentaire : *lire ses propres œuvres devient plus stimulant* ! La perte de mémoire offre des avantages inespérés. En tournant les pages du recueil de nouvelles, je brûlais de curiosité. J'avais oublié les fins !

29

Et Nietzsche a pleuré

En 1988, j'ai repris l'enseignement et le travail clinique, et collaboré avec Sophia Vinogradov, ancienne résidente en psychiatrie de Stanford, à la rédaction d'un *Guide concis de la psychothérapie de groupe*, destiné à un éditeur spécialisé (l'American Psychiatric Press). Mais je n'ai pas tardé à éprouver un sentiment d'inconfort familier : en l'absence de projet littéraire, j'avais l'impression d'aller à la dérive. Et je me suis remis à lire Nietzsche, enivré comme toujours par la puissance de sa langue, fasciné par cet étrange philosophe, cet homme si brillant, mais si seul et désespéré, qui avait tant besoin d'aide. Pendant des mois, je me suis immergé dans son œuvre, à la fin de quoi il m'est nettement apparu que mon inconscient avait déjà choisi un projet.

J'étais partagé entre deux désirs : continuer ma vie d'enseignant et de chercheur ou plonger dans l'écriture d'un roman. J'ai oublié la lutte interne qui a opposé ces deux désirs. Je connais seulement la solution : j'allais écrire un roman d'éducation, tâcher de transporter mes étudiants dans la Vienne de la fin du XIXe siècle, et leur permettre d'observer la naissance de la psychothérapie.

Pourquoi Nietzsche ? Contemporain de Freud, il ne semble pas avoir été concerné par la psychiatrie. Pourtant, nombre des déclarations émaillant son œuvre conviendraient exactement à l'éducation de thérapeutes. Prenez celles-ci :

« Médecin, guéris-toi toi-même, tu guériras ton malade de surcroît. Ta meilleure cure sera de lui montrer un homme qui s'est guéri lui-même. »

« Il te faudra construire quelque chose qui te dépasse. Mais je te demande d'être d'abord bien construit toi-même, et bien d'équerre, de corps et d'âme. »

« C'est bien là ce que je suis au fond et par nature : tirant, attirant, soulevant, élevant – haleur, éleveur et éducateur – et ce n'est pas en vain que je me suis dit naguère : "deviens qui tu es". »

Celui qui a un « pourquoi » qui lui tient lieu de but, peut vivre avec n'importe quel « comment ».

« Nous aimons en fin de compte nos désirs, et non ce que nous désirons. »

Plus d'un qui ne peut briser ses propres chaînes a su pourtant en libérer son ami.

J'ai imaginé cette histoire autrement, une fiction où Nietzsche jouerait un rôle majeur dans l'évolution de la psychothérapie, par une interaction entre lui et les personnages familiers associés à la naissance de la psychothérapie : Sigmund Freud, Josef Breuer, le mentor de Freud, et Anna O., la patiente de Breuer, première personne à avoir été traitée par la méthode psychanalytique. Si Nietzsche, un philosophe, avait joué un rôle clef dans la naissance de cette discipline, toute la face de la psychothérapie en aurait-elle été changée ?

Il se trouve que, pendant ma période de gestation, j'ai lu *Les Caves du Vatican*, d'André Gide. Il parle de l'histoire comme d'un roman qui a eu lieu, alors que le roman est une histoire qui aurait pu avoir lieu[1]. Ces mots m'ont fait sursauter : ils exprimaient exactement ce que je voulais écrire – un roman qui *aurait pu* être : écrire une genèse de la psychothérapie était tout à fait possible, pour peu que l'histoire eût tourné très légèrement sur son axe.

Dès que j'ai commencé, j'ai senti mes personnages s'agiter comme s'ils s'efforçaient de revenir à la vie. Ils réclamaient mon entière attention, alors que mes charges à Stanford étaient lourdes : j'enseignais (résidents et étudiants en médecine), j'assistais aux réunions de mon département, et je recevais des patients en thérapie individuelle et en thérapie de groupe. Aussi, en 1990, ai-je demandé quatre mois de congé sabbatique. Comme toujours, Marilyn a coupé la poire en deux : deux mois, pour me satisfaire, dans l'un des archipels

1. « Il y a le roman, et il y a l'histoire. D'avisés critiques ont considéré le roman comme de l'histoire qui aurait pu être, l'histoire comme un roman qui avait eu lieu. Il faut bien reconnaître, en effet, que l'art du romancier souvent emporte la créance, comme l'événement parfois la défie. » (Gallimard, 1972, p. 96.)

les plus isolés du monde, les Seychelles, et, bien sûr, deux mois à Paris.

Nous avons passé le premier mois à Mahé, l'île principale, le second à Praslin. Deux îles immaculées, bordées de plages spectaculaires, d'un silence presque inquiétant – ni journaux, ni Internet, ni téléphone –, l'endroit le plus propice à l'écriture que j'aie connu. Nous écrivions toute la matinée, Marilyn préparant une version anglaise de son livre sur les femmes témoins de la Révolution française qu'elle avait rédigé en français. L'après-midi, nous explorions l'île – marche le long des plages, plongée sous-marine –, cependant que mes personnages prenaient lentement vie. Le soir, lecture, dîner dans l'unique restaurant proche, tandis que je ne cessais de ruminer la suite de mon histoire.

J'ai commencé prudemment, collant aux faits historiques chaque fois que c'était possible. Il me fallut d'abord décider de la période où l'action allait se dérouler. Plusieurs facteurs incitaient à choisir 1882, l'année où Nietzsche, souffrant, envisageait le suicide et avait urgemment besoin d'aide. Ses lettres de cette époque décrivent les souffrances qu'il endure trois cents jours par an, au moins, et qui incluent des migraines atroces, un état de faiblesse, de graves problèmes visuels et de terribles maux d'estomac. En 1879, sa santé l'avait contraint de démissionner de son poste d'enseignant à l'université de Bâle, et depuis, il était devenu cet homme sans racines, qui jusqu'à la fin de sa vie voyagerait à travers l'Europe, de pension de famille en pension de famille, cherchant des conditions climatiques pouvant tempérer son angoisse. Sa correspondance révèle une profonde dépression. Ainsi peut-on lire dans une lettre de 1882 à son ami Franz Camille Overbeck : « … le vrai fondement, une mélancolie noire immuable […] Je ne vois plus la moindre raison de vivre ne serait-ce qu'une demi-année encore, tout est saturé, douloureux, dégoûtant. Je renonce, je souffre trop […] Je ne ferai plus jamais rien de bon, donc à quoi bon faire quelque chose ! »

En cette même année 1882, il affronte une épreuve effroyable : la fin de son aventure passionnée, quoique platonique, avec Lou Andreas-Salomé, belle jeune femme russe qui allait tourner la tête à bien des grands hommes, dont Freud et Rainer Maria Rilke. Nietzsche et son ami Paul Rée étaient tous les deux amoureux de Lou, et le trio avait envisagé de vivre ensemble à Paris. Un projet qui explosa quand Lou et Paul entamèrent une relation sexuelle. Anéanti, Nietzsche s'enfonça dans le désespoir. Tout semblait donc désigner l'année 1882, le nadir de la vie de Nietzsche, comme la période où devait se dérouler mon histoire.

Parfait amateur en matière d'écriture romanesque – même si je lisais des romans depuis toujours –, il me fallait trouver comment insérer mon intrigue dans une réalité corroborée par tant de témoignages. Je ne voyais qu'une solution : situer tout le roman pendant un imaginaire treizième mois. J'ai osé plonger dans la fiction, mais, pour prendre le moins de risques possible, j'ai utilisé personnages et événements historiques, plutôt que d'en inventer, au point de tirer certains dialogues de la correspondance même de Nietzsche. J'avais l'impression d'apprendre à pédaler sur un vélo avec des petites roues.

En définitive, l'idée clef m'est venue, qui a déclenché toute la suite : *imaginer ce qui se serait passé si Friedrich Nietzsche avait vécu à une période de l'histoire où il aurait pu inventer une psychothérapie, puisée dans ses propres écrits, qui l'aurait aidé à se soigner.*

Quel dommage, me disais-je souvent, de ne pas pouvoir situer l'histoire dix ans plus tard et imaginer une rencontre thérapeutique entre deux génies grandioses : Nietzsche le philosophe et Freud le psychanalyste. Mais l'histoire refusait de collaborer. En 1882, Freud était encore un jeune étudiant en médecine, il s'en fallait d'une décennie pour qu'il devienne un praticien célèbre. Durée pendant laquelle Nietzsche allait contracter une effroyable maladie cérébrale (très probablement une syphilis tertiaire) qui le laisserait en état de démence jusqu'à la fin de ses jours.

Alors, en l'absence de Freud, à qui Nietzsche aurait-il pu demander de l'aide ? Mes recherches ne me fournissaient aucun nom de thérapeute à Vienne, ni nulle part ailleurs dans le monde, pour la bonne raison que la psychothérapie était encore à naître. Comme je l'ai déjà mentionné, on considère souvent Freud comme le père de la psychanalyse, en fait il est beaucoup plus que cela : il est le père de la psychothérapie tout court.

Finalement, j'ai décidé que Nietzsche irait consulter le docteur Josef Breuer, professeur et mentor de Freud.

Médecin hors pair, Breuer était souvent appelé auprès de personnages éminents, y compris des membres de la famille royale, souffrant de maladies à l'origine obscure. Et surtout, en 1880, il avait inventé une thérapeutique psychique exceptionnelle, présageant la psychanalyse, pour une patiente connue sous le nom d'Anna O., atteinte d'hystérie. Breuer ne parla de ce traitement qu'à quelques étudiants, dont Freud, par ailleurs ami de la famille, et n'en publia le récit que douze ans plus tard dans un livre, *Études sur l'hystérie*, qu'il cosigna avec Freud.

Mais comment relier Breuer et Nietzsche ? Le hasard a fait que j'ai découvert une donnée historique appropriée : en 1882, le frère de Lou Salomé était en première année de médecine à la fac où enseignait Breuer. J'ai imaginé le scénario suivant : se sentant terriblement coupable de la peine qu'elle vient d'infliger à Nietzsche, Lou en parle à son frère qui, ayant suivi un cours où Breuer expose le cas Anna O., presse sa sœur d'aller consulter son professeur. Un écrivain plus expérimenté que moi n'aurait eu aucun mal à romancer ces événements, j'ai voulu m'en tenir à mon mantra : *Le roman, c'est de l'histoire qui aurait pu avoir lieu.*

J'ai réussi à monter la première partie de l'intrigue. Via Lou Salomé, Nietzsche consulte Breuer pour ses problèmes de santé physique. Breuer s'efforce de trouver un moyen de traiter aussi ses troubles psychiques, mais Nietzsche est trop fier pour abdiquer et se mettre en son pouvoir. Breuer essaie toutes les tactiques qu'il connaît, en vain, le traitement aboutit à une impasse totale. À ce stade, à force de calquer le caractère des deux protagonistes, Breuer et Nietzsche, je me retrouvais acculé, et j'ai passé des jours à essayer de m'en sortir. Je sais que de nombreux écrivains commencent par un plan détaillé, moi je m'en remets à mon inconscient et laisse personnages et événements évoluer de façon naturelle dans ma tête, me contentant d'enregistrer et de peaufiner le travail. Dans le cas de ce livre, l'évolution s'était bloquée.

Marilyn et moi avions entendu parler de Silhouette, une belle île, très peu visitée, proche de Mahé ; nous y sommes allés en ferry pour un week-end. À peine arrivés, nous avons affronté une tempête tropicale, vents terribles et pluies torrentielles, ne nous laissant d'autre choix que de rester à l'intérieur, et d'écrire. C'est là que le verrou a sauté, qui m'a permis de résoudre le problème Nietzsche-Breuer. J'étais si surexcité que je suis sorti en courant sous la pluie pour rejoindre Marilyn. Je l'ai trouvée dans le petit salon de l'hôtel, et là, tout de go, je me suis mis à lire à haute voix les dernières lignes du chapitre où Breuer rentre chez lui après s'être fait rabrouer une fois de plus par Nietzsche.

Il écoutait le vent, le bruit de ses pas, le craquement de la fragile croûte de neige gelée sous ses pieds. Et soudain il sut comment faire – la seule façon de faire ! Tout le long du chemin qui le ramenait chez lui, à chacun de ses pas qui écrasait la neige, il scanda : « Je sais comment faire ! Je sais comment faire ! »

Avoir réussi à éveiller la curiosité de Marilyn me parut un excellent signe, et j'ai continué de lui lire le dénouement. Ce que Breuer avait imaginé pour vaincre la résistance de son patient consistait à renverser la situation et à demander à devenir *lui* le patient d'un Nietzsche thérapeute.

Des années plus tard, écrivant un essai sur le roman pour un recueil d'articles intitulé *The Yalom Reader*, je me suis demandé à quelle source j'avais puisé cette idée. Peut-être dans le roman de Hermann Hesse *Le Jeu des perles de verre*, où l'on trouve l'histoire de deux guérisseurs, l'un vieux, l'autre jeune, qui vivent aux deux extrémités d'un continent. Le jeune tombe malade, plonge dans le désespoir, et entreprend un long voyage pour quémander l'aide de son rival, Dion. Durant ce voyage, un soir, dans une oasis, le jeune entre en conversation avec un autre voyageur, un homme âgé, qui n'est autre que Dion lui-même ! Dion l'invite à résider chez lui, où ils vont vivre et travailler ensemble pendant des années, d'abord comme enseignant et élève, puis comme collègues. Bien plus tard, quand Dion tombe malade à son tour, il appelle son collègue et lui dit à peu près :

— *J'ai un grand secret à te révéler. Te souviens-tu de la nuit où nous nous sommes connus et où tu m'as dit que tu étais en chemin pour venir me voir ?*

— *Oui, oui. Je n'oublierai jamais cette nuit et ma première rencontre avec toi.*

— *Eh bien, moi aussi j'étais désespéré en ce temps-là et je m'étais mis en route pour te demander de l'aide !*

Les rôles sont inversés de manière analogue dans un fragment d'*Emergency*, une pièce de théâtre du psychiatre Helmut Kaiser, publié dans une revue psychiatrique en 1962. Une femme va voir un thérapeute et le supplie d'aider son mari, thérapeute lui-même, plongé dans une telle dépression qu'il risque de se suicider. Le thérapeute accepte.

— *Oui, bien sûr, je le recevrai. Demandez-lui d'appeler pour prendre rendez-vous.*

— *C'est là qu'est le problème. Mon mari nie être déprimé et refuse l'idée d'une thérapie.*

— *Dans ces conditions, je suis désolé, mais je ne vois pas comment je pourrais l'aider.*

— *Vous pourriez prétendre être vous-même un patient et trouver ensuite un moyen de le secourir.*

Hélas ! nous ne saurons jamais si la stratégie a réussi puisque le reste de la pièce n'a jamais été écrit.

Je me suis rappelé, depuis, que j'avais été témoin d'un incident analogue. J'ai vu Don Jackson, psychiatre ingénieux, questionner un patient souffrant d'une schizophrénie délirante, vêtu d'un pantalon mauve et d'un peignoir flottant rouge. Il passait ses journées dans la salle d'hôpital, perché sur une chaise haute, fixant en silence patients et soignants comme s'ils étaient en train de le supplier. Après avoir observé pendant plusieurs minutes le comportement royal du malade, le docteur Jackson tomba à genoux, courba la tête et, tendant le bras, lui offrit les clefs de la salle en disant : « Votre Majesté, c'est vous et non pas moi qui devriez les avoir. » Abasourdi, l'homme fixa tour à tour le médecin agenouillé et les clefs, pour finir par dire – les premiers mots qu'il prononçait depuis de nombreux jours – : « Mistah[1], l'un de nous ici est très très fou. »

Vers la fin de notre séjour aux Seychelles, j'ai commencé à éprouver des troubles de la vision, couplés à une réaction douloureuse à la lumière matinale. Un médecin local me prescrivit un onguent qui soulagea la douleur, mais la photophobie continua et je dus rester dans le noir jusque vers midi, quand la lumière devenait supportable. La seule pièce sans fenêtre étant la salle de bains, c'est là que j'écrivais chaque matin, à la seule lumière de mon ordinateur. Ainsi apparurent les premiers symptômes de la dystrophie de Fuchs, maladie de la cornée dont j'allais souffrir pendant des décennies. Elle se caractérise par la diminution du nombre de cellules épithéliales de la cornée qui régulent l'évacuation du fluide accumulé pendant la nuit, quand les paupières sont fermées. La cornée s'épaissit et enfle, ce qui affaiblit la vision. Le matin, les paupières s'ouvrent, le fluide peu à peu s'évapore, et la vue s'améliore graduellement au cours de la journée.

Le roman venait si facilement que je serais volontiers resté aux Seychelles pendant que Marilyn se rendrait à Paris, mais il était essentiel que je voie un ophtalmologue. Le praticien consulté m'a appris que le seul recours était une greffe de cornée. Opération que j'ai repoussée à notre retour à Stanford.

1. Prononciation déformée de Mister.

Nous avons loué un appartement près du jardin du Luxembourg, doté d'excellentes persiennes, ce qui m'a permis d'arriver à la fin du livre, deux mois plus tard. J'ai expédié par courrier le manuscrit à mon agent, Knox Burger, qui s'était déjà occupé du *Bourreau de l'amour* et qui l'a immédiatement rejeté : « Impossible de vendre ce roman : il ne s'y passe rien. » Il me suggérait d'apprendre à construire une intrigue en lisant le manuscrit du roman *La Place rouge* de Martin Cruz Smith, l'un des autres écrivains qu'il représentait. En quête d'un nouvel agent, j'ai opté pour Owen Laster, de l'agence William Morris, qui accepta immédiatement mon manuscrit et le vendit à Basic Books, éditeur essentiellement d'ouvrages de non-fiction, qui, de toute son histoire, n'avait publié qu'un seul roman (*The Doctor of Desire*, d'Allen Wheelis).

À la parution, un court article dans le *New York Times* qualifia *Et Nietzsche a pleuré*[1] de « petit roman soporifique ». Ce fut la critique la plus négative. Elle fut suivie d'une quantité d'articles, très élogieux, dans divers journaux et magazines ; quelques mois plus tard, *Et Nietzsche a pleuré* se vit attribuer la médaille d'or du meilleur roman de l'année par le Commonwealth Club of California. Deuxième prix ? *La Place rouge* de Martin Cruz Smith !

---

1. Galaade, 2007.

Devant une tour faite d'exemplaires
de *Et Nietzsche a pleuré*, Vienne, 2009.

Les ventes du livre, bonnes aux États-Unis, furent totalement éclipsées par le succès dans les pays étrangers. Traduit en vingt-sept langues, c'est en Allemagne qu'il s'est le plus vendu, mais c'est en Grèce qu'il eut le plus de lecteurs en proportion du nombre d'habitants. En 2009, le maire de Vienne l'a choisi comme livre de l'année. Chaque année, en effet, la municipalité sélectionne un livre et en imprime 100 000 exemplaires, qu'elle distribue gratuitement ; on en trouve alors dans les pharmacies, les boulangeries, les écoles, et à la foire du livre. Marilyn et moi avons été invités pour une semaine à diverses présentations du roman, notamment au musée Freud, à Vienne, où, dans la pièce qui fut le salon de Freud, un philosophe autrichien a suscité une discussion sur mon texte. Le clou de la semaine fut une formidable soirée de gala, réunissant plusieurs centaines de personnes à l'hôtel de ville et présidée par le maire. Je fis un discours, puis on servit le dîner et la soirée s'acheva par une joyeuse valse viennoise. Vu mes piètres qualités de danseur, Marilyn valsa avec notre ami Hans Steiner, psychiatre à Stanford et d'origine autrichienne, venu à Vienne avec sa femme, Judith, pour l'occasion. En définitive, une aventure quelque peu extravagante…

Deux ans après la publication du livre, alors que je faisais une tournée de conférences à Munich et à Berlin, un réalisateur allemand m'a proposé de tourner un documentaire où l'on me verrait découvrir les différents lieux d'Allemagne où Nietzsche avait vécu. C'est ainsi que nous avons visité ensemble la maison où Nietzsche est né et a grandi, à Röcken, et l'église dont son père était le pasteur. À côté de l'église se trouve la sépulture où Nietzsche, ses parents et sa sœur sont ensevelis. Une rumeur veut qu'Elisabeth ait fait déplacer le corps de son frère afin qu'il repose entre leur père et leur mère. À Pforta, l'école primaire qu'il fréquentait, un vieil instituteur m'a raconté que le jeune Nietzsche, excellent en lettres classiques, n'était pourtant pas le premier de sa classe. À Weimar, dans la maison d'Elisabeth transformée en musée, j'ai vu le document officiel d'admission de son frère à l'hôpital de Iéna, peu de temps avant sa mort. Le diagnostic est précis : « Paralysie générale d'origine syphilitique ». Accrochée à un mur du musée, une photo montre Hitler offrant à Elisabeth un bouquet de roses blanches. Et, dans les archives réunies là, se trouve une toute première version de ce qui deviendra *Ainsi parlait Zarathoustra*, texte que j'ai eu le bonheur de tenir entre mes mains. Des années encore après, Pinchas Perry a réalisé un film à partir de mon roman. Film à petit budget, où l'acteur Armand Assante (connu des mordus du cinéma) incarne Nietzsche avec beaucoup de véracité. Le rôle dont il est le plus fier, m'a-t-il affirmé un jour.

Avec Marilyn et un portrait de moi au dîner
à l'hôtel de ville de Vienne, 2009.

L'une des plus grandes surprises de ma vie, je l'ai eue le jour où, onze ans après la publication, j'ai reçu une lettre d'une chercheuse travaillant sur les archives de Weimar. Elle venait juste de découvrir, me disait-elle, une lettre datée de 1880 d'un ami de Nietzsche le conjurant d'aller consulter le docteur Breuer ! Elisabeth s'y opposa, au motif que son frère avait déjà consulté nombre de médecins connus. Il est fort possible que celle que Nietzsche appelait une « dinde antisémite » ait rejeté ce projet parce que Breuer était juif. Cette lettre et deux autres qui l'ont suivie figurent dans la version audio (langue anglaise) du roman. Ainsi, grâce à cette surprenante découverte, ai-je reçu confirmation que j'étais resté fidèle à Gide : *Le roman, c'est de l'histoire qui aurait pu avoir lieu.*

30

Mensonges sur le divan

Après avoir vécu dans les nuages avec *Et Nietzsche a pleuré*, il m'a fallu redescendre sur terre, à l'appel de mon manuel *Théorie et pratique de la psychothérapie de groupe*. Qui avait de nouveau besoin d'un bon lifting. Comme un bœuf attelé à sa charrue, j'ai consacré les dix-huit mois suivants à consulter les archives de la bibliothèque médicale de Stanford, ajoutant à mon texte des découvertes récentes et surtout, le plus douloureux, en retranchant les matériaux démodés.

Pendant ce temps, dans un coin de mon cerveau, un nouveau roman germait. Tout en pédalant sur mon vélo ou durant les moments tranquilles qui précèdent le sommeil, je faisais des essais d'intrigue et de personnages, qui débouchèrent sur l'écriture d'un conte que je voulais intituler *Lying on the Couch*, très content du double sens : il y aurait beaucoup de mensonges et beaucoup de psychothérapie sur ce divan[1].

Ayant terminé mon apprentissage de romancier, je me suis lancé en roue libre et ai cessé de m'angoisser en voulant absolument faire coller personnages et événements avec une certaine exactitude historique de lieu et de temps. J'allais me donner le plaisir de composer une intrigue fictive peuplée de personnages totalement inventés et, à moins que le monde ne fût plus cinglé que je ne l'imaginais, ce serait un roman qui n'aurait *jamais pu* exister. Toutefois, sous-jacentes aux aventures d'un roman comique, des questions substantielles se poseraient que j'avais l'intention d'explorer. Nous, les psychanalystes, devons-nous, comme le préconisent les pionniers de la discipline, retenir notre moi véritable et n'offrir que des interprétations et un écran vierge ? Ou bien faire preuve d'ouverture, de sincérité et révéler nos sentiments et nos expériences à nos patients ? Et, dans ce cas-là, dans quels pièges risquons-nous de tomber ?

En matière de littérature psychiatrique professionnelle, j'ai beaucoup écrit sur l'importance de l'interrelation en thérapie. La force agissante n'est pas d'origine intellectuelle, ce n'est ni de l'interprétation ni de la catharsis, c'est la rencontre authentique entre deux personnes. La pensée psychanalytique contemporaine est parvenue graduellement à la conclusion

---

1. *Mensonges sur le divan*, Galaade, 2006. *Lying*, participe présent du verbe *to lie*, signifie mentir ou être allongé.

que l'interprétation ne suffit pas. L'un des articles les plus cités récemment sur la question a pour titre : « Mécanismes non interprétatifs de la thérapie psychanalytique : le "quelque chose de plus" que l'interprétation[1] ». Ce « quelque chose de plus », appelé « moments présents » ou « moments de relation », ne diffère guère de ce que mon héros Ernest tente d'écrire dans un article qu'il intitule : « L'intermédiarité : une affaire d'authenticité en psychothérapie ».

Avec mes patients, individuels ou en groupe, je m'efforce constamment de parvenir à une relation authentique. Je suis actif, je m'engage à titre personnel, et souvent je me concentre sur l'ici et maintenant : une séance se déroule rarement sans que je mette en question nos rapports mutuels. Mais jusqu'où le thérapeute peut-il aller dans la révélation de son moi ? Ce sujet vital de la transparence, chaudement débattu entre professionnels, est analysé, disséqué, étiré jusqu'à l'extrême limite dans ce roman que j'ai voulu comique.

Je viens juste de le relire pour la première fois depuis des années, et beaucoup de choses me frappent, que j'avais oubliées. Totalement inventée, l'intrigue n'en contient pas moins nombre d'événements de ma propre vie. Ce qui n'a rien d'exceptionnel. J'ai entendu un jour Saul Bellow affirmer : « Quand un romancier naît dans une famille, c'est catastrophique pour elle. » On sait

1. Daniel N. Stern, Louis W. Sander, Jeremy P. Nahum, « Non interpretive mechanisms in psychoanalytic therapy : the "something more than" interpretation », *The International Journal of Psychoanalysis*, n° 79, novembre 1998.

que les personnages de son enfance peuplent toute son œuvre. Un an environ avant que j'entreprenne mon roman, un ami d'ami tenta de m'escroquer en me vendant des actions d'une société qui, je l'ai appris plus tard, n'existait pas. Marilyn et moi lui avons donné 50 000 dollars à investir. Et nous avons effectivement reçu des certificats de dépôt, d'apparence tout à fait officielle, d'une banque suisse. Quelque chose dans sa personnalité éveilla néanmoins mes soupçons. J'ai apporté les certificats à une filiale de la banque suisse qui a constaté la contrefaçon de la signature. Puis j'ai appelé le FBI tout en prévenant l'escroc que je le faisais. Juste avant ma rencontre avec les agents du renseignement, il a débarqué chez moi avec 50 000 dollars en liquide. Ainsi ai-je imaginé le personnage de Peter Macondo, l'arnaqueur de thérapeutes.

Bien d'autres personnes et événements, des composantes importantes de moi-même aussi, se sont glissés dans ce roman. Des récits de parties de poker et la caricature des joueurs, moi compris. Mes problèmes de vue m'interdisent désormais de me livrer à ma passion, mais quand je déjeune avec des vieux copains de jeu, ils s'appellent entre eux par le nom que je leur ai donné dans mon histoire. Il y a aussi une patiente (rendue méconnaissable) que j'avais trouvée particulièrement séduisante, et un psychiatre sophistiqué mais arrogant qui a une année supervisé mon travail. Le personnage de Paul doit beaucoup à mon ami Saul, connu à l'université Johns-Hopkins. Le mobilier et les objets sont en grande partie réels, dont une sculpture en verre que Saul a réalisée pour moi, qui représente un homme regardant par-dessus la coupe qu'il tient dans ses mains, et intitulée *Sisyphe admirant la vue*. La liste est longue de tous ces ingrédients : mes détestations, livres, vêtements, gestes, souvenirs de ma prime enfance, l'histoire des immigrants que furent mes parents, parties d'échecs et de belote avec mon père et mes oncles – et même cette habitude que j'avais de taper à coups de pied sur mes chaussures pour en chasser la sciure dont elles étaient couvertes. Je raconte l'histoire du père d'un de mes personnages, Marshal Streider, propriétaire d'une petite supérette à l'angle de Fifth et R Streets, à Washington. Quand un client lui demande une paire de gros gants de travail, il prétend aller les chercher dans l'arrière-boutique et file par la sortie de secours au marché tout proche en acheter une paire à dix *cents*, qu'il revend ensuite treize *cents* à son client. L'histoire m'avait été racontée par mon père, qui possédait une boutique à cette adresse juste avant ma naissance.

Le récit détaillé de l'éviction d'un psychanalyste d'un institut de psychanalyse a pour fondement l'expulsion de Masud Khan de la Société psychanalytique britannique en 1988. Charles Rycroft, mon thérapeute anglais, avait assisté à l'événement et me l'avait raconté en détail. Quant au rêve où apparaît « Smoky l'ours », je l'ai fait la nuit qui a suivi la mort de Rollo May. Nombre de patronymes des personnages ont une signification particulière pour moi – notamment celui d'Ernest Lash, le héros. En écrivant son aventure avec sa séduisante patiente, j'ai souvent pensé à Ulysse, s'attachant au mât de son bateau pour échapper aux appels lascifs des sirènes, d'où son nom[1]. De même pour Terry Fuller, autre membre de mon institut psychanalytique fictif, dans la réalité l'un de mes anciens étudiants, Fuller Torrey, devenu un éminent psychiatre. À l'exemple de l'un de mes superviseurs à Hopkins, Marshal Streider marche d'un pas décidé et défend la loi avec vigueur (à l'exception d'une monumentale erreur de jugement).

Bien que je soutienne l'idée de la sincérité des psychothérapeutes, j'ai décidé de soumettre Ernest Lash à un énorme défi. Pour des raisons expliquées dans le roman, il tente une expérience audacieuse : se montrer totalement transparent avec le prochain patient qui franchira sa porte. Hélas, le nouveau patient en question se trouve être une femme inconnue, une avocate, qui a une idée en tête : se venger de son mari qui vient de demander le divorce, poussé, croit-elle, par Ernest, dont il est aussi le patient. Pour ce faire, elle envisage de séduire le psy et par ce moyen de le ruiner. Jamais écrire ne m'avait autant amusé que lorsque j'ai entrepris de raconter cette histoire de thérapeute voué à l'authenticité et de patiente appliquée à piéger son psy. Sans compter l'une des histoires secondaires, où j'invente la façon dont la Société psychanalytique britannique expulse à grand fracas un analyste accusé d'interprétations hérétiques et décide d'envoyer une note publique de rappel (semblable à celles des

1. *To lash* : s'attacher, s'arrimer.

fabricants de voitures) à tous les patients qui ont été victimes de ses interprétations nuisibles.

Plusieurs cinéastes ont voulu adapter mon roman pour l'écran, dont Harold Ramis, qui a acheté les droits, mais n'a pu ensuite trouver le financement nécessaire. Sa mort en 2014 m'a beaucoup peiné. La même chose s'est produite avec le réalisateur, Chinois de Hong Kong, Wayne Wang – achat des droits puis manque de financement. Par la suite, alors qu'il tournait le film *Last Holiday* (*Vacances sur ordonnance*), histoire d'une femme atteinte d'une maladie mortelle (interprétée par Queen Latifah), il m'a demandé de prendre les acteurs en analyse de groupe (une thérapie de deux jours à La Nouvelle-Orléans) pour les sensibiliser aux questions que pose la proximité d'un malade qui sait qu'il va mourir. Je me suis beaucoup réjoui de travailler avec les acteurs, Queen Latifah, LL Cool J et Timothy Hutton, des gens d'esprit ouvert, bien informés, qui s'affirmaient séduits par mes observations.

Finalement, Ted Griffin, le scénariste talentueux de *Ocean's Eleven* notamment, est entré en scène et détient les droits depuis plusieurs années. Il a écrit un scénario et contacté Anthony Hopkins, l'une de mes idoles, avec qui j'ai eu des conversations téléphoniques passionnantes. Sans résultat jusqu'à présent. Par ailleurs, je ne peux m'empêcher de craindre qu'une adaptation cinématographique ne passe à côté des messages sérieux du roman et ne se concentre trop, peut-être même exclusivement, sur les affaires sexuelles et d'escroquerie. Je me sens maintenant légèrement embarrassé par l'exubérance érotique de mon héros. Ma femme, ma première lectrice depuis toujours, a écrit en capitales sur la dernière page du manuscrit : « N'AS-TU RIEN D'AUTRE À RACONTER AUX AMÉRICAINS SUR TES FANTASMES SEXUELS ? »

31

Momma et le sens de la vie
ou
La Malédiction du chat hongrois

Chaque année, pour la cérémonie de remise des diplômes, les résidents en psychiatrie écrivent un sketch satirique sur certains aspects de leur expérience à Stanford. J'en fus la cible : on y voyait ma caricature constamment en train de caresser une pile de livres avec le nom « Yalom » au dos de la couverture. Non seulement je ne m'en suis pas offusqué, mais j'ai été très content de constater que j'avais écrit tant de bouquins.

À l'époque, je travaillais à un ouvrage de commande d'un éditeur, *The Yalom Reader*, mis au point par mon fils Ben, qui contient des extraits de mes œuvres précédentes et de nouveaux essais. En fin de rédaction du dernier essai, j'ai fait un rêve fort et inoubliable sur ma mère, que j'ai raconté dans l'histoire qui a donné son titre à mon livre suivant[1].

Crépuscule. Je suis peut-être mourant. Des formes sinistres entourent mon lit : moniteur cardiaque, bouteilles d'oxygène, flacon de goutte-à-goutte, boucles de tuyaux en plastique – les entrailles de la mort. Je ferme les paupières. Je glisse dans l'obscurité.

Soudain, je saute du lit, je file de ma chambre d'hôpital, je sors en pleine lumière au soleil du parc d'attractions de Glen Echo où j'ai passé tant de dimanches d'été, il y a des décennies. J'entends la musique des manèges. J'inspire le parfum humide, caramélisé des pommes d'amour et du pop-corn poisseux. Je marche droit devant moi, sans hésiter ni devant le stand du Flan givré de l'Ours polaire ni devant les montagnes russes à double plongeon, ni devant la grande roue – tout ça pour aller faire la queue devant la Maison de l'Horreur. Mon ticket acheté, j'attends que la prochaine voiture passe le tournant et s'arrête à grand bruit devant moi. Une fois assis, la barre de sécurité baissée pour que je ne coure aucun risque, je jette un dernier coup d'œil autour de moi – et là, au milieu d'un petit groupe de curieux, je la vois.

Je lui fais signe des deux bras, je l'appelle, si fort que tout le monde m'entend. « Momma ! Momma ! » Et à cet instant, la voiture bondit en avant et heurte la double porte, qui s'ouvre et me précipite dans l'énorme gueule

1. Ce livre intitulé *Momma and the Meaning of Life*, paru en 1999, a été publié en français sous le titre *La Malédiction du chat hongrois. Contes de psychothérapie* (Galaade, 2008).

noire. Je recule aussi loin que je peux et, avant d'être avalé par l'obscurité, je crie de nouveau «Momma! Comment je vais faire, Momma? Momma, comment je vais faire?».

Le message du rêve serait-il – et cette possibilité m'atterre – que j'ai mené toute ma vie avec cette pauvre femme pour principal spectateur? Toute ma vie j'ai cherché à m'échapper de mon passé – le ghetto, l'épicerie – mais se pourrait-il que je n'aie échappé ni à mon passé ni à ma mère?

Laquelle avait un rapport conflictuel avec sa propre mère, qui a passé les dernières années de sa vie dans une maison de retraite. Outre le ménage, la cuisine et le travail au magasin, elle faisait des gâteaux qu'elle apportait – quatre heures de train – à ma grand-mère, qui, au lieu de la remercier, délirait sur son fils Simon, le frère de ma mère, dont elle ne recevait jamais autre chose qu'une bouteille de 7UP.

Ma mère m'avait raconté tant de fois cette histoire que je cessais d'écouter, fatigué de sa diatribe. À présent, je pense différemment. Il est évident qu'elle se sentait mésestimée par moi, son fils unique. Je me pose souvent cette question: «Pourquoi me suis-je montré si peu compatissant?» Incapable de lui dire: «Comme c'est injuste! Avec tout ce que tu faisais pour elle, ta mère ne savait que chanter les louanges de Simon avec son 7UP.» Était-ce vraiment si difficile de lui dire cela? De prononcer ces quelques mots? Cette simple marque de compréhension aurait tant signifié pour elle.

Et peut-être que si je l'avais dit, elle ne continuerait pas de hanter mes rêves.

Bien sûr, le rêve me terrifie, qui véhicule l'idée que, alors que je me rapproche de ma mort, cette maison obscure des horreurs, je suis encore en quête d'approbation. Pas de ma femme, de mes enfants, de mes amis, collègues, étudiants ou patients, mais de ma mère ! Cette mère que j'ai détestée et dont j'avais si honte. Oui, dans mon rêve, c'est vers elle que je me tourne. C'est à elle que je pose l'ultime question : « Comment je vais faire ? » Quelle meilleure preuve y a-t-il du pouvoir indéfectible des attachements de la prime enfance ?

Un regret semblable joue un rôle dans la psychothérapie d'une de mes patientes actuelles. Elle avait demandé des séances de consultation via Skype. À notre deuxième rencontre, je lui ai demandé quelle était sa relation avec ses parents.

— Ma mère est une sainte, et j'ai toujours eu une relation chaleureuse, merveilleuse avec elle. Mais mon père… c'est une autre histoire.

— Dites-moi ce qu'est votre relation.

— La meilleure description que je puisse vous donner, c'est que nos rapports ressemblent beaucoup à ceux que vous racontez dans *La Malédiction du chat hongrois*. Mon père travaillait dur et faisait vivre la famille, mais c'était un tyran. Je ne l'ai jamais entendu faire un compliment ou dire un mot agréable à quiconque dans la famille, ni aux personnes qui travaillaient dans son entreprise. Il y a huit ans, son frère aîné, qui était aussi son associé en affaires, s'est suicidé ;

l'entreprise a périclité et mon père a été déclaré en faillite. Il a tout perdu. Maintenant, il est furieux et déprimé et passe ses journées à regarder par la fenêtre. Je le soutiens financièrement depuis sa faillite, je n'ai pas droit à un mot de remerciement. Hier, au petit déjeuner, nous avons eu une grave dispute, il a jeté son assiette par terre et a quitté la pièce.

Nous en étions à notre troisième séance, mais puisqu'elle avait lu mon livre, j'ai reparlé de mon manque de compassion envers ma mère et des remords que j'en éprouvais.

— Je me demande si un jour vous n'éprouverez pas des remords semblables à cause de votre père.

— Peut-être, a-t-elle acquiescé.

— On peut supposer que votre père, qui a exercé tant de pouvoir sur sa famille et à l'intérieur de son entreprise, se sente très humilié d'avoir besoin du soutien financier de sa fille.

— Nous n'en avons jamais parlé.

— Seriez-vous prête à essayer ?

— Je ne suis pas sûre. Il faut que j'y réfléchisse.

La semaine suivante, elle a raconté un affrontement avec son père.

— Je possède un grand magasin de vêtements, et nous donnions une réception pour présenter la nouvelle collection. J'ai donné une invitation à mon père, en pensant que ça le distrairait. Il est venu et, sans rien me dire, il est allé faire le joli cœur avec les vendeuses, tenant à leur faire savoir qu'il était mon père. Quand je l'ai appris, plus tard à la maison, j'étais furibarde :

« Comment as-tu pu faire ça ? Tu aurais pu vérifier d'abord que j'étais d'accord. Je ne veux pas que ma vie professionnelle et ma vie personnelle se mélangent. » Il s'est mis à hurler, moi aussi, et finalement il est rentré dans sa chambre en claquant la porte.

— Et ensuite ?

— Je voulais partir, et puis j'ai pensé à la soirée lamentable qu'allait passer ma mère… et mon père aussi, et à ce que vous m'aviez dit. Alors, j'ai inspiré un bon coup et j'ai frappé à sa porte : « Écoute, papa, je suis désolée. Mais c'est comme ça que je voyais les choses. Je t'ai invité à ma réception, mais pas pour que tu tiennes compagnie à mes employées. Je voulais partager le plaisir de la soirée avec toi. »

— Vous avez dit juste ce qu'il fallait. Et ensuite ?

— Pour une fois, il est resté silencieux, l'air abasourdi. Et puis, il s'est approché, m'a prise dans ses bras et s'est mis à pleurer. Je ne l'avais jamais, jamais vu pleurer. Du coup, j'ai pleuré. Nous pleurions tous les deux.

Oui, c'est une histoire vraie. Presque mot pour mot.

Le recueil *Momma et le sens de la vie* contient un conte pédagogique, sûrement le plus fonctionnel que j'aie jamais écrit : « Sept leçons supérieures de thérapie du deuil », un abécédaire pour les thérapeutes qui appliquent une approche existentielle.

Irene, chirurgienne estimée, avait sollicité mon aide. Son mari était en train de mourir d'un cancer. Le jeune âge du malade n'en rendait la douleur d'Irene que plus aiguë. J'avais passé plusieurs années à diriger une thérapie de groupe pour des gens ayant récemment perdu leur conjoint ou conjointe. De ce fait, je me considérais comme un expert dans ce domaine et j'ai accepté de travailler avec Irene, femme d'une intelligence hors pair mais d'une froideur de glace avec elle-même et avec les autres. Je l'ai suivie pendant deux ans, et notre travail m'a prouvé que j'avais encore beaucoup de choses à apprendre sur le sentiment de perte : d'où le titre de mon histoire : « Sept leçons supérieures de thérapie du deuil ».

La première leçon m'est venue à l'esprit dès notre première séance, quand elle m'a raconté son rêve de la nuit précédente.

Je suis toujours chirurgienne, mais je suis aussi étudiante en anglais. Pour me préparer à un cours, je dois étudier deux textes, un ancien et un moderne, mais qui portent le même titre. Je ne suis pas prête pour le séminaire, parce que je n'ai lu aucun des deux textes. Je n'ai surtout pas lu l'ancien, le premier texte qui m'aurait préparée au second.

Je lui demande si elle se rappelle vaguement leur titre. « Oh oui, je m'en souviens très bien. Ces deux livres avaient pour titre : *La Mort de l'innocence.* » Pour le thérapeute que je suis, compte tenu de mes centres d'intérêt et de mon origine, cet aveu est un formidable cadeau. Imaginez, deux textes – un ancien et un nouveau – et l'ancien (c'est-à-dire celui de la prime enfance) nécessaire pour comprendre le nouveau... Non seulement le rêve d'Irene contenait la promesse d'une chasse au trésor intellectuelle du plus haut niveau, mais c'était aussi un *premier rêve*. Comme je l'explique dans « Sept leçons supérieures », depuis 1911, l'année où Freud a examiné l'importance du rêve primordial, une mystique entoure le sujet. Freud croit que ce rêve sans artifice est très révélateur parce que en début de thérapie le patient baisse sa garde. Au fur et à mesure que la thérapie progresse, le « tisseur de rêves », qui réside dans notre inconscient, devient plus prudent et prend soin de fabriquer des rêves plus complexes et pleins de faux-fuyants.

À la suite de Freud, j'ai souvent imaginé le tisseur de rêves comme un homoncule grassouillet et jovial, menant la belle vie dans une forêt de dendrites et d'axones. Il dort le jour, mais la nuit, allongé sur un coussin de synapses vibrantes, il boit de l'hydromel et tisse paresseusement des séquences de rêves pour son hôte. La veille de la première visite à un thérapeute, l'hôte s'endort habité de pensées conflictuelles sur la thérapie à venir et, comme toujours, l'homoncule se met à son travail nocturne, heureux de tisser les peurs et les espoirs en un rêve simple et transparent. Par la suite, mis en alerte, l'homoncule apprend que le thérapeute a habilement interprété son rêve. L'homoncule tire gracieusement son chapeau à son adversaire si compétent – le thérapeute qui a déchiffré le code de son rêve –, mais dès lors, il prend soin d'enfouir la signification du rêve de plus en plus profondément dans son déguisement nocturne. Ce ne serait qu'une histoire ridicule… si seulement je n'y avais pas cru !

Je me rappelle avec une clarté effrayante mon propre rêve de la nuit qui a précédé la première séance de mon analyse il y a cinquante ans, et que je décris aussi dans mon ouvrage.

Je suis allongé sur la table d'examen d'un médecin. Le drap est trop petit pour bien me couvrir. Je vois une infirmière qui insère une aiguille dans ma jambe – dans mon tibia. Soudain, retentissent un sifflement et un gargouillement explosif – WHOUUUUSH !

Le nœud du rêve – le puissant WHOUUUUSH ! – fut immédiatement clair pour moi. Enfant, j'étais affligé d'une sinusite chronique, et, chaque hiver, ma mère me conduisait chez le docteur Davis pour un drainage et un lavage des sinus. Je détestais ses dents jaunes et ses yeux de poisson qui me scrutaient via le miroir circulaire attaché au bandeau que portaient à l'époque les oto-rhino-laryngologistes. Tandis qu'il insérait une canule dans le foramen, je ressentais une violente douleur, puis j'entendais un *whouuuush* assourdissant quand la solution saline injectée jaillissait dans mes sinus. En voyant le magma tremblotant et répugnant dans le haricot en inox, j'avais l'impression qu'une partie de mon cerveau avait été extraite avec le pus et le mucus. Au début de mon analyse, dans mon premier rêve, l'horreur réelle s'était mélangée à la peur que j'avais d'étaler mes pensées honteuses et dégoûtantes sur le divan.

Irene et moi avons travaillé dur sur son rêve initial.

— Ainsi, vous n'aviez donc lu aucun des deux textes, commençai-je, *surtout pas* l'ancien.

— Oui, oui. Je m'attendais à ce que vous me demandiez ça. Je n'avais lu aucun des deux textes, mais *surtout*, je n'avais pas lu l'ancien.

— Une idée de ce que ces textes peuvent signifier dans votre vie ?

— Pas une idée : je sais très exactement ce qu'ils veulent dire.

J'attendis qu'elle continue mais elle resta silencieuse, les yeux tournés vers la fenêtre. Je n'étais pas encore habitué à ce trait de caractère horripilant d'Irene : elle ne proposait aucune conclusion si on ne l'y incitait pas explicitement.

Ennuyé, je laissai le silence durer une ou deux minutes puis je cédai :

— Et la signification de ces deux rêves, Irene ?

— La mort de mon frère, quand j'avais vingt ans, c'est le texte ancien. La mort à venir de mon mari, c'est le texte moderne.

— Le rêve nous dirait donc que vous ne sauriez assumer la mort de votre mari tant que vous n'aurez pas assumé celle de votre frère.

— C'est ça, précisément.

Le *contenu* de ce que nous traitions était lumineux, mais la nature des relations entre nous était conflictuelle et très tendue. Au bout du compte, le travail sur notre relation se révéla la véritable solution du traitement. Au cours d'une séance, notre discussion sur un rêve où elle nous voyait séparés, elle et moi, par un mur de corps, aboutit à une explosion.

— Comment pouvez-vous me comprendre ? Votre vie est irréelle – chaleureuse, confortable, innocente. Comme votre cabinet.

Elle pointait les étagères surchargées de livres et l'érable du Japon qui flamboyait derrière la fenêtre.

— La seule chose qui manque, ce sont quelques coussins en chintz, une cheminée et un feu de bois qui crépite. Votre famille vous entoure – vous êtes tous dans la même ville. Un cercle familial uni. Que pouvez-vous *vraiment* savoir du deuil ? Croyez-vous que vous supporteriez ça mieux que moi ? Imaginez que votre épouse ou l'un de vos enfants meure aujourd'hui ? Comment feriez-vous ? Jusqu'à votre jolie chemise rayée – je la déteste ! Chaque fois que vous la portez, je me recroqueville. Je déteste ce qu'elle me dit !

— Et que vous dit-elle ?

— Elle dit : « J'ai résolu tous mes problèmes. Parlez-moi des vôtres. »

Souvent les commentaires d'Irene tombent juste. On raconte que le sculpteur Alberto Giacometti a eu la jambe cassée dans un accident de voiture. Allongé dans la rue en attendant l'ambulance, il aurait murmuré : « Enfin, enfin, il m'arrive quelque chose ! » Je comprends exactement ce qu'il voulait dire. Irene a tapé dans le mille. Enseignant à Stanford pendant plus de trente ans, j'ai habité la même maison, veillé à ce que mes enfants se rendent sans encombre à l'école, la même pour tous, et n'ai jamais eu à vivre de tragédie : pas de décès brutaux et prématurés – mon père et ma mère sont morts âgés, lui à soixante-neuf ans, elle, à plus de quatre-vingt-dix ans. Ma sœur, de sept ans mon aînée, vivait toujours à l'époque de ma rencontre avec Irene, je n'avais encore perdu aucun ami cher, et mes quatre enfants étaient en bonne santé.

Pour un thérapeute qui a adopté un cadre de référence existentiel, une vie si protégée est un handicap. Souvent, j'ai désiré m'aventurer hors de ma tour d'ivoire et connaître les difficultés du monde réel. Pendant des années, j'ai imaginé consacrer un congé sabbatique à un travail lambda : conducteur d'ambulances à Détroit, cuisinier dans un snack du Bowery[1], vendeur de sandwichs dans un self. Mais les appels des sirènes – retraite studieuse à Bali, résidence dans l'appartement d'un collègue à Venise, bourse d'étude à Bellagio sur le lac de Côme – étaient irrésistibles. Les grosses épreuves m'ont été épargnées. Séparation du couple. Solitude de l'adulte. Les relations entre Marilyn et moi n'ont pas toujours été sereines – grâces soient rendues au *Sturm und Drang*, le romantisme allemand, qui nous a beaucoup nourris.

J'ai dit à Irene qu'elle avait raison, que j'avais parfois envié ceux qui vivent sur le fil du rasoir. Je me demandais même si je n'irais pas jusqu'à encourager mes patients à faire le plongeon héroïque à ma place.

— Pourtant, vous n'avez pas raison quand vous dites que je n'ai aucune expérience de la tragédie. Je ne peux m'empêcher de penser à la mort. Quand je suis avec vous, j'imagine souvent ce que ce serait si ma femme avait une maladie incurable, et chaque fois je suis saisi d'une tristesse indescriptible. Je suis conscient, tout à fait conscient, d'être en route, d'être

1. À la pointe sud de Manhattan, l'un des plus anciens quartiers de New York.

entré dans un autre stade de ma vie. Tous les signes du vieillissement – le cartilage déchiré de mes genoux, ma vision qui faiblit, mes douleurs dans le dos, les taches de vieillesse sur ma peau, ma barbe et mes cheveux grisonnants, mes rêves de ma propre mort – me disent que je progresse vers la fin de ma vie.

Elle écoutait mais ne disait rien.

— Une chose encore, ai-je ajouté. J'ai choisi de travailler avec des patients en train de mourir, dans l'espoir qu'ils me rapprochent de l'essence tragique de la vie. Cela s'est effectivement produit et je suis retourné trois ans en thérapie.

Pour le coup, Irene a hoché la tête. Un ensemble caractéristique de mouvements que je connaissais bien, une secousse du menton suivie de deux ou trois hochements de la tête, son code morse somatique signifiant que ma réponse était satisfaisante. J'avais compris la première leçon – à savoir que pour soigner la détresse du deuil, le thérapeute ne peut garder ses distances, il doit affronter la finitude à bout portant. Beaucoup d'autres leçons ont suivi, qui m'ont fourni la structure de l'histoire. Dans ce conte, le véritable enseignement était donné par la patiente, je n'étais que l'intermédiaire qui transmettait ses leçons.

Le texte que j'ai pris le plus de plaisir à écrire est sans aucun doute *La Malédiction du chat hongrois*. Ernest Lash, rescapé de *Mensonges sur le divan*, essaie de soigner Merges, un méchant chat de langue allemande dans sa neuvième et dernière vie. Grand voyageur,

Merges, dans une vie précédente, a épousé Xanthippe, chatte vivant chez Heidegger, et, maintenant, poursuit sans merci Artemis, l'amante d'Ernest.

À un certain niveau, ce conte est une farce, mais à un autre c'est peut-être mon traité le plus profond sur la mort et la façon de réduire la terreur de la mort. J'ai écrit l'essentiel de l'histoire durant un séjour chez Bob Berger, ami depuis nos études de médecine, qui est mort tout récemment. Je voulais qu'elle se déroule à Budapest, et Bob, né et élevé en Hongrie, m'a fourni les noms des personnages, des rues, des ponts et des rivières.

Je me rappelle avec bonheur une lecture publique de *Momma et le sens de la vie* dans une immense librairie de Mill Valley, en Californie, où mon fils Ben, metteur en scène de théâtre, et moi avons lu la conversation entre Ernest et Merges. Je ne suis pas fan des cérémonies commémoratives, mais si ma famille décide d'en organiser une après ma mort, j'aimerais qu'on y lise ce dialogue : ça éclairerait l'événement. S'il te plaît, Ben, sois l'interprète du chat et choisis l'un de tes frères, ou l'un de tes acteurs préférés, pour interpréter Ernest.

32

Devenir grec

De tous les pays étrangers où ont été publiés mes ouvrages, la Grèce, l'un des plus petits, occupe une place à part dans mon esprit. En 1997, Stavros Petsopoulos, propriétaire de la maison d'édition Agra, a acheté les droits en langue grecque de tous mes livres, et en a confié la traduction à un couple, Yannis Zervas et Evangelia Andritsanou. Ainsi a commencé une longue relation entre nos deux familles. Yannis est un psychiatre formé aux États-Unis ainsi qu'un poète renommé, Evangelia une psychologue clinicienne. Bien que la Grèce n'ait jamais joué un grand rôle dans le domaine de la psychothérapie et qu'environ cinq millions de personnes seulement sachent lire et écrire, c'est rapidement devenu le pays où je compte le plus grand nombre de lecteurs par rapport au nombre d'habitants. J'y suis plus connu comme écrivain que partout ailleurs. Sans que je comprenne pourquoi.

Depuis notre première approche de la Grèce, notre voyage de cinq jours sans bagages, Marilyn et moi y sommes retournés deux fois ensemble, pour ce qui furent des visites extraordinaires. En 1993, j'ai dirigé un séminaire pour des psychiatres à l'hôpital Bakirkoy d'Istanbul, puis, pendant deux jours, un groupe de développement personnel constitué de dix-huit psychiatres et psychologues turcs à Bodrum, la ville sur la mer Égée qu'Homère décrit comme « la terre du bleu éternel ». Le groupe a travaillé assidûment pendant ces deux jours, et j'ai été très impressionné par la subtilité et l'ouverture d'esprit de ses membres. Le travail terminé, l'une d'entre eux, la psychiatre Ayça Cermak, avec qui je suis toujours en rapport, nous a servi de guide, nous conduisant à travers la Turquie occidentale puis nous ramenant à Istanbul. De là, nous avons pris un avion pour Athènes puis un ferry pour Lesbos. Marilyn s'intéressait depuis longtemps à Sappho, la poétesse du VIIe siècle avant notre ère qui vivait sur l'île entourée de ses disciples femmes.

En sortant du ferry, une petite boutique de location de motos semblait nous attendre, et c'est ainsi que nous sommes partis explorer Lesbos sur une machine vieille, mais d'apparente bonne volonté. Vers la fin de la journée, quand le soleil a plongé dans l'océan, l'engin a haleté une dernière fois et expiré à la porte d'un village. Nous n'avions d'autre choix que de passer la nuit dans une hôtellerie en ruine où Marilyn n'a guère fermé l'œil, après avoir vu un énorme rongeur déguerpir à travers la salle d'eau. À la mi-journée le lendemain, la boutique nous avait fait parvenir par camion une moto de remplacement, et nous avons poursuivi notre chemin, via des villages accueillants, nous arrêtant dans des tavernes pour bavarder avec les autres consommateurs et regarder de vieux bonshommes à barbe blanche boire du retsina en jouant au backgammon.

J'avais connu Yannis en 2002, au Congrès de l'Association psychiatrique américaine à La Nouvelle-Orléans, où l'on m'avait décerné le prix Oskar-Pfister de religion et de psychiatrie. Stupéfait, j'ai demandé au comité pourquoi j'avais été choisi, moi, un athée avéré, et il me fut répondu que, plus que la plupart des autres psychiatres, je m'étais préoccupé des « questions religieuses ». À la suite de mon exposé[1], j'ai déjeuné avec Yannis, qui m'a remis une invitation de Stavros Petsopoulos à venir faire une conférence à Athènes.

L'année d'après, nous sommes arrivés à Athènes et avons pris aussitôt un petit avion qui, en trois quarts d'heure, nous a déposés sur l'île de Syros où Yannis et Evangelia possédaient une maison de vacances. Je supporte très mal le décalage horaire, et il me faut plusieurs jours d'acclimatation avant d'être en mesure de parler en public. Nous sommes descendus dans une petite auberge de Ermoupolis, gros village de l'île, où l'on nous servait au petit déjeuner des croissants faits maison et de la confiture des figues cueillies sur l'arbre

1. Publié plus tard sous forme de monographie intitulée *Religion et psychiatrie*, traduit en grec et en turc, mais dans aucune autre langue.

qui s'épanouissait sur la pelouse devant l'auberge. Nous devions quitter l'île deux jours plus tard pour une conférence de presse à Athènes, mais l'équipage du ferry s'étant mis en grève, Stavros a loué pour nous ramener un petit avion de quatre places.

Pendant le court trajet, le pilote, qui avait lu *Et Nietzsche a pleuré*, m'en a parlé avec passion. Puis le chauffeur de taxi, que nous avons pris pour aller en ville, m'a reconnu et tout en conduisant n'a cessé de commenter les passages qu'il préférait dans *Mensonges sur le divan*. Au Hilton, une vingtaine de journalistes m'attendait pour une conférence de presse. La seule que j'aie jamais donnée, dans quelque pays que ce soit, et la seule fois de ma vie où j'ai approché ce qu'on appelle la célébrité.

Le lendemain, 2 500 personnes sont venues entendre ma conférence dans la salle de danse de l'hôtel. Le hall était si bourré que, pour arriver jusqu'à la salle, j'ai dû suivre un couloir tortueux qui traversait les cuisines au sous-sol. La direction de l'hôtel n'avait commandé que 900 écouteurs, et il fallut renoncer à la dernière minute à la traduction simultanée. J'ai réduit de moitié la longueur de mes observations afin de permettre une traduction séquentielle. La traductrice, qui s'était préparée à partir du texte intégral écrit, fut prise de panique, mais au bout du compte elle fit un excellent boulot. Les auditeurs m'interrompaient continuellement pour des questions ou des commentaires. L'un d'entre eux vociférait tant qu'il fallut appeler la police pour le faire sortir de la salle.

À la séance de signature qui suivit, nombreux furent ceux qui, non contents d'acheter l'un ou l'autre de mes livres, m'apportèrent des cadeaux – du miel de leurs ruches, des bouteilles de leur vin, des tableaux dont ils étaient l'auteur. Une adorable vieille dame voulut à toute force me faire accepter une pièce d'or que ses parents avaient cousue dans la doublure de son manteau lorsqu'elle avait fui la Turquie étant enfant.

Ce soir-là, épuisé, satisfait, heureux de me sentir aimé, j'étais néanmoins stupéfait par tant d'acclamations. Je ne pouvais que suivre le flot et tâcher de garder l'équilibre. Ployant sous les cadeaux, Marilyn et moi avons regagné notre chambre où nous attendait un cadeau supplémentaire : un bateau, long de soixante centimètres, aux voiles flottantes, tout en chocolat. Nous l'avons dévoré gaiement et entièrement.

Le lendemain, j'ai eu une autre séance de signature dans une librairie du centre d'Athènes, Hestia Books. De toutes les séances de ce genre auxquelles j'ai participé dans ma carrière, celle-ci fut la crème de la crème. La queue devant le magasin s'allongeait sur huit cents mètres, perturbant considérablement la circulation. Les gens venaient acheter un nouveau livre et apportaient les anciens afin de se les faire dédicacer, ce qui constituait une épreuve, car je ne savais pas comment orthographier ces prénoms inconnus – Docia, Ianthe, Nereida, Tatiana… On demanda alors aux acheteurs d'écrire leur nom en capitales sur un petit bout de papier jaune qu'ils me tendaient avec le livre. Nombreux étaient ceux qui prenaient des photos, ralentissant ainsi la progression de la queue : on dut les prier de ne plus en prendre. Au bout d'une heure, on leur dit que je ne pourrais signer, outre celui qu'ils achetaient, qu'un maximum de quatre livres par personne, puis on descendit à trois, à deux pour finir à un. Même ainsi, la séance a duré quatre heures, j'ai signé plus de huit cents livres neufs et d'innombrables anciens. J'ai appris récemment avec tristesse que la vénérable librairie Hestia avait définitivement mis la clef sous la porte, victime de la crise grecque.

La grande majorité des acheteurs ce jour-là étaient des femmes – comme c'est toujours le cas lors de mes signatures – et j'ai vécu une expérience singulière : entendre une cinquantaine de ravissantes dames me susurrer à l'oreille « Je vous aime ». Pour m'éviter de prendre la grosse tête, Stavros m'a pris à part et informé que les Grecques font ce genre de déclaration couramment et avec beaucoup plus de désinvolture que les Américaines…

Cet épisode de la librairie d'Athènes m'est revenu en mémoire dix années plus tard, quand un vieux médecin anglais m'a demandé de le recevoir en consultation. Malheureux de sa vie de célibataire et de ne pas avoir su concrétiser ses aptitudes, il était tiraillé, ne sachant quel parti prendre : il avait besoin de mon aide, et il était profondément jaloux de mes succès d'écrivain, convaincu que lui aussi était capable d'écrire de bons livres. Vers la fin de notre séance, il raconta une histoire, qui le hantait depuis son séjour en Grèce comme professeur d'anglais dans un collège de filles, cinquante ans plus tôt. Son engagement terminé, à la fête pour son départ, une jeune élève l'avait serré dans ses bras en lui murmurant à l'oreille : « Je vous aime. » Il n'arrivait pas à s'ôter ces mots de la tête et se torturait de n'avoir pas eu le courage de foncer dans la vie qu'ils lui faisaient entrevoir. Je lui ai offert tout le réconfort possible, sachant que la seule chose que je n'avais pas le droit de lui dire c'était : « En Grèce, le "je vous aime" d'une femme ne signifie pas la même chose qu'aux États-Unis ou en Angleterre. Moi-même j'ai eu droit à une cinquantaine en un après-midi. »

Le lendemain de la signature chez Hestia, l'université Panteion m'a décerné le titre de docteur honoris causa, devant un large auditoire, dans une vaste salle aux murs couverts des portraits d'Aristote, Platon, Socrate, Épicure et Eschyle. Et le jour suivant, Marilyn a fait une conférence à l'université d'Athènes sur la question des femmes. Succès grisants pour la famille Yalom !

En 2009, nous sommes revenus en Grèce. L'université d'Ioannina avait invité Marilyn à parler de son ouvrage *Le Sein, une histoire*, et, sachant que nous viendrions tous les deux, la Fondation Onassis m'a demandé une présentation de *La Méthode Schopenhauer*[1], au Megaron, la plus grande salle de concerts d'Athènes.

1. Galaade, 2005.

Dès notre arrivée, nous avons eu droit à la visite privée du musée de l'Acropole, tout neuf et non encore ouvert au public. Sous nos pieds, à travers les sols vitrés, s'étalaient couches après couches de ruines de civilisations vieilles de milliers d'années. Ailleurs étaient exposés les marbres dits d'Elgin, le diplomate anglais qui les avait extraits de l'Acropole et transportés au British Museum, remplaçant les parties manquantes (d'aucuns diraient volées) par des moulages de plâtre d'une autre couleur que les sculptures originales. Restituer les œuvres volées à leur pays d'origine est un problème qui tourmente tous les musées aujourd'hui. En l'occurrence, nous avons pris le parti des Grecs.

D'Athènes, nous nous sommes envolés pour Ioannina, et l'université de 20 000 étudiants, où Marilyn devait faire sa conférence. Comme chaque fois que j'assiste à ce genre de prestation, je me suis installé au fond de la salle, heureux et refrénant mon envie de crier : « Eh, eh, c'est ma femme. » Notre hôtesse, le professeur Marina Vrelli-Zachou, nous a ensuite emmenés visiter les environs, jusqu'à Dodone, un site mentionné par Homère. Nous sommes restés un long moment assis dans l'amphithéâtre, sur des sièges datant de deux mille ans, avant de nous diriger vers le bouquet d'arbres où les oracles avaient jadis interprété le langage des merles. Ce site, par son gigantisme, son histoire, sa noblesse, était profondément émouvant, et nonobstant mon scepticisme, j'ai eu le goût, un léger goût, du sacré.

Conférence au Megaron à Athènes, 2009.

Au musée de l'Acropole, Athènes, 2009.

En déambulant dans la ville d'Ioannina, située en bordure d'un beau lac, nous nous sommes retrouvés devant une synagogue datant de l'époque romaine, où continue de venir prier la petite communauté juive. Du moins ce qu'il en reste après les massacres de la Seconde Guerre mondiale : si peu que les femmes sont prises en compte pour le *minyan*, c'est-à-dire le nombre des dix hommes requis par la Loi pour que se tienne un office religieux. En traversant la place du marché, en observant les vieillards jouer au backgammon et siroter leur ouzo, nous inhalions les délicieuses senteurs associées à l'image du pays, mais, alléché par une odeur irrésistible – celle des baklavas –, je me suis laissé entraîner par mon nez jusqu'à la boulangerie où j'ai découvert deux dizaines de variétés différentes. Encore maintenant, je fantasme sur l'idée de me retirer à Ioannina pour écrire, de préférence dans le voisinage de la boulangerie.

À la librairie de l'université où nous signions nos livres, Marilyn a interrogé le directeur sur les raisons de ma popularité chez les lecteurs grecs.

— C'est l'écrivain américain le plus connu chez nous, a-t-il dit.

— Et Philip Roth ?

— Nous l'aimons aussi, mais pour nous Yalom est grec.

Les journalistes m'ont souvent posé la même question, et je n'ai jamais su y répondre de façon satisfaisante. Je sais simplement que, bien que ne parlant pas un mot de grec, je me sens chez moi là-bas, et que, aux États-Unis même, j'éprouve un penchant pour les personnes d'origine grecque. Le théâtre, la philosophie grecs m'enchantent, ce qui n'explique pas tout. Je dirais qu'il doit y avoir un rapport avec le Moyen-Orient, puisque le nombre de mes lecteurs est considérablement plus élevé en Turquie, en Israël et en Iran que partout ailleurs.

Fait surprenant : je reçois régulièrement des e-mails d'étudiants, de thérapeutes et de patients iraniens. J'ignore la quantité de mes livres qui se vendent en persan, puisque l'Iran est le seul pays qui me publie sans autorisation et sans payer de droits d'auteur. Mes correspondants professionnels me disent que les Iraniens sont des familiers de l'œuvre de Freud, Carl Jung, Adler, Rogers ou Maslow, et qu'ils aimeraient bien multiplier les contacts avec des psychothérapeutes occidentaux. Malheureusement, comme je ne peux plus voyager à l'étranger, j'ai dû décliner leurs invitations.

Écoutant, accablés, hébétés, comme tout le monde, les nouvelles des malheurs qui ravagent le monde aujourd'hui, Marilyn et moi dressons l'oreille chaque fois qu'il est question de la Grèce. Je ne cesserai de m'émerveiller de m'être vu attribuer le statut de Grec d'honneur.

33

L'Art de la thérapie

Dans un coin de mon cerveau nichent les *Lettres à un jeune poète*, de Rilke. J'ai longtemps rêvé d'écrire une œuvre comparable, à l'intention de jeunes thérapeutes, sans parvenir à trouver la forme et la structure. L'illumination m'est venue le jour où, en 1999, Marilyn et moi avons découvert les Huntington Gardens à San Marino, en Californie du Sud, notamment le jardin japonais et ses bonsaïs. La visite terminée, je suis entré dans la bibliothèque où se tenait l'exposition des « Best-sellers de la Renaissance anglaise ». *Best-sellers* ? L'expression était amusante. À y regarder de plus près, six des dix ouvrages les plus vendus au XVIe siècle étaient des livres pratiques, qui proposaient des « tuyaux ». Par exemple, *Une centaine d'astuces de bonne gestion*, de Thomas Tusser, livre publié en 1570, proposait des trucs aux fermiers et à leurs femmes pour avoir de bonnes récoltes, un bétail en bonne santé, une maison bien tenue. À la fin du siècle, il avait été l'objet de onze rééditions.

J'ai toujours mis longtemps à concevoir mes livres ; le seul qui ait échappé à cette lente germination est *The Gift of Therapy*[1]. Quand je suis sorti de l'exposition, je savais ce que serait mon prochain ouvrage : un livre de « tuyaux » pour jeunes thérapeutes. Le visage d'une patiente, une romancière, m'est revenu en mémoire. Elle avait laissé en plan deux romans, et m'affirmait qu'elle ne se remettrait à écrire que si l'idée d'un troisième surgissait et venait lui mordre les fesses. Eh bien, ce jour-là, dans les Huntington Gardens, une idée m'a mordu les fesses et, dès le lendemain, mettant tout de côté, j'ai entrepris d'écrire mon nouveau livre.

La mise au point du procédé n'a pas traîné. Dès mes débuts à Stanford, j'avais ouvert un dossier intitulé : « Réflexions sur l'enseignement », où je fourrais les idées que suscitait mon travail de clinicien. J'ai simplement pioché dans ces réflexions, lisant et relisant mes notes jusqu'à ce que l'une d'entre elles frappe mon imagination – je n'avais plus qu'à l'étoffer pour en faire un paragraphe. Les « tuyaux » venaient en désordre, mais à la fin je les ai regroupés en cinq rubriques : 1. La nature de la relation thérapeute-patient ; 2. Les méthodes d'exploration des préoccupations existentielles ; 3. Les questions qui reviennent régulièrement au cours d'une thérapie ; 4. L'usage des rêves ; 5. Les risques et les privilèges du thérapeute.

1. HarperCollins, 2005. *L'Art de la thérapie*, Galaade, 2013.

J'avais espéré aboutir à une centaine de conseils, comme dans l'ouvrage de Thomas Tusser, mais au quatre-vingt-quatrième, il n'y avait plus rien à glaner dans mon dossier. J'ai aussitôt commencé à le reconstituer puisque je continuais à recevoir des patients, et, neuf ans plus tard, pour une seconde édition du livre, j'ai ajouté onze « tuyaux ».

Depuis le début, j'avais un titre en tête : celui de Rilke, modifié en *Lettres à un jeune thérapeute*. C'est alors que, par une étonnante coïncidence, Basic Books m'invita à participer à une collection de guides baptisée : *Lettres à un jeune*… (psychothérapeute, mathématicien, anticonformiste, catholique, conservateur, cuisinier, etc.). Par loyauté envers mon éditeur, j'ai refusé l'invitation. Mais comme ils avaient récupéré le titre de Rilke, il me fallait en trouver un autre. Après avoir éliminé *Cent astuces*, puis *Quatre-vingts astuces pour un thérapeute*, Sandy Dijkstra, mon agent littéraire, suggéra *L'Art de la thérapie*. Je n'en étais pas fou, mais faute de mieux… J'ai fini par l'apprécier.

Ce livre, je l'ai conçu comme une opposition à la pratique cognitivo-comportementale, rapide, obéissant à des protocoles, obéissant aux pressions d'ordre économique, et un moyen de combattre la confiance excessive des psychiatres en l'efficacité des médicaments. Ce combat se poursuit encore maintenant, malgré les preuves indéniables fournies par la recherche que la réussite d'une psychothérapie repose sur la qualité de la relation entre le patient et son thérapeute, son intensité, sa chaleur, sa sincérité. J'espère aider à la préservation d'une conception humaine et pleine d'humanité des souffrances psychologiques. À cet effet, j'emploie volontairement un langage provocateur : je dis aux étudiants exactement le contraire de ce que des programmes de formation comportementalistes leur ont enseigné. Je leur dis : « Évitez les diagnostics. Créez une thérapie nouvelle pour chaque patient. Seul le patient doit compter pour vous. Vous avez un vide ? Passez outre. Soyez vrai. À chaque séance, vérifiez que c'est l'ici et maintenant qui l'emporte. »

Plusieurs articles soulignent l'importance de l'empathie et prennent en compte la formule de Terence, le philosophe-dramaturge romain : « Je suis humain, et rien de ce qui est humain ne m'est étranger. » Dans un article intitulé « Empathie : regarder par la fenêtre du patient », je raconte l'une de mes histoires favorites de clinicien. Pendant toute son adolescence, l'une de mes patientes s'était battue, une lutte longue et âpre, contre l'opposant systématique qu'était son père. Souhaitant la réconciliation et repartir sur de nouvelles bases, elle avait attendu avec impatience le jour de son entrée à l'université avec l'espoir que son père l'y conduirait en voiture – une occasion rare de se retrouver seuls tous les deux pendant plusieurs heures d'affilée. Malheureusement, le voyage tant attendu se révéla un désastre. Fidèle à lui-même, son père n'avait cessé de râler, dénonçant la saleté du bas-côté de la route où coulait un ruisseau plein de détritus. Elle, pour sa part, ne voyait qu'un ruisseau champêtre, beau et pur. Alors elle laissa tomber et se réfugia dans le mutisme. Ils passèrent le reste du voyage (et de leur vie) à regarder chacun de son côté. Bien des années plus tard, elle refit le même trajet, mais cette fois elle fut stupéfaite de constater qu'il y avait *deux* ruisseaux, un de chaque côté de la route. « C'est moi qui conduisais, et le ruisseau que j'ai vu par ma fenêtre était aussi sale et pollué que le déplorait mon père. » Mais il était trop tard, son père était mort et enterré. « Donc, regardez par la fenêtre de votre patient, dis-je aux thérapeutes. Essayez de voir le monde comme il le voit. »

Quand je relis *L'Art de la thérapie* maintenant, je me sens nu : tous mes stratagèmes et mes réactions y sont exposés, à la disposition de tout un chacun. Encore récemment, à une patiente qui s'était mise à pleurer dans mon cabinet, j'ai demandé : « Si ces larmes pouvaient parler, que diraient-elles ? » En retrouvant exactement les mêmes paroles dans un des articles de mon livre, j'ai eu l'impression de me plagier (en espérant que la patiente n'avait pas lu mon livre).

Je conseille notamment au thérapeute d'être honnête et de reconnaître ses erreurs. « *Ce qui importe ce n'est pas de commettre une erreur : c'est l'usage que vous en faites.* » J'insiste aussi sur l'application du précepte « ici et maintenant », c'est-à-dire de rester concentré sur la relation qui s'établit entre le thérapeute et le patient.

Le dernier conseil, « Appréciez les privilèges de votre profession », me touche particulièrement. On me demande souvent pourquoi, à quatre-vingt-cinq ans, je continue à travailler. L'article numéro quatre-vingt-cinq (pure coïncidence) commence par cette simple déclaration : *Mon travail avec les patients enrichit ma vie, en ce qu'il donne un sens à la vie.* On entend rarement les praticiens que nous sommes en déplorer le manque. Le fondement de notre existence, c'est le service – regard fixé sur les besoins des autres. Notre plaisir ne provient pas seulement du fait que nous aidons nos patients à changer, il tient aussi à l'espoir que ces changements se répercuteront sur autrui.

Nous avons aussi le privilège d'être un réceptacle de secrets que les patients n'avaient souvent jamais encore partagés avec personne, et qui nous introduisent dans les coulisses de la condition humaine sans le filtre des chichis mondains, sans jeu de rôle, bombement de torse ou mise en scène. Parfois, ces secrets me brûlent. Je rentre chez moi, je prends ma femme dans mes bras et je m'estime heureux.

Cette profession, qui nous offre l'occasion de dépasser notre petite personne, fait de nous des explorateurs, plongés dans la plus grandiose des recherches – le développement et la préservation de l'esprit humain. Main dans la main avec les patients, nous savourons le plaisir de la découverte – le moment décisif où des fragments idéels disparates glissent brusquement l'un vers l'autre pour former un tout cohérent. Je me fais parfois l'effet d'un guide escortant des étrangers à travers les pièces de leur propre maison. Quel bonheur de les regarder ouvrir les portes de chambres où ils n'étaient jamais entrés, de découvrir dans des parties inexplorées des éléments de leur identité, beaux et novateurs.

Récemment, j'ai assisté à un service de Noël dans la chapelle de Stanford afin d'entendre le sermon de la révérende Jane Shaw, rappelant l'importance vitale de l'amour et de la compassion, exhortant les fidèles à mettre le plus possible en pratique ces sentiments. La générosité et l'attention aux autres enrichissent le monde qui nous entoure.

Ces paroles m'ont incité à reconsidérer le rôle de l'amour dans ma profession. Je me suis rendu compte que je n'avais jamais, pas une seule fois, employé les mots *amour* ou *compassion* dans mes discussions sur la pratique de la psychothérapie. C'est une énorme omission, que je souhaite maintenant corriger, car, dans ma pratique, ces sentiments ont toute leur part. Si je n'éprouvais ni amour ni compassion pour mes patients, il est probable que je ne serais pas en mesure de leur venir en aide.

Il y a peu de temps, j'ai commencé à travailler avec Joyce, une jeune femme en colère et déprimée, se remettant avec peine d'un long traitement chirurgical pour un cancer possiblement mortel. Dès qu'elle est entrée dans mon cabinet, j'ai perçu sa terreur, et ma compassion lui a été acquise. Pourtant, au cours de nos premières séances, je ne me suis pas senti proche d'elle. Malgré les signes évidents de ses tourments, elle laissait entendre qu'elle maîtrisait tout cela très bien. D'une semaine à l'autre, ses récriminations changeaient.

Tantôt elle vitupérait les habitudes énervantes de ses amis et voisins, tantôt elle gémissait sur sa solitude. Quelque chose ne collait pas, et la pensée des prochaines séances me rebutait. J'envisageais parfois de la diriger vers un de mes confrères, tout en y renonçant, parce qu'elle avait lu plusieurs de mes livres et reconnu dès le départ qu'elle avait vu plusieurs thérapeutes et que j'étais son dernier espoir.

Pendant la troisième séance, il se passa une chose étrange : il me vint tout à coup à l'esprit qu'elle ressemblait de façon étonnante à Aline, l'épouse d'un de mes amis, et j'ai eu le sentiment fugitif à plusieurs reprises que j'étais en train de parler avec Aline, et non avec Joyce. Je devais me secouer pour revenir à la réalité. Si j'étais à présent en bons termes avec Aline, je l'avais jugée, au départ, rébarbative et pleine de suffisance. Sans son mari, j'aurais évité tout rapport avec elle. Se pouvait-il, ai-je fini par me demander, que mon inconscient ait imputé à Joyce l'irritation que me causait Aline ?

Notre quatrième séance débuta d'une façon à laquelle Joyce ne m'avait pas habitué. Après un bref silence, elle déclara : « Je ne sais pas par où commencer. » Ayant compris qu'il fallait impérativement tenter de résoudre le problème de nos rapports, j'ai proposé : « Dites-moi comment vous vous sentiez à la fin de notre dernière séance. » Auparavant, elle éludait ce genre de questions, ce jour-là elle me surprit en répondant :

— Exactement de la même façon qu'à la fin des précédentes. Je me sentais très mal. En pleine confusion. J'ai souffert ensuite pendant des heures.

— Je suis désolé. Mais précisez. Quel genre de souffrance ?

— Vous savez tant de choses. Vous avez écrit tous ces livres. C'est pourquoi je vous ai contacté. Vous êtes sage. Et je me sens très inférieure. Je sais que vous pensez que je ne vaux rien. Je suis sûre que vous savez tout de mon problème mais que vous ne me dites pas de quoi il s'agit.

— Je comprends à quel point tout cela est douloureux pour vous, mais en même temps je suis heureux que vous me parliez honnêtement : c'est exactement de cette façon que nous devons travailler.

— Alors pourquoi ne me dites-vous pas ce qui cloche ? Quel est mon problème ? Comment le résoudre ?

— Vous m'accordez trop de pouvoir. Je ne connais pas votre problème. Mais ce que je sais, c'est que nous pouvons le détecter *ensemble*. Je sais aussi que vous êtes effrayée et en colère. Étant donné ce que vous venez de traverser, c'est compréhensible : je ressentirais la même chose à votre place. Je peux vous aider si nous continuons à travailler comme nous le faisons en ce moment.

— Mais pourquoi ai-je ce sentiment : que je ne vaux pas la peine que vous perdiez votre temps avec moi ? Pourquoi vais-je de plus en plus mal ?

Je ne pouvais plus reculer alors j'ai plongé :

— Laissez-moi vous dire quelque chose qu'il est peut-être important que vous entendiez.

J'ai hésité : la révélation que je m'apprêtais à faire sur moi-même était lourde, avais-je raison ?

— Vous ressemblez étonnamment à la femme d'un de mes amis – et pendant notre dernière séance, j'ai eu à plusieurs reprises, une seconde ou deux, l'impression étrange que c'était *elle* qui était assise sur cette chaise, et pas vous. Nous sommes amis maintenant elle et moi, mais au début nous ne nous entendions absolument pas. Je la trouvais brutale et pleine de suffisance. Je vous raconte ça – et je sais que ça semble étrange, que cela me gêne beaucoup – parce que j'ai peut-être inconsciemment reporté sur vous ces sentiments qu'elle m'inspirait. Et je pense que vous le décelez.

Nous sommes restés silencieux quelques instants, puis j'ai repris :

— Mais, Joyce, je veux que ce soit bien clair : *ce n'est pas* ce que je ressens pour *vous*. Je suis entièrement de votre côté. Je n'éprouve que de la compassion pour vous, et je suis décidé à vous aider.

L'air stupéfait, elle pleurait.

— Merci de ce cadeau. J'ai vu des tas de psy, mais c'est la première fois que l'un d'entre eux partage quelque chose de personnel avec moi. Je ne veux pas quitter votre cabinet aujourd'hui, je veux que nous continuions à parler pendant des heures. Je me sens bien.

Elle avait accueilli ma révélation dans le même état d'esprit que le mien quand je la lui avais offerte, et, de ce jour, tout a changé. J'attendais avec impatience la séance suivante. Comment décrire le traitement que je lui ai appliqué ? Je dirais que c'était un acte de compassion, un acte d'amour. Je ne trouve pas d'autres mots.

34

Deux ans avec Schopenhauer

En matière de philosophie, j'avais concentré mes lectures sur les ouvrages de la *Lebensphilosophie*, la philosophie de la vie, qui abordent la question de la signification et des valeurs de la vie. Des auteurs tels que les Grecs anciens, Kierkegaard, Sartre et, bien sûr, Nietzsche. Plus tardivement, j'ai découvert Schopenhauer, dont les idées concernant l'influence de l'inconscient sur le désir sexuel présagent les théories freudiennes. À mon sens, Schopenhauer ouvre la voie à la naissance de la psychothérapie. Comme le dit Philip, un personnage de mon roman *The Schopenhauer Cure*[1], « sans Schopenhauer, il n'y aurait pas eu Freud ».

Corrosif, intrépide, Schopenhauer a vécu dans une solitude extrême. Don Quichotte du XIXe siècle, il a combattu toutes les pesanteurs, y compris la religion.

1. HarperCollins, 2005. *Apprendre à mourir. La méthode Schopenhauer*, Galaade, 2005.

Ce fut aussi un homme tourmenté, malheureux, qui a puisé dans son pessimisme et sa misanthropie l'énergie qui alimente son œuvre. Considérez la conception des relations humaines qu'il exprime dans son « dilemme du hérisson ». Le froid pousse les hérissons à chercher de la chaleur en se blottissant les uns contre les autres, mais ce faisant, ils ne peuvent que se blesser avec leurs piquants. Ils finissent par constater qu'ils se sentent mieux en restant à une certaine distance les uns des autres. De même, un homme disposant en abondance d'une chaleur intérieure serait bien avisé de rester totalement à l'écart de ses semblables.

Ce profond pessimisme m'a sidéré quand je l'ai découvert. Comment, avec un tel désespoir, Schopenhauer avait-il pu continuer à penser et travailler ? Peu à peu, j'ai compris qu'il croyait à la force de l'entendement pour alléger le fardeau, y compris celui du plus misérable des êtres. Bien que nous soyons des êtres éphémères, nous tirons du plaisir de la connaissance, même lorsqu'elle nous révèle nos plus vils instincts et nous confronte à la brièveté de la vie. Selon l'un de ses aphorismes sur la sagesse dans la vie,

Avant tout, nul être humain n'est heureux ; il aspire, sa vie entière, à un prétendu bonheur qu'il atteint rarement, et, quand il l'atteint, c'est seulement pour être déçu ; mais, en règle générale, chacun finit par rentrer au port après avoir fait naufrage, avec son vaisseau désemparé. Et peu importe, après tout, s'il a été heureux ou malheureux, dans une vie qui a seulement consisté en un présent sans durée, et qui maintenant a pris fin.

Outre cet extrême pessimisme, ses désirs sexuels n'ont cessé de le tourmenter, et son incapacité à établir des rapports avec autrui qui ne soient pas d'ordre sexuel le mettait en permanence d'une humeur massacrante. Ce n'est que dans l'enfance, avant l'éveil de la sexualité, et sur le tard, quand ses appétits sexuels ont diminué, qu'il a connu le bonheur, ainsi qu'il le raconte dans son œuvre majeure, *Le Monde comme volonté et comme représentation* :

C'est justement parce que la fatale activité du système génital sommeille encore, alors que celle du cerveau est déjà tout éveillée, que l'enfance est le temps de l'innocence et du bonheur, le paradis de la vie, l'Éden perdu, vers lequel, durant tout le reste de notre vie, nous tournons les yeux avec regret.

Il ne faut néanmoins attendre aucune affirmation positive de sa part : son pessimisme ne cède jamais.

On ne trouverait peut-être pas un homme, parvenu à la fin de sa vie, à la fois réfléchi et sincère, pour souhaiter la recommencer, et pour ne pas préférer de beaucoup un absolu néant.

Plus j'en apprenais sur Arthur Schopenhauer, plus tragique m'apparaissait sa vie : quelle tristesse que l'un de nos génies ait été en proie, sans rémission, au tourment. Ses relations avec ses parents sont un pur drame œdipien. D'abord avec son père, qu'il rend furieux en refusant d'entrer dans le commerce familial. Il adorait sa mère, auteur de romans populaires, et après le suicide de son père, le jeune Arthur de seize ans s'acharna tant à la subjuguer et à la dominer qu'elle finit par rompre toute relation avec lui, et ne le revit plus pendant les quinze ans qu'il lui restait à vivre. Il avait si peur qu'on l'enterre avant qu'il ne soit vraiment mort qu'il ordonna dans son testament qu'on ne l'ensevelisse que lorsque, après plusieurs jours, la puanteur de son corps se répandrait dans la campagne environnante.

En considérant la tristesse de sa vie, je me demandais si une psychothérapie aurait pu vraiment l'aider. S'il m'avait consulté, aurais-je trouvé un moyen de lui offrir du réconfort ? J'ai commencé à fantasmer sur des scènes de notre travail en commun, et peu à peu les grandes lignes d'un roman sur Schopenhauer me sont apparues.

Schopenhauer en traitement, vous imaginez ? Quel merveilleux défi ! Mais qui aurait pu remplir le rôle du thérapeute dans cette histoire ? Schopenhauer est né en 1788, soit plus d'un siècle avant les premières secousses de la psychothérapie. Pendant des semaines, j'ai envisagé un homme plein de compassion, cultivé, philosophe : un ex-jésuite susceptible de diriger les retraites de méditation intensive que Schopenhauer aurait voulu suivre. L'idée avait ses mérites. Du vivant de Schopenhauer, des centaines de jésuites se sont retrouvés sans activité : l'ordre avait été dissous en 1772 par le pape et ne serait rétabli que quarante et un ans plus tard. Mais l'intrigue n'a jamais vraiment pris corps, j'ai laissé tomber. J'ai alors décidé d'inventer un clone de Schopenhauer, un philosophe, doté de son intelligence, des mêmes particularités caractérielles, dont la misanthropie, la compulsion sexuelle et le pessimisme.

Ainsi naquit le personnage de Philip. J'allais le situer au XXe siècle, à l'époque où la psychothérapie était déjà disponible. Mais quel genre de traitement pouvait être le plus efficace dans ce cas ? Des problèmes relationnels d'une telle acuité appelaient une thérapie de groupe. Avec quel thérapeute ? Il fallait qu'il fût habile et expérimenté, ainsi apparut Julius, praticien avisé d'un certain âge, avec une conception de la thérapie de groupe semblable à la mienne. Puis j'ai créé les autres personnages, membres du groupe en thérapie, leur ai présenté Philip et les ai mis en situation d'interagir librement. Je n'avais pas de scénario préétabli : j'enregistrais l'action telle qu'elle se déroulait dans mon imagination.

Vous voyez la chose ? Un clone de Schopenhauer participe à une thérapie de groupe, déclenche des troubles, défie le leader, suscite la fureur des autres membres, mais à la fin il évolue d'une façon spectaculaire. Pensez au message que j'adressais ainsi aux adeptes de la pratique : « Si la thérapie de groupe peut aider Arthur Schopenhauer, pessimiste total et misanthrope archiconvaincu, alors cette discipline peut aider n'importe qui ! »

Le livre terminé, je me suis rendu compte qu'il pouvait servir d'outil pédagogique, et dans la cinquième réédition de mon manuel de thérapie de groupe, je renvoie les lecteurs à plusieurs pages du roman qui proposent une dramaturgie de cette forme d'analyse.

J'ai adopté pour ce livre une méthode d'écriture inhabituelle, alternant les chapitres qui racontent les séances de thérapie de groupe et ceux qui constituent une psychobiographie de Schopenhauer. Je soupçonne nombre de lecteurs d'avoir été rebutés par cette construction ; d'ailleurs, je savais tout en y travaillant qu'elle risquait de produire un amalgame gênant. J'estimais néanmoins qu'un résumé de la vie de Schopenhauer aiderait le lecteur à comprendre le personnage de Philip, le double du philosophe. Mais ce n'est pas la seule raison : je confesse avoir été si fasciné par l'œuvre, la vie et la psyché de Schopenhauer que je ne pouvais laisser passer l'occasion de spéculer sur ce qui avait forgé un tel caractère. Ni résister à l'envie d'explorer les voies qui avaient fait de lui un ancêtre de Freud et préparé le terrain de la psychothérapie.

Je suis convaincu que j'ai donné avec ce livre la meilleure démonstration de l'efficacité de la thérapie de groupe. Julius est le thérapeute que je me suis toujours efforcé d'être. Même après qu'il se sait atteint d'un mélanome incurable, il continue à prouver le sens de sa vie en mettant en valeur celui des membres de son groupe. Ouvert, généreux, il s'accroche à l'*hic et nunc* (ici et maintenant) et consacre toute l'énergie qui lui reste à aider les participants à analyser les rapports qu'ils ont les uns avec les autres et à apprendre à se connaître eux-mêmes.

Le choix du titre s'avéra beaucoup moins laborieux que d'habitude : dès que *The Schopenhauer Cure* surgit dans ma tête, je l'adoptai. J'aimais son double sens : le patient Schopenhauer se voit proposer un traitement, le penseur Schopenhauer nous propose à tous un traitement.

Douze ans après sa parution, le roman est vivant, bien vivant. Une société de production tchèque travaille à une version cinématographique. Il a été un précurseur de la philosophie clinique, de l'aveu de sommités de cette discipline. Lors d'une des conventions annuelles de l'Association des praticiens américains de la psychothérapie de groupe à San Francisco, un nombreux public assista au spectacle donné par Molyn Leszcz, mon ancien étudiant et coauteur de la cinquième édition du manuel de thérapie de groupe, avec des acteurs interprétant les membres du groupe décrits dans le roman, sélectionnés par mon fils Ben, qui se fit aussi directeur de la production et interprète d'un personnage. Les acteurs n'avaient pas de texte, ils devaient s'imaginer en participants du groupe, s'en tenir à leur personnage et réagir spontanément les uns avec les autres. Je menais la discussion sur certaines séquences de cette interaction. Mon autre fils, Victor, a fait un film de l'événement, dont la vidéo est disponible pour tous sur son site. Pour moi, ce fut un vrai régal que de voir en chair et en os les personnages issus de mon imagination.

35

Le jardin d'Épicure : Regarder le soleil en face

Ma sœur Jean est morte pendant que j'écrivais ce livre. De sept ans plus âgée que moi, c'était une âme douce, je l'aimais tendrement. Elle vivait sur la côte Est et moi à l'ouest, mais nous nous téléphonions chaque semaine ; quand j'allais à Washington, je descendais chez elle et son mari, Morton, cardiologue, homme généreux et accueillant.

Atteinte d'une démence agressive, la dernière fois que je suis allé la voir à Washington, quelques semaines avant sa mort, elle ne me reconnaissait plus. Sachant que j'allais la perdre, je n'ai pas été bouleversé par la nouvelle de sa mort – du moins consciemment. J'y ai plutôt vu un soulagement pour elle et sa famille. Marilyn et moi avons aussitôt pris l'avion pour Washington.

J'avais l'intention de commencer mon oraison funèbre par une histoire concernant les funérailles de notre mère quinze ans auparavant. J'avais essayé d'honorer sa mémoire en cuisinant un *kichel*, une pâtisserie de l'ancien monde, qui serait servi au cours de la réunion familiale suivant l'enterrement. Mon *kichel* avait belle allure, sentait merveilleusement bon, mais, hélas, n'avait aucun goût. J'avais suivi la recette de ma mère, mais oublié le sucre ! Mon intention, en racontant cette histoire, était de souligner la douceur et la bienveillance de ma sœur, de dire que si j'avais fait ce *kichel* pour elle, je n'aurais jamais pu oublier le sucre.

Je me sentais calme en arrivant à l'enterrement, non abattu par le chagrin, pourtant je me suis effondré durant mon discours et j'ai regagné mon siège sans être capable de le finir.

J'étais assis au premier rang, si près du cercueil en bois ordinaire que je pouvais le toucher. Le vent s'était levé, des rafales balayaient le cimetière, et j'ai vu du coin de l'œil le cercueil de ma sœur se mettre à bouger. Malgré tout mon rationalisme, je n'arrivais pas à m'ôter de la tête l'idée que *ma sœur essayait de sortir de son cercueil* et je combattais l'instinct qui me commandait de fuir la sépulture. L'expérience que j'avais du rapport des gens avec la mort, tous les patients que j'avais accompagnés jusqu'à leur ultime fin, le détachement que j'affichais sur le sujet dans mes écrits – tout cela s'était évaporé en présence de ma propre terreur.

L'incident m'a bouleversé. Cela faisait des décennies que je m'efforçais de comprendre et de diminuer l'angoisse que me causait la pensée de la mort. Je m'en jouais en la projetant sur les personnages de mes romans. Dans *La Méthode Schopenhauer*, Julius parle de sa maladie incurable aux participants du groupe dont il dirige la psychothérapie, et tous essaient de le réconforter. À cet effet, Pam, l'une d'entre eux, lui cite un passage des mémoires de Vladimir Nabokov, où la vie est décrite comme une étincelle entre deux zones de ténèbres identiques – celle qui précède la naissance et celle qui suit la mort. Aussitôt, Philip, le clone et acolyte de Schopenhauer, réplique, de sa manière condescendante habituelle : « *Nabokov a sans aucun doute piqué l'idée à Schopenhauer qui dit qu'après notre mort, nous serons ce que nous étions avant notre naissance ; la preuve, pour lui, qu'il ne peut pas exister plusieurs espèces de néant. Furieuse contre Philip, Pam aboie : "Tu penses que Schopenhauer a dit quelque chose de vaguement semblable : génial, et alors ?" Philip ferme les yeux et commence à réciter : "À son grand étonnement, un homme se retrouve en train d'exister après des milliers et des milliers d'années de non-existence. Il vit pendant quelque temps, puis, de nouveau, il retrouve une période tout aussi longue pendant laquelle il n'existe plus. C'est un extrait de ses* Suppléments à la doctrine du néant de la vie. *Est-ce assez vague pour toi, Pam ?"* »

Je cite ce passage à cause de ce qu'il *ne dit pas* : à savoir que les déclarations de Schopenhauer et de Nabokov sont imputables à Épicure, pour qui la source première de la misère de l'homme est la peur omniprésente de la mort. Afin d'alléger cette peur, Épicure élabora une série d'arguments profanes à l'intention des étudiants de son école athénienne, leur enjoignant de les apprendre et de les mémoriser. L'un de ces arguments, le célèbre argument de la symétrie, postule que *notre état de non-être* après la mort est identique à *notre état avant la naissance*, or l'angoisse n'est jamais associée à la pensée de cet état préexistant. Les philosophes, à travers les âges, ont combattu cet argument, mais je le trouve beau dans sa simplicité et il me semble posséder encore un considérable pouvoir. Nombre de mes patients y ont puisé du réconfort, tout comme moi.

Tandis que j'en apprenais davantage sur les arguments d'Épicure pour chasser la terreur de la mort, l'idée d'un nouveau livre m'est venue, qui m'a fait l'effet d'une bombe et tenu en haleine pendant des mois. L'idée est celle-ci : un cauchemar épouvantable terrorise un homme ; dans une forêt, la nuit tombée, il est poursuivi par une bête affreuse. Il court, court jusqu'à n'en plus pouvoir, il trébuche, il sent la créature bondir sur lui, il comprend que c'est la mort. Il se réveille en hurlant, trempé de sueur, saute à bas du lit, s'habille à toute vitesse, se précipite hors de chez lui, part en quête de quelqu'un – un aîné, un penseur, un guérisseur, un prêtre, un médecin –, peu importe, pourvu qu'il puisse le soulager de cette terreur de la mort.

J'imaginais un livre de huit ou neuf chapitres, chacun commençant par le même paragraphe : le cauchemar, le réveil, la quête du soulagement. Pourtant, chaque chapitre se situerait dans un siècle différent ! Le premier se déroulerait au IIIe siècle avant J.-C., à Athènes, et le rêveur se précipiterait vers l'Agora, où résidaient les écoles de philosophie. Il dépasserait l'Académie, fondée par Platon et dirigée maintenant par son neveu, Speusippe ; il dépasserait le Lycée, l'école d'Aristote, puis les écoles des stoïciens et des cyniques ; finalement, il atteindrait sa destination, le Jardin d'Épicure, où, au lever du jour, on lui permettrait d'entrer. Un autre chapitre se situerait à l'époque de saint Augustin ; viendrait ensuite le temps de la Réforme, puis de Schopenhauer à la fin du XVIIIe siècle, puis le temps de Freud, peut-être celui de Sartre ou de Camus, peut-être aussi des localisations dans des pays musulmans et bouddhistes.

Mais chaque chose en son temps. Je décidai d'écrire d'abord tout l'épisode du temps d'Épicure. Pendant des mois, j'ai recherché les détails de la vie quotidienne en Grèce à cette époque, l'habillement, la nourriture, notamment au petit déjeuner, le déroulement d'une journée ordinaire. J'ai étudié les textes anciens et actuels, historiques et philosophiques, lu des romans sur la Grèce ancienne (de Mary Renault et d'autres), et suis parvenu à la triste constatation que tout ce travail de recherche, pour chaque chapitre, allait dévorer ma vie jusqu'à la fin. À grand regret, j'ai abandonné le projet. C'est le seul livre que j'ai commencé et n'ai pas achevé.

Je me suis mis en demeure, à la place, de discuter l'œuvre d'Épicure dans un essai sur la terreur de la mort. Cet essai est devenu *Staring at the Sun*[1], publié

1. Basic Books, 2008. *Le Jardin d'Épicure. Regarder le soleil en face*, Galaade, 2009.

en 2008. C'est le fruit de mon travail de clinicien avec des patients en bonne santé ou souffrant d'une maladie en phase terminale. Je dois le titre à une maxime de François de La Rochefoucauld : « Le soleil ni la mort ne peuvent se regarder en face. » Mais si j'adopte le titre, je discute la vérité de la maxime, en insistant sur le bien qui peut résulter de cette contemplation directe de la mort. J'illustre cette idée par des exemples cliniques et littéraires. Prenons Ebenezer Scrooge dans *Un chant de Noël* de Dickens. Quand l'histoire commence, c'est un être avare et solitaire, lorsqu'elle se termine, c'est un homme généreux, affable, aimé de tous. D'où vient la transformation ? Dickens injecte à Scrooge une forte dose de psychothérapie existentielle quand le Fantôme du Noël prochain lui permet de voir sa propre pierre tombale sur laquelle est gravé son nom.

Tout au long de mon livre, la confrontation avec la mort sert d'expérience d'éveil, l'une de celles qui nous enseignent à vivre pleinement. Les thérapeutes sensibilisés à ce processus le constatent fréquemment. Comme je l'ai déjà mentionné, je suggère souvent à mes patients de tracer une ligne sur une feuille de papier et d'imaginer qu'à l'une des extrémités se place leur naissance et, à l'autre, leur mort. Je leur demande d'indiquer où ils se situent présentement sur la ligne, et de méditer pendant quelques instants sur ce que cela signifie. Au début du film *Irvin Yalom, la thérapie du bonheur*, on entend ma voix suggérer cet exercice.

Durant ma formation de psychiatre, je le répète, je n'ai pas une seule fois entendu, dans des séminaires de thérapie ou dans des études de cas, discuter de la mort. Comme si la discipline continuait de suivre le conseil d'Adolf Meyer, longtemps doyen des psychiatres américains : « Ne grattez jamais là où ça ne démange pas. » En d'autres termes, n'abordez pas des sujets perturbants si le patient ne le fait pas, en particulier là où nous ne saurions intervenir de façon apaisante. J'ai adopté la position contraire : puisque la mort nous démange tout le temps, il y a beaucoup à gagner en aidant les patients à analyser leur position envers elle.

Je suis entièrement d'accord avec Milan Kundera, le romancier d'origine tchèque, qui écrit que l'acte d'oubli donne un avant-goût de la mort. Pour le dire autrement, ce qui nous terrifie dans la mort ce n'est pas seulement d'être privé de futur, c'est aussi de ne plus avoir de passé. Quand je relis mes livres, je suis souvent incapable de me rappeler les visages et les noms des patients dont j'ai raconté les cas : je les ai si bien camouflés que je ne les reconnais plus. Je souffre parfois à la pensée de toutes ces heures passées dans l'intimité déchirante de personnes désormais tombées dans l'oubli.

Je crois que l'angoisse de la mort se terre derrière toutes les souffrances affichées par nombre de patients. Considérez, par exemple, le sentiment de malaise que suscite la célébration des anniversaires marquants (trente ans, quarante ans, cinquante ans), rappels de la fuite inexorable du temps. J'ai reçu une patiente récemment qui décrivait les cauchemars terrifiants qu'elle avait faits plusieurs nuits de suite. Dans l'un, un étranger menaçait sa vie ; dans un autre, elle se sentait tomber à travers l'espace. Elle mentionna l'approche de son cinquantième anniversaire, et qu'elle redoutait la fête que n'allait pas manquer de donner sa famille. Je l'ai pressée d'analyser toutes les incidences que cet âge avait pour elle. Elle reconnut qu'elle associait la cinquantaine à la vieillesse, et se rappelait combien sa mère paraissait vieille à cet âge. Ses deux parents étaient morts à la fin de la soixantaine, ce qui signifiait, disait-elle, qu'elle-même avait déjà vécu les deux tiers de son existence. Avant de me consulter, elle n'avait jamais évoqué ouvertement sa mort, ses funérailles, ou ses croyances religieuses, et, malgré tout ce que nos séances ont eu de douloureux pour elle, je suis convaincu qu'en détruisant le pouvoir mystificateur des mots, je l'ai soulagée. La peur de notre mort se tapit derrière de nombreux événements marquants de notre vie – le vide du nid familial, la retraite, l'approche de la cinquantaine, les réunions d'anciens du lycée ou de l'université – ainsi que dans le chagrin que nous cause la mort des autres. La plupart des cauchemars ont pour origine l'échappée de l'angoisse de la mort hors de son enclos.

À présent, tandis que j'écris ces lignes, dix ans après avoir écrit *Le Jardin d'Épicure* – dix ans qui m'ont rapproché de ma propre mort –, je pense que je ne pourrais plus traiter le sujet avec autant de détachement. Ces derniers temps, j'ai perdu ma sœur et trois de mes plus proches et anciens amis, Herb Kotz, Larry Zaroff et Bob Berger.

Larry, Herb et moi avons fait nos études de médecine ensemble. Nous avons disséqué notre premier cadavre en classe d'anatomie et partagé la même chambre durant notre internat. Nous avons passé des vacances ensemble, avec nos épouses, sur la côte est du Maryland, dans la vallée de l'Hudson ou la Napa Valley. Nous avons adoré ces jours et ces nuits de discussions, de randonnées à vélo, de repas et de jeux partagés.

Après trente ans de carrière de chirurgien cardiaque à Rochester, dans l'État de New York, Larry avait changé de discipline et obtenu un doctorat d'histoire de la médecine à Stanford. Il enseignait la littérature à des étudiants en médecine lorsqu'il est mort brutalement d'une rupture d'anévrisme de l'aorte. J'ai essayé d'ajouter une touche de légèreté au bref éloge funèbre que j'ai prononcé en racontant le voyage que nous avions fait à six dans les monts Pocono, à une époque où Larry était dans sa phase mal fringuée et où il s'était présenté en T-shirt usé et tout fripé à la porte d'un restaurant chic. Nous l'avons si bien sermonné sur son apparence qu'il a fini par se lever et quitter la table, pour réapparaître dix minutes plus tard : il avait juste acheté sa chemise à notre serveur ! (Le serveur, par chance, en avait une de rechange dans son vestiaire !) Mes efforts pour alléger l'ambiance ont été vains : je m'étranglais avec les mots qui refusaient de sortir.

Herb, gynécologue puis oncologue, souffrait de démence sénile. Il vécut ses dernières années dans un tel état de confusion mentale et de douleurs physiques que, comme pour ma sœur, j'ai eu le sentiment de l'avoir perdu bien longtemps avant qu'il meure. Lorsque j'ai appris la nouvelle, j'étais très affaibli par la grippe et j'ai confié à un ami le soin de me représenter aux funérailles à Washington et de lire mon texte.

J'étais soulagé pour Herb et sa famille, pourtant, à l'heure précise de son enterrement, je n'ai pu tenir en place. Je suis allé marcher dans San Francisco et, brusquement, j'ai fondu en larmes – ce qui m'a rappelé une scène à laquelle je n'avais pas pensé depuis longtemps. Quand nous étions en fac de médecine, nous allions souvent jouer à la belote le dimanche avec l'oncle Louie, un célibataire qui vivait avec la famille de Herb. Adorable, et légèrement hypocondriaque, Louie commençait toujours par annoncer qu'il n'était pas sûr d'être en état de bien jouer ce soir parce que « quelque chose clochait là-haut », doigt pointé sur sa tête. C'était le signal que nous attendions Herb et moi pour sortir nos stéthoscopes flambant neufs et nos brassards de pression artérielle et, moyennant cinq dollars d'honoraires, prendre sa tension, écouter son cœur et le déclarer en bonne santé. Louie était un si bon joueur que nos cinq dollars s'évaporaient vite : à la fin de la soirée, il avait récupéré ses billets plus quelques autres.

J'adorais ces soirées. Mais oncle Louie est mort depuis longtemps, et la disparition de Herb, doublée du constat que venait de partir le dernier témoin de cette scène d'un passé si lointain, m'a plongé dans un sentiment de terrible solitude. Une scène qui n'existait plus désormais que dans mon esprit, quelque part dans les craquelures de mes circuits neuronaux, et qui, à ma mort, disparaîtrait complètement. Bien sûr, je sais cela depuis des décennies, que tous nos souvenirs uniques et précieux de moments de joie périssent avec nous, je n'ai cessé de le souligner dans mes livres, mes conférences, les innombrables séances de psychothérapie, mais c'était une connaissance *abstraite*, et maintenant je le *ressens*.

Je pleure aussi Bob Berger, un ami depuis plus de soixante ans, mort peu de temps après Herb. Après un arrêt cardiaque, qui le laissa inconscient plusieurs heures, il fut réanimé et, pendant un bref moment de lucidité, il m'appela au téléphone. Plaisantin comme toujours, il grinça : « Je t'apporte un message de l'au-delà. » Il ne dit rien d'autre. Son état empira rapidement, il retomba dans le coma et mourut deux semaines plus tard.

Bob et moi nous sommes connus à Boston, alors que j'étais en deuxième année d'études de médecine. Bien que vivant par la suite l'un à l'est l'autre à l'ouest, nous sommes restés très proches, nous voyant et nous téléphonant fréquemment. Il m'a demandé un jour de l'aider à raconter sa vie. Adolescent au moment de l'invasion de sa Hongrie natale par les Allemands, il était entré à seize ans dans la Résistance en se prétendant chrétien. Il relatait des histoires à faire dresser les cheveux sur la tête. Ainsi, la fois où avec un copain de la Résistance, ils avaient suivi à moto les colonnes de juifs enchaînés les uns aux autres, forcés de marcher à travers bois jusqu'au Danube, où ils allaient être jetés. Il n'y avait aucun espoir de sauver un seul captif, mais les deux garçons avaient lancé des grenades et tué des gardes. Plus tard, alors que Bob était parti à la recherche de sa mère, le copain avec qui il logeait avait été dénoncé par leur propriétaire. Les nazis l'avaient poussé dans la rue et lui avaient baissé son pantalon. Constatant qu'il était circoncis, ils avaient tiré dans l'abdomen et l'avaient laissé mourir là, interdisant aux passants de lui apporter la moindre aide, pas même une goutte d'eau. J'écoutais ces horreurs, une histoire après l'autre, et à la fin de la journée je lui ai demandé : « Bob, ça fait cinquante ans que nous nous connaissons, et nous sommes si proches, pourquoi ne m'avais-tu jamais raconté tout ça ? » Sa réponse m'a assommé : « Irv, tu n'étais pas prêt à l'entendre. »

Je n'ai pas protesté. Il avait raison : je n'étais pas prêt à entendre ces histoires et j'avais dû le lui faire comprendre de multiples manières. Pendant longtemps, j'avais évité toute confrontation avec la Shoah. Adolescent, j'avais regardé, pétrifié, les films d'actualités tournés à la libération des camps, les quelques survivants, la montagne de squelettes démolie par les bulldozers. Des décennies plus tard, pour assister à une projection de *La Liste de Schindler*, Marilyn a pris sa propre voiture, se doutant que je m'enfuirais avant la fin. Et c'est ce que j'ai fait. Comme c'était prévisible. Chaque fois que je lisais ou voyais quelque chose d'explicite sur la Shoah, j'étais la proie de violentes émotions : peine, rage, angoisse, à la pensée de ce que les victimes avaient enduré, et en m'imaginant à leur place. (C'était pure chance si je me trouvais en sécurité en Amérique plutôt qu'en Europe où la sœur de mon père avec toute sa famille, et la femme de mon oncle Abe avec leurs quatre enfants, avaient été assassinés.) Je ne l'avais jamais exprimé clairement à Bob, mais il l'avait perçu : même si je l'écoutais raconter certains autres épisodes du temps de la guerre, je ne lui posais jamais de questions.

Un demi-siècle plus tard, Bob avait connu une nouvelle expérience horrible dans un aéroport du Nicaragua : une tentative de kidnapping. Profondément traumatisé, il m'avait appelé peu après et demandé de raconter dans un livre sa vie d'adolescent à Budapest, sous l'occupation nazie. Nous avons passé des heures ensemble, à discuter du kidnapping et de tous les souvenirs que l'agression avait ravivés.

De ces expériences d'adolescent et de notre amitié, j'ai tiré un court roman, *I'm Calling the Police*[1]. Malgré les soixante ans qui séparaient la parution du livre de la fin de la guerre, Bob avait encore une telle peur des nazis qu'il refusa de voir figurer son nom sur la jaquette du livre. J'eus beau lui dire que, pour peu qu'ils fussent encore vivants, ces hommes de quatre-vingt-dix ans et plus étaient inoffensifs, il exigea de prendre un pseudonyme, pour les versions anglaise et hongroise. Il finit néanmoins par céder. Sept traductions, y compris la traduction allemande, ont paru sous son véritable nom.

---

1. « J'appelle la police », Basic Books, 2011. *En plein cœur de la nuit*, Galaade, 2010.

Le courage et la ténacité de Bob m'ont émerveillé. Orphelin, sortant d'un camp de personnes déplacées, il est arrivé aux États-Unis ne parlant pas un mot d'anglais. Après deux ans d'études au Boston Latin High School[1], il fut accepté à Harvard où il réussit si bien qu'il put intégrer la fac de médecine, et, non moindre réussite, jouer dans l'équipe universitaire de *soccer*. Tout cela en étant seul au monde. Puis il a épousé Pat Downs, elle-même médecin, petite-fille de Harry Emerson Fosdick, éminent pasteur de la Riverside Church, église interconfessionnelle, à Manhattan. Pat accepta, à la demande de Bob, de se convertir au judaïsme avant leur mariage. Le processus de la conversion allait bon train quand le rabbin informa Pat que les lois alimentaires juives interdisent les coquillages et les crustacés, dont le homard. Grandie dans le Maine, Pat mangeait du homard depuis sa naissance, ou presque ; elle considéra la chose comme une potentielle cause de rupture de contrat. Peut-être en raison de la renommée de son grand-père, le rabbin était si désireux de la compter parmi ses brebis que, après consultation d'un consortium de rabbins, il prit une mesure d'exception unique : Pat, d'entre tous les juifs, fut autorisée à manger du homard.

Bob choisit la chirurgie cardiaque – les seuls moments où il se sentait totalement vivant, me dit-il, c'est quand il tenait un cœur battant dans sa main. Il

1. Le plus ancien établissement scolaire d'Amérique, fondé par les puritains immigrants au XVIIe siècle.

fit une extraordinaire carrière, devint professeur de chirurgie à l'université de Boston, et était sur le point de réaliser la première transplantation cardiaque au monde quand Christiaan Barnard l'a coiffé au poteau.

Fin 2015, après avoir perdu ma sœur et mes trois amis, j'ai souffert d'une grippe pendant des semaines, avec perte d'appétit et perte de poids, suivie d'un accès sévère de gastro-entérite, plus probablement un empoisonnement alimentaire, avec vomissements et diarrhée qui m'ont laissé déshydraté. Ma tension artérielle était si basse que mon fils Reid m'a conduit aux urgences de Stanford, où je suis resté un jour et demi. Après une perfusion (on m'a injecté sept litres de liquide), ma tension est lentement revenue à la normale. Tandis que j'attendais les résultats d'un scanner de l'abdomen, j'ai eu pour la première fois le vif sentiment que j'étais peut-être en train de mourir. Ève, ma fille médecin, et ma femme étaient demeurées auprès de moi pour me réconforter, et j'ai essayé de me calmer en m'appliquant la formule que j'évoquais souvent avec mes patients : plus forte est la certitude d'être passé à côté de sa vie, plus grande est la terreur de la mort. L'équation m'a effectivement apaisé, étant donné le peu de regrets que j'avais de la façon dont j'avais mené ma vie.

En sortant de l'hôpital, je ne pesais que 70 kilos – environ 10 kilos de moins que mon poids moyen. Parfois, le souvenir nébuleux de mes études de médecine suscite quelques problèmes. En l'occurrence, une maxime me taraudait : *Si le patient présente une perte de poids significative sans cause avérée, penser à un cancer.* J'imaginais mon abdomen festonné de lésions métastasiques. Et pour me réconforter, je me rappelais l'expérience conceptuelle suggérée par Richard Dawkins : imaginez un rayon lumineux aussi fin qu'un rayon laser se mouvant inexorablement le long de l'immense règle du temps. Tout ce que le rayon a dépassé disparaît dans les ténèbres du passé ; tout ce qu'il devra éclairer se cache dans les ténèbres de ce qui n'est pas encore. Seul ce qu'il illumine est vivant et conscient. La chance fait que je suis vivant ici et maintenant : cette pensée me réconforte en permanence.

Écrire, me dis-je parfois, c'est l'acte par lequel je m'efforce de repousser le cours du temps et l'inéluctabilité de la mort. Faulkner l'exprime mieux que moi : « Le but de tout artiste est d'arrêter le mouvement, de le retenir de façon que, à un moment donné, un étranger l'étudie et le fasse renaître. » Je suis persuadé qu'ainsi s'explique la passion qui me pousse à écrire – et à ne jamais m'arrêter.

Je prends très au sérieux l'idée que si vous vivez content et sans trop de regrets, vous affronterez la mort avec plus de sérénité. C'est une leçon que m'ont donnée nombre de patients proches de la mort, ainsi que des écrivains tels que Tolstoï, qui permet à Ivan Ilitch de comprendre que s'il meurt si mal, c'est parce qu'il a mal vécu. Vivre de façon à mourir avec le moins de regrets possible, voilà ce que j'ai retiré de mes lectures, et des expériences que j'ai traversées. Ces dernières années, j'ai fait des efforts délibérés de générosité et d'amabilité envers les autres, et je me vois devenir nonagénaire avec un contentement raisonnable.

L'autre rappel de ma finitude m'est fourni par mon courrier. Depuis plus de vingt ans, je reçois quotidiennement une quantité appréciable d'e-mails. J'essaie de répondre à chacun d'eux – c'est ma façon de pratiquer l'amour bienveillant enseigné par la méditation bouddhiste. Je suis heureux que mon travail puisse aider ceux qui m'écrivent, mais je ne me cache pas que si le volume des e-mails ne cesse d'augmenter, c'est parce que les gens ont conscience qu'il ne me reste qu'un nombre limité d'années à vivre. Le message est très explicite, tel celui que j'ai reçu il y a quelques jours :

… Il y a longtemps que je voulais vous écrire, mais je pensais que vous deviez être inondé d'e-mails et que vous n'auriez pas le temps de tous les lire ; j'ai quand même décidé de le faire. Comme vous le dites vous-même, vous avez un âge avancé et vous pourriez ne plus être parmi nous encore très longtemps, et alors il serait trop tard.

Ou celui-ci, arrivé le lendemain :

… Pour le dire brutalement, mais je crois que vous apprécierez, je me rends compte que, à un moment donné, vous ne serez plus là. Je ne veux pas tenir pour acquis le fait que vous existez, et regretter de ne pas vous avoir contacté, quand il sera trop tard… Ça signifierait énormément pour moi d'avoir un échange avec vous parce que la plupart des gens que je connais ne trouvent pas utile de discuter de la mort, ni ne prennent personnellement en compte l'idée qu'ils mourront un jour.

Parfois, ces dernières années, j'ai commencé mes conférences en remerciant l'auditoire d'être si nombreux et j'ai ajouté : « Je suis conscient que, plus j'avance en âge, plus vous êtes nombreux. Et que, bien sûr, c'est merveilleusement positif. Mais si je mets mes lunettes existentielles je perçois un aspect plus sombre et je m'interroge : pourquoi une telle ruée pour me voir ? »

36

Dernières œuvres

J'étais adolescent quand j'ai appris ce qu'Einstein avait répliqué aux tenants de la théorie des quanta : « Dieu ne joue pas aux dés avec l'univers. » Comme la plupart des garçons de mon âge à l'esprit scientifique, je révérais Einstein et fus stupéfait de découvrir qu'il croyait en Dieu. Voilà qui mettait en question mon scepticisme religieux. J'ai demandé une explication à mon professeur de sciences de la classe de troisième.

— Le Dieu d'Einstein est le Dieu de Spinoza, me répondit-il.

— Qu'est-ce que ça veut dire ? Qui est Spinoza ?

J'ai appris ainsi que Spinoza était un philosophe du XVIIe siècle, pionnier de la révolution scientifique. Bien que faisant souvent référence à Dieu dans ses écrits, il avait été exclu de sa communauté juive pour hérésie, à l'âge de vingt-quatre ans, et nombre des érudits, sinon la majorité, le considéraient comme un athée dissimulé. Au XVIIe siècle, il aurait été dangereux, m'expliqua mon professeur, d'admettre douter de l'existence de Dieu, alors Spinoza se protégeait en employant fréquemment le mot. Néanmoins, pour la plupart des spécialistes, ce qu'il met sous ce terme, ce sont *les lois harmonieuses de la nature*. J'ai déniché une vie de Spinoza à la bibliothèque, n'y ai pas compris grand-chose, et me suis juré d'en apprendre plus un jour sur le héros d'Einstein.

Soixante-dix ans plus tard, je suis tombé sur un livre qui a ravivé mon intérêt. J'ai appris qu'après son excommunication du judaïsme, Spinoza avait refusé de s'attacher à une quelconque communauté religieuse. Fabricant de verres de lunettes et de lentilles de télescope, il avait mené une vie frugale et solitaire, composé des traités philosophiques et politiques qui ont changé le cours de l'histoire. Ce livre de Rebecca Goldstein[1], en partie philosophique, en partie fictionnel, en partie biographique, m'a enthousiasmé. Écrire un roman sur Spinoza, l'idée m'est passée par la tête, mais je me sentais totalement coincé. Comment écrire un roman sur un homme essentiellement perdu dans ses pensées, menant une vie solitaire, sans aventures ni histoires sentimentales, dans des chambres de location, occupé à broyer du verre et à remplir des pages avec une plume d'oie ?

Le hasard a fait que j'ai été invité à donner une conférence à Amsterdam, par une association de psychothérapeutes hollandais. Avec l'âge, les voyages à

1. *Betraying Spinoza, The renegade Jew who gave us modernity*, Schocken, 2009.

l'étranger ne m'excitent plus guère, mais j'ai accepté à condition qu'on m'organise une journée Spinoza, avec un guide compétent qui nous conduirait, Marilyn et moi, sur son lieu de naissance, ses diverses résidences, l'emplacement de sa tombe et, surtout, le plus important, vers son musée, le Spinozahuis, dans la petite ville de Rijnsburg.

Sous la conduite du président de la Société Spinoza de Hollande, lui-même philosophe, nous sommes partis en opération. Nous avons vu le quartier d'Amsterdam où Spinoza avait passé ses jeunes années, contemplé les maisons qu'il avait habitées par la suite, sillonné les canaux sur les mêmes péniches que lui. Je possédais maintenant quantité de détails visuels de sa Hollande, mais rien de plus me permettant de monter une narration romanesque. Tout a changé avec la visite du Spinozahuis. Je fus d'abord déçu de constater que le musée ne possédait pas un seul des effets personnels de Spinoza, juste une réplique de ses instruments d'optique, et un portrait peint après sa mort. Lequel, m'informa mon guide, pouvait ne pas être très ressemblant car aucun n'avait été fait de son vivant. Tous les portraits se fondaient sur des descriptions écrites.

Je suis alors passé à ce qui constitue l'attraction principale du musée, la bibliothèque personnelle de Spinoza : 151 ouvrages des XVIe et XVIIe siècles. Je rêvais de tenir dans mes mains des livres que les doigts de Spinoza avaient feuilletés, avec l'espoir que son esprit m'inspirerait. J'ai obtenu la permission spéciale de les toucher. Tandis que, plein de révérence, je prenais l'un de ces volumes, mon guide s'approcha de moi et me dit gentiment :

— Pardonnez-moi, docteur Yalom… je ne sais pas si vous le savez, mais les mains de Spinoza n'ont jamais touché ce livre-là, ni, en réalité, aucun de ceux de la bibliothèque : physiquement, ce ne sont pas les mêmes livres.

J'étais médusé.

— Que voulez-vous dire ?

— Après la mort de Spinoza en 1677, le montant minuscule de sa succession ne permettait pas de couvrir les frais des funérailles et de l'enterrement, alors il a fallu vendre aux enchères sa bibliothèque.

— Mais ces livres ? C'est quoi ?

— Le commissaire-priseur était extrêmement scrupuleux. Avant la vente, il a noté une description très précise de chaque livre : date de publication, nom de l'éditeur, reliure, couleur de la couverture, etc. Deux cents ans après, un mécène très riche a financé la reconstitution de toute la bibliothèque, et les commissionnaires sont partis en chasse de livres correspondant exactement aux descriptions.

Tout cela était bien intéressant, mais ne me fournissait pas la matière d'un roman. Découragé, je m'apprêtais à partir quand un mot a sonné à mes oreilles, prononcé dans la conversation entre mon guide et le gardien du musée. « Nazis ». Que venaient faire les nazis dans l'histoire ? Ils m'ont alors raconté une histoire stupéfiante. Peu après l'occupation de la Hollande par les Allemands, une bande de soldats ERR débarqua au musée, le ferma, mit les scellés et confisqua la bibliothèque entière.

— Ce qui signifie qu'il a fallu de nouveau la reconstituer ? Et que c'est la deuxième génération de livres que les doigts de Spinoza n'ont pas touchés !

— Eh bien non ! À la stupéfaction générale, l'entière collection volée par les nazis, à part deux ou trois volumes, a été retrouvée après la guerre cachée dans une mine de sel condamnée.

— ERR, qu'est-ce que ça veut dire ?

— *Einsatzstab Reichsleiter Rosenberg*, la force spéciale d'Alfred Rosenberg, le type chargé de piller les biens juifs dans toute l'Europe.

— Mais pourquoi ? Pourquoi ? L'Europe était en flammes, pourquoi aller confisquer la bibliothèque d'un petit village, quand ils pouvaient piquer tous les Rembrandt et les Vermeer ?

— Personne ne connaît la réponse exacte. Le seul indice que nous possédons, c'est une phrase dans le rapport écrit par l'officier chargé de la razzia, et figurant parmi les preuves au procès de Nuremberg. Ce rapport est maintenant dans le domaine public, vous pouvez le trouver sur Internet. Ce qu'il dit, c'est que la bibliothèque de Spinoza contient des ouvrages de grande importance pour comprendre le problème Spinoza.

— Le problème Spinoza ?

J'étais de plus en plus intrigué.

— Quel genre de problème les nazis avaient-ils avec Spinoza ? Et pourquoi avoir préservé tous ces livres au lieu de les brûler comme tant d'autres livres juifs ailleurs en Europe ?

D'un même geste, comme un duo de mimes, les deux hommes ont haussé les épaules et montré leurs paumes : ils n'en savaient rien.

J'ai quitté le musée avec ce puzzle ! De la manne tombée du ciel pour un romancier affamé ! J'avais ce que j'étais venu chercher. « J'ai un livre, ai-je dit à Marilyn. L'intrigue et le titre ! » Aussitôt revenu chez nous, j'ai commencé à écrire *The Spinoza Problem*[1].

Très vite, j'ai élaboré une explication plausible du problème. Mes lectures m'ont appris que Goethe, l'idole littéraire des Allemands, nazis y compris, était fasciné par l'œuvre de Spinoza. Il avait mentionné dans une de ses lettres qu'il avait transporté un exemplaire de l'*Éthique* dans sa poche pendant une année entière ! La chose avait sûrement dû poser un gros problème à un idéologue nazi. Comment le plus grand écrivain allemand pouvait-il être un si fervent admirateur d'un juif hollando-portugais ?

J'ai imaginé d'entrelacer les récits de deux vies – celle de Baruch Spinoza, philosophe juif du XVIIe siècle, et celle d'Alfred Rosenberg, pseudo-philosophe et propagandiste du nazisme. Membre du cercle rapproché de Hitler, antisémite féroce, Rosenberg avait ordonné la confiscation de la bibliothèque, mais sauvé les livres et interdit de les brûler. En 1945, il a été l'un des condamnés à mort du procès de Nuremberg.

---

1. Basic Books, 2012. *Le Problème Spinoza*, Galaade, 2012.

J'ai commencé par alterner les chapitres – la vie de Spinoza au XVIIe siècle, celle de Rosenberg au XXe siècle –, cependant que s'amplifiait la relation fictive que j'avais conçue entre les deux personnages. Très vite, ce basculement d'un siècle à l'autre est devenu très pesant, et j'ai résolu d'écrire d'abord toute l'histoire de Spinoza, puis celle de Rosenberg, pour finalement entrelacer les deux, avec ce qu'il fallait de ponçage et de lustrage pour que les deux récits s'emboîtent bien.

Situer un récit dans deux siècles différents a nécessité une recherche importante, et j'ai mis plus de temps à écrire *Le Problème Spinoza* qu'aucun de mes autres livres (à l'exception de *Thérapie existentielle*). Mais je n'ai jamais considéré cela comme un travail : c'était au contraire une émulation, qui me poussait chaque matin à continuer mes recherches. J'ai lu, non sans difficulté, les œuvres majeures de Spinoza, puis les commentaires qu'elles ont suscités, puis de nombreuses biographies, et demandé aux spécialistes de Spinoza, Rebecca Goldstein et Steven Nadler, de m'aider à éclaircir certains mystères.

J'ai consacré encore plus de temps à connaître l'histoire du nazisme, la naissance et l'évolution du parti, le rôle qu'y a joué Alfred Rosenberg. Hitler, reconnaissant ses capacités, lui avait conféré une position élevée, mais il lui préférait de beaucoup la compagnie de Goebbels et de Göring. La rumeur veut qu'un jour il ait balancé à travers une pièce l'ouvrage majeur de Rosenberg, *Le Mythe du vingtième siècle*, en hurlant : « Qui peut comprendre un truc pareil ! » Rosenberg était si peiné de se savoir moins aimé par Hitler que les deux autres qu'il a sollicité plusieurs fois une assistance psychologique, et j'ai inséré dans mon roman l'un de ces rapports de psychiatre.

Le Problème Spinoza, contrairement à mes autres romans, n'est pas un écrit pédagogique, bien que la psychothérapie y joue un rôle important : le monde intérieur des deux personnages se dévoile par l'intermédiaire de discussions suivies avec un confident. Celui de Spinoza est son ami Franco, qui de temps en temps joue le rôle d'une sorte de thérapeute, et Rosenberg se confie au cours de plusieurs séances à un psychiatre de mon invention, Friedrich Pfister. En fait, Franco et Pfister sont les seuls personnages que j'ai inventés : tous les autres ont réellement existé.

Si le roman a peu attiré les lecteurs américains, il a trouvé une audience approbatrice à l'étranger : en France, il a obtenu le prix des Lecteurs du Livre de Poche 2014. En 2016, j'ai reçu un e-mail de Hans van Wijngaarden, un collègue hollandais, m'informant qu'un personnage ressemblant à Spinoza venait d'être découvert dans un tableau de son contemporain Barend Graat, peint en 1666. En contemplant ce visage au regard expressif, je n'ai pu que regretter de ne pas avoir vu le tableau avant d'écrire le roman. Peut-être me serais-je senti plus proche de lui, comme cela avait été le cas après avoir vu les portraits de Nietzsche, Breuer, Freud, Lou Andreas-Salomé et Schopenhauer.

Plus récemment, Manfred Walther m'a envoyé l'article érudit qu'il a publié en 2015, intitulé : « La présence de Spinoza en Allemagne durant la période nazie », dans lequel il démontre l'énorme influence du philosophe non seulement sur Goethe, mais aussi sur Fichte, Hölderlin, Herder, Schelling et Hegel. Si j'avais eu connaissance de l'article plus tôt, mon argumentation selon laquelle Spinoza avait constitué un problème conséquent pour les nazis dans leur campagne antisémite aurait eu plus de poids.

Mon projet suivant, *Creatures of a Day*[1], n'a pas nécessité de recherches laborieuses. Je n'ai eu qu'à piocher, une dernière fois, dans mon dossier « idées d'écriture ». Comme d'habitude, j'ai lu et relu les notes sur les incidents cliniques jusqu'à ce que l'un d'entre eux dégage une telle énergie que je n'aie plus qu'à bâtir une histoire autour. Plusieurs de ces histoires se rapportent à des cas de consultations uniques, plusieurs décrivent des patients âgés se débattant avec des problèmes de vieillesse, tels que la retraite et la confrontation avec la mort. Comme dans tous mes écrits (à l'exception du *Problème Spinoza*), je m'adresse aux jeunes thérapeutes qui ont besoin qu'on les aide dans l'art de la psychothérapie. Et comme toujours, j'ai envoyé la version finale aux patients et obtenu leur permission écrite de publier.

J'ai emprunté le titre à l'une des méditations de Marc Aurèle : « Nous sommes tous les créatures d'un jour : que l'on soit celui qui se souvient ou celui dont on se

1. Basic Books, 2015. *Créatures d'un jour*, Galaade, 2015.

souvient. » Dans la nouvelle-titre, je raconte une séance où j'apprends que le patient m'a caché des informations importantes de peur de gâcher l'image favorable que j'ai de lui. En réfléchissant à ce désir qu'il a de me plaire, si fort qu'il compromet sa thérapie, je pense à Marc Aurèle et à ses *Pensées* que je suis en train de lire. Je vais chercher l'ouvrage sur mon bureau et le tends au patient, lui disant qu'il pourrait le trouver utile, notamment l'une des méditations qui insiste sur la nature transitoire de l'existence et contient l'idée que chacun de nous n'est que la créature d'un jour. J'ai inséré dans ma nouvelle une sous-intrigue à propos d'un deuxième patient, à qui aussi je suggère de lire Marc Aurèle.

Il arrive fréquemment, quand je suis plongé dans l'œuvre d'un penseur exceptionnel, que quelque chose surgisse durant une séance de thérapie qui m'incite à recommander cet écrivain au patient. La plupart du temps, ça n'aboutit qu'à un fiasco, mais dans l'histoire vraie que je viens de raconter (il n'y a pas la moindre fiction dans *Créatures d'un jour*), les deux patients ont chaleureusement accueilli le livre. Non pour le message auquel je songeais, mais parce qu'ils y ont trouvé de sages conseils.

Ce qui n'a rien non plus d'inhabituel. Patient et thérapeute sont des compagnons de route, et souvent, pendant leur voyage, le patient voit des choses qui échappent totalement à son thérapeute.

37

Beurk ! La textothérapie

Pendant plus de quinze ans j'ai supervisé le travail d'un groupe de psychothérapeutes installés à San Francisco. Durant notre troisième année, nous avons accepté un nouveau membre, une analyste dont la longue carrière s'était déroulée sur la côte Est. Le premier cas qu'elle nous a présenté était celui d'un patient vivant à New York, avec lequel elle continuait de travailler via des séances téléphoniques. Des séances téléphoniques ! J'étais stupéfait ! Comment un thérapeute peut-il soigner décemment quelqu'un qu'il ne voit pas, dont il n'observera pas toutes les nuances de comportement – regards, sourires, expressions faciales, hochements de tête, poignées de main – si essentielles à l'intimité du rapport patient-thérapeute ?

« Vous ne pouvez pas faire de la thérapie à distance, lui ai-je dit. Vous ne pouvez pas soigner quelqu'un qui ne se trouve pas dans votre cabinet. » Le vrai donneur de leçons ! Elle a tenu bon, affirmé que la thérapie progressait très bien, merci beaucoup. Absolument pas convaincu, j'ai continué de la tenir à l'œil pendant des mois, jusqu'à ce que je finisse par reconnaître qu'elle savait exactement ce qu'elle faisait.

Mon opinion sur la thérapie à distance a évolué encore voilà six ans environ, quand j'ai reçu un e-mail d'une patiente me suppliant de l'aider et demandant une thérapie via Skype. Elle vivait dans un endroit du monde particulièrement isolé, sans l'ombre d'un thérapeute à des milliers de kilomètres à la ronde. En réalité, à la suite d'une rupture amoureuse atrocement douloureuse, elle avait délibérément choisi d'émigrer là. Elle était si écorchée que, j'en suis persuadé, à supposer même qu'elle eût vécu près de chez moi, elle n'aurait pas voulu me consulter, ni aucun autre thérapeute, en face à face dans un cabinet. J'ai hésité, bien sûr, mais puisque aucune autre option n'était envisageable, j'ai accepté de tenter une vidéothérapie (sans en parler à aucun de mes collègues). Pendant un an, nous nous sommes retrouvés elle et moi une fois par semaine, via Skype. Observant ce visage qui occupait tout l'écran de mon ordinateur, je me suis senti de plus en plus proche d'elle, au point que bientôt les milliers de kilomètres qui nous séparaient ont semblé s'évaporer. Au bout de cette année de traitement, elle avait fait des progrès considérables. Depuis, j'ai conduit des psychothérapies avec des personnes d'horizons aussi lointains que l'Afrique du Sud, la Turquie, l'Australie, la France, l'Italie, l'Allemagne et la Grande-Bretagne. Je suis sûr maintenant qu'il n'y a guère de différence de résultat entre la psychothérapie que je pratique in situ et la vidéothérapie. Je veille néanmoins à bien sélectionner les patients. Je n'utilise pas cette méthode avec des personnes gravement malades, relevant d'un traitement médicamenteux et d'une éventuelle hospitalisation.

La première fois que j'ai entendu parler de textothérapie, il y a trois ans environ, c'est-à-dire d'une thérapie où patient et thérapeute correspondent uniquement par textos, j'ai de nouveau été horrifié. BEURK ! Une distorsion, une déshumanisation, une parodie de la psychothérapie. Là, on franchissait le pas de trop. J'ai refusé toute approche, et suis redevenu le bon pédant d'avant. Puis Oren Frank, le fondateur de Talkspace, le plus important programme de textothérapie en ligne, m'a appelé. Sa société, m'a-t-il dit, proposait maintenant de la thérapie de groupe via textos et il me demandait d'en discuter avec ses thérapeutes.

TEXTOTHÉRAPIE DE GROUPE ! Quelle horreur ! Un groupe d'individus qui ne se voient jamais (afin de garder l'anonymat, les visages n'apparaissent pas sur l'écran de contrôle, ils sont représentés par des symboles) et communiquent uniquement par texte… Je n'imaginais pas que cela pût marcher, j'ai accepté d'y participer par pure curiosité. J'ai observé quelques groupes, et la méthode s'est révélée si lourde que le projet a été rapidement abandonné. La société s'est recentrée sur la textothérapie individuelle. Des sociétés semblables se sont créées aux États-Unis et dans plusieurs autres pays, et j'ai répondu par l'affirmative à la proposition de Talkspace de superviser les thérapeutes responsables de la formation du personnel de la société.

À l'âge que j'ai maintenant, je lis peu de revues et ne me déplace plus guère pour assister à des conférences professionnelles. Je me sens de plus en plus étranger aux changements en cours. Mais si l'utilisation du texto m'a paru l'opposé même de ma conception de la thérapie fondée sur l'intime, j'ai soupçonné le rôle significatif que ce procédé serait amené à prendre dans l'évolution de la psychothérapie. Ne serait-ce que pour combattre ma propre obsolescence, je tiens à demeurer au fait de cette méthode.

Le format en ligne offre aux clients la possibilité d'envoyer et de recevoir des textos (quotidiennement, s'ils le souhaitent) moyennant de modestes honoraires mensuels versés au thérapeute. Pour ce faire, Talkspace engage plus de mille praticiens. De nombreuses plateformes de ce genre existent dans d'autres pays – trois sociétés chinoises m'ont contacté, chacune prétendant être la plus importante du pays en matière de thérapie par Internet.

L'innovation ne s'est pas arrêtée là. Très vite, Talkspace a offert la possibilité pour les clients et les thérapeutes de se laisser des messages vocaux. Puis, dans la foulée, de pouvoir se rencontrer via une visioconférence en direct. Bientôt, il n'est plus resté que 50 % des séances par textos, contre 25 % pour les messages par téléphone et 25 % par visioconférence. Je m'attendais à un enchaînement inévitable – le texto dans une phase initiale, puis, progressivement, la phase audio suivie de la phase vidéo. Eh bien je me trompais ! De nombreux clients préfèrent le texto. Je trouvais cela paradoxal, mais j'ai compris que l'anonymat du texto les rassure ; et surtout, les jeunes sont tellement à l'aise avec ce mode de correspondance : ils sont nés et ont grandi avec, et le préfèrent souvent au téléphone pour parler avec leurs amis. Pour le moment, il semble que la textothérapie doive continuer à jouer un grand rôle dans le domaine qui nous occupe.

En examinant le travail des pratiquants, j'étais convaincu au début que cette méthode n'était qu'un fac-similé de psychothérapie. Néanmoins, j'ai fini par admettre qu'elle offre quelque chose d'important aux patients. J'ai pressé Talkspace de lancer une sorte d'enquête et les premiers résultats montrent chez les utilisateurs un changement significatif. J'ai lu les commentaires de patients exprimant leur satisfaction. Une femme expliquait qu'elle avait sélectionné certaines paroles de son thérapeute, avait imprimé les passages et les avait collés sur la porte de son réfrigérateur, de façon à pouvoir les consulter régulièrement. Ceux qui ont une crise de panique en pleine nuit peuvent tout de suite envoyer un texto à leur thérapeute, qui ne le lira peut-être que des heures plus tard, mais cela leur donne le *sentiment* d'un contact immédiat. De plus, ils peuvent réviser toute leur thérapie, chaque mot échangé avec leur thérapeute, et ainsi jauger les progrès qu'ils ont accomplis.

Je n'opère pas de la même façon pour superviser le travail de textothérapeutes et celui de praticiens traditionnels. Dans le premier cas, je ne dépends pas des souvenirs parfois peu fiables du thérapeute de ce qui s'est passé pendant la séance : je dispose de la transcription intégrale des propos échangés entre analysé et analysant.

Récemment, j'ai tellement insisté sur la nécessité pour le thérapeute de respecter la relation empathique entre lui et son patient que j'ai constaté un résultat paradoxal : pratiquée par des analystes bien formés, la méthode de textothérapie peut offrir une relation plus personnelle que le face-à-face avec un praticien appliquant à la lettre un manuel.

38

Ma vie en groupes

J'ai dirigé un très grand nombre de thérapies de groupe au fil des décennies – avec des malades psychiatriques hospitalisés ou en ambulatoire ; malades du cancer, époux endeuillés, patients alcooliques, couples mariés ; étudiants en médecine, résidents en psychiatrie, thérapeutes pratiquants – mais j'ai aussi été membre de plusieurs groupes, et le suis encore à quatre-vingt-cinq ans.

Celui auquel je songe en priorité se compose de thérapeutes qui, depuis vingt-quatre ans, se réunissent tous les quinze jours, pour une séance d'une heure et demie sans leader, dans le bureau de l'un des membres. Nous avons, entre autres règles fondamentales, celle de la confidentialité : ce qui se passe dans le groupe ne doit pas en sortir. Ce sera donc la première fois que, dans les paragraphes qui vont suivre, je révélerai quelque chose de nous, et je le fais non seulement avec la permission mais avec l'encouragement de tous les membres, car aucun de nous ne veut que disparaisse ce groupe. Non que nous recherchions l'immortalité : nous voulons encourager d'autres confrères à connaître une expérience aussi vitale et enrichissante que la nôtre.

L'un des paradoxes de notre vie de thérapeutes, c'est que nous ne sommes jamais seuls dans notre travail, et que pourtant nombre d'entre nous ont une grande impression de solitude. Nous travaillons sans équipe : ni infirmière, ni superviseur, ni collègues ou assistants. Beaucoup compensent cette solitude en planifiant des déjeuners ou des réunions autour d'un café, en assistant à des discussions de cas, en demandant une supervision ou une thérapie personnelle, mais souvent ces remèdes n'agissent pas assez en profondeur. J'ai découvert le pouvoir fortifiant de réunions régulières entre intimes ; nous y trouvons la camaraderie, une supervision, un apprentissage postdoctoral, de l'enrichissement personnel et une médiation en cas de crise.

Notre assemblage s'est constitué le jour où Ivan G., psychiatre dont j'avais fait la connaissance quand il était en résidence à Stanford, m'a téléphoné pour m'inviter à me joindre à un groupe de soutien ayant décidé de se réunir régulièrement dans un immeuble de cabinets médicaux proche du Stanford Hospital. Il m'a donné les noms des psychiatres qui avaient déjà accepté l'invitation : je les connaissais presque tous, certains même très bien puisque je les avais eus pour élèves quand ils étaient en résidence dans mon service.

C'était prendre un énorme engagement : une réunion d'une heure et demie deux fois par mois, et un groupe ouvert, sans but précis. Nous le savions tous, mais qui aurait pu prédire que ces rencontres existeraient encore vingt-quatre ans plus tard ? Or pendant tout ce temps, nous n'avons pas annulé une seule séance, sauf une fois où elle a coïncidé avec un jour férié, et personne ne s'y est soustrait pour des raisons banales. Je n'avais jamais fait partie d'un groupe de thérapie permanent, même si j'enviais mes patients et savais d'expérience ce qu'un tel modèle peut apporter comme aide à ses membres.

Pendant six ans, j'avais ainsi dirigé une thérapie pour un groupe de thérapeutes et pu observer, semaine après semaine, les bienfaits qu'en retiraient les participants. Molyn Leszcz, coauteur de la cinquième édition de mon manuel, était venu à Stanford comme chercheur invité, pour s'initier à cette forme de thérapie, et je lui avais demandé, au titre de sa formation, de codiriger avec moi les séances. Je me rappelle encore aujourd'hui ce que nous avons vu et ressenti durant ces séances. J'ai quitté ce groupe avec grand regret quand je suis parti pour mon congé sabbatique à Londres. D'autant que c'est le seul qui ait débouché sur un mariage entre participants. J'ai revu ce couple trente-cinq ans après à l'une de mes conférences, ils étaient toujours heureux en ménage.

Donc, et malgré l'embarras que me causait la présence d'anciens élèves, j'ai adhéré à ce groupe particulier, non sans une certaine anxiété : comme beaucoup d'autres, je répugnais à révéler devant cette assemblée de collègues et d'ex-étudiants mes sentiments de vulnérabilité et de honte, et le fait que je doutais de moi si souvent. Je me suis rappelé que j'avais fini ma croissance, et que je survivrais probablement à cet inconvénient.

Nous avons consacré les premiers mois à décider du genre d'assemblée que nous devions former. Nous ne voulions pas discuter de cas, même si tous désiraient en avoir la possibilité. Finalement, nous avons opté pour un groupe de soutien tous usages – autrement dit un groupe ouvert et sans leader. La chose fut claire dès le début : malgré mon expérience, je n'en serais pas le leader, et personne ne m'a considéré comme tel. Et pour éviter tout glissement, je me suis obligé à dévoiler dès le départ un nombre considérable de choses sur moi. Mes années de pratique m'ont enseigné que, si l'on veut tirer profit d'une telle expérience, il faut prendre des risques. (J'insiste beaucoup sur ce point avec mes patients dès la première séance, et j'y reviens souvent quand je les vois résister.)

Nous étions onze au départ : tous des hommes, tous psychothérapeutes (dix psychiatres, un psychologue clinicien). Deux ont très vite laissé tomber, un troisième a dû abandonner pour des raisons de santé. Comme je l'ai déjà dit, le groupe a fait preuve d'une cohésion exemplaire, d'une assiduité remarquable, je n'ai jamais manqué une séance (sauf si je me trouvais au loin ou à l'étranger), et mes compagnons ont aussi donné la priorité à nos rencontres sur toute autre activité.

Quand j'ai des problèmes de relations avec ma femme, mes enfants ou des collègues, si je suis coincé dans mon travail, perturbé par des sentiments prégnants, positifs ou négatifs, envers un patient ou une connaissance, ou paniqué par un cauchemar, j'attends avec impatience de pouvoir en discuter à la séance suivante. Et, bien entendu, chaque fois que l'un d'entre nous a ressenti une impression de gêne, de malaise envers un autre, nous en avons toujours discuté à fond.

Peut-être existe-t-il d'autres groupes de thérapeutes pratiquant la thérapie ouverte et non directive, qui s'attachent à l'examen du processus autant qu'à analyser la vie et la psyché des membres, mais aucun n'a retenu mon attention, et aucun en tout cas n'a survécu aussi longtemps que nous. Durant ces deux décennies, nous avons affronté la mort de quatre d'entre nous, et la démence de deux autres, qui les a obligés à nous quitter. Nous avons discuté de la mort de proches ou d'épouses, de remariage, de cessation d'activité, de maladie, de problèmes avec les enfants, d'installation dans des maisons de retraite. Chaque cas a été examiné avec l'honnêteté envers soi-même et les autres que nous nous étions engagés à respecter.

Le plus remarquable, en ce qui me concerne, c'est que, au fil de plus de cinq cents séances, j'ai constamment découvert des éléments nouveaux ou différents de nos personnalités. Pour nous tous, l'épreuve la plus difficile à surmonter fut peut-être celle qui nous fit assister à la naissance et à l'aggravation de la démence chez deux de nos collègues. Plusieurs dilemmes se posaient. Jusqu'à quel point devions-nous faire preuve de franchise sur ce que nous constations ? Comment réagir au délire des grandeurs ou à la dénégation qui accompagnent la démence ? Et, encore plus crucial, que faire si nous pensions que notre collègue ne devait plus recevoir des patients ? Chaque fois que le cas s'est présenté, nous avons fortement incité notre ami à consulter un neurologue et à entreprendre une série de tests neuropsychologiques, et le praticien a exercé son autorité en ordonnant un arrêt d'activité professionnelle. Comme la plupart des gens de mon âge, la peur de la démence me taraude. À trois ou quatre reprises, le groupe m'a fait remarquer que je me répétais, racontant un incident dont j'avais déjà parlé. Si mortifiant que ce soit, je suis reconnaissant à mes collègues de respecter notre charte d'honnêteté. Reste que, quelque part au fond de mon cerveau, traîne la terreur qu'un jour l'un d'entre eux insiste pour que j'entreprenne une série de tests neuropsychologiques.

Et puis il y a eu le jour où ce collègue, l'un des plus jeunes d'entre nous, nous a annoncé qu'il avait un cancer du pancréas inopérable. Nous l'avons aidé à affronter courageusement, ouvertement, ses peurs, et lorsqu'il a été trop malade pour se déplacer, nous avons tenu une séance chez lui.

Chaque disparu a été remplacé, afin de maintenir un nombre constant de participants. Nous avons tous assisté au mariage de l'un, qui a eu lieu au domicile d'un autre, la cérémonie étant dirigée par un troisième. En bloc, nous avons assisté à deux autres mariages et à la bar-mitsvah d'un fils, en bloc aussi nous sommes allés rendre visite dans sa maison de retraite médicalisée à celui qui souffrait d'une démence sévère. Nous avons souvent évoqué la possibilité d'accepter une femme parmi nous, mais comme nous ne remplaçons qu'un membre à la fois, nous estimions qu'elle se sentirait mal à l'aise, minoritaire entourée d'hommes. À y repenser, je crois que nous avons eu tort. Mon intuition est que le groupe se serait enrichi intellectuellement si, dès le départ, il avait été constitué de membres des deux sexes.

Je me suis toujours montré très actif, au début notamment où j'étais souvent le seul à engager un processus analytique de commentaires sur le fait que la majorité semblait accorder une importance démesurée à des thèmes superficiels et sans danger. Nous nous sommes entraidés, abordant des sujets différents à des niveaux différents. Par exemple des problèmes de caractère, la propension de certains au sarcasme, aux remarques méprisantes. Nous travaillons sur des points tels que la peur ou la honte de s'exposer, mais parfois nous tenons simplement à rassurer et à faire savoir à celui qui souffre que nous sommes là. Récemment, je suis arrivé à l'une de nos réunions très secoué à la suite d'un accident de voiture survenu la semaine précédente. Depuis, je paniquais à l'idée de reprendre le volant, me demandant s'il était raisonnable pour un octogénaire de continuer de conduire. L'un des participants m'a raconté qu'il avait eu un accident important quelques années auparavant et avait mis six mois à surmonter son angoisse. Il qualifiait cela de syndrome mineur de stress post-traumatique. Recadré ainsi, l'incident a repris des proportions normales, et je suis rentré chez moi plus calme, mais en conducteur très prudent…

Je suis aussi membre de Pegasus, un groupe d'écrivains médecins, fondé en 2010 par mon ami Hans Steiner, ancien chef du département de psychiatrie infantile à Stanford. Nous sommes dix à nous retrouver une fois par mois le soir, deux heures de réunion où nous discutons de nos écrits réciproques, et qui se terminent par un dîner aux frais de celui dont l'ouvrage a été critiqué. Mes compères ont lu de nombreuses pages de ce livre-ci, et m'ont fortement incité à me montrer plus prolixe sur ma vie intérieure.

Tous tant que nous sommes avons publié de nombreux livres et textes brefs, dont *A Surgeon's War*, de Henry Ward Trueblood – récit stupéfiant de son expérience de chirurgien en première ligne pendant la guerre du Vietnam. Nous faisons régulièrement des lectures publiques de nos œuvres à Stanford, moi y compris.

Pegasus a fait des petits. Il y a maintenant quatre groupes, constitués de médecins et d'étudiants en médecine. Il arrive que les poètes parmi nous lisent en public les œuvres que leur inspirent des réalisations artistiques, par exemple des tableaux, comme à l'inauguration de la Stanford Anderson Collection[1], ou des concerts, tels ceux du quatuor à cordes Lawrence,

1. Collection privée abritée dans un bâtiment spécialement construit pour elle sur le campus de l'université de Stanford.

ensemble attitré de l'université. Nous tenons aussi d'importantes tables rondes annuelles sur la médecine psychiatrique, avons institué un concours d'écriture pour les étudiants doté de prix en espèces, et invitons chaque année à nos frais un professeur de sciences humaines à venir enseigner.

Je participe à une autre aventure mensuelle, la réunion du groupe Lindemann, du nom de son fondateur Erich Lindemann, psychiatre important, d'abord enseignant à Harvard, puis à Stanford. J'y ai adhéré dès sa fondation dans les années 1970. À chaque réunion, d'une durée de deux heures, en soirée, comprenant de huit à dix participants, l'un d'entre nous présente un cas difficile. J'ai beaucoup apprécié notre camaraderie jusqu'à ce que Bruno Bettelheim s'installe à Stanford et nous rejoigne. Il estimait que, étant donné son rang et son âge, c'était à lui que les cas devaient être présentés. Ni moi ni personne n'ayant réussi à le détromper, nous avons été plusieurs à claquer la porte. Plusieurs années après la mort de Bettelheim, le groupe m'a invité à revenir, ce que j'ai fait, et je m'en félicite toujours.

Chaque membre, masculin ou féminin, présente un cas d'une manière qui lui est propre. Récemment, l'un d'entre eux nous a demandé de jouer un psychodrame et assigné un rôle à chacun (le patient, sa femme, le thérapeute, d'autres membres de la famille, un observateur commentateur, etc.). Nous avons d'abord jugé ça ridicule et inadéquat, mais à la fin de la séance nous étions complètement bloqués et incapables de fournir une aide au patient – c'est-à-dire dans la situation exacte où s'était trouvé lui-même le thérapeute. C'était une méthode inhabituelle, convaincante et imagée, pour nous faire partager ses doutes.

Le groupe auquel je suis le plus inextricablement lié est ma famille. Cela fait soixante-deux ans que je suis marié à Marilyn, et il ne se passe pas un jour sans que je remercie le ciel pour la bonne fortune à laquelle je dois cette extraordinaire compagne de vie. Toutefois, comme je le dis si souvent, de telles affinités ne se trouvent pas, elles se construisent. Au fil des décennies, Marilyn et moi avons travaillé dur pour inventer le couple que nous formons aujourd'hui. Les sujets de plaintes que j'ai pu avoir se sont évaporés. J'ai appris à accepter ses quelques faiblesses – son peu d'intérêt pour la cuisine, les événements sportifs, le vélo, la science-fiction, la science en soi. Je suis très chanceux d'avoir vécu avec une encyclopédie vivante de la culture occidentale, capable de répondre instantanément à la plupart des questions historiques ou littéraires que je pose.

Marilyn a également appris à négliger mes défauts – mon incapacité à ne pas semer le désordre autour de moi, mon refus de porter une cravate, ma passion d'adolescent pour les motos et les voitures décapotables, ma prétendue ignorance du mode de fonctionnement des objets ménagers, lave-linge et lave-vaisselle. Nous sommes parvenus à un niveau de compréhension mutuelle que le jeune amoureux que j'étais, impétueux et souvent insensible, n'aurait pas imaginé possible.

Ce qui nous préoccupe le plus maintenant c'est le bien-être de l'autre, et la peur de ce qui se passera après la mort du premier des deux.

Marilyn est une intellectuelle, à l'esprit curieux, imprégnée de littérature et d'art européens. Comme moi, c'est une étudiante et une lectrice insatiables. Contrairement à moi, elle est extravertie, sociable – ce dont atteste le nombre de ses amis. Malgré notre amour de la lecture et de l'écriture, nos intérêts ne se chevauchent pas toujours, ce que je crois bénéfique. Je suis attiré par la philosophie et les sciences, particulièrement la biologie, la psychologie et l'astronomie. La botanique exceptée, dont elle a suivi un cours à Wellesley, Marilyn n'a aucune éducation scientifique et ignore tout du monde technologique moderne. Je dois marchander ferme pour qu'elle m'accompagne au planétarium et à l'aquarium de l'Académie des sciences californienne, et une fois là, elle s'empresse de traverser le parc en direction du De Young, le musée des beaux-arts, où elle passera dix minutes à contempler une seule toile. C'est ma porte d'entrée dans le monde de l'art et de l'histoire – parfois je suis un cas désespéré. Malgré mon total manque d'oreille musicale, elle s'efforce encore d'éveiller ma sensibilité, mais si je me retrouve seul au volant et qu'il n'y a pas de retransmission de match de base-ball, c'est souvent une station de musique country que je recherche.

Marilyn adore le bon vin. J'ai prétendu pendant des années partager son goût. J'ai cessé de faire semblant et désormais j'admets ouvertement détester l'alcool, sous quelque forme que ce soit. Peut-être est-ce une caractéristique génétique, mes parents ayant eux aussi détesté l'alcool et ne s'étant autorisé que de rares verres de bière et de crème aigre mélangées, une décoction russe qu'ils buvaient en été.

Par chance, Dieu soit loué, nous ne sommes croyants ni l'un ni l'autre, bien que Marilyn ait une sorte d'aspiration au sacré, alors que j'affiche mon scepticisme, dans la lignée des Lucrèce, Christopher Hitchens, Sam Harris et Richard Dawkins. Nous adorons le cinéma, mais le choix des films se révèle délicat : elle refuse catégoriquement la violence ou les aventures de minables et de crapules ; je reconnais qu'il m'arrive, quand elle n'est pas là, de regarder une stupide histoire d'arnaque ou un western de Clint Eastwood. Lorsque c'est elle qui se retrouve seule, la télé reste branchée sur la chaîne câblée française.

Sa mémoire est bonne – trop bonne parfois : elle se rappelle si bien les films, même des dizaines d'années après, qu'elle regimbe à les revoir, alors que je regarde avec béatitude de vieux films qui brillent de toute leur nouveauté puisque j'ai presque totalement oublié l'histoire. Son auteur favori, sans conteste, est Proust. Trop affecté pour moi. Mes goûts vont à Dickens, Tolstoï, Dostoïevski et Trollope. En littérature contemporaine, je lis David Mitchell, Philip Roth, Ian McEwan, Paul Auster, Haruki Murakami ; Marilyn voterait pour Elena Ferrante, Colm Tóibín, et Maxine Hong Kingston. Nous adorons tous les deux J. M. Coetzee.

Bien que mère de quatre enfants, Marilyn a enseigné sans discontinuer. Nous dépendions de jeunes filles au pair venues d'Europe et d'une femme de ménage quotidienne. Comme la plupart des gens qui ont grandi en Californie, nos enfants ont choisi d'y rester, et nous avons ainsi la chance de les avoir tout proches. La famille se réunit souvent et prend généralement les vacances d'été en commun, la plupart du temps à Hanalei sur l'île de Kauai. La photo qui figure plus bas, prise en 2015, nous montre tous, enfants et petits-enfants, quelques jours avant que Facebook ne la supprime pour indécence. (Si vous regardez bien, vous remarquerez ma belle-fille donnant discrètement le sein à son fils, le plus jeune des petits-enfants.)

Toute la famille à Hanalei, Hawaï, 2015.

Dans notre vie de famille, les jeux, sportifs ou non, tiennent une grande part. Les parties de tennis que j'ai disputées pendant de nombreuses années avec mes garçons figurent parmi mes plus chers souvenirs. J'ai appris à Reid et à Victor à jouer aux échecs dès leur jeune âge, les ai inscrits à des tournois, dont ils sont toujours sortis flamboyants vainqueurs. Leurs fils, Desmond et Jason, marchent sur leurs traces, et il est rare que les réunions familiales se déroulent sans que se disputent une ou deux parties. Sans oublier le scrabble, où ma fille Eve est sans rival ; le poker et la belote (façon américaine) avec Ben et Reid, où j'applique les mêmes règles et les mêmes enjeux (moyennement élevés) que ceux qu'imposaient mon père et mon oncle Abe.

Victor nous régale de tours de magie. Au lycée, il avait une bonne réputation de farceur, et durant toute son adolescence, il a joué les magiciens professionnels dans les réceptions, données pour des adultes comme pour des enfants. Quiconque a assisté à la remise des diplômes de fin d'études de son lycée se rappellera Victor avançant solennellement vers l'estrade, et sa toque de cérémonie qui brusquement s'enflamme. Le public éclata en hourras et applaudissements. Aussi stupéfait que tout le monde, je l'ai supplié de me dire comment il s'y était pris. En bon magicien, il avait toujours refusé de me révéler ses secrets ; cette fois-ci, il eut pitié de son père et me mit dans la confidence : une feuille d'alu dissimulée dans la bordure de la toque, imbibée d'essence à briquet, une minuscule allumette, et voilà la toque enflammée !

Absorbé comme je l'ai été par mon travail, enseignement et écriture, sans compter la nécessité de faire vivre ma famille, je sais que j'ai manqué beaucoup de choses, que je n'ai pas passé assez de temps avec chaque enfant. À la cérémonie en mémoire de mon ami Larry Zaroff, l'un de ses trois enfants a rappelé la tradition familiale qui voulait que leur père consacre ses samedis à chacun d'eux tour à tour. Ils déjeunaient ensemble, se parlaient en tête à tête, allaient en librairie acheter un livre. En l'écoutant, je me suis dit que si j'avais droit à un nouveau tour de manège, je me comporterais différemment.

Dans la vie familiale quotidienne, le rôle essentiel a été tenu par Marilyn, qui repoussa à plus tard, à la post-adolescence des enfants, son désir d'écrire. Après s'être acquittée des publications académiques obligatoires, elle a, suivant mon exemple, commencé à écrire pour un plus large public. Depuis *Blood Sisters : The French Revolution in Women's Memory*, en 1993, elle a publié sept autres ouvrages, dont *A History of The Wife, Birth of the Chess Queen, Le Sein, une histoire, Comment les Français ont inventé l'amour*[1], *The Social Sex*, et *The American Resting Place*, avec notre fils Reid, photographe d'art. Nous sommes toujours le premier lecteur de l'autre, et j'ai vécu la sortie de ses livres comme une aventure personnelle. Elle attribue à ma fascination pour les poitrines féminines son idée d'écrire *Le Sein, une histoire*, étude de la façon dont le

1. Galaade, 2013.

corps des femmes a été vu et représenté au cours des siècles. Celui de ses livres que je préfère est *Birth of The Chess Queen*[1], où elle retrace l'évolution de cette pièce, alors la plus faible du jeu, qui n'est apparue sur l'échiquier qu'aux environs de l'an 1000. Au fur et à mesure que les reines prenaient du pouvoir en Europe, la reine des échecs a acquis son statut de pièce maîtresse du jeu, au XVe siècle, sous le règne d'Isabelle la Catholique. J'ai assisté à de nombreuses lectures de Marilyn dans des librairies et des universités qui m'ont rempli de fierté. Maintenant, elle s'est embarquée dans un nouvel ouvrage, *The Amorous Heart*, qui étudiera la façon dont le cœur est devenu un symbole de l'amour.

Cette solide éthique professionnelle ne nous a toutefois pas empêchés de remplir pleinement notre rôle de parents et grands-parents. Nous avons essayé de faire de notre foyer un lieu d'accueil pour nos amis et les amis de nos enfants. Nous y avons organisé des mariages et des *baby shower parties*[2] aussi bien que des soirées de lancement de livre. Nous en ressentons la nécessité peut-être parce que notre propre famille est restée sur la côte Est. En Californie, nous avons fondé un nouveau réseau, aux racines ancrées dans le futur plutôt que dans le passé.

Après avoir tant voyagé, sur tous les continents, je répugne à bouger, d'autant que les effets du décalage

---

1. « Naissance de la reine du jeu d'échecs ».
2. Fête organisée pour la future mère entre le septième et le huitième mois de grossesse.

horaire se font de plus en plus sentir et que je tombe souvent malade durant de longs déplacements. En matière de voyages, Marilyn, ma cadette de neuf mois seulement, en paraît vingt de moins. Lorsque je suis invité à faire une conférence dans des pays étrangers, je propose une visioconférence. Je continue néanmoins à faire de temps en temps la navette entre Washington, New York, et, chaque année, Ashland dans l'Oregon, pour le festival Shakespeare.

Dans une interview accordée au réalisateur du film documentaire *Irvin Yalom, la thérapie du bonheur*, notre fille, Ève, a déclaré sans ambages que sa mère et moi faisons toujours passer nos relations de couple en premier – c'est-à-dire avant celles que nous entretenons avec nos enfants. Instinctivement, j'ai voulu protester, mais je crois qu'elle a raison. Ève ajouta qu'elle-même avait donné la première place à ses enfants, mais que son mariage n'avait duré que vingt-cinq ans. Au cours de discussions suivant la projection du film, des spectateurs ont opposé la force et la durabilité de notre couple et une certaine fragilité de nos enfants, qui ont divorcé tous les quatre. À quoi j'ai rétorqué qu'on pouvait peut-être prendre en compte certains facteurs historiques : 40 % à 50 % des unions aux États-Unis se terminent maintenant par un divorce, un type de séparation très rare de mon temps. À l'âge de vingt-cinq ans, ou même trente ans, je n'avais pas rencontré une seule personne divorcée. Durant ces discussions, Marilyn s'écriait tout le temps : « Eh, trois de nos enfants se sont remariés et forment des couples formidables ! »

Après chaque divorce, nous nous demandions encore et encore ce que nous avions fait de mal. Les parents sont-ils toujours responsables de l'échec conjugal de leur progéniture ? Je suis sûr qu'ils sont nombreux à se poser cette question. Le divorce est une épreuve pénible pour tout le monde. Marilyn et moi avons partagé la tristesse de nos enfants, nous ressentons au plus profond ce qui les touche, eux et leurs propres enfants, mais sommes aussi rassurés de savoir qu'ils se soutiennent fortement entre eux.

Marilyn et moi, San Francisco, 2006.

39

De l'idéalisation

Depuis que *Théorie et pratique de la psychothérapie de groupe* a été reconnu comme manuel, il y a quarante-cinq ans de cela, j'ai eu un lectorat fidèle d'étudiants et de thérapeutes. C'est à eux que je m'adresse en premier, et je n'ai jamais pensé avoir un plus large public. Aussi le succès de mon recueil de contes thérapeutiques, *Le Bourreau de l'amour*, best-seller en Amérique et traduit dans de nombreux pays, m'a-t-il transporté. Quand des amis m'écrivent qu'ils ont vu mon livre exposé à l'aéroport d'Athènes, de Berlin ou de Buenos Aires, je suis aux anges. Et puis j'ai eu le bonheur de recevoir les traductions de nombre de mes livres dans des langues aussi fascinantes pour moi que le coréen, le chinois, le russe, le bulgare, le catalan ou le polonais. J'ai mis cependant du temps à admettre (sinon à le comprendre vraiment) que la majorité de mes lecteurs ne me connaissent que dans une langue étrangère.

Le seul grand pays qui m'a ignoré pendant de longues années fut la France, au grand désarroi de Marilyn, qui a appris le français à douze ans et demeure une francophile inébranlable. J'ai usé beaucoup de professeurs pour améliorer ma connaissance du français, mais demeure d'une telle médiocrité qu'il faut en conclure que ce n'est simplement pas fait pour moi. En 2000, les éditions Galaade, récemment fondées, ont acquis les droits de traduction des sept livres que j'avais publiés jusqu'alors. J'ai ainsi rapidement bénéficié d'un lectorat français appréciable. En 2004, mon éditeur a organisé une manifestation au théâtre Marigny. Je devais être interviewé (via un interprète, bien sûr) par le rédacteur en chef du magazine *Psychologies*. Le théâtre est impressionnant : large parterre, deux balcons, et une scène qu'a honorée le grand Jean-Louis Barrault. En arrivant, j'ai appris que toutes les places étaient vendues, et constaté, stupéfait, que les gens faisaient la queue dehors. Au centre de la scène trônait un superbe fauteuil de velours rouge, d'où j'étais censé m'adresser à la foule. Trop, c'est trop ! J'ai insisté pour qu'on échange le trône contre quelque chose de moins auguste. Quand le public est entré, j'ai reconnu une nombreuse coterie d'amis français et francophones de Marilyn, qui n'avaient encore jamais pu lire mes livres ou converser avec moi. L'interviewer a posé les bonnes questions, j'ai raconté certaines de mes meilleures histoires, l'interprète était miraculeux, la soirée n'aurait pas pu être plus réussie. J'entendais presque Marilyn ronronner tandis que ses amis constataient que je n'étais pas totalement stupide, après tout.

En 2012, Sabine Gisiger, une cinéaste suisse, prit contact avec moi : elle envisageait de tourner un documentaire sur ma vie. Une proposition que je trouvais plutôt baroque, mais après avoir vu, au festival du cinéma de Mill Valley, le film, *Guru*, qu'elle avait consacré à Rajneesh, inquiétant chef religieux d'une communauté de l'Oregon, j'ai changé d'avis. Quand je lui ai demandé pourquoi elle s'intéressait ainsi à moi, elle m'a répondu qu'elle s'était sentie souillée par son travail sur Rajneesh et avait décidé de faire un film sur une « personne convenable ». *Une personne convenable* – elle avait gagné !

Ainsi a commencé une période de tournage de deux ans, avec Sabine comme réalisatrice, Philip Delaquis à la production, et leurs merveilleux cameramen et preneur de son. L'équipe est venue plusieurs fois chez nous à Palo Alto, m'a suivi à Stanford, a partagé nos vacances à Hawaï et dans le sud de la France ; bientôt nous les avons considérés comme des membres de la famille. Ils m'ont filmé dans de nombreuses situations, parlant en public, pédalant, faisant de la pêche sous-marine, jouant au ping-pong, et une fois, même, barbotant dans notre jacuzzi avec Marilyn.

Tout le long du tournage, je me suis demandé qui pourrait bien avoir envie de voir un documentaire sur les aspects les plus banals de ma vie. Je n'avais pas d'investissement financier dans la production ; en revanche, étant donné les rapports affectueux que j'entretenais désormais avec la réalisatrice et le producteur, je m'inquiétais pour eux. Après la projection privée à San Francisco d'une première version, nous avons été rassurés. Sabine et sa monteuse avaient fait un excellent travail, réduisant des dizaines et des dizaines d'heures de tournage à un documentaire cohérent de soixante-quinze minutes. Passant outre mes protestations, il fut intitulé *Yalom's Cure*[1]. Je n'en continuais pas moins à me demander pourquoi des gens, en dehors de ma famille et de quelques amis, trouveraient un intérêt quelconque à le voir. Surtout, j'avais le sentiment embarrassant d'être mis à nu. Bien que j'aie fini par m'identifier à mes écrits et considérer mes livres, en particulier les contes et les romans, comme des épisodes majeurs de ma vie d'adulte, le film néglige l'écrivain pour se concentrer sur mes activités quotidiennes. Pourtant, si surprenant que cela soit, le film a eu du succès en Europe, projeté dans une cinquantaine de salles devant plusieurs centaines de milliers de spectateurs.

À l'automne 2014, Marilyn et moi avons été invités à la première projection à Zurich. Impossible de refuser, malgré ma détermination à ne plus voyager à l'étranger. Nous sommes donc partis. Nous avons assisté à deux projections, l'une réservée à des thérapeutes et des notables, l'autre publique. À l'issue de chaque séance, j'ai répondu à des questions, gêné pourtant de m'être vu ainsi exposé au regard des autres, notamment dans la séquence du jacuzzi avec Marilyn, même si seules notre tête et nos épaules sont visibles. Certaines scènes de vacances en revanche m'ont apporté de grandes joies, qui montrent nos petits-enfants Alana et

1. Titre français : *Irvin Yalom. La Thérapie du bonheur.*

Desmond disputant une compétition de danse. La voix de Lily Virginia, une autre petite-fille, compositrice et interprète de ses propres chansons, accompagne les dernières images du film.

Pour la sortie en France, quelques mois plus tard, Marilyn a fait un saut à Paris, questionnée elle aussi par le public à l'issue de la première projection. Nos visages étaient en une de *Pariscope*. À Los Angeles, en revanche, ce fut un flop. Malgré une critique favorable dans le *Los Angeles Times*, le film n'a tenu l'affiche que quelques jours.

Couverture de *Pariscope*, 20 mai 2015.

Conjointement à notre voyage à Zurich, j'avais accepté de donner une conférence à Moscou, séduit par le montant inhabituellement élevé de la rémunération, et le vol en jet privé de Zurich à Moscou. Un vol qui s'est révélé une histoire en soi. Nous étions quatre dans l'avion : Marilyn, moi, une ancienne patiente que j'avais reçue pour une unique séance, de nombreuses années auparavant, et l'ami intime de cette patiente, un oligarque russe, à qui appartenait l'avion. J'étais assis à côté de lui et, pendant toute la durée du vol, nous avons eu la plus cordiale des conversations qui a dévoilé un individu réfléchi, sentimental, perturbé par quelques épisodes malheureux de sa vie. Attentif, à l'écoute de ses douleurs, je n'ai pas voulu, par politesse, le pousser trop loin dans la confidence. Ce n'est que beaucoup plus tard que j'ai appris que le but réel de ce voyage était de procurer une aide thérapeutique à cet homme aux abois. Si je l'avais su, si quelqu'un avait fait preuve de franchise, j'aurais pu l'aider plus efficacement.

Ma conférence, patronnée par l'Institut moscovite de psychanalyse, qui dispense une formation universitaire, avait lieu dans une salle où se déroulent souvent des concerts de rock. Les organisateurs avaient prévu une traduction simultanée avec 700 casques audio disponibles, or 1 100 personnes affluèrent, causant un chaos tel qu'il fallut abandonner l'idée de la traduction simultanée. Les organisateurs firent appel à un interprète en chair et en os, très angoissé de devoir officier en direct.

J'ai commencé à parler et, remarquant qu'aucune de mes plaisanteries ne suscitait le moindre sourire, j'ai compris qu'il y avait un sérieux problème de traduction. On m'a dit ensuite qu'il avait fallu un bon quart d'heure au malheureux interprète pour se désangoisser, et qu'après il avait fait du bon boulot. À l'issue de la conférence, nous avons assisté à la représentation d'une pièce adaptée en russe de la nouvelle « Arabesque » de mon recueil *Créatures d'un jour*, l'histoire d'une ballerine russe jouée par deux actrices d'une beauté extraordinaire, en costumes folkloriques, sous le regard d'un vieil homme silencieux assis dans un coin que je supposai être moi. L'action se déroulait sur fond d'un grand écran où l'on voyait une main et un pinceau d'artiste créer une série de dessins surréalistes. La représentation a été suivie d'une séance marathon de signature de livres.

Une fois à Moscou, j'ai reçu et accepté l'invitation peu banale d'aller discuter existentialisme avec un groupe de cadres d'une banque. Nous nous sommes retrouvés dans une grande salle au sommet d'un gratte-ciel, une cinquantaine de personnes dont le président de la banque, l'un des rares à parler anglais, et moi, bien sûr, ne parlant pas un mot de russe. La traduction s'avéra pour le moins pesante. Les gens semblaient se désintéresser totalement de l'existentialisme et ne posaient aucune question. Supposant qu'ils refusaient de s'engager dans une libre discussion en présence de leurs dirigeants, j'ai essayé de sonder le terrain, sans résultat. Assis au premier rang, le président de la banque était rivé à son iPad et, au bout de vingt minutes, interrompit la séance pour annoncer que l'Union européenne venait d'alourdir encore les sanctions économiques contre la Russie, et qu'il souhaitait voir consacrer le temps de discussion qui nous restait à examiner les inquiétudes que suscitait chez le personnel la tournure des événements. J'étais pleinement d'accord, mais, de nouveau, seul le silence accueillit ces propos. Et de nouveau, supposant qu'ils ne désiraient pas manifester d'opinion en présence des dirigeants, j'ai tenté de débloquer la situation, sans davantage de résultat. Ainsi s'acheva mon travail, sans autre effet probant que mon cachet, qui me fut payé d'une curieuse manière. On me dit qu'il me serait versé le lendemain soir au cours du dîner donné en mon honneur par l'université. Et le lendemain, après le dessert, quelqu'un me glissa subrepticement dans les mains une enveloppe banale remplie de devises américaines. J'ai imaginé qu'ils voulaient me faire une faveur, partant de l'idée (fausse) que je n'aurais pas ainsi à payer d'impôt sur le revenu, mais il se peut aussi que la banque ait cherché des moyens de se débarrasser d'espèces encombrantes.

Avec Marilyn au Kremlin, 2009.

Depuis que, essayant d'éviter les longs voyages en avion, j'ai recours aux visioconférences, j'en ai assuré une bonne dizaine. Cela nécessite que je me rende dans un local spécialisé près de chez moi pour des séances de questions-réponses de quatre-vingt-dix minutes environ. L'une d'elles, en mai 2016, demandée par la Chine continentale, fut des plus étonnantes. Assisté d'un interprète venu spécialement de San Francisco, j'ai répondu aux questions de trois psychiatres chinois. Le jour suivant, j'ai reçu par e-mail une photo des interviewers, accompagnée du décompte précis des vidéospectateurs : 191 234. Le sponsor chinois de l'événement à qui j'exprimais l'étonnement que me causait un tel chiffre m'a simplement répondu : « Docteur

Yalom, comme la plupart des Américains, vous n'appréciez pas à sa juste mesure l'immensité de la Chine. »

Chaque jour, sans exception, je reçois des e-mails de lecteurs de diverses parties du monde, et je me fais un point d'honneur de répondre à chacun, généralement par un simple : « Merci de votre lettre », ou « Je suis très heureux de l'importance que vous accordez à mes écrits ». Je prends soin de mentionner le nom de la personne de façon qu'il ou elle soit sûr que j'ai vraiment lu sa lettre et que cette réponse vient bien de moi. Tout cela me prend beaucoup de temps, mais me donne le sentiment de faire quelque chose de plus ou moins similaire à la méditation compassionnelle quotidienne de mes amis bouddhistes. Presque chaque jour aussi, je reçois une demande de consultation d'un endroit quelconque du monde, soit par Skype, soit que les personnes se proposent de venir me voir en Californie. Récemment, un homme m'a demandé si j'accepterais une discussion via Skype avec sa mère, psychothérapeute retraitée, pour son centième anniversaire.

Outre les mails, les lecteurs m'envoient parfois des cadeaux, des objets qui ornent les murs de notre maison, provenant de Grèce, de Turquie, d'Iran et de Chine. Le plus saisissant m'a été offert par Sakellaris Koutouzis, sculpteur grec qui vit sur la petite île de Kalymnos. Dans un e-mail, il me demandait mon adresse, me disait qu'il avait beaucoup aimé mes livres et qu'il était en train de réaliser un buste de moi d'après des photos qu'il avait trouvées sur le Web. En consultant Internet, j'ai appris que ses œuvres s'exposaient dans le monde entier. J'ai insisté pour payer les frais de transport, il a refusé. Et un mois plus tard, une énorme caisse de bois fut déposée devant ma porte, contenant mon buste, plus grand que nature. Il est d'une ressemblance si frappante qu'il m'effraie. Souvent, les enfants ou moi l'enrichissons de lunettes, de cravates, ou de l'un de mes multiples chapeaux.

Avec mon buste réalisé par le sculpteur Sakellaris Koutouzis, 2016.

J'ai beau m'efforcer de minimiser ces marques de renommée, je ne peux nier qu'elles ont rehaussé l'image que j'ai de moi. Je crois aussi que l'âge, le sérieux qui me caractérise et la réputation qu'on me fait augmentent l'efficacité de mon travail de thérapeute. Depuis un quart de siècle, les patients, en majorité, s'adressent à moi parce qu'ils ont lu certains de mes écrits et entrent dans mon cabinet convaincus de mon pouvoir thérapeutique. Ayant connu un certain nombre de thérapeutes renommés dans ma vie, je sais les traces que ces rencontres peuvent laisser : je n'ai pas oublié le visage raviné de Carl Roger. Il y a de cela cinquante ans, j'ai sollicité et obtenu un entretien avec lui, et je me suis envolé pour le sud de la Californie. Je lui avais fait parvenir quelques-uns de mes livres, et je me rappelle son commentaire sur mon manuel de thérapie de groupe, qu'il trouvait réussi mais auquel il préférait le livre écrit avec Ginny, *Dans le secret des miroirs*, qu'il jugeait très particulier. De même, les visages de Viktor Frankl et de Rollo May me restent si clairement en mémoire, que si j'avais un talent artistique – j'en suis dépourvu –, je les ferais revivre avec la plus grande précision.

Ainsi, du fait de ma réputation, les patients me livrent des secrets qu'ils n'avaient jamais révélés à quiconque, même à des thérapeutes précédents, et si je les écoute sans porter de jugement, mes interventions ont des chances d'avoir davantage de poids, simplement grâce aux idées préconçues qu'ils ont de moi. Il y a peu, dans le même après-midi, j'ai reçu deux nouveaux patients, familiers de mon œuvre. Le premier, une femme thérapeute à la retraite, avait fait plusieurs heures de voiture pour venir me voir. Deux traits de son comportement la préoccupaient : une tendance à l'accumulation (dans une seule pièce de son appartement) et le besoin obsessionnel, à peine sortie de chez elle, de retourner vérifier que la porte était bien fermée à clef et la cuisinière éteinte. Je ne croyais pas, lui ai-je dit, qu'une brève thérapie avec moi allait résoudre ces problèmes, ni qu'ils affectaient sérieusement sa vie. J'avais en face de moi quelqu'un de bien intégré, qui avait fait un excellent mariage et affrontait la tâche difficile de trouver un sens à l'existence après avoir pris sa retraite. Elle fut contente de m'entendre lui affirmer qu'elle n'avait pas besoin d'une psychothérapie. Le lendemain, elle m'envoyait ces lignes par e-mail :

Je voulais juste vous faire savoir combien j'ai aimé et apprécié votre consultation jeudi dernier, elle a signifié beaucoup pour moi. J'ai été très sensible à votre soutien, à l'approbation que vous avez exprimée de mon comportement et à votre affirmation selon laquelle je n'ai pas besoin de thérapie. En quittant votre cabinet, je me sentais moins angoissée, j'avais repris confiance en moi. C'est un véritable cadeau. Pas si mal en une seule séance !

Ce même après-midi, j'ai reçu un Sud-Américain d'une cinquantaine d'années, qui profitait d'une visite à un ami de San Francisco pour venir me voir. Il a passé l'heure entière ou presque à parler des soucis que lui causait sa sœur, qui depuis toujours souffrait d'anorexie. Après la mort de leurs parents, il s'était retrouvé écrasé sous la charge financière que constituaient les traitements médicaux et psychiatriques, au point qu'il n'avait jamais pu se marier et avoir des enfants. Je lui ai demandé pourquoi c'était sur lui, plutôt que sur les autres membres de sa nombreuse famille, que tombait intégralement le fardeau des soins. Alors, avec beaucoup d'anxiété et d'hésitation, il m'a raconté une histoire qu'il avait tue jusqu'alors.

Il a treize ans de plus que sa sœur et, un jour, alors qu'il était âgé de quinze ans, ses parents lui avaient confié la garde de la petite de deux ans, tandis qu'ils allaient avec les autres enfants assister à un mariage. Durant leur absence, il avait eu une longue conversation érotique avec sa copine, que ses parents détestaient et lui avaient interdit de voir. Et durant cette conversation téléphonique, la petite avait rampé jusqu'à la porte d'entrée restée ouverte et dégringolé les marches ; il l'avait ramassée le corps et le visage couverts d'ecchymoses. Au retour des parents, il lui avait fallu tout confesser – le pire moment de sa vie – et bien que les blessures et les contusions se soient cicatrisées très vite, il nourrissait depuis tout ce temps la conviction que cette chute avait déclenché l'anorexie de la fillette. C'était, en vingt-cinq ans, la première fois qu'il révélait cette histoire.

J'ai pris ma voix la plus profonde et la plus protocolaire pour lui affirmer que j'avais écouté très soigneusement ce qu'il venait de raconter et que, après avoir bien pesé son témoignage, je le déclarais innocent. Je lui assurai qu'il avait payé son dû pour cet instant de négligence, et surtout qu'en aucun cas cette chute ne pouvait être la cause de l'anorexie. Je lui conseillai aussi d'approfondir tout cela par une psychothérapie quand il serait rentré dans son pays. Il a pleuré de soulagement, refusé ma suggestion d'une thérapie ultérieure, et m'a affirmé qu'il avait reçu exactement ce qu'il voulait. Il a quitté mon cabinet d'un pas beaucoup plus léger.

Ces consultations uniques, où je salue les efforts et la vigueur des patients et leur offre ma bénédiction, doivent leur succès en grande partie au pouvoir qu'ils m'attribuent.

Il y a peu, une femme m'a raconté l'un des épisodes les plus tristes de sa vie. Vers la fin de son adolescence, à la veille de quitter son foyer pour l'université, elle avait fait un long voyage en train avec son père, un homme remarquable mais très distant. Elle attendait depuis si longtemps une telle occasion de se retrouver seule avec lui – et voilà qu'il avait ouvert son ordinateur et travaillé pendant tout le voyage sans lui dire un mot. Elle avait été anéantie. Je lui ai dit que notre thérapie offrait la possibilité de rejouer l'événement. Elle et moi, autre vieil homme important, ferions un voyage de plusieurs heures en thérapie, mais d'une façon différente : elle aurait la permission totale de poser des questions, protester, exprimer ses sentiments, y serait même encouragée. Je lui rendrais la pareille en lui répondant franchement. Cette façon de procéder la toucha et finalement lui vint en aide.

Quel est l'impact de toute cette considération et de ces acclamations sur l'image que j'ai de moi ? Parfois je suis grisé, d'autres fois inquiet, en général je garde l'équilibre. Lors des réunions avec mon groupe de soutien ou de discussion de cas, je suis conscient que, excellents cliniciens depuis des décennies, mes collègues sont tout aussi efficaces que moi dans leur travail. Je ne prends donc pas cette adulation au sérieux. Tout ce que je peux faire, c'est être le meilleur thérapeute possible. Me rappeler que je suis un personnage idéalisé et que nous tous, les êtres humains, nous avons besoin d'un aîné, un savant, un sage aux cheveux blancs. Si j'ai été choisi pour occuper cette place, je l'accepte avec bonheur. Il faut bien que quelqu'un le fasse.

40

L'apprenti vieillard

Enfant, j'ai toujours été le plus jeune – de ma classe, de l'équipe de base-ball, de l'équipe de tennis, de ma chambrée en camp de vacances. Aujourd'hui, où que j'aille, je suis le plus vieux – à une conférence, au restaurant, à une lecture de livre, au cinéma, à un match de base-ball. Récemment, j'ai pris la parole à un congrès de deux jours sur la formation médicale continue des psychiatres, patronné par le Département de psychiatrie de Stanford. En regardant l'auditoire de collègues venus de tout le pays, je n'ai vu que quelques types à cheveux gris, aucun à cheveux blancs. Je n'étais pas seulement le plus âgé ; j'étais de loin le plus vieux. Écouter seize conférences et discussions m'a rendu encore plus conscient de mon âge et des changements intervenus dans mon domaine depuis que j'ai commencé à pratiquer la médecine dans les années 1950. Les progrès actuels – la nouvelle psychopharmacologie pour la schizophrénie, les troubles bipolaires et la dépression, la nouvelle génération d'essais cliniques, de traitements sophistiqués pour les troubles du sommeil, les troubles anorexiques et les troubles du déficit de l'attention – m'échappent en grande partie. Je me revois jeune universitaire prometteur qui tirait une grande fierté de pister la moindre nouveauté. À ce congrès, je me suis senti perdu en écoutant des exposés, et davantage encore une conférence sur la stimulation magnétique transcrânienne, qui décrivait des méthodes de stimulation et d'inhibition de zones critiques du cerveau beaucoup plus efficaces et précises que des traitements médicaux, et sans effets secondaires. Était-ce cela l'avenir de ma discipline ? Quand j'ai commencé ma spécialisation en 1957, la psychothérapie constituait le cœur même de la psychiatrie, et la plupart de mes collègues partageaient mon enthousiasme et le désir de l'étudier sous tous ses aspects. Or, dans les huit exposés que j'ai entendus à ce congrès, il ne fut quasiment pas question de psychothérapie.

Ces dernières années, j'ai lu très peu de textes sur la psychiatrie. Je prétends souvent que mes problèmes de vue en sont la cause – j'ai subi des interventions chirurgicales des deux cornées, ainsi qu'une opération bilatérale de la cataracte –, mais c'est une piètre excuse. J'aurais pu compenser cette difficulté grâce à ma liseuse. La vérité, légèrement embarrassante à admettre, c'est que cela ne m'intéresse plus. Quand je suis pris d'une crise de culpabilité, je me réconforte en affirmant que j'ai fait mon temps et que, à quatre-vingt-cinq ans, je devrais être libre de lire ce qui me plaît. Puis j'ajoute : « De plus, je suis écrivain et je dois me tenir au courant des tendances littéraires contemporaines. »

Quand ce fut mon tour de m'adresser au public du congrès de Stanford, je n'ai pas fait d'exposé et n'ai pas montré de photos, contrairement aux autres orateurs. En réalité – voici venu le moment de faire cette énorme confession –, *je n'ai jamais fait ni utilisé de diapositives !* En guise de discours, j'ai répondu aux questions de mon collègue et très cher ami, David Spiegel, sur ma carrière et l'évolution de mes conceptions de psychothérapeute. C'est un procédé qui me met à l'aise, et le temps a passé si vite que je n'ai pas vu venir la fin. Quand le public s'est levé pour applaudir, j'ai eu le sentiment troublant qu'ils me disaient adieu.

Peu de psychiatres continuent de pratiquer à mon âge, aussi je m'interroge souvent : « Pourquoi tiens-tu encore à recevoir des patients ? » Ce n'est pas pour des raisons économiques ; j'ai suffisamment d'argent pour pouvoir vivre confortablement. C'est que j'aime trop mon travail pour le lâcher avant d'y être obligé. Je me sens privilégié d'être admis dans l'intimité de la vie de tant de gens ; et depuis tant de décennies que cela se produit, je veux croire que je maîtrise l'art d'y parvenir. Peut-être, aussi, est-ce le résultat de l'art de sélectionner ses patients. Depuis plusieurs années, je pratique une thérapie à durée limitée : dès la première séance, je dis aux patients que je les verrai pendant une année maximum. À la veille de devenir octogénaire, je me suis demandé combien de temps encore mon esprit et ma mémoire demeureraient intacts. Je voulais éviter que des patients ne deviennent trop dépendants d'un homme qui risquait de jeter l'éponge bientôt. Surtout, j'ai constaté que fixer dès le début une date de fin de thérapie augmente l'efficacité du traitement et plonge plus rapidement le patient dans le travail qu'il doit accomplir. (Otto Rank, l'un des premiers disciples de Freud, a fait la même observation il y a une centaine d'années.) Je prends soin de ne pas accepter un patient si je me rends compte qu'il est peu probable que nous parvenions à un progrès notable en un an, et j'adresse à d'autres psychiatres les malades les plus gravement atteints, qui requièrent l'administration de psychotropes. (Ayant cessé de me tenir informé des recherches en la matière, je ne prescris plus de médicaments depuis des années.)

Ayant aidé tant de gens à accepter leur vieillesse, je me croyais bien préparé à ses afflictions inévitables, mais je constate que c'est plus décourageant que je ne l'imaginais : douleurs de genoux, perte d'équilibre, raideur matinale du dos, fatigue, baisse de vision et d'audition, flétrissement de la peau, tant de maux qui m'insupportent, mais qui sont mineurs comparés à l'affaiblissement de la mémoire.

Récemment, un samedi, ma femme et moi sommes allés nous promener et déjeuner à San Francisco et, sur le chemin du retour, je me suis rendu compte que je n'avais pas pris mes clefs. Nous avons dû attendre deux bonnes heures dehors qu'arrive un voisin, qui possède un double des clefs. Ce même soir, nous avons vu une pièce de théâtre, *Le Monde inouï*, de Fabrice Melquiot, vision imaginaire de la vie après la mort, produite par mon fils Ben et jouée par son groupe d'art dramatique. Marilyn et moi avions accepté de discuter de la pièce avec le public à l'issue de la représentation, elle d'un point de vue littéraire, moi sous l'angle philosophique et psychiatrique. Le public semblait satisfait de mes remarques, mais j'ai constaté, au beau milieu de mon exposé, que je ne me rappelais plus l'argument intéressant et important dont je souhaitais qu'on discute. J'ai continué de parler en pilotage automatique, cependant que je me creusais frénétiquement les méninges à la recherche de l'idée perdue. Au bout de dix minutes, elle a surgi brutalement, et j'ai pu la développer. Je doute que les gens se soient rendu compte de cette quête frénétique à laquelle je venais de me livrer, mais tandis que je discourais, j'entendais une phrase tourner dans ma tête : « Ça y est, le temps est venu. Il faut que j'arrête de parler en public. Rappelle-toi Rollo. » Une référence à la scène que j'ai racontée, où Rollo May, donnant une conférence à un âge avancé, avait répété la même anecdote à trois reprises. J'avais fait vœu de ne jamais offrir à un auditoire le spectacle de ma sénilité.

Le lendemain, je suis allé rendre une voiture à l'agence qui me l'avait louée (la mienne étant en réparation). Il était tard et l'agence était fermée. J'ai suivi les instructions affichées sur la porte : fermer la voiture à clef et déposer les clefs dans la boîte. Et quelques minutes plus tard, j'ai découvert que j'avais laissé dans la voiture ma sacoche contenant portefeuille, clefs personnelles, argent liquide et cartes de crédit. J'ai dû appeler ma compagnie d'assurances, qui a envoyé quelqu'un ouvrir les portières. Cette défaillance était particulièrement mal venue, mais des incidents plus légers se produisent presque quotidiennement désormais. Qui est cet homme souriant qui s'approche de moi ? Je le connais, c'est certain, mais son nom, quel est son nom ? Et comment s'appelle ce restaurant près de la plage de Half Moon Bay où Marilyn et moi avions l'habitude d'aller ? Dans quelle rue se trouve le San Francisco Museum of Modern Art ? Comment appelle-t-on cette étrange psychothérapie fondée sur neuf types de personnalité ? Et quel est le nom du psychiatre que j'ai connu, à l'origine de l'analyse transactionnelle ? Je reconnais les visages, mais les noms s'évaporent – certains reviennent, d'autres disparaissent de nouveau après chaque résurrection.

Hier, j'ai déjeuné avec un ami, Van Harvey, un peu plus âgé que moi (oui, il en reste encore, ici et là). Il m'a recommandé de lire *Le Palais de verre*, le roman de Simon Mawer, en retour je lui ai suggéré *Hiver*, de Christopher Nicholson. Quelques heures plus tard, nos e-mails se sont croisés : « Quel est le titre du roman que tu m'as recommandé ? » Bien sûr, je devrais toujours avoir un bloc-notes sur moi. Mais se souvenir de prendre le bloc-notes – voilà le hic ! Perte de clefs, de lunettes, de téléphone mobile, oubli de numéros de téléphone, de l'endroit où se trouve garée la voiture – tel est mon lot quotidien. Perdre à la fois la clef de l'appartement et les clefs de la voiture était un cas extrême, probablement lié à l'insomnie dont j'avais souffert la nuit précédente. Et dont je suis sûr de connaître la cause. Ce soir-là, j'avais vu *Amour*, le film de Michael Haneke qui dépeint le supplice d'un homme âgé, un époux aimant qui aide sa femme malade à mourir. Le couple nous ressemblait, à Marilyn et moi, et le film m'a hanté toute la nuit. C'est un film superbe, mais suivez mon conseil : voyez-le avant d'atteindre quatre-vingts ans.

Je redoute depuis longtemps que ma mémoire vieillissante ne m'oblige à m'arrêter de recevoir des patients, aussi, afin d'anticiper la retraite, je me sers beaucoup d'un programme informatique de dictée sur ordinateur : après chaque séance, je dicte le résumé en une ou deux pages, que je prends soin de relire avant la séance suivante. C'est la raison pour laquelle je laisse au moins vingt minutes de battement entre deux rendez-vous. D'ailleurs, je ne vois plus que trois patients par jour. Quand un patient surgi d'un passé lointain m'envoie un mail, j'ai souvent un grand trou, mais en général, lire quelques phrases des notes que j'ai prises ouvre le robinet de l'histoire.

Il y a cependant un bon côté à la défaillance de la mémoire : cela me permet de relire des livres avec le plaisir de la découverte. Les romans contemporains me semblant de plus en plus décevants, je reviens à mes favoris, alignés sur les étagères de ma bibliothèque : *Cent ans de solitude, Les Grandes Espérances, Les Enfants de minuit*, de Salman Rushdie, *Tante Julia et le scribouillard*, de Mario Vargas Llosa, *Daniel Deronda*, de George Eliot, etc.

Dans *Le Jardin d'Épicure*, je dis de « l'effet d'entraînement » que c'est un moyen d'apaiser notre angoisse de la mort. Chacun d'entre nous crée, souvent sans le savoir, des cercles concentriques d'influence qui peuvent toucher les gens pendant des années, voire des générations. L'effet agit à la manière dont se propagent les ondulations d'un étang qui, devenues invisibles, continuent néanmoins d'exister à un niveau nanométrique. Tout comme John Whitehorn et Jerry Frank se sont propagés en moi, je pense m'être propagé en mes étudiants, mes lecteurs et mes patients, et spécialement en mes quatre enfants et sept petits-enfants. Je me rappelle encore mes larmes de joie quand ma fille Ève m'a téléphoné pour me dire qu'elle était acceptée en fac de médecine, et celles que j'ai versées l'année dernière en apprenant que sa propre fille, Alana, allait intégrer l'University School of Medicine de Tulane. Et à Noël dernier, je me suis installé face à Adrian, mon petit-fils de trois ans, pour notre première partie d'échecs.

Première leçon d'échecs à mon petit-fils de trois ans, 2016.

Devinette : quand vais-je prendre ma retraite ? Une décision que, justement, des patients me demandent souvent de les aider à prendre. Il n'y a pas si longtemps, j'ai travaillé avec Howard, gestionnaire de fonds, homme brillant, octogénaire avancé, venu en thérapie sur l'insistance de sa femme qui le voyait scotché pendant des heures et des heures à l'écran de son ordinateur. Vivant sur la côte Ouest, il devait se lever à quatre heures et demie du matin pour suivre l'évolution de Wall Street, après quoi il ne lâchait plus son écran. Bien qu'ayant réussi à perfectionner un programme informatique capable de faire son travail, il croyait devoir à ses investisseurs de ne jamais trop s'écarter de l'appareil. Ses trois partenaires, ses deux frères cadets et un ami d'enfance, manquaient rarement leurs neuf trous de golf quotidiens, alors Howard pensait que c'était à lui de travailler pour tout le monde. Il savait qu'il avait infiniment plus d'argent que sa femme, ses trois filles et lui ne pouvaient en dépenser, mais voilà, il était incapable de s'arrêter. Oui, il admettait être comme drogué, fasciné par les tracés se déroulant sur les écrans. Il ne savait pas comment vivre autrement. De plus, ajoutait-il en me faisant un clin d'œil, gagner gros sur les marchés, c'est un tel plaisir !

— Imaginez-vous cessant de travailler, Howard. Comment serait votre vie ?

— Je reconnais que ça me terrifie.

— Essayez d'imaginer cette vie sans travail.

— Je sais où vous voulez en venir. J'admets que c'est absurde. J'admets que je suis mort de peur à l'idée d'arrêter. Qu'est-ce que je fabriquerais à longueur de journée ? Des voyages à faire, et des lieux à voir, il n'y en a pas tant que ça. Les sites intéressants, citez-les, je les ai tous vus.

J'ai enfoncé le clou.

— Croyez-vous que le travail vous maintienne en vie, que sans lui vous dériveriez vers les derniers stades de la vie, la sénilité et la mort ? Pouvons-nous trouver ensemble un moyen de séparer la vie et le travail ?

Il m'a écouté avec beaucoup d'attention, a hoché la tête : « Je vais y réfléchir. » Je doute qu'il l'ait fait.

Je n'ai pas encore appris à avoir quatre-vingt-cinq ans, je suis novice en la matière, et, comme Howard, je me bats contre la vieillesse. Parfois, j'accepte l'idée que la retraite devrait être le temps du repos et de la paix, un temps pour s'adonner à la réflexion. Mais je sais aussi que des pensées incontrôlées datant de ma petite enfance continuent de créer des turbulences et menacent de refaire surface si je me mets au ralenti. Précédemment, j'ai cité cette phrase de Dickens : « Car, plus je me rapproche de la fin, plus le cercle dans lequel je tourne se rapproche du commencement. » Ces mots me hantent. Je sens de plus en plus des forces me tirer vers les commencements. L'autre soir, Marilyn et moi avons assisté à un spectacle du foolsFURY Factory Festival de San Francisco, un festival expérimental de théâtre et de danse parrainé tous les deux ans par la compagnie théâtrale de mon fils Ben. Avant le spectacle, nous sommes allés manger rapidement un morceau chez Wise Brothers, un bistro juif qui semble directement surgi des années 1940, dans le Washington de mon enfance. Les murs sont entièrement tapissés de photos de famille, des gens aux yeux écarquillés et au regard expressif, réfugiés apeurés d'Europe de l'Est débarquant à Ellis Island. Ces photos m'ont pétrifié : si semblables à celles de ma propre famille. J'ai vu celle d'un jeune garçon triste, qui aurait pu être moi, prononçant son discours de bar-mitsvah. Et d'une femme, que j'ai d'abord prise pour ma mère. Une bouffée de tendresse inhabituelle pour elle m'a envahi, j'ai eu honte et me suis senti coupable de l'avoir critiquée dans les pages qui précèdent. Le portrait sur la photo me la rappelait exactement : une femme sans éducation, effrayée, dure à la peine, qui s'efforçait de survivre et d'élever ses enfants dans un monde culturel étrange et nouveau. Si j'ai eu une vie si riche, si privilégiée, si protégée, c'est en grande partie grâce au travail et à la générosité de ma mère. Assis dans le bistro, je pleurais, le regard plongé dans ses yeux et dans les yeux de tous les réfugiés. Toute ma vie, j'ai exploré, analysé et reconstruit mon passé, mais je comprends maintenant qu'il y a en moi une vallée de larmes et de peine que je ne finirai peut-être jamais de traverser.

Depuis que j'ai pris ma retraite de Stanford, en 1994, mon emploi du temps quotidien n'a pas varié : j'écris chaque matin pendant trois à quatre heures, sept jours sur sept ou presque, et cinq fois par semaine, en fin de journée, je reçois des patients. Cela fait cinquante ans que je vis à Palo Alto, et mon bureau n'est qu'à cinquante mètres de la maison. Il y a trente-cinq ans, j'ai acheté un appartement sur Russian Hill, à San Francisco, avec une vue superbe sur la ville et la baie, et c'est là que je consulte les jeudis et vendredis après-midi. Marilyn vient me rejoindre le vendredi soir, et nous passons généralement le week-end dans cette ville que je ne cesse de trouver étonnante.

Dans mon bureau de Palo Alto, 2010.

Je me reproche cette pseudo-retraite. Combien sont-ils, les psychiatres de quatre-vingt-cinq ans, à travailler aussi dur que moi ? Est-ce, comme le fait mon patient Howard, afin de conjurer la sénilité et la mort ? Des questions qui me secouent, mais pour lesquelles j'ai un arsenal de réponses. « J'ai encore beaucoup à offrir… Mon âge me rend plus capable de comprendre et de réconforter les gens qui ont le même que moi… Je suis un écrivain, drogué à l'écriture, alors pourquoi arrêter ? »

Oui, je le confesse : j'appréhende terriblement d'arriver à ce dernier paragraphe. Elles ont disparu, ces piles de livres qui attendaient, au fond de mon cerveau, que je les écrive. Quand j'en aurai fini avec ce livre-ci, je sais qu'il n'y en aura pas d'autre. Mes amis et mes collègues grognent en m'entendant dire cela. Ils l'ont déjà tant entendu. Cette fois, je le crains, sera différente.

Je demande toujours à mes patients d'analyser minutieusement les regrets qui les tenaillent, et je les presse de vouloir une vie sans ces encombres. J'ai une partenaire de vie extraordinaire. De merveilleux enfants et petits-enfants. Je réside dans un lieu du monde privilégié, avec un temps idéal, des parcs superbes, peu de pauvreté ou de crimes, et Stanford, l'une des plus grandes universités du monde. Et je reçois chaque jour des lettres me rappelant que j'ai aidé quelqu'un, dans un pays lointain. Alors, les paroles de Zarathoustra prennent tout leur sens :

« C'était donc *cela* ? Eh bien, recommençons. »

REMERCIEMENTS

Ma reconnaissance va à tous ceux, nombreux, qui m'ont assisté dans cette aventure. Les membres de Pegasus, le groupe de médecins de Stanford auquel j'appartiens, qui ont lu et critiqué plusieurs chapitres. Un merci particulier à celui qui a fondé le groupe, Hans Steiner, et à mon ami Randy Weingarten, psychiatre et poète, qui a suggéré le titre du chapitre : « L'apprenti vieillard ». J'ai eu la grande chance d'avoir Sam Douglas et Dan Gerstle pour directeurs littéraires. Mes remerciements aussi à David Spiegel et, comme toujours, à mon agent littéraire Sandra Dijkstra et à son associé, Andrea Cavallaro, pour leur soutien enthousiaste. Et bien sûr, je remercie tous mes patients, qui continuent de m'instruire et de m'inspirer. Mes amis de toujours, Julius Kaplan et Bea Glick, m'ont aidé à combler mes trous de mémoire, tout comme mes quatre enfants et mes sept petits-enfants. Et, surtout, merci à femme bien-aimée, Marilyn, qui m'a rappelé des événements d'un si long passé, et en qui j'ai trouvé un directeur littéraire à domicile.

RÉFÉRENCES DES CITATIONS

Page 322 :

« Médecin, guéris-toi toi-même… », Friedrich Nietzsche, *Ainsi parlait Zarathoustra*, trad. Geneviève Bianquis, Paris, Flammarion, « GF », p. 117.

« Il te faudra construire quelque chose qui te dépasse… », *ibid.*, p. 109.

« Celui qui a un "pourquoi" qui lui tient lieu de but… », Friedrich Nietzsche, trad. Louise Drolet, cité par Viktor Frankl in *Découvrir un sens à sa vie*, Éd. de l'Homme, 2013.

« C'est bien là ce que je suis au fond… », *ibid.*, p. 395.

« Nous aimons en fin de compte… », Friedrich Nietzsche, *Par-delà le bien et le mal*, trad. Cornelius Heim et Isabelle Hildebrand, in *Œuvres philosophiques complètes*, t. VII, Gallimard, 1971, p. 96.

« Plus d'un qui ne peut briser… », Friedrich Nietzsche, *Ainsi parlait…, op. cit.*, p. 96.

Page 325 :

Lettre de Friedrich Nietzsche à Overbeck, écrite de Gênes et datée du 22 mars 1883. Trad. Jean Lacoste.

Page 382 :
« Avant tout, nul être humain... », Arthur Schopenhauer, trad. Auguste Burdeau, *Parerga et Paralipomena*.

Page 383 :
« C'est justement parce que la fatale activité... », Arthur Schopenhauer, *Le monde comme volonté et représentation*, trad. Auguste Burdeau, Paris, PUF, 1998, p. 1125.
« On ne trouverait peut-être pas un homme... », *ibid.*, p. 409.

Page 469 :
« C'était donc cela... », Friedrich Nietzsche, *Ainsi parlait..., op. cit.*, p. 377.

Table

1. La naissance de l'empathie 9
2. En quête d'un mentor 13
3. Je veux qu'elle parte 21
4. Retour au point de départ 27
5. La bibliothèque, de A à Z 38
6. La guerre de religion 43
7. Un garçon joueur 59
8. Une brève histoire de colère 64
9. La table rouge 73
10. Marilyn 83
11. À l'université 90
12. J'épouse Marilyn 107
13. Mon premier patient 113
14. L'internat : le mystérieux docteur Blackwood 118
15. Les années Johns-Hopkins 126
16. Affecté au paradis 155
17. Toucher terre 170
18. Une année à Londres 198
19. La vie brève et agitée des groupes de parole 211
20. Séjour à Vienne 218

21. Chaque jour on s'en rapproche
ou Dans le secret des miroirs 228
22. Oxford et les monnaies enchantées
de M. Sfica 236
23. Thérapie existentielle 245
24. La confrontation avec la mort
aux côtés de Rollo May 260
25. Mort, liberté, isolement, et absence de sens 270
26. De la thérapie de groupe en milieu hospitalier
à la vie parisienne 278
27. La route des Indes 286
28. Japon, Chine, Bali et Le Bourreau de l'amour 302
29. Et Nietzsche a pleuré 321
30. Mensonges sur le divan 337
31. Momma et le sens de la vie ou La Malédiction
du chat hongrois 345
32. Devenir grec 359
33. L'Art de la thérapie 370
34. Deux ans avec Schopenhauer 381
35. Le jardin d'Épicure : Regarder le soleil en face 388
36. Dernières œuvres 406
37. Beurk ! La textothérapie 416
38. Ma vie en groupes 422
39. De l'idéalisation 440
40. L'apprenti vieillard 456

Du même auteur :

Dans le secret des miroirs (1974),
traduit par Dominique Letellier, Galaade, 2011.

Thérapie existentielle (1980),
traduit par Laurence Richard, Galaade, 2008.

Inpatient Group Psychotherapy (1983),
non traduit.

Le Psy, bourreau de l'amour.
10 cas vécus par un grand psychiatre américain (1989),
traduit par Anne Damour, Albin Michel, 1991 ;
rééd. sous le titre
Le Bourreau de l'amour. Histoires de psychothérapie,
Galaade, 2005.

Et Nietzsche a pleuré (1992),
traduit par Clément Baude, Galaade, 2007.

Mensonges sur le divan (1996),
traduit par Clément Baude, Galaade, 2006.

The Yalom Reader (1997),
édité par Ben Yalom, non traduit.

La Malédiction du chat hongrois. Contes de psychothérapie (1999),
traduit par Dominique Letellier, Galaade, 2008.

L'Art de la thérapie (2002),
traduit par Anne Damour, Galaade, 2013.

The Theory and Practice of Group Psychotherapy (2005),
5e édition, non traduit.

La Méthode Schopenhauer (2005),
traduit par Clément Baude, Galaade, 2005.

Le Jardin d'Épicure. Regarder le soleil en face (2008),
traduit par Anne Damour, Galaade, 2009.

En plein cœur de la nuit (2011),
traduit par Anne Damour, Galaade, 2010.

Le Problème Spinoza (2012),
traduit par Sylvette Gleize, Galaade, 2011.

Créatures d'un jour (2015),
traduit par Sylvette Gleize, Galaade, 2015.

Le Livre de Poche s'engage pour l'environnement en réduisant l'empreinte carbone de ses livres. Celle de cet exemplaire est de :
350 g éq. CO_2
Rendez-vous sur www.livredepoche-durable.fr

PAPIER À BASE DE FIBRES CERTIFIÉES

Composition réalisée par Belle Page

Achevé d'imprimer en France par
CPI BRODARD & TAUPIN (72200 La Flèche)
en septembre 2021
N° d'impression : 3044958
Dépôt légal 1re publication : février 2021
Édition 02 - octobre 2021
LIBRAIRIE GÉNÉRALE FRANÇAISE
21, rue du Montparnasse – 75298 Paris Cedex 06

48/3106/7